W0251629

ro
ro
ro

Von Helena Ravenscroft
ist außerdem lieferbar:
«Dominique» (rororo 23953)

Helena Ravenscroft

Die Cousine

Erotischer Roman

Deutsch
von Meike Wolff

Rowohlt
Taschenbuch Verlag

Die Originalausgabe erschien 1999 unter dem Titel
«Stand and Deliver» bei Black Lace, London

Deutsche Erstausgabe ~ Veröffentlicht im Rowohlt Taschenbuch Verlag, Reinbek bei Hamburg, März 2008 ~ Copyright © 2008 by Rowohlt Verlag GmbH, Reinbek bei Hamburg ~ «Stand and Deliver» Copyright © 1999 by Zoe le Verdier ~ Published by Arrangement with Virgin Books, Ltd. ~ Redaktion Gabi Banas ~ Umschlaggestaltung any.way, Cathrin Günther ~ (Foto: neuebildanstalt/Schwaiger) ~ Satz Sabon PostScript, InDesign, bei Pinkuin Satz und Datentechnik, Berlin ~ Druck und Bindung CPI – Clausen & Bosse, Leck ~ Printed in Germany ~ ISBN 978 3 499 24660 9

2. Auflage Mai 2008

Kapitel eins

Lydia hielt inne, als sie sich der Eingangstreppe des Hauses näherte, ihre Sinne augenblicklich geschärft, da sie hinter sich den Kies knirschen hörte. Sie drehte sich um und heftete den Blick auf die blankpolierten schwarzen Reitstiefel, von denen sie genau wusste, zu wem sie gehörten, auch ohne hochblicken zu müssen.

Sie beobachtete, wie er schlendernd näher kam, und verbarg ihre Feindseligkeit geschickt hinter einem gleichgültigen Lächeln. Valerian Hawkesworth war grausam, und nur ein Mensch, der absolut keinen Sinn für Selbstschutz hatte, würde es wagen, ihn absichtlich zu provozieren. Sein arrogantes Wesen zeigte sich schon an der Art, wie er herrisch seinen Kopf neigte und seine düsteren, fast schwarzen Augen an seiner aristokratischen Nase entlang mit kaltem Blick auf sie richtete, der ihre langen Röcke zu durchdringen und darunter ihre Körperformen zu erforschen schien.

Er war ebenso groß wie sein verstorbener Vater und hatte dessen schlanke Statur geerbt. Obwohl er der jüngere der beiden Söhne von Lord William war, strahlte er eine angeborene Herrschsucht aus und hatte schnell die Rolle des Hausherren eingenommen, indem er, kaum dass der Sarg verschlossen gewesen war, begonnen hatte, sich rücksichtslos über den Letzten Willen seines Vaters hinwegzusetzen und seinen unheilvollen Einfluss auszuüben.

Er kam ihr so nahe, dass ihre Nasenflügel bebten, als sie den Zitronenduft der Pomade wahrnahm, mit der er das schwarze Haar aus seiner hohen Stirn zurückkämmte, um es dann mit einem Satinband im Nacken zu bändigen. Sie schwieg weiter, und er hob eine seiner dunklen Brauen.

«Cousine.»

Sein Tonfall klang absichtlich gelangweilt, zäh und träge wie Sirup. Wenn er nicht so unangenehm wäre, könnte man ihn als sehr gutaussehend bezeichnen, dachte sie, als sie sich vorzustellen versuchte, was er wohl als Nächstes vorhätte. Mit Valerian unter einem Dach zu leben war, als ob man sich beständig in einer Art Schachspiel befand, außer, dass sie nicht wusste, welche eigentlich ihre Figuren waren, und das Schachbrett immer wieder so kippte, dass es außerhalb ihrer Reichweite geriet.

Rasch über seine Schulter blickend, wie um sicherzustellen, dass sie nicht beobachtet wurden, kam er noch näher und griff plötzlich mit einer Hand nach einer ihrer Brüste, während er die andere um ihre Hüfte schlang, um sie an sich zu ziehen.

«Was für ein unerwartetes Vergnügen.» Seine feingekräuselten Lippen verzogen sich zu einem missbilligenden Lächeln, wobei er durch ihr enggeschnürtes Mieder hindurch grob ihre Brustwarze zwischen Daumen und Zeigefinger rieb. Lydia schlug seine Hand weg und spie ihm ihre Worte ins Gesicht.

«Wehe, du fasst mich an, Valerian. Du magst dich hier

zum Hausherren aufgeschwungen haben, aber ein Gebieter über Untergebene bist du nicht.»

«O doch, Cousine, das bin ich wohl. Oder muss ich dir die Situation ins Gedächtnis zurückrufen, sosehr ich es auch hasse, dir zu widersprechen?» Er verstärkte den Druck seiner Finger, und sie spürte, wie ein Schmerz sie durchbohrte, als er ihre Brust drückte. «Mein Vater warf seine sterbliche Hülle ab, ohne ein Testament zu hinterlassen, und ließ dich daher unversorgt. Du wirst deshalb in diesem Haus meiner Willkür ausgeliefert bleiben. Vielleicht solltest du dich ein bisschen dankbarer erweisen, wenn du von mir ein Dach über dem Kopf erwartest und zum Schlafen ein Bett.» Er legte eine anzügliche Betonung auf das Wort «Bett», und Lydia merkte, wie sie errötete.

«Aber du bist nicht der alleinige Erbe.» Sie bemühte sich, ihre Atmung ruhig zu halten und so viel Beherrschtheit an den Tag zu legen wie möglich. Sie zwang sich dazu, nicht wahrzunehmen, wie sein Daumen immer noch auf ihre Brustwarze drückte. «Man wird Drummond bald gefunden haben, und dann wird er als der ältere Sohn den Besitz übernehmen.»

«Vergiss Drummond! Mein werter großer Bruder ist tot. Seekadetten sind bekannt dafür, als Kanonenfutter zu enden, und die letzten Schlachten gegen die Spanier waren grausam. O nein, meine süße Cousine, diesmal wird er dich nicht retten können.»

Er machte einen plötzlichen Satz nach vorn, umfasste ihre Taille und zog sie in die gnadenlose Umklammerung seiner Arme. Sein Mund drückte sich auf den ihren, gerade als sie einen Schrei ausstoßen wollte. Seine Zunge drang in sie ein, während er mit einer Hand langsam ihre Unterröcke hochschob, um an das darunterliegende nackte Fleisch zu gelangen. Wie ein Dolch drangen seine Finger zwischen ihre Schenkel, und Lydia wehrte sich, entsetzt über ihre eigene Empfänglichkeit. Sie sträubte sich gegen ihn und versuchte, sich ihm zu entwinden, aber er umschloss sie nur noch fester und hielt ihre Arme gefangen, während er dreist mit einem Finger in sie eindrang.

«Aha, kleine Cousine. Du bist also wirklich noch Jungfrau.» Er lachte leise, seine schwarzen Augen waren voller Spott. «Ich habe mich oft gefragt, ob Drummond dir diesen Schatz auf euren Waldspaziergängen geraubt hatte. Ich bin begeistert, festzustellen, dass er mir dieses Vergnügen überlassen hat. Und welch große Freude es mir bereiten wird, Lydia, dich zu deflorieren und dich nach meinem Belieben zu formen.»

Heiße, trockene Lippen glitten über ihr Gesicht, und er bemächtigte sich ihres Geschlechts, indem er ihr schwellendes Fleisch kniff und knetete. Lydia musste sich der Unnachgiebigkeit seines muskulösen Körpers beugen und schloss die Augen, Ergebenheit vortäuschend. Dadurch ermuntert, fuhr er mit den Händen um sie herum, griff nach ihren prallen Hinterbacken und zog sie noch enger an sich. Er versuchte, ihren Körper dem seinen ganz anzupassen, und spannte sie dabei wie einen Bogen nach hinten. Sein hartes Geschlecht drückte sich kraftvoll und mit schmerzhafter Unnachgiebigkeit gegen ihren Schenkel. Lydia befreite mühsam einen ihrer Arme. Sie stemmte sich gegen ihn, holte weit nach hinten aus und schlug ihm, von unbändigem Zorn erfüllt, mit aller Wucht ins Gesicht.

«Miststück!», zischte er.

Sie fiel beinahe hin, als er sie losließ, um sich die Wange zu halten. Aber als sie erkannte, dass sich ein Fluchtweg vor ihr auftat, stolperte sie rückwärts auf den Rasen, drehte sich blitzschnell um und rannte ins Haupthaus, wo das Echo ihrer Schritte auf dem Steinboden unheimlich durch die hohe Eingangshalle schallte.

Sie hörte, wie er ihr nachrief: «Diesmal erlaube ich dir zu entkommen! Es erregt mich, dich weglaufen zu sehen. Ich habe keine Eile, denn ich werde dich sowieso besitzen.»

Sein verächtliches Lachen drang durch die Bleiglasfenster. Lydia bemühte sich, es zu überhören, und nahm zwei Stufen der weitgeschwungenen Treppe auf einmal, die Röcke mit einer Hand hochgerafft. Sie verlangsamte ihre Schritte, als sie über die dunkle Galerie lief, und schaute rasch über das Geländer nach unten, um zu sehen, ob er ihr gefolgt war.

Er war es nicht.

Oben, auf der nächsten Etage, eilte sie in ihr Zimmer, ließ die schwere Tür hinter sich ins Schloss fallen und lehnte sich gegen das polierte Eichenholz, um ihre zitternden Beine zu beruhigen. Hass auf Valerian – und dazu etwas Geheimnisvolles, Namenloses – wühlte sie in ihrem Innersten auf und ließ sie durch den Raum blicken, auf der Suche nach etwas, das sie zerbrechen könnte. Eine kleine Porzellanfigur wackelte auf einem zierlichen Tischchen, als sie darauf zurauschte, sie packte und zum Wurf ausholte. Doch sie hielt inne, da ihr einfiel, dass dies eines der wenigen Erinnerungsstücke ihrer eigenen Familie war. Vorsichtig stellte sie die Figur wieder hin und schnaufte heftig.

Das Himmelbett mit seinen hohen, schneeweißen Vorhängen schwankte, als sie sich der Länge nach auf den gesteppten Überwurf warf. Ihr Gesicht in den Kissen vergraben, tauchte sie in die Weichheit des Bettes ein. Sie atmete tief aus und genoss es, ihren eigenen heißen Atem zu spüren.

Sie hasste Valerian, hatte ihn verachtet und aus ihrem Innersten heraus abgelehnt seit dem Tag, an dem sie als Waise auf Hawkesworth Manor eingetroffen war. Das Feuer, das ihr Haus und ihre Eltern verschlang, hatte sie verschont und ihr das Schicksal auferlegt, von einem ungeduldigen Nachbarn zum nächsten weitergereicht zu werden. Schließlich hatte es jemand für nötig erachtet, mit dem Bruder ihres verstorbenen Vaters Kontakt aufzunehmen und die kleine Lydia Hawkesworth und den Koffer mit ihren Habseligkeiten in eine Kutsche nach Westen zu verfrachten.

Valerians fieses, spöttisches Gesicht tauchte vor ihrem geistigen Auge auf. Abscheu, gezügelt durch eine seltsame Anziehung, stieg in ihr hoch. Er war ihr vertraut wie ein Bruder. Sie hatte ihn von einem tückischen kleinen Jungen zu einem unberechenbaren Mann heranwachsen sehen, und doch war sie jedes Mal in seiner Gegenwart wie gebannt. Sie drehte den Kopf und grub die Zähne in das Leinen ihrer Nackenrolle, während sie spürte, wie sich ihr Körper beim Gedanken an seine brutalen Berührungen anspannte.

Langsam, in einer Bewegung, die nachmachte, was er ihr gerade angetan hatte, ließ sie ihre Hände unter die zahlreichen Lagen ihrer Unterröcke gleiten. Ihre Finger strichen über ihre Scham, die noch feucht war von Valerians Berührungen. Sie drehte sich auf dem Bett um, trat nach den Kissen, spreizte die Beine und rieb sich zögernd mit einem Finger. Träge Wellen überzogen ihren entspannten Körper, und sie ließ ihren Kopf nach hinten über die Bettkante hängen.

Eine plötzliche Bewegung auf der anderen Seite des Raumes weckte ihre Aufmerksamkeit, und ihr Herz setzte für einen kurzen Moment beinahe aus, bis sie feststellte, dass es sich um ihre eigene Spiegelung handelte.

Sie starrte auf das Bild in dem vergoldeten Standspiegel. Es bot sich ihr ein sinnlicher Anblick: Eine Odaliske räkelte sich auf blassen, verstreuten Kissen, ein Bein über die Querstreben des Himmelbettes gelegt, den Kopf so weit nach hinten geworfen, dass sich die langen schwarzen Locken über den Rand der Matratze bis fast auf den Boden ergossen.

Erregt von ihrem eigenen Anblick, wiederholte sie die Bewegung ihrer Hand so oft, bis sie fühlte, dass sie immer feuchter wurde. Dann versenkte sie, Valerian nachahmend, einen Finger in die Enge, die so köstlich schmerzte. Sie stellte sich vor, es wäre Valerian, der sie dort berührte – ein zärtlicher und behutsamer Valerian –, und sie ertappte sich dabei, wie sie ihren Rücken durchbog und dabei keuchend seinen Namen hervorstieß.

Der Blick in den Spiegel ließ Lydia erzittern und ihre Haut prickeln. Sie war ganz auf ihre Reflexion konzentriert, als langsam rhythmische Wellen sie zu durchfluten begannen und ein köstliches Gefühl von Kühle über ihre Haut strich, während sie innerlich brannte und in einem Becken aus glühender Lust zu ertrinken drohte. Sie umschloss fester ihren eigenen Finger, und ihre Vorstellungskraft beschwor Bilder herauf, von Valerian mit seinen starken Wangenknochen und seinen hypnotischen schwarzen Augen. Sie versuchte, ihre Lust festzuhalten, aber sie entglitt ihr, flüchtig und verzweifelt süß.

Am Ende unbefriedigt, glitt sie ab in einen unruhigen, verstörenden Schlaf, bevölkert von Männern, die sich an ihren Hüften rieben und deren Gesichter alle dem von Valerian ähnelten. Dann war da Drummond. Er kam in ihren Traum wie ein dunkler Schatten, und sein Mund, den sie nur noch halb erinnerte, legte sich auf den ihren. Er wurde leidenschaftlich, verlangend, zog ihr die Beine schnell nach oben und legte sie um seinen muskulösen Rücken, brannte ihr Küsse auf die Augenlider, die Wangen und die sehnsuchtsvollen Brüste. Sie konnte fühlen, wie seine Hände ihr die Schenkel streichelten, und er ließ einen Finger von ihrer Hüfte bis hinunter zu ihrem Fußgelenk gleiten und wieder zurück.

Ein leichter Luftzug vom geöffneten Fenster her störte ihren Schlaf, und Lydia räkelte sich, als die Kühle ihr über die heiße Haut strich. Dann versank sie noch tiefer in ihrem lebhaften, schmerzlich süßen Traum. Unter ihren sehnsüchtigen Lippen vermischte sich das salzige Aroma des Meeres mit dem maskulinen Moschusgeruch von Drummonds Haut. Er warf sie auf den Bettüberwurf und öffnete mit starken Händen ihre Beine, senkte seinen Kopf und ließ seine Zunge über sie gleiten.

Lydia öffnete die Augen und sah unbewegt hinauf in die Deckenbespannung des Himmelbettes. Sie war wach, und schnell entschwand der Traum aus ihrem Gedächtnis. Nur die köstlich warme, eintauchende Zunge blieb. Lydia hob den Kopf und sah über ihren Bauch hinweg an sich herunter, wo sie einen blonden Schopf zwischen ihren Beinen vergraben sah. Als hätte sie ihr Erwachen bemerkt, sah die Person mit dem glatt zurückgekämmten safranfarbenen Haar auf und lächelte.

«Oh, Miss Lydia. Ihr habt so verlockend ausgesehen, wie Ihr so unbekleidet dalagt. Ich konnte mich einfach nicht beherrschen.» Angel, das zierliche Dienstmädchen des oberen Stockwerks, lächelte und öffnete leicht ihre rosigen Lippen, sodass Lydia das beeindruckende Weiß ihrer Zähne sehen konnte. «Ich hatte das Gefühl, Sie würden nichts dagegen haben.»

Sie senkte langsam den Kopf, hielt Lydias Blick mit dem ihren fest und schleckte verführerisch mit der Spitze ihrer langen Zunge. Sich ergebend und zu träge, um zu protestieren, schloss Lydia die Augen und ließ ihr Atmen allmählich in ein flaches Keuchen übergehen, während sie zögernd die Finger durch das üppige Haar gleiten ließ und es dabei löste.

Als ahnte sie Lydias Entzücken, verlieh Angel ihrer Zunge mehr Druck und vollführte winzige Bewegungen, bis Lydia spürte, dass sie beinahe vor purer, köstlicher Lust verging. Dann merkte sie, wie Angel sie mit ihren Händen erkundete und dann plötzlich ihre warme Zunge und einen Finger tief in sie hineingleiten ließ.

Lydia seufzte und drückte ihren Rücken durch, ließ ihre Hüften kreisen und stemmte einen Fuß gegen den Bettpfosten. Der pulsierende Rhythmus von Angels Hand und Mund durchströmte ihren gesamten Körper, und sie schrie laut auf, als das flüchtige Entzücken, das sie vorhin so verzweifelt hatte festhalten wollen, sie nun mit Macht ergriff. Sie wurde von Lust überflutet, bittersüß und so heiß wie ein Schmiedefeuer. Wirbel der Ekstase wurden in ihrem Kopf wie durch ein Echo verstärkt, um dann, lodernd und tosend, hinab in ihre Zehenspitzen zu fahren.

Sie lag ganz still, die Kehle noch verengt von dem wilden Ausbruch, während ihr übriger Körper sich überschäumend gut und prickelnd lebendig anfühlte. Das schlanke Mädchen erhob sich und legte sich dann sanft auf Lydias befriedigten Körper, lächelte auf sie herab und fuhr mit ihrem Finger über die samtigen, halbgeöffneten Lippen.

Drummond Hawkesworth stand gedankenverloren, die muskulösen Beine kraftvoll gespreizt, auf den groben Planken des Schiffsdecks. Eine frische, salzige Brise fuhr durch sein zerzaustes Haar. Er legte seine gebräunte Hand über die Augen und heftete den Blick auf den dünnen Streifen Land, der sich, noch kaum wahrnehmbar, am fernen Horizont abzeichnete.

Die Küste Englands, endlich.

Ihm schwoll das Herz bei dem Gedanken an zu Hause, ein verlockender Lohn am Ende einer von Unbequemlichkeiten gekennzeichneten Seereise. Die immer gleiche Kost aus Schiffszwieback und gepökeltem Rindfleisch hatte nach der zweiten Woche endgültig ihren Reiz verloren, und Drummond sehnte sich nach einer kräftigen Mahlzeit. Er hatte eine lange Reise hinter sich, seit er, mit viel Verspätung und von verschiedenen Stellen immer wieder weitergeleitet, das Schreiben des Rechtsanwalts Lavendale erhalten hatte. Das fleckige und zerknitterte Dokument mit dem kaum noch intakten Wachssiegel hatte Monate gebraucht, um ihn zu erreichen, und als er schließlich seinen traurigen Inhalt gelesen hatte, war sein Vater schon lange in der Familiengruft beigesetzt worden.

Seine wie immer rastlosen Gedanken kreisten darum, wie es jetzt wohl Lydia auf Hawkesworth ergehen würde. In seiner Abwesenheit würde ohne jeden Zweifel Valerian die Kontrolle über den Besitz an sich gebracht haben und über all jene, die unter seinem Dach lebten. Lydia war inzwischen eine junge Frau von einundzwanzig Jahren. Sie würde sich in den fünf Jahren seines selbstgewählten Exils verändert haben, und er musste lächeln bei dem seltsamen Gedanken daran, dass aus dem pummeligen Mädchen mit den widerspenstigen Haaren und dem ungebärdigen Wesen inzwischen eine Frau von Würde und Haltung geworden sein mochte.

Drummond blickte auf die aufgewühlte See hinunter, während er seine Gedanken zu jenem Moment zurückwandern ließ, als er Lydia zum letzten Mal gesehen hatte. Am Morgen seiner Abreise war er durch den frühmorgendlich dunklen Flur des Hauses geschlichen und hatte dann vorsichtig die verschlossene Tür zu Lydias Zimmer aufgedrückt. Sie hatte geschlafen, wie erwartet, aber er konnte nicht wegfahren, ohne sich noch einmal von ihr verabschiedet zu haben.

Drummond hatte einen federleichten Kuss auf ihre Lippen gehaucht und eine widerspenstige Locke gestreichelt, die sich von ihrer Stirn verführerisch über das weiße Kissen ringelte. Die heiße Juninacht war zu schwül gewesen für Bettzeug. Lydia hatte ihre Decke von sich gestrampelt und dabei eine blasse, hinreißende Wade zum Vorschein kommen lassen, die nun im sanften Licht des Morgengrauens schimmerte.

Drummond hatte wie in Trance auf seine Kindheitsfreundin geschaut und plötzlich nicht mehr den jungenhaften Wildfang gesehen, der auf Bäume kletterte und Steinschleudern bastelte, sondern eine reifende, duftende Frucht, deren schwellende Brüste sich verlockend und verführerisch unter einem jungfräulichen, zarten Leinennachthemd abzeichneten.

Seine Hand hatte sich über das Laken gestohlen, fast wie von selbst, und er hatte beinahe das Gefühl gehabt, als würde er jemand anderen bei diesem Tun beobachten, voyeuristisch gefesselt, als seine Hand den Saum ihres Hemdchens anhob. Er hatte schwer geschluckt, während sich in seinem Kopf alles drehte angesichts dieser bis dahin noch nicht einmal erträumten Möglichkeiten.

Sie hatte sich ein bisschen bewegt und auf den Bauch gedreht, ihr Becken so auf seine Hand gepresst, dass sie diese unter sich gefangen hielt. Für einen Augenblick hatte er ihre Wärme genossen, die Hitze ihres schlafenden Körpers in sich aufgenommen und den Druck ihrer Hüften auf seinem Handrücken. Dann, verzweifelt bemüht, sie nicht aufzuwecken, hatte er seine Hand vorsichtig befreit und war auf Zehenspitzen aus dem Zimmer geschlichen.

Nun, fünf Jahre später, war er endlich auf dem Weg zurück nach Hause, und er fragte sich, wie diese verheißungsvolle Frucht wohl gereift sein mochte. Als er bemerkte, dass die Erinnerungen für eine Versteifung in seinen engen Kniehosen gesorgt hatten, zog Drummond die langen Schöße seines Staubmantels fester um sich und lehnte sich gegen die wettergegerbte Reling des Schiffes.

Im Kerzenlicht bog sie, auf ihm sitzend, ihren Körper zurück, um ihren schneeweißen Hals zu zeigen und ihm die beiden seidigen Halbkugeln ihrer herrlichen Brüste entgegenzuschieben. Das Haar fiel ihr locker auf den Rücken, und er konnte spüren, wie dessen satinglatte Schwere über seine Schenkel und seine Eier streichelte, die sich zusammenzogen und ihn tiefer in sie hineinstoßen ließen.

Er packte einige der seidenen Strähnen und zog sanft ihren Kopf noch weiter nach hinten, während er den Schwung ihres Kinns bewunderte und die samtige Üppigkeit ihrer Lippen, die gerade eben noch zärtlich sein hartes Glied fest umschlossen hatten. Ihr entfuhr ein leises Stöhnen, und er lächelte, während er sich in einer ganz bestimmten Absicht unter ihrem Körper bewegte.

Er fuhr ihr mit seinen starken Händen über die Hüften und hinauf zu der schmalen Taille, wobei er ihren geschmeidigen Körper über die ganze Länge seines Schwanzes auf und ab gleiten ließ. Ihre vollen Brüste luden ihn ein, sie zu umschließen. Er fühlte ihre tiefe Erregung, als ihre Brustspitzen unter der Berührung seiner Daumen und Zeigefinger zum Leben erwachten. Ihre weißen Hände taten es ihm nach, und seine goldbraunen Brustwarzen versteiften sich pochend, sobald sie diese zu drücken begann. Sie war prachtvoll, und er genoss den Anblick ihrer glatten, milchig-weißen Haut auf seinen dunklen kupferfarbenen Muskeln.

Er umfasste ihre Hüften, hob sie an und zog sie auf ihre Knie. Er küsste die Rundungen ihres Bauches und ließ seine Zunge zwischen ihre Schenkel gleiten. Er merkte, wie ihre Haut unter seiner Berührung zu prickeln begann.

Beinahe konnte er sogar spüren, wo sie geküsst werden wollte, und seine Lippen brannten in dem Wissen um ihre Lust. Sie bewegte sich ein Stück nach vorn, schwang ein Bein über seine breite Schulter, um sich direkt über seinem Gesicht zu positionieren. Sanft züngelnd, erkundete er ihre Scham mit seinen Lippen, atmete ihren Duft ein. Er legte die Hände auf ihren Hintern und schob sie behutsam so weit vor, bis sie auch ihr zweites Bein neben seinem Gesicht platziert hatte und seinen Kopf köstlich zwischen ihren Schenkeln gefangen hielt, während er sie mit dem Durst eines Mannes leckte, der lange Jahre in der Wüste verbracht hatte.

Mit seinen Händen knetete er ihre Hinterbacken und stieß plötzlich seine Zunge so tief in sie hinein, dass sie aufschrie und sich so über ihm aufrichtete, dass die dunklen Stoppeln um seinen Mund sie kratzten.

«Du bist so feucht, du schmeckst wie Honig», murmelte er, und seine Daumen streichelten und schmeichelten. Sie schien unfähig zu sprechen, zitterte über ihm und drängte sich ihm entgegen, um noch mehr zu bekommen.

Weiter unter ihr durchgleitend, biss er ihr zärtlich in die runden Pobacken, nahm sich regelrechte Bissen ihres glatten Fleisches vor und liebkoste sie mit seiner suchenden, sengenden Zunge. Er rutschte unter ihr hervor und hinter sie, drehte sich geschmeidig um und drückte seinen muskulösen Brustkorb gegen ihren Rücken. Zärtlich in ihren Hals beißend, hob er ihre Haare an, um ihr die Schultern und den Nacken lecken und daran knabbern zu können.

Sie lehnte sich gegen ihn zurück, und er hielt sie für einen Moment fest umschlungen, ihren angespannten

Körper in ganzer Länge gegen den seinen gepresst. Dann schlang er ihr einen Arm um die Taille, während die andere Hand auf ihre Schultern drückte und dafür sorgte, dass sie sich vornüberbeugte, bis sie ihr Gesicht in der vertrauten Weichheit des Kissens bergen konnte.

«Bitte! Bitte!» Ihre Hände griffen über die Polster hinweg nach den Messingstangen des Bettes.

Durch den Anblick ihrer schmalen Taille über den wunderschönen Rundungen ihrer Hüften beinahe bis über den Verlust seiner Selbstkontrolle hinaus erregt, hielt er sie mit beiden Händen fest. Seine Finger glitten zu ihrem engen Anus, und er umkreiste ihn mit der Spitze seines Daumens. Dessen kurzgeschnittener Nagel tat seine Wirkung und erzeugte ein heftiges Pochen. Er fühlte, wie sie zitterte, und befeuchtete seinen Mittelfinger mit der Zunge, während er ihre Pobacken weit öffnete und sie streichelte.

«O Gott, nein», raunte sie. «Es wird wehtun, oder?»

«Lass es mich probieren», flüsterte er, kaum fähig, sich zurückzuhalten, als sein Finger gleitend und sich drehend zu dem Ort gelangte, von dem er wusste, dass er ihm eine glatte, enge Zuflucht sein würde.

Sie nickte, ihre geflüsterte Antwort wurde von dem Kissen unter ihrem Gesicht verschluckt. Er bewegte sich vorwärts, noch bevor sie es sich anders überlegen konnte, drückte sich in sie hinein, passierte den engen Schließmuskel und glitt in die dahinterliegende Wärme. Er hörte sie nach Luft schnappen und lächelte, als er bemerkte, wie sie sich nach hinten und ihm entgegendrückte, während sie ihren Hintern weit öffnete und seinen Finger fast in sich einsog.

Er griff nach unten und fasste mit einer Hand nach seinen prallen Eiern, hielt und drückte sie für einen Moment, um dann die ganze Länge seines straffen Schwanzes durch seine Faust gleiten zu lassen. Als er feststellte, sie war bereit, drang er in sie ein, seine Blicke auf ihre wilde Haarmähne gerichtet, die sich weit über die Laken ausbreitete und ihr Gesicht bedeckte.

Jetzt könnte sie sonst wer sein, irgendjemand.

Der Gedanke daran, eine völlig unbekannte Frau zu nehmen, gab ihm fast den Rest, als er spürte, wie ihre samtige Wärme ihn fest umschloss. Er konnte jetzt seinen Finger tief in ihren Anus gleiten lassen, so bereit und erregt war sie, und er konnte das harte Eindringen seines eigenen Schwanzes durch die papierdünne Membran fühlen, die ihr Innerstes teilte.

Seine freie Hand griff um sie herum und packte eine ihrer Brüste so fest, dass sie aufstöhnte. Er ritt sie, sah hinunter auf das Glitzern ihrer Säfte, sein Kopf vernebelt von der Süße jedes einzelnen seiner Stöße. Er hatte ein plötzliches Verlangen danach, sie kommen zu sehen, zu beobachten, wie sich ihr Gesicht verzerrte, wenn sie sich ihm ganz hingab.

«Dreh dich um. Du fühlst dich so gut an, aber ich möchte dein Gesicht sehen – ich will sehen, wie es dir kommt – ich will sehen, wie du aufschreist.»

Er löste sich von ihr und drehte sie dann schnell auf den Rücken. Sie umschlang ihn mit den Schenkeln, als er sie an sich zog. Die seidige Nässe ihrer Möse schimmerte, als er seine Hüften kreisen ließ und sich langsam in ihr auf und ab bewegte.

Allmählich steigerte er seine Geschwindigkeit und seinen Rhythmus und genoss es, wenn ihre feste Umklammerung die satinglatte Oberfläche seiner Vorhaut straff anspannte. Er fühlte, wie er sich in sie hineinschraubte, mit zunehmendem Tempo zustieß und sich in ihr wand, wie feiner Schweiß auf seinen Schultern und auf seiner Brust zu glänzen begann. Er drang mit einem Daumen in sie ein, suchte und fand genau den Punkt, von dem er wusste, dass er ihr den Rest geben würde, und er presste seinen Fingerknöchel dagegen.

Sie schrie laut auf, als ein tiefer Höhepunkt sie verschlang und pulsierende Wellen durch ihren Körper und dann weiter in seinen eingeschlossenen Schaft schickte. Er lächelte und genoss den Anblick, wie sie sich unter ihm auf dem Bett anspannte, mit beiden Händen nach den Seiten langte, in die zerknitterten Laken griff und sie an ihre Brust zog.

Schließlich begann auch Drummond, schwer zu atmen, nach Luft zu ringen und tief in sie zu stoßen, bis er eine seltsame Verbindung von äußerster Anspannung und Erleichterung erlebte. Sein Höhepunkt kam über ihn wie eine tosende Flutwelle, und es brach aus ihm heraus: «Lydia!»

Ihm war klar, was ihm da rausgerutscht war, noch bevor ihre geballte Faust in seinem Gesicht landete.

«Wer zum Teufel ist Lydia?», zeterte die Tochter des Gastwirts mit hochrotem, zornigem Gesicht. Seine Hände zur Verteidigung gegen die Schläge erhoben, die auf sein Gesicht und seinen Brustkorb niederprasselten, fühlte Drummond, wie sich alles in seinem Kopf drehte vor Verwirrung und Erstaunen über seinen eigenen Ausbruch. Er griff nach ihr, aber sie widersetzte sich ihm so wild, dass er alle Kraft aufbringen musste, um ihre Hände erwischen und sie zur Ruhe bringen zu können. Er hielt ihre Handgelenke umklammert, stieß das Mädchen auf die weiche Matratze und brachte sie mit einem festen Kuss zum Schweigen.

«Sei still, Bess. Du weißt, dass ein Mann in seinem Leben mehr als eine Geliebte haben muss. Wie sonst könnte ich gelernt haben, dich so gut zu befriedigen?»

Er knabberte zärtlich an ihrer Unterlippe, während sie mit gerunzelter Stirn zu ihm aufsah und seine braunen Augen erforschte. Einen Moment lang dachte er, er würde sich mehr einfallen lassen müssen, um sie zu überzeugen, aber ganz plötzlich, wie bei einem Sommergewitter, war ihr Ausbruch vorüber, und ihre Wangen zeigten wieder Grübchen.

«Oh, mein Herr.» Sie griff nach seinem Kopf und hielt ihn zwischen den Händen. «Es kümmert mich nicht wirklich, wie viele Ihr hattet. Für mich ist es ein seltener Genuss, mich mit Gentlemen wie Euch zu tummeln. Meine üblichen Bettgenossen sind kahl auf dem Kopf und rund um die Taille.»

Sie zog ihn zu sich herunter und küsste ihn innig, indem sie ihren Mund weit unter dem seinen öffnete und die Zunge bewegte, um die empfindlichen Nerven seiner Lippen zu erkunden.

Sie begann, sich auf eindeutige Weise unter ihm zu bewegen, schlang die Arme und Beine um ihn, hielt ihn so fest und fuhr mit den Fingernägeln sanft über seinen Rücken nach unten.

«Zeig mir nochmal, was du von deinen anderen Geliebten gelernt hast.» Sie kicherte, als er sich in dem zerwühlten Bett wieder über sie beugte und sein Gemächt dabei gehorsam gegen seinen Nabel schnellte.

Als er schließlich auf der schwarzen Stute, die er am selben Morgen in der Hafenstadt erworben hatte, die Straße entlangritt, kreisten Drummonds Gedanken immer wieder um den unbedachten Ausruf des Namens seiner Cousine in der vergangenen Nacht. Seit Wochen war sie durch die Tiefen seines Bewusstseins gehuscht wie ein Geist, und nun wurde ihr Bild immer deutlicher, je näher er seiner Heimat kam.

Die Stute scheute plötzlich, als dumpfe Rufe durch das lichte Geäst der Bäume drangen. Das Unterholz schien einsam und verlassen, aber die Straße wirkte vielbefahren, und er wusste, dass diese Strecke unter Überlandfahrern sehr beliebt war. Er trieb die Stute an und folgte der Biegung des bewaldeten Pfades, um festzustellen, dass sich der Weg vor ihm gabelte. Zwei Reiter, tief in ihre Sättel gekauert, galoppierten auf der einen Seite davon, während er auf der anderen Seite, von Bäumen beschattet, eine verzweifelt anmutende Gruppe von Reisenden und eine stehende Kutsche ausmachen konnte.

Als er näher kam, konnte er sehen, dass sich mindestens vier Männer auf der Straße befanden, alle zu Fuß. Einer war mit Seilen gefesselt, zwei weitere taumelten, festverknotete Reiseumhänge über Kopf und Gesicht, am Straßenrand. Der Kutscher versuchte vergeblich, die Stricke zu lösen, mit denen er auf seinem Kutschbock festgebunden war, eine Mischung aus Wut und Angst auf seinem geröteten Gesicht, als er den einsamen Reiter gewahrte, der aus der Dunkelheit des Waldes auf sie zukam. Drummond ließ sich behände aus dem Sattel gleiten und schlenderte zu der zitternden Schar hinüber, hob die Hände, um anzudeuten, dass er keine Waffen bei sich hatte. Seine schweren Stiefel versanken in dem Schlamm, der den Fahrweg bedeckte.

«Hängt Ihr fest in diesem verdammten Sumpf, meine Herren?» Er betrachtete neugierig ihre unterschiedlichen Fesseln und versuchte zu entscheiden, wem er wohl zuerst helfen sollte.

«Mit dem Sumpf mögt Ihr recht haben, aber es geht nicht um den Schlamm hier!», stotterte ein Mann mit weißer Perücke, der aussah, als stünde er kurz vor einer Herzattacke. «Es ist der Sumpf von Schurken und Dieben! Der Straßenräuber und Vagabunden! Kein Weg ist mehr sicher für Reisende!»

Der Kutscher, der sich selbst von seinen Hanfstricken befreit hatte, sprang vom Kutschbock herunter und begann, seine mitgenommen wirkenden Fahrgäste zu befreien. Drummond half ihm dabei, den Umhang vom Kopf des Mannes zu ziehen, der ihm am nächsten stand.

«Heißt das, Ihr seid beraubt worden?» Er war verwundert, dass die Diebe sogar am helllichten Tage zugeschlagen hatten.

«Wohl wahr, das waren welche von denen, die sie Tobys Leute nennen, zwei von diesen Taugenichtsen», antwortete ein anderer, dessen schwarze Robe und hoher weißer Kragen ihn als Pfarrer auswiesen. «Sie versetzen die Reisenden schon seit Monaten in Angst und Schrecken. Man sollte sie fassen und am Galgen aufknüpfen, wie diesen Tunichtgut Dick Turpin.»

Drummond half der Reisegesellschaft zurück in den

Wagen, während er sich ihre Geschichte anhörte und sich fragte, ob er nicht besser die beiden Männer hätte jagen sollen, die auf dem anderen Weg geflüchtet waren. Gedankenverloren sah er der schlammbespritzten Kutsche nach, die schwankend auf den dunklen Tunnel aus Bäumen zusteuerte, und streichelte die ebenholzschwarze Stute.

Er saß auf und beschloss, ein oder zwei Pistolen zu erwerben, sobald er die nächste Stadt erreichen würde. Er zog seinen warmen Umhang fester um seine kräftigen Schultern und trieb das Pferd an, begierig darauf, seine lange Reise zurück nach Hause bald beendet zu haben.

Vier Tage im Sattel hatten Drummond ermüdet, und von den Strapazen der Reise war er ganz verdreckt. Aber der Anblick der vertrauten Stadt, die in dem sonnigen Tal unter ihm lag, munterte ihn auf, und er brachte das Pferd zum Stehen, damit er den Blick über das Land schweifen lassen konnte. Es zog sich wie ein grüner Teppich in die Ferne und schien sich im Sonnenlicht zu strecken und vor ihm zu verbeugen. Die langersehnte Belohnung entzog sich seinem Blick gerade noch hinter der Spitze eines Hügels in der Ferne: Hawkesworth Manor. Doch der Anblick des heimischen Anwesens stand klar vor seinem inneren Auge, als er sich aus dem Sattel gleiten ließ und das Pferd hinunter ins Tal führte.

Als er die Stadt erreichte, saß Drummond wieder auf, hielt die Zügel kurz und ließ das gehorsame Pferd am Rande des emsigen Markttreibens entlangtraben, vorsichtig und ohne die Händler mit ihren hochbeladenen Wagen zu stören. Der trockene Sommer hatte die Straßen staubig werden lassen, und Drummond sah, wie braune Staubwolken die Hufe und Beine seines Pferdes schmutzig werden ließen.

Ein zerlumptes Häuflein schmuddeliger Bettler hatte die Hände ausgestreckt, als er sich näherte. Ein vertrautes zahnloses Lächeln weckte seine Aufmerksamkeit, und er straffte die Zügel, um in seinem Beutel nach ein paar Münzen zu suchen. Als er ein paar blanke Shillings in die narbige, schmutzige Hand warf, machte die Bettlerin einen tiefen Knicks.

«Vielen Dank, mein Herr.» Ihre Stimme weckte seine Erinnerung, und Drummond beugte sich vor, um fragend in ihr faltiges, hoffnungsloses Gesicht sehen zu können.

«Du bist doch eine Dienerin der Hawkesworths. Warum gehst du dann hier durch die Straßen und bettelst?»

Sie wich etwas zurück, blinzelte zu ihm hoch und versteckte die Hände in ihrem schäbigen Schal.

«Ich bin nicht mehr dort. Der neue Herr hat seine eigenen Leute.»

Valerian. Das also war es, was sein Bruder tat: das Haus von seines Vaters getreuen Gefolgsleuten zu säubern und sie durch zweifelsohne handverlesene Günstlinge zu ersetzen.

«Aber warum musst du dann betteln? Bestimmt sind doch deine Referenzen ausreichend, dir einen anderen guten Posten zu sichern? Und deine Abfindung, was hast du damit gemacht?»

Die Frau stieß ein Lachen hervor, bitter und freudlos.

«Referenzen? Abfindung? Ich weiß ja nicht, wo Ihr herkommt, Sir, aber unser alter Herr ist tot. Es gibt nun einen neuen Herrn im großen Haus. Der verschwendet keine Zeit mit solchen Sachen.» Sie hustete gequält und spuckte ihm den Schleim genau vor die Füße. Bevor Drummond sich wieder genug gesammelt hatte, um etwas zu erwidern, war sie bereits gegangen und hatte ihre blassen, geistergleichen Kinder mit sich gezogen.

«Warte!», rief er, aber sie beachtete sein Rufen nicht, bog abrupt um die nächste Ecke und verschwand in einer dunklen, stinkigen Toreinfahrt.

Er hatte vorgehabt, auf direktem Wege nach Hause zu gehen und seine Rückkehr kundzutun, aber er merkte, wie schwer ihm das jetzt fiel. Der Himmel allein mochte wissen, wie sein unberechenbarer Bruder auf den Verlust der Macht reagieren würde, die er sich selbst gegeben hatte. Drummond brauchte mehr Informationen, bevor er sich zu erkennen geben konnte.

Er rieb sich sein raues, unrasiertes Kinn und dachte an Jim Handfast, einen ehemaligen Wildhüter und seines Vaters ältestes Faktotum. Jim war der Einzige, dem er trauen konnte, das Geheimnis seiner Rückkehr für sich zu behalten, und bestimmt konnte er Drummond auf den neuesten Stand der Ereignisse drüben auf dem Gut bringen. Er wendete sein Pferd, nahm die Straße hinaus aus der Stadt und begab sich auf den kurzen Weg zu dem baufälligen Häuschen an der äußeren Grenze der Hawkesworth'schen Besitzungen.

«Junge, ist das gut, Euch zu sehen. Die im großen Haus haben Euch lange für tot erklärt, aber ich wusste immer, dass Ihr eines Tages zurückkommen würdet.»

Der alte Mann hielt Drummonds große Hand in einer gichtigen Umklammerung fest und schüttelte sie, sein von Falten durchzogenes Gesicht strahlte vor Freude.

«Der Herr Valerian hat seinen angeblichen Anspruch auf die Erbfolge geltend gemacht, und nun schlagen sich die meisten Bediensteten eben irgendwie alleine durch. Viele von ihnen hat er durch seine eigenen Gefolgsleute ersetzt und durch ungelernte Hilfskräfte. Jetzt haben wir auch eine Menge Wilderer, die uns die Rehe wegschießen.»

Er stellte einen Krug mit saurem Bier auf den Holztisch und sah Drummond mit Besorgnis in seinen hellen, wässrigen Augen an. Ein paar Minuten lang saßen sie schweigend da, dann hustete der alte Mann, bevor er wieder zu sprechen begann.

«Ich weiß, warum Ihr damals gegangen seid, mein Junge. Valerian hat sich seitdem kein bisschen geändert. Er ist ein Mann der Ungerechtigkeit und Grausamkeit, und sein Handeln hat mit dafür gesorgt, dass Euer Vater ein so frühes Grab gefunden hat. Gott sei seiner Seele gnädig. Sobald er Wind von Eurer Rückkehr bekommt, wird der kleine Gernegroß Euch wieder auf den Fersen sein, und diesmal wird er Euch nicht verfehlen, es sei denn, Ihr seid schneller mit dem Schwert geworden als er.»

Er wies mit einer Kopfbewegung auf die verblasste Narbe auf Drummonds linker Wange, eine stete Erinnerung an die Ereignisse, die damals zu seinem Aufbruch im Morgengrauen geführt hatten. Statt die Geschichte seinem kranken Vater zuzutragen, hatte er sich lieber in den Sold des Königs gestellt. Das Leben auf See war aufregend gewesen, und er hatte das Seefahrerdasein genossen, das so viel besser zu ihm passte als seine alte Existenz in behüteter Bequemlichkeit. Er hatte viel von der Welt gesehen, ein paar Schlachten gewonnen und seine eigenen Dämonen besiegt. Es kam überhaupt nicht in Frage, dass er seinen Bruder ihm das wegnehmen ließe, was ihm mehr bedeutete als alles andere: die ihm von Geburt zustehenden Rechte des Erstgeborenen.

Drummond schlug mit der geballten Faust auf den Tisch.

«Ich werde ihn herausfordern!», verkündete er. «Ich habe gelernt, das Schwert besser zu führen als jeder andere Mann, den ich kenne.»

«Wohl, aber seine Verzweiflung wird die Spitze seiner Waffe schärfen. Er hat mehr zu verlieren», erinnerte Jim ihn. «Nein, Master Drummond, Ihr müsst den rechten Zeitpunkt abwarten. Es ist der älteste Sohn, der alles erbt, wenn einer stirbt, ohne ein Testament zu hinterlassen. Und alle denken, Ihr seid tot. Es gibt kein Testament, und Ihr seid es, der es finden muss. Master Valerian wird Euch dabei wohl kaum behilflich sein: Vielmehr glaube ich, dass er eher zum Mörder würde, als Euch die Erbschaft zu überlassen. Wo, glaubt Ihr, mag Euer Vater es aufbewahrt haben? Könnt Ihr Euch erinnern, wo seine Geldkassette hingekommen sein mag?»

Sie redeten bis tief in die Nacht, und als Jim schließlich eine Strohmatratze unter seinem Alkovenbett hervorzog, bemerkte Drummond, dass all seine Müdigkeit verflogen schien. Bis in die frühen Morgenstunden warf er sich unruhig auf seinem kratzigen Lager hin und her, drehten sich seine Gedanken im Kreis, kamen immer wieder auf seine missliche Lage zurück, als sei sie eine verschorfte

Wunde, die ihn juckte. Er hatte entschieden vor, sich sein Erbe zurückzuholen, und war entschlossen, den Bediensteten zu helfen, denen man das Dach über dem Kopf und die Lebensgrundlage genommen hatte.

Als das rosafarbene Licht des frühen Morgens über seine nachdenklichen Gesichtszüge glitt, keimte eine Idee in ihm auf und begann langsam zu wachsen. Er musste an die Reisenden denken, denen er auf seinem Weg hierher geholfen hatte und die Opfer von zwei furchtlosen Wegelagererern geworden waren. Er drehte sich um und verschränkte die Arme unter dem Kopf. Er würde sich auf die Suche nach dem Letzten Willen seines Vaters machen, aber für die Zeit bis dahin hatte er einen Plan – verwegen und gefährlich, aber durch und durch zweckbestimmt –, um das Gleichgewicht wiederherzustellen und Hawkesworth'sches Geld zurück in die Taschen jener betrogenen Dienstboten zu bringen.

Er würde die Straßen unsicher machen, und jedes Mal, wenn er auf die Kutsche seines Bruders träfe, würde er diese anhalten und ihm den Gegenwert eines Arbeitslohns in Gold oder Edelsteinen abnehmen: nicht mehr und nicht weniger. Es war eine lautere, wenn auch vorübergehende Lösung, um Gerechtigkeit zu schaffen.

Als er schließlich einschlief, umspielte ein Lächeln seinen Mund: Der Anblick seiner selbst mit einer schwarzen Maske und einem tief in die Stirn gezogenen Hut hatte einen gewissen romantischen Reiz, und er wartete ungeduldig auf seine erste Begegnung in diesem Aufzug.

Kapitel zwei

«Bleibt stehen! Geld oder Leben!»

Der Befehl tönte klar durch die frische Luft, und der Kutscher brachte die Pferde zum Stehen, während er vor Angst und Entsetzen mit den Augen rollte. Der Straßenräuber, mit schwarzer Maske und Umhang, saß ab und fuchtelte mit der Pistole vor der Brust des Mannes herum.

«Deine Waffen, Mann. Gib mir die Waffen, die du bei dir trägst.»

Nachdem er dem Kutscher die Waffen abgenommen hatte, fesselte er ihn an seinen Sitz und band seinen langen Umhang über seinem Kopf zusammen, um ihn vollends hilflos zu machen. Der Mann wehrte sich und wollte sich bemerkbar machen, indem er laut um Hilfe schrie. Der Räuber zögerte, sein Körper verharrte in angespannter Unentschlossenheit. Schließlich holte er mit der Pistole aus und versetzte dem Kutscher mit dem schweren Griff einen Schlag in den Nacken.

Dann war Ruhe.

Als er auf die Kutsche zuging, ruhte sein Blick auf dem Wappen seiner Familie, das wohlvertraut auf dem glänzend polierten Holz der Tür prangte. Er holte tief Luft und wappnete sich. Was ihm in seiner Vorstellung und bei Nacht so einfach erschienen war, erwies sich im kalten Licht des Tages nun als weitaus schwieriger.

Er beugte sich herunter, schaute durch das offene Fenster und erblickte eine Frau in einem Samtumhang, die sich in die hinterste Ecke verkrochen hatte. Andere Mitreisende gab es nicht, und Drummond war enttäuscht über die Abwesenheit seines Bruders. Bloß eine Frau: unzweifelhaft eine von Valerians Geliebten. Vielleicht wäre ja ihr Schmuck das Unterfangen wert.

Er schaute in die Kutsche und seufzte. Dies hier war wirklich nicht so einfach, wie er erwartet hatte.

«Kommt schon, Madam. Ich werde Euch nichts tun. Gebt mir Euer Geld und Euren Schmuck, und dann bin ich auch schon verschwunden.»

Er streckte seine lederbehandschuhte Hand aus und war erleichtert, als ein Lederbeutel mit klingelnden Münzen hineingelegt wurde. Dann gab es eine lange Pause.

«Und Euren Schmuck, Madam», drängte er.

«Ich kann nicht. Er ist mir so unendlich wertvoll. Ein Geschenk. Verlangt bitte nicht, dass ich ihn Euch gebe.»

Ihre Stimme war, trotz angstvoller Spannung, weich und tief. Ihre Worte streichelten ihn wie eine Schwanenfeder, als sie ihm aus dem Dunkel der Kutsche entgegendrangen. Ihm schwirrte der Kopf, und er schüttelte ihn, wie um sich aus einer Hypnose zu befreien.

«Euer Schmuck oder Euer Leben.» Die Worte klangen selbst in seinen Ohren scharf.

Es herrschte langes Schweigen, dann legte eine zierliche Hand zögernd zwei Perlenohrringe und ein schmales Goldkettchen in seine Hand. Die Erinnerung durchfuhr ihn wie ein schrecklicher Stoß: Der Armreif war sein Geburtstagsgeschenk an Lydia gewesen, als sie zwölf Jahre alt wurde, und noch nie hatte er sie seitdem ohne diesen Schmuck gesehen. Er packte grob ihr Handgelenk und zerrte sie nach vorn ins Licht.

Weitgeöffnete Augen begegneten den seinen, dichte Wimpern beschatteten die Angst in den smaragdgrünen Tiefen. Ihre Schönheit versetzte ihn in Erstaunen, und er sah sie an, verzaubert, während er sich am Anblick ihrer strahlenden Haut auf Gesicht und Hals labte, und an dem ihrer sorgsam gebändigten Kringellocken, die unter dem zierlichen Hütchen ihre Wangen üppig einrahmten.

Die Erschütterung hatte ihn sprachlos gemacht, und er konnte lediglich ihren Arm festhalten, mit raschem Atem und verwirrtem Verstand, während er darauf wartete, dass sie ihn erkennen würde.

Lydia, die viele Geschichten von furchtlosen Straßenräubern gehört hatte, starrte zurück. Sie hielt den Atem an, als er ihre Fingerspitzen an seine Lippen zog und jeden Finger leicht und zärtlich küsste, bevor er ihre Hand losließ. Seine Augen blinzelten durch die Schlitze in seiner schwarzen Maske, und er schüttelte den Kopf, während ein Lächeln in den Winkeln seines Mundes spielte.

«Ein Schmuckstück, so schön wie kein anderes, sitzt vor meinen Augen in der Kutsche. Mit Eurer Erlaubnis, Madam, werde ich zu Euch einsteigen.»

«Nein. Das könnt Ihr nicht tun. Ich bin allein. Ich – ich habe keine Begleitung bei mir.» Lydia versuchte ihre Nervosität zu verbergen, indem sie die Hände in der beruhigenden Weichheit ihres Samtumhangs versteckte. Seine Augen verengten sich. Ihre Worte nicht beachtend, riss er die Tür auf und stieg in die Kutsche.

«Dann eben ohne Eure Erlaubnis.»

Lydias Herz schlug heftig, als sie sich in die äußerste Ecke verkroch, um so viel Raum wie möglich zwischen sich und ihn zu bekommen. Als er neben ihr saß, umspannte der Stoff seiner engen Kniehosen seine langen, muskulösen Beine, und sie fühlte, wie ihr die Kehle enger wurde und sich zusammenzog angesichts seiner so offensichtlich werdenden Körperkraft. In der stickigen Luft der Kutsche lag ein Hauch von Gefahr, als er einen seiner Lederhandschuhe abstreifte, ihr seine kräftige Hand unter das Kinn legte und den Kopf zurückbog, um ihr prüfend ins Gesicht zu blicken.

Er hob eine Augenbraue.

«Keine Begleitung? Was für eine Tragödie. Eure Mutter sollte vorsichtiger sein.»

«Ich – ich habe keine Mutter.» Sie erstarrte, als sie fühlte, wie seine Hand ihr Gesicht streichelte, während sein Daumen leicht über ihre Lippen strich und dann unter ihrem Kinn entlang, wobei seine Berührung auf ihrem Weg eine flammende Spur hinterließ. Sie machte einen Versuch, seine Hand wegzustoßen, aber er packte ihr Handgelenk mit eisernem Griff und drückte es herunter auf seinen Schenkel. Sie stieß ihn fort, als hätte er sie verbrannt.

Sie kniff die Augen zusammen, sobald er von ihrem Kinn abließ, um hinunter zum Verschluss ihres Umhanges zu wandern, und sie fühlte, wie der Stoff auseinanderfiel, sobald er den Haken öffnete. Der schwere

Samt glitt von ihren Schultern, und sie unterdrückte ein Zusammenzucken. Sie hielt sich an dem Umhang fest und versuchte ihn wieder hochzuziehen, aber er schlug leicht ihre Hand zur Seite und schob sie so weit in die Ecke, dass ihr Rücken schmerzvoll gegen das harte Holz gedrückt wurde.

Mit plötzlicher Heftigkeit riss er sie an sich und zog sie in seine Arme. Hungrig küsste er sie. Lydia drehte den Kopf, um ihm zu entkommen, aber er hielt sie fest. Bei diesem Kuss fühlte sie, wie ihre zunächst angsterfüllte Reaktion zunehmend von einer unkontrollierbaren Erregung verdrängt wurde. Während sie sich der eisernen Härte seines Brustkorbs widersetzte, riss er ihr das Hütchen vom Kopf und zog mit einer Hand alle Nadeln und Bänder heraus, die ihr Haar zusammenhielten, bis es ihr ungebändigt über den Rücken fiel.

Er wurde heftig, drängend, und entsetzte sie damit, dass seine Zunge plötzlich zwischen ihre Zähne drang. Sie wehrte sich immer mehr, je stärker sie seine hungrige Begierde spürte, die er kaum noch unter Kontrolle hatte, als er sie immer weiter zurück in die Ecke der Kutsche drängte. Sie versuchte, um Hilfe zu rufen, aber seine Lippen verschlossen die ihren wie ein Knebel, und so konnte sie sich nur mit den Händen gegen seinen unbeugsamen Körper stemmen und ihn beißen, indem sie ihre Zähne in seine fleischigen Lippen schlug.

Sie war völlig unvorbereitet auf das, was nun folgte.

Eine starke Hand glitt in ihren Nacken, sein Mund drückte sich auf den ihren, während sich sein Knie den Weg zwischen ihre Beine bahnte und sein schwerer Lederstiefel ihre Füße auseinanderstieß. Er packte ihre

Handgelenke und hielt sie hinter ihrem Rücken fest zusammen, nahm eines ihrer Haarbänder und fesselte ihre Hände. Sie wehrte sich, aber er war viel stärker als sie. Er riss ihre Schultern nach hinten und zwang sie dazu, aufrecht zu sitzen. Sie bemerkte, wie sich ihre Brüste gegen die Spitzen ihres Mieders drückten. Fast konnte sie sich mit seinen Augen sehen, hilflos, aber glutvoll, ihre Augen leuchtend und ihre Haut wie von einem Fieber gerötet. Ihre Brust hob und senkte sich von ihren schnellen Atemzügen. Sie wusste, er wollte haben, was er da sah. Sie würde kämpfen müssen, wenn sie verhindern wollte, dass er es sich nähme.

Sie sah auf die geschwollenen Bissmale an seiner Unterlippe, und es schien, als meldete sich eine leise Stimme in ihrem Kopf und fragte, ob sie wirklich wolle, dass er aufhörte. Er sah so gut aus, so entschlossen und so männlich. Könnte ein Mädchen nicht Schlimmeres ereilen als gerade dieses Schicksal?

«Bitte», sagte sie und versuchte so ruhig wie möglich zu klingen. «Wenn Ihr Geld wollt – ich habe genug davon zu Hause. Ich könnte welches für Euch besorgen. Ich könnte es hierherholen. Bitte, lasst mich gehen.»

«Das Einzige, was Ihr zurückbringen werdet, sind ein Richter und ein Seil, um mich am Galgen aufzuknüpfen. Ich will Euer Geld nicht. Ich will Euch.»

Er griff an den Ausschnitt ihres Kleides und öffnete die Schnürung mit der Geschwindigkeit und Geschicklichkeit eines Mannes, der sich mit den Feinheiten weiblicher Garderobe gut auskannte. Das Hemd darunter war aus feinem Musselin, und er riss es vom Brustbein bis zum Nabel mit einer einzigen raschen Bewegung auf, während er das feine Gewebe oben mit einem Finger festhielt. Lydia keuchte und wich zurück, und ihre Bestürzung mischte sich mit Bewunderung für die Entschlossenheit, die seinem Gesicht eine gewisse Härte verlieh. Er ergriff die beiden Vorderseiten ihres Mieders und zerrte sie so nach hinten, dass sie ihre Arme fester hielten als jede Fessel.

Sie war seine Gefangene.

«Mein Gott, seid Ihr schön.»

Bevor sie Luft holen konnte, hatte er sich nach vorn gebeugt und über ihren Brüsten seinen gierigen Mund geöffnet. Mit den Händen wiegte er die festen Rundungen. Seine Lippen glitten verlangend über ihre zarte Haut, bevor er sich dann einer Brustwarze widmete, die zwischen seinen Zähnen fest wurde. Er umkreiste sie mit der Zunge, saugte sie in seinen Mund, leckte und lutschte sie, bis sie glänzend und hart war. Lydia spürte, wie es in ihren Brüsten prickelte und dieses Prickeln ihr zwischen die Schenkel fuhr.

Sie bog ihren Rücken etwas nach hinten und schob sich dabei seinem Mund weiter entgegen; ihr Körper war so begehrlich angespannt wie an dem Tag, als Angel sie berührt hatte, aber alles war irgendwie noch erregender, ihre Haut aufnahmebereiter, ihr Verstand vernebelter. Sie atmete flach und weich, ängstlich bemüht, seine Liebkosungen nicht zu stören, aber trotzdem lag sein Duft ihr schwer in der Nase: der männliche Geruch, der seinem Haar und seiner Kleidung entströmte, wenn er sich über sie beugte, ein halbvertrautes Aroma nach Seife, versetzt mit einer Spur von Holzfeuer. Ganz gewiss hatte sie dies schon einmal gerochen, aber sie konnte es nicht zuordnen.

«Schau mich an! Küss mich!» Dies war ein Befehl, keine Bitte.

Sie schüttelte den Kopf, die Augen fest geschlossen. Er drückte ihr die Wangen schmerzhaft zusammen und hob ihr Gesicht an seines.

«Ich sagte, küss mich. Küss mich sofort.»

Sie öffnete die Augen und traute sich, ihn anzusehen. In seinem zerzausten Haar entdeckte sie kleine sonnenhelle Strähnchen, und an den Seiten wurde es von der schwarzen Maske, die er trug, gebändigt und flach an den Kopf gedrückt. Seine breiten Schultern verhinderten fast völlig, dass Licht durch das Fenster drang, und in der Kutsche war es eng und sehr dunkel. Sie spürte die Hitze seines Atems auf ihrem Gesicht, und sein Mund war nah, ganz nah an ihrem.

Es wäre eigentlich recht einfach, dachte sie. Und tatsächlich war da ein Teil von ihr, der sich danach sehnte, mit ihrem Mund den seinen zu erkunden.

Sie holte tief Luft, beugte sich nach vorn und berührte ihn dabei vorsichtig. Zuerst erwiderte er ihren Kuss nicht, sondern hielt still, während ihre Lippen mit der Zartheit eines Schmetterlings über die seinen flatterten. Als er mit einem langen und tiefen Kuss antwortete, drückten sich seine Lippen hart und doch so weich auf ihre, und sie keuchte und war enttäuscht, als er sich plötzlich zurückzog. Er stand auf und war so groß, dass sein Kopf an die Deckenbespannung der Kutsche stieß.

Er beobachtete sie, als ob er ihre Reaktion abschätzen wollte, zog an seinen Hemdknöpfen und zerrte ungeduldig dessen lange Enden aus dem Bund seiner engen Hose. Lydia starrte auf seine bloße Haut, auf die seidige, sonnenverwöhnte Bräune seiner Brust und den Streifen feiner goldener Haare, der sich bis hinunter zu der Wölbung schlängelte, die sich unter dem Verschluss seiner Hose abzeichnete. Sie fühlte einen heftigen Stoß in ihrem Magen und dann ein nicht zu benennendes Gefühl – eine Art Erregung, vermischt mit Angst –, das durch ihren Körper flutete. Er ließ den ersten Knopf seiner Hose aufspringen, und ihre Blicke fielen auf sein Gesicht: Sie erkannte, dass es nie und nimmer eine Chance gäbe, ihm zu entkommen.

Er nahm ihren gefesselten, halbentblößten Körper in seine Arme und ließ sie zurücksinken, bis sie die kühlen, festen Ledersitze auf ihrer Haut spürte. Eine Hand streifte leicht von ihrem Hals hinunter über ihre Brüste und bis zu ihrem flachen Bauch. Dann schob er ihre Röcke hoch, seine Finger tauchten zwischen ihre Schenkel, und er legte sich mit geübter Leichtigkeit auf sie. Lydia versuchte ihre Knie aneinanderzupressen.

«Bitte – oh, bitte!» Sie war sich wirklich nicht sicher, ob sie ihn bitten wollte aufzuhören oder weiterzumachen. Der Zug um seinen Mund wurde streng, als er ihre Beine erneut mit festem Druck auseinanderschob und seine besitzergreifende Hand über sie gleiten ließ. Sie schloss die Augen, ihr Körper zitterte unter seinem Gewicht, das schwer auf ihr lastete, und brennende Küsse bedeckten ihr Gesicht, ihren Hals, ihre Brüste.

«Du bist schön, so schön. Ich werde dir nicht wehtun. Lass mich dich streicheln, du bist wundervoll. Du duftest so frisch.»

Seine Lippen streiften ebenso sanft und wie drängend ihre Augenlider, deren empfindsame Haut er küsste, während seine Hände über ihren bebenden Körper wanderten.

Er war entschlossen, aber sanft, und sie fühlte, dass sie auf ihn ansprach. Ein dumpfes Pochen tief in ihrem Innern wurde immer deutlicher, und sie versuchte, es zu unterdrücken, zu leugnen, aber es wurde nur noch stärker und aufdringlicher. Die Erregung wurde immer größer und erfasste ihren ganzen Körper. Er streichelte ihre prickelnde Haut, verharrte einen Moment bei ihren Schenkeln und tastete sich dann weiter nach innen, in ihre Mitte, berührte die enge Öffnung, besänftigte sie.

Sie lag ganz ruhig da, zitternd und ängstlich zwar, aber gewärmt von seiner Umarmung, in der sie sich ganz auf das Gefühl konzentrierte, das seine Fingerspitzen in ihr hervorriefen: Sie spürte, wie sie unter seinen Berührungen anschwoll, sich öffnete und weich wurde.

Er stützte sein Gewicht über ihr mit einem Arm ab, während er seine Hosenknöpfe öffnete und sein Gemächt befreite, das, fest und straff, begierig der Fessel seiner Kleidung entsprang. Lydia blickte an ihm herunter und dann schnell fort, unfähig zu glauben, dass ein Mann dort so anders aussehen könne als sie selbst. Sie hielt den Atem an, da er jetzt seine Hand über ihre Scham kreisen ließ und ihre Spalte auseinanderzog. Plötzlich spürte sie seine pochende Erregung, die sie um ihre Selbstbeherrschung brachte. Sie merkte, wie ihre hinter dem Rücken zusammengehaltenen Arme zu zittern begannen und ihre Hände in den Fesseln sich bewegten und brannten.

Als er in sie eindrang, wollte sie sich wehren: zu spät. Sie waren beide schon zu erregt, um noch einhalten zu können, und Lydia ließ ihren Kopf auf ihren abgelegten

Umhang sinken, ihre Augen fest auf die seinen gerichtet.

Er stockte plötzlich an einem unerwarteten Hindernis, und seine Pupillen verengten sich.

«Hast du …? Bist du noch …? O Gott!» Er machte eine Pause, atmete schwer, wie über einem riesigen Abgrund schwankend. Dann, als sie instinktiv ihre Fußgelenke anhob und die Beine um ihn schlang, schloss er seine Augen und drang beherzt in sie ein.

Tief in sie hinein.

Lydia spürte einen scharfen Schmerz und winzige heiße Tränen brannten ihr in den Augen. Der Straßenräuber flüsterte ihr schmeichelnde Worte ins Ohr, die sie kaum hören, geschweige denn verstehen konnte. Sie meinte, er habe ihren Namen gesagt, aber die Aufgewühltheit schien ihren Verstand zu vernebeln, und sie gab es auf, etwas verstehen zu wollen, nahm nur noch das Gefühl der seidigen Lippen wahr, die beruhigend über ihr Gesicht und ihren Hals strichen, und die Hände, die sanft über ihre Hüften glitten, während er sich in ihr bewegte.

Er war auf beinahe unfassliche Weise zärtlich, glitt langsam über sie hinweg und hielt sie dabei in seinen Armen. Sie fühlte, wie das Fordernde allmählich von süßem Begehren abgelöst wurde, als er sich aus ihr zurückzog, um dann köstlich wieder in sie hineinzustoßen. Seine Stöße erzeugten einen so aufreizenden Rhythmus, dass sie sich immer mehr unter ihm entspannte und begann, ihm ihre Hüften entgegenzustrecken, ihre ganze Aufmerksamkeit auf die köstliche Qual gerichtet, die ihr seine Berührung bereitete.

Sie drückte sich mit dem Rücken von den roten Ledersitzen ab, ihr Herz schlug schneller, sandte fiebrige Wellen über den ganzen Körper und brachte die flaumweichen Härchen auf ihrer Haut dazu, sich aufzustellen. Sie konnte ein Prickeln spüren, das von den Zehen ausging, sich über den Rücken nach oben tastete und pulsierend über ihre Kopfhaut zog. Mit einem Mal fühlte sie, wie alles in ihr losließ, sie zu fallen begann und rettungslos zu ertrinken drohte. Besinnungslos, völlig in den Bann geheimnisvoller Erregung gezogen, umklammerte sie seine Hüften mit den Knien und nahm dabei kaum das plötzliche leise Aufstöhnen wahr, das der Straßenräuber von sich gab, als er zum Höhepunkt kam und sich mit kraftvollen Stößen in sie ergoss.

Sie fühlte sein Gemächt zucken. Dabei gab sie sich ganz der Süße ihrer eigenen Gefühle hin, während sie unter dem Gewicht seines Körpers bebte und sich wand. Sie spürte eine sonderbare Erlösung, und sie wünschte, nicht gefesselt zu sein, damit sie ihn umschlingen und sich an ihm festhalten könnte, um nicht von ihm fortzutreiben.

Sie lagen erschöpft da, und sie atmete den Duft ihrer Umarmung ein. Drummond richtete sich über Lydia auf und stützte einen Ellbogen auf, wodurch sich sein Muskel unter dem festen Stoff seines Hemdes abzeichnete.

Er beugte seinen Kopf zu ihrem herab und küsste sanft ihre geschwollenen Lippen, fast liebevoll. In seinen Augen lag ein gefühlvolles Leuchten, das Lydia nicht deuten konnte. Sie würde und konnte ihn nicht küssen; zu viele Dinge gingen ihr durch den Kopf. Sie lag neben ihm, ohne sich zu rühren.

«Ich muss fort. Ich bin schon zu lange geblieben.» Seine Stimme war dunkel, vertraut und klang süß in ihren Ohren. Sie bewegte sich unter ihm und bemerkte, dass sie einen Krampf in ihren zusammengebundenen Händen hatte.

Er half ihr auf, zog ihr das aufgerissene Hemd und das geöffnete Mieder zusammen. Sobald ihre Hände befreit waren, ordnete Lydia schweigend ihr Haar und steckte es wieder hoch, wobei sie seinen unergründlichen Blick auf sich spürte, mit dem er jede ihrer Bewegungen verfolgte.

Als sie sich wieder angezogen hatten, sah sie ihn an und runzelte dabei die Stirn.

«Es gibt eine Sache, die ich noch zu tun habe», sagte sie, stand auf und drehte sich zu ihm um.

Es entstand eine Pause, bis Lydia schließlich ihre Hand hob und ihm eine schallende Ohrfeige verpasste. Er zuckte erschrocken zusammen, aber in seinem Blick lag Verständnis. Er tastete nicht nach den Abdrücken ihrer Finger, die seine Wange überzogen, sondern streckte seine Hand aus und langte nach einer kleinen Haarlocke, die sich über ihre Schläfe ringelte. Er holte Luft, als wollte er etwas sagen, drehte sich dann aber plötzlich weg und sprang aus der Kutsche.

Er drehte sich um und sah sie durch die geöffnete Tür an. Schließlich streckte er seinen Arm aus, ergriff die Hand, die ihn geschlagen hatte, und drückte sie an seine Lippen.

«Einen schönen Tag, Madam. Und eine sichere Weiterreise.»

Mit einem Mal war er fort, rannte leichtfüßig zu seinem Pferd. Er war aufgesessen und davongaloppiert, noch bevor sie überhaupt einmal hatte schreien können. Sie streckte Kopf und Schultern aus dem Kutschenfenster, sah ihm nach, wie er über den Kamm des Berges ritt, seine Silhouette dunkel vor der Morgensonne. Dann entschwand er aus ihrem Blickfeld.

Freiheit, dachte Lydia, so also fühlt sie sich an. Sie strich den modischen dunkelgrünen Strumpf über ihrem Knie glatt und hielt inne, um ihr Spiegelbild zu betrachten. Ihr Bein war genauso schlank und wohlgeformt, wie es gestern Morgen gewesen war, aber irgendwie sah alles an ihrem Körper neu aus. Alles war anders, alles hatte sich verändert. Jetzt wusste sie Bescheid. Jetzt war sie keine – wie hatte Valerian sie noch genannt? – keine *virgo intacta* mehr, keine Jungfrau.

Sie ließ die Unterröcke über die Beine fallen. Die Handflächen glitten über ihren Rock, während sie noch immer auf ihr Spiegelbild schaute. Wenn sie sich vorbeugte, konnte sie sehen, dass sich sogar die Farbe ihrer Augen verändert hatte: Sie waren heller, leuchtender, wie glitzernde Smaragde, mit winzig kleinen Pupillen. Zusammengezogen von einer Morgensonne, die alles um sie herum erleuchtete.

Sie fragte sich, was er wohl gerade tat, wo er im Moment war.

Die Unverfrorenheit des maskierten Straßenräubers hatte ihrem ersten echten sexuellen Erlebnis einen besonderen Reiz verliehen, und seine Anonymität ließ ihre Erinnerungen umso berauschender werden.

Wer war er?

Sie rieb sich mit einem Finger über die volle Unterlippe, stellte sich die geschwollene Stelle vor, das Bissmal, das seinen Mund für einige Tage zeichnen würde.

Würde sie ihn jemals wiedersehen?

Ihr Körper, tief drinnen dahinschmelzend und weich wie Honig, hoffte darauf, dass es so wäre, und zwar so bald wie nur möglich. Jetzt, wo sie die körperliche Liebe gefunden hatte – und noch nicht einmal danach suchen musste –, war sie erfüllt von einem unstillbaren Verlangen, mehr von deren Köstlichkeiten zu erfahren.

Sie warf ihrem Spiegelbild noch einen letzten verführerischen Blick zu, bevor sie hinunterging zum Frühstück und sich dabei überlegte, ob wohl jemand bemerken würde, wie anders sie heute aussah, und sich nach dem Grund fragen würde.

Lydia verließ die Übernachtungsgäste, damit sie sich vor dem Beginn der Jagd mit einem Frühstück stärken konnten, und trat hinaus auf die steinernen Stufen. Geisterhafte morgendliche Nebelschwaden hingen über den kräftigen Eichen im Panoramagarten. Die kühle Feuchtigkeit des Frühherbstes ließ einige der ungebändigten Locken sich um Lydias Gesicht kräuseln, und sie steckte sie energisch unter ihren Hut zurück, der auf einer Seite tief in die Stirn gezogen war.

Sie bog die schmiegsame Reitgerte mit den Händen, schritt energisch um die Stirnseite des Hauses, dabei wirbelten die Falten des grünen Reitkleides ihr um die Beine. Sie konnte die Jagdhunde im Hof hören, die bellten, während sie sich aufgeregt zwischen den glänzenden Läufen der Pferde bewegten.

Als sie um die Ecke bog, sah sie Valerian, eine blendende Erscheinung in seinen engen Reithosen, seine blasse, teuflische Schönheit hervorgehoben von einem scharlachroten Umhang, der über seinen breiten Schultern spannte. Sein rechter Arm bewegte sich plötzlich nach oben und wieder nach unten, als er die Peitsche auf die gekrümmten Schultern eines jungen Stallburschen niedersausen ließ.

«Verdammter Kerl», knurrte er und hob den Arm, um erneut zuzuschlagen, «wenn ich polieren sage, dann meine ich auch polieren. Guck hin, Bursche, schau es dir an! Mit einem so dreckverkrusteten Zaumzeug kann ich mich doch nicht in der Öffentlichkeit blicken lassen.» Er richtete sich zu seiner vollen Größe auf. «Putz es nochmal, oder du beziehst augenblicklich die Prügel deines Lebens.»

«Aber, Sir, ich ...»

«Werd nicht unverschämt: Ich bin dein Herr!», brüllte Valerian. Wut und Jähzorn spannten seinen Körper, als er die Peitsche nochmals zum Schlag erhob. Der junge Bursche schrie auf, als deren Spitze mit einem stechenden Schmerz seine ausgestreckte Hand traf. Lydia sprang vor, um Valerians Arm mit beiden Händen nach unten zu reißen, nachdem sie ihre Gerte hatte zu Boden fallen lassen.

«Valerian! Nein! Schlag ihn nicht, bitte!» Sie zerrte an ihm, damit er sie ansah. Der Stalljunge rappelte sich auf, zögerte und rannte schließlich davon, als Valerian sich aufgebracht umwandte. Seine schmalen Lippen durchschnitten sein Gesicht wie eine klaffende Wunde, seine tiefliegenden schwarzen Augen waren glasig und blutunterlaufen.

«Valerian», drängte Lydia. «Bitte, Cousin, sieh mich an.»

Sie kannte seine Wutausbrüche, wusste, dass er völlig außer sich geraten und seine Umwelt nicht mehr wahrnehmen würde, einzig und allein konzentriert auf die gewaltsamen Kräfte, die in ihm wüteten.

Plötzlich richteten sich seine wütenden Blicke auf sie, und er kräuselte seine Lippen gefährlich, während eine Hand schnell nach den Volants von Lydias Bluse griff. Er zog sie brutal zu sich heran, und als sein übelriechender Atem ihr über das Gesicht strich, zuckte sie zurück, und Angst überkam sie. Er schüttelte sie wie ein Kätzchen, das man ertränken will, stieß sie dann aber so abrupt von sich, dass sie schmerzhaft auf dem Steinpflaster des Hofes landete, die Röcke weit über ihre Knie hochgerutscht.

Valerian hatte die Lederpeitsche bereits erhoben, noch bevor sie überhaupt darauf gefasst war, und er ließ sie herabsausen, um sie dabei nur um Haaresbreite zu verfehlen. Angesichts seiner unbegreiflichen Brutalität schnappte Lydia nach Luft, begann zu schreien und schlug wild um sich, in der Hoffnung, jemand würde ihr zu Hilfe kommen.

Doch es war niemand da. Die Gäste frühstückten noch, und selbst die Hunde kauerten am anderen Ende des Hofes, so weit wie nur möglich von ihrem Herrn entfernt.

Plötzlich gewahrte Lydia, wie eine auf Hochglanz polierte Stiefelspitze ihre Beine auseinanderschob. Kräftige Hände packten den Saum ihrer Röcke, hielten einen Moment inne und rissen sie dann der Länge nach auf, vom Saum bis zur Taille, enthüllten die grünen Strümpfe, die ihre Beine bedeckten, schließlich bis ganz nach oben, wo sich ein paar Zentimeter verletzlicher blasser, weicher Haut zeigten.

Als sie das eindringliche Starren in Valerians kohlschwarzen Augen sah und bemerkte, wie sein strammes Gemächt die Reithosen ausbeulte, kroch sie entsetzt davon. Lydia tastete mit den Händen über den Boden, während sie sich wie eine Krabbe von ihm fortbewegte, sich umdrehte, noch halb kriechend, und sich hochstemmte, bis sie stand. Panik begann in ihr aufzusteigen, als sie seine gemurmelten Flüche hörte und spürte, wie seine Krallen ihr über das Haar strichen.

Dann war plötzlich das Tor vor ihr, und sie erklomm es, wobei ihre zerrissenen Röcke weit auseinanderfielen, als sie ihre Beine hinüberschwang. Sie blickte zurück und bekam mit, wie Valerian auf den glatten Sohlen seiner Reitstiefel über den Steinboden schlitterte, um wieder die Oberhand zu gewinnen.

«Halt!», schrie er, mit hörbarer, eitler Enttäuschung in der Stimme, sein Ziel möglicherweise nicht zu erreichen. «Komm sofort zurück, oder ich hetze die Hunde auf dich!»

Ohne noch länger zu zögern, sprang Lydia von der Spitze des aus fünf Balken bestehenden Holztores und verdrehte sich bei der harten Landung ein wenig ihren Knöchel. Auf dem taunassen Gras versuchte sie sich wieder zu fangen, rutschte dabei ein bisschen und rannte dann, ihre zerrissenen Röcke schürzend, Hals über Kopf über das mit seinem spärlichen Baumbestand wenig Schutz gewährende Anwesen. Schließlich erreichte sie, völlig außer Atem, den Rand der Hawkesworth'schen Wälder, wo dunkle Geborgenheit sie erwartete.

Lydia hielt inne, massierte sich mit den Fingern die Rippen, unter denen sie brennendes Seitenstechen spürte. Sie fühlte sich, als sei sie bereits seit Stunden gerannt, obwohl es kaum mehr als zwanzig Minuten gewesen sein konnten. Sie war erst am Saum des schattigen Waldes entlanggelaufen, da sie Angst hatte vor dem schweigenden Innern. Aber sobald sie die Hunde anschlagen hörte, als diese aus dem Hof gelassen wurden, hatte sie ihre Feigheit in den letzten Winkel ihres Hirns zurückgeschoben und sich in die dunkelgrüne Finsternis des Waldes gestürzt.

Während sie durch das Unterholz rannte, zerkratzten Brombeer- und Dornengestrüpp ihr die Haut an den Fußgelenken, bis winzige Bluttropfen ihr über die Füße liefen. Mit den Haaren blieb sie in herbstkahlen Ästen hängen, diese verfingen sich in den ohnehin zerzausten Strähnen, wenn sie sich ungeduldig davon zu befreien versuchte. Das Gelände vor ihr war jetzt leicht abfallend, seine lehmige Oberfläche bedeckt von einem Teppich aus raschelndem Laub: dunkelrot, golden und braun.

Lydia rutschte zur Seite und nach unten. Der Wald um sie herum wurde immer dichter, während sie sich hinunter in die Schlucht vorarbeitete, durch die sich ein kleiner, gurgelnder Bach schlängelte. Das Morgenlicht konnte das Dunkel kaum durchdringen: Nur ein paar schwache Strahlen fielen durch das Geäst, und die Bäume wölbten sich hoch oben schützend über allem.

Sie erreichte den Bach und blieb stehen, schweratmend, an einen Baumstamm gelehnt, um sich abzustützen.

Es herrschte Stille. Das eindringliche, bedrohliche

Schweigen auf der einer Kathedrale gleichenden Lichtung wurde nur von dem Plätschern des Wassers gebrochen und dem Knacken und Knistern dürrer Äste. Ein welkes Blatt, das herabgeschwebt kam und ihren Arm ein wenig berührte, ließ sie erschreckt zusammenfahren und sich umblicken. Die Böschung hinter ihr war steil und die Spuren ihres Abstiegs deutlich sichtbar. Valerian würde keine Mühe haben, ihr zu folgen und sie zu finden, und noch weniger würde sie seinen Hunden entkommen können.

Wie auf Kommando jaulte jetzt die ferne Meute auf, als sie ihre Witterung am Waldrand aufnahm. Die Angst ließ ihr Herz heftig schlagen, und das Blut rauschte ihr in den Ohren. Sie raffte ihre Röcke und lief entschlossen in den Bach. Das eisige Wasser ließ sie nach Luft schnappen und brannte in den kleinen Kratzern an ihren Beinen, aber sie watete weiter, da sie wusste, dass die Hunde möglicherweise ihre Spur verlieren würden, wenn sie dem Wasserlauf lange genug folgen konnte.

Sie stolperte über Steine und herabgefallene Äste, blieb in der Mitte des Baches und lief gegen die Strömung an. Sie fragte sich, wo der Bach wohl seine Quelle hätte, und hoffte, dass er sie von den Hunden wegführen würde. Sie würde dann schnell zum Herrenhaus zurücklaufen, in seine Wärme und Sicherheit.

Der Gedanke an zu Hause war so verlockend, dass sie ihre Konzentration verlor, über einen großen Stein stolperte und in dem kalten Wasser hinfiel. Sie versuchte den Fall abzufangen, indem sie die Hände von sich streckte, riss sie sich aber an den scharfen Kanten des großen Steines auf. Sie konnte hören, wie die Hunde hinter ihr aufholten, durch das Unterholz hetzten und die Böschung herunter auf sie zustürzten. Einige jaulten auf, da sie sich ihre Pfoten an dem scharfen Geröll verletzten. Lydia raffte sich auf und stürzte vorwärts, weder auf die Schmerzen in ihrem verstauchten Knöchel achtend noch auf die Schwere ihrer durchnässten Röcke.

Nach links ausscherend, rannte sie aus dem Wasser und den farnbedeckten Hügel hinauf, wo sie schneller laufen konnte, aber sich immer noch ängstlich umblickend. Der Rudelführer der Meute kam nun immer näher, Speichel troff ihm von den gefletschten Zähnen, da er die Verzweiflung seines Opfers spürte.

Lydia schrie, lang und durchdringend.

«Aus!», befahl eine heisere, fremdländisch klingende Stimme. Sie drehte sich um, prallte mit einem mächtigen muskulösen Brustkorb zusammen, und zwei kräftige Arme hielten sie fest, hoben sie beinahe vom Boden hoch.

«Helft mir! Oh, bitte, helft mir!», japste Lydia, für einen Augenblick dankbar, da sie sich in Sicherheit wähnte. Bis sie aufsah in das harte, unnachgiebige Gesicht von Conrad, Valerians norwegischem Diener.

Er sah ungerührt an ihr herunter, hob sie wortlos hoch und warf sie über eine seiner breiten Schultern, während er nach dem Leithund trat, der sich auf sie stürzen wollte. Als sie über seiner Schulter baumelte, fiel ihr Haar hinter ihm beinahe bis auf den Boden hinunter. Lydia trommelte ihm schreiend mit beiden Fäusten auf den Rücken, während er sich umdrehte, um durch den Bach zu waten. Seine kraftvollen Beine legten ohne Mühe den Weg die Böschung hinauf zurück.

Valerian wartete auf seinem riesigen kastanienbraunen Hengst, mit einem zweiten Diener, der geduldig an seiner Seite ausharrte.

«Nun, hast du es dir anders überlegt, liebe Cousine? Wolltest du dich nicht in einem Fuchsbau verstecken?», fragte er mit einem spöttischen Unterton in seiner gelassenen Stimme. «Danke, Conrad. Das hast du gut gemacht. Ich werde dich gebührend belohnen.» Er griff in sein rotes Wams, zog einen Beutel mit Sovereigns heraus und warf ihn dem Diener zu. Der große Norweger verlangsamte seinen Schritt kaum und fing ihn mit einer riesigen Hand.

«Setz sie hinter mich», befahl Valerian. Der Diener hievte die sich wehrende Lydia auf das Pferd, wo sie sich instinktiv an Valerians scharlachrotem Umhang festhielt.

«Bringt die Meute nach Hause.» Er nickte den beiden Gefolgsleuten zu, gab dann seinem Pferd die Sporen, drehte um und ritt durch den Wald davon. Lydia klammerte sich an ihn, und ihre Verzweiflung wich der Erleichterung, als sie bemerkte, dass sie nach Hause ritten.

Kapitel drei

Der Wald lichtete sich, und sie trabten durch die weite Parklandschaft auf das Anwesen zu. Die Schornsteine des Hauses waren bereits zu erkennen, einladende Rauchfähnchen stiegen daraus empor. Als sie eintrafen, sah Lydia Anderson, den Diener, bereits am Tor zur Stalleinfahrt warten.

«Herr», sagte er und räusperte sich taktvoll, «die Gäste fragen sich schon, was aus der Jagd werden soll.»

«Schick sie nach Hause», antwortete Valerian knapp. «Informiere sie darüber, dass meine Cousine unpässlich ist und dass sie Erholung und Ruhe braucht. Hier, Sam!» Er gab dem Stallburschen, den er zuvor so grausam behandelt hatte, einen Wink. «Nimm mein Pferd.»

Der Bursche führte seine schwielige Hand an die Stirn und beeilte sich, seinem Herrn zu Diensten zu sein. Beim Absitzen zog Valerian Lydia in seine Arme und schob sie ins Haus, durch die große Vorhalle und die breite Treppe hinauf. Lydia wehrte sich zaghaft, als sie an ihrer Zimmertür vorbeigingen, ohne anzuhalten. Sie versuchte, seine harten Gesichtszüge zu ergründen, aber sie sagte nichts. Ein kleiner Funken der Erregung flackerte in ihr, als er die eisenbeschlagene Tür zu seinem Zimmer auftrat. Seit ihrer Kindheit war Lydia dort nicht mehr gewesen, und sie schaute sich mit Interesse um, so als würde sie erwarten, dort noch Reste der für einen Jungen hergerichteten Räumlichkeiten vorzufinden.

Schwere scharlachrote Vorhänge waren vor die großen Fenster gezogen, und der Raum lag zum Teil im Dunkeln, nur erleuchtet von den ersterbenden Flammen eines Feuers im Kamin. Der schwarze Fußboden ließ jegliche Teppiche vermissen, bis auf ein Tigerfell, das vor dem riesigen schwarzen Marmorkamin lag. Ein gerader Holzstuhl, wie ein Thron, stand an einer Seite des Fells, Messingnieten spannten das rabenschwarze Leder des Sitzes und der Armlehnen. Weiche Kordeln wanden sich um die vorderen Beine und jede der Armlehnen, und neben dem Thron stand eine verschlossene Schatulle auf einem Fußschemel.

Auf der anderen Seite des Raumes thronte auf einem Podest – einem Altar gleich – Valerians riesiges, fast zwei Meter breites Bett; rote und schwarze Seidengardinen verhüllten den Blick auf die Weichheit des Bettes. Es stand auf ebenhölzernen Beinen, und meterlange, fließende purpurrote Voile-Bahnen ließen darüber einen Himmel entstehen, der von einem runden schmiedeeisernen Reifen herunterfiel, der unter der Balkendecke hing. Die Schlichtheit des Raumes, die im Kontrast zu der leuchtenden Farbigkeit der roten und schwarzen Stoffe stand, regte Lydias Sinnlichkeit an. Sie konnte sich schwer vorstellen, dass Valerian hier schlief: Es war ein Zimmer, das nicht für einen erholsamen Nachtschlaf gemacht zu sein schien, sondern für andere, vollkommen andere Tätigkeiten.

Als sie in Valerians Augen schaute, entdeckte sie dort fasziniert einen Ausdruck größter Begierde und wildester

Lust, den sie tief in sich selbst gespiegelt sah. Eine prickelnde Hitze lief ihr über die Haut, und sie spürte, wie ihr der Atem stockte, als er sie, ohne zu lächeln, eindringlich ansah.

«Du kannst mir nicht entrinnen, Lydia», knurrte er. «Du kannst weglaufen. Denn du erregst mich sogar damit, und ich werde dir deshalb immer einen kleinen Vorsprung lassen. Aber ich werde dich genauso wie heute einfangen. Jedes Mal wieder.»

Er setzte sie auf dem thronähnlichen Stuhl ab, fast sanft, legte ihre Hände so auf die Armlehnen, dass sie instinktiv die geschnitzten Kugeln an den Enden umklammerte. Er wickelte ihr die seidenen Schnüre um die Handgelenke und zog sie fest, bevor er dasselbe mit ihren Fußgelenken tat.

Lydia beobachtete ihn, unsicher, ob sie sich wehren oder schreien sollte, und sie fragte sich, was er vorhatte. Die Sitzfläche war breit. Ihre Beine waren gespreizt unter ihrem Kleid, ihre Füße fest und weit auseinander angebunden. Sie fühlte sich zur Schau gestellt und offen, obgleich ihre schweren, nassen Röcke sie bedeckten.

Valerian kniete sich vor sie hin und betrachtete zufrieden sein Werk, offensichtlich angetan von der erzwungen aufrechten Haltung und ihrer völlig gestreckten Wirbelsäule, wodurch ihm ihre Brüste regelrecht entgegensprangen. Er streifte ihr die durchweichten Schuhe von den Füßen, warf sie zur Seite. Lydia bemühte sich, unbeteiligt zu bleiben, obgleich sie vollkommen verwirrt war von seinen intimen Gesten, als er plötzlich die Haken an der Seite ihrer Röcke öffnete und sie ihr über die Hüften nach unten zog.

«Anheben!» Das war ein Befehl, der keinen Ungehorsam duldete.

Lydia bewegte sich ein kleines bisschen, indem sie sich mit den Händen abstützte und ihr Hinterteil von der Sitzfläche anhob. Mit einem Ruck zog er den Rock samt den Unterröcken nach unten, befreite kurz ihre Fußgelenke von den Fesseln, um die Kleidungsstücke darüberzustreifen, bevor sie bei den Schuhen, am anderen Ende des Zimmers, auf einem nassen und unordentlichen Haufen landeten.

Er starrte sie an, ergötzte sich an der Nacktheit ihrer unteren Körperhälfte, die nur noch von den dunklen Strümpfen bedeckt wurde. Sie konnte spüren, wie die bloße Haut ihrer Hinterbacken an dem Ledersitz klebte und sich dort, wo sie auf der festen Oberfläche saß, langsam ein feuchter Fleck bildete.

Sie beobachtete Valerian, wie er ihr die Jacke und die Bluse öffnete, dann das Korsett aufschnürte, um ihre Brüste zu befreien. Er berührte sie nicht, sondern war zufrieden damit, sie lediglich mit seinen Augen zu streicheln. Sie saß ganz still, seinem unergründlichen Blick vollkommen ausgeliefert, als plötzlich ein Strom heißen Begehrens sie durchlief und sie nach der Berührung seiner Hände verlangen ließ, danach, dass er sie anfassen, nehmen, irgendetwas mit ihr tun musste.

Was er allerdings immer noch nicht tat. Stattdessen streifte er ihr mit äußerster Vorsicht die Strümpfe von den zerkratzten Beinen, bevor er sich erhob und ans andere Ende des Raumes ging. Sie beobachtete ihn dabei, wie er aus einem Krug Wasser in eine Porzellanschüssel goss. Dann kniete er sich wieder vor ihr nieder und wusch vorsichtig ihre Wunden mit kühlem Wasser, wobei seine Finger kaum ihre heiße Haut berührten, die unter seiner sanften Behandlung zuckte und Gänsehaut zeigte.

Als er fertig war, schob er die Porzellanschüssel mit dem rosig gefärbten Wasser beiseite und packte ihre Fußgelenke mit festem Griff. Er hielt einen der gereinigten Füße, betrachtete seine Blässe und strich sacht mit seinem Daumen über die Unterseite, bevor er plötzlich ihre Zehen mit seinen Lippen bedeckte, sie umschloss und an ihnen sog.

Lydia versteifte sich, die köstlichen Empfindungen schienen ihr kaum aushaltbar, und sie ließ ihren Kopf an die hohe Rückenlehne des Stuhls sinken. Sie konnte fühlen, wie seine Lippen über ihren Spann bis hin zu ihrem Knöchel wanderten, wo seine Zunge rau über ihre Haut strich, während ihre Finger sich fest um die Holzkugeln schlossen.

Sie gab sich der köstlichen Lust hin, die sein Mund auslöste. Er kostete sie, indem er seinen Mund ganz allmählich, aber unaufhaltsam nach oben bewegte, wobei sein salziger Speichel in ihren kleinen Wunden brannte. Sie jammerte, und er lächelte insgeheim, genoss die kleinen Anzeichen ihrer Schmerzen. Er tastete sich weiter an ihrem Bein hinauf, bewegte sein Gesicht über die weiche Haut an der Innenseite ihrer Schenkel, wo er tief einatmete und den Duft ihrer Erregtheit genoss.

«Du riechst wie eine läufige Hündin.»

Entsetzt von seiner plötzlichen Grobheit, nachdem er zuvor den Anschein von Zärtlichkeit gezeigt hatte, ließ sie ihren Kopf nach vorn schnellen, und sie starrte ihn mit zusammengekniffenen Augen an.

«Ich dachte, du würdest räudige Straßenköter von deinen läufigen Hündinnen fernhalten!», gab sie zurück.

Mit unerwarteter Heftigkeit umfasste er plötzlich ihre Hüften und zog sie bis vorn an den Rand des Stuhles, um sie ganz seinem prüfenden Blick auszusetzen.

«Nur die besten Deckrüden kommen da zum Zuge», murmelte er.

Sie konnte seinen heißen Atem auf ihrer Haut spüren, als er seinen Kopf senkte, und sie zuckte zurück, nachdem ihr letztlich bewusst geworden war, dass es ja Valerian war, den sie so sehr verabscheute und den sie als ihren Feind ansah. Bei ihrem erbitterten Katz-und-Maus-Spiel im Wald war er ihr tödlicher Feind gewesen.

Er beobachtete sie mit düsterer, nachdenklicher Eindringlichkeit. Seine schwarzen Augen waren halb geschlossen und funkelten vor plötzlicher Wut. Kalt und bestimmt packte er sie erneut und zog sie wieder an die Kante des Stuhls, bevor er eine seiner Hände befreite und ihren Hals mit einem harten Griff umschloss. Lydia starrte ihn an, Angst vermischte sich angesichts seiner Entschlossenheit mit Begehren. Er beugte sich vor und presste seinen Mund auf den ihren.

«Du tust mir weh», zischte sie und drehte ihren Kopf zur Seite. Er drückte ihren Kopf so weit nach hinten, bis ihre Augen in die seinen blickten.

«Wenn ich dir wehtun möchte, werde ich es tun», sagte er. «Du scheinst noch nicht verstanden zu haben, dass ich mit dir tun kann, was mir gefällt. Du gehörst mir.»

Während er seinen festen Griff beibehielt, schob er seinen Kopf zwischen ihre Schenkel und stieß seine fordernde Zunge in ihr brennendes Fleisch. Ihre Sinne begannen durcheinanderzuwirbeln, und sie bog ihren Rücken durch, drückte sich nach vorn und gegen sein Gesicht, begierig, mehr zu spüren und sich an ihm zu reiben. Er saugte und leckte und neckte sie, bis die ersehnten Wellen über sie hereinzubrechen drohten. Doch als hätte er ihren herannahenden Höhepunkt geahnt, hielt er inne.

«Oh, nein! Bitte!»

Sie sah ihn durch halbgeschlossene Lider an, ihre Wimpern warfen kleine Schatten auf ihre erröteten Wangen. Er verzog seinen dünnen, harten Mund zu einer Art Lächeln und genoss offenkundig das Gefühl der Macht, die er über sie hatte. Eine Hand glitt leicht über ihren Schenkel nach oben, und plötzlich stießen zwei Finger tief in sie hinein. Sie drückte ihren Rücken gegen den Stuhl und schrie laut auf, während ihr Becken zuckte und sie vergeblich versuchte, ihn zu umklammern und seine Finger in sich zu behalten. Aber sie waren fort, ließen sie leer und unbefriedigt zurück.

Alle Gedanken daran, dass sie ihn hasste, waren jetzt vergessen. Lydia schluckte ihren Stolz herunter und wimmerte, flehte ihn wortlos an, sie zu erlösen. Er hockte sich vor sie hin, kam ganz nahe heran und flüsterte ihr ins Ohr.

«Du wirst darum betteln müssen, liebe Cousine. Ich will dich betteln hören.»

Sie schüttelte heftig den Kopf.

«Niemals!» Sie wand ihre Handgelenke in den Fesseln, aber die engen Seile schnitten sich in ihre Haut ein und schienen sich nur noch fester zusammenzuziehen. Valerian kniete zwischen ihren Beinen, seine Blicke starr auf ihr Gesicht gerichtet, auf dem er ihre Reaktionen mit der Genauigkeit eines Alchimisten ablas, der mit seinen Experimenten dem Stein der Weisen auf der Spur ist.

Sie starrte zurück, verfolgte die Linie seiner geraden Nase, die Kurve seiner Oberlippe, den Schatten seines Bartes, der sich über seine Kieferknochen zog, obgleich er sich nur wenige Stunden zuvor rasiert haben musste. Sie sah, wie sich das Grübchen in seinem Kinn unter ihrem Blick zu vertiefen schien, und spürte ein überwältigendes Verlangen danach, sich nach vorn zu beugen und ihren Mund darauf zu legen, ihre Zunge in dem Spalt zu vergraben und sein Kinn abzulecken. Sie hielt die Luft an und widerstand diesem Drang, da sie sehr wohl wusste, dass er eine solche Geste der Zärtlichkeit nicht dulden würde.

Mit einem bösartigen Lächeln ging Valerian quer durch den Raum und blieb vor dem scharlachroten Podest stehen, offensichtlich in Gedanken versunken. Plötzlich schnipste er mit den Fingern und kam über den blanken Fußboden zurückstolziert, wobei seine Stiefel auf der polierten Oberfläche knallten. Er ließ den Deckel des Kastens aufspringen und griff hinein. Als er seine Hand wieder hervorzog, hielt er einen kleinen, metallisch glänzenden Gegenstand in seiner geschlossenen Faust.

Bevor sie auch nur protestieren konnte, sah Lydia, wie er winzig kleine gehämmerte Sterne aus Silber an ihre aufgerichteten Brustwarzen klemmte. Sie zwickten, aber erfüllten sie mit einer köstlichen, fast unerträglich schmerzhaften Lust. Keuchend schob sie ihre Hüften nach vorn, und Valerian lachte grausam, beugte sich herunter und gab ihr einen derben, besitzergreifenden Kuss. Dabei schob er ihr seine fordernde Zunge tief in die Kehle, bis sie fast keine Luft mehr bekam und es kaum noch vor Leidenschaft und Verlangen ertragen konnte, endlich genommen zu werden.

Er trat zurück und bewunderte sein Werk, bevor er noch einmal in den Kasten griff und eine kleine, verkorkte Karaffe herausholte. Er packte den Stöpsel mit seinen Zähnen, riss ihn heraus und spuckte ihn ins Feuer, wo er in züngelnden orangefarbenen Flammen aufging. Er neigte die Flasche, und eine bernsteinfarbene Flüssigkeit rann ihr über die Brüste und setzte ihre harten Spitzen in Brand, bevor sie in die Mulde ihres Bauchnabels floss. Dort sammelte sie sich kurz in einer kleinen schimmernden, kupferfarbenen Lache, bevor sie ihre dunklen Löckchen benetzte. Das alkoholische Nass brannte auf ihrer bereits glühenden Haut, und sie wand sich, schnappte nach Luft bei diesem an Schmerz grenzenden Genuss.

Valerian beugte seinen muskulösen Körper vor, lehnte sich herrisch über sie und senkte seinen wollüstigen Mund auf die Rinnsale. Er leckte die Nippel zu harten Spitzen, bevor er dem Strom des Cognacs weiter nach unten folgte und seine Zunge grob in ihren Bauchnabel stieß, um den Nektar aus der Höhle ihres Leibes zu trinken. Sein Mund brannte, verstärkte die Hitze der goldigen Flüssigkeit, als er mit seinen Zähnen durch ihre feinen dunklen Schamlocken fuhr und mit rücksichtsloser Heftigkeit an ihnen riss, bevor er seine Zunge auf sie losließ. Er leckte und saugte, schob dabei seinen kräftigen Daumen in sie, bis er sich plötzlich zurückzog, kurz bevor sie kam.

Verrückt vor Verlangen nach Erlösung, biss Lydia sich auf die Lippen, verzweifelt bemüht, sich nicht zu unterwerfen. Sie schloss die Augen, um die Tränen der Enttäuschung zurückzuhalten, ihr sinnliches Verlangen durch Willenskraft zu zerstreuen. Insgeheim hoffte sie dabei, dass er nicht in der Lage wäre, sich zurückzuhalten, und seine Leidenschaftlichkeit an ihr auslassen müsste. Aber als sie ihn durch ihre halbgeschlossenen Augen beobachtete, sah sie, dass er in völliger Beherrschtheit und Kontrolle vor ihr stand, sein Blick angespannt und wachsam.

Er hob eine dunkle, geschwungene Augenbraue, sah sie mit einem halben Lächeln fragend an, aber Lydia schüttelte den Kopf und weigerte sich aufzugeben. Ein Anflug von Ungeduld huschte über sein Gesicht, und er beugte sich vor, um rasch die Seile an ihren Hand- und Fußgelenken fester zu ziehen. Sie zerrte heftig daran.

«Das tut weh, Valerian!»

Mit einem befriedigten Lächeln hob er ihr Kinn an und presste ihr einen schmerzhaften Kuss auf den Mund, bevor er ihre linke Brust grob drückte. Er hob den Arm, schlug ihr mit seiner flachen Hand brutal ins Gesicht und riss sich das feine weiße Baumwollhemd auf, um die blasse Männlichkeit seiner unbehaarten Brust zu enthüllen.

Sein Anblick, so zur Schau gestellt, erregte ihre ohnehin bereits angespannten Nerven, und sie ließ ihren hungrigen Blick über seine Muskeln, die glatten rosigen Brustwarzen wandern, entlang der Linie jener dunklen Haare, die sich vom Nabel abwärts zog. Seine Bereitschaft war deutlich durch die Ausbuchtung zu sehen, die sich gegen das feine Gewebe seiner Reithose abzeichnete. Sie stellte sich sein ungestümes Geschlecht in Freiheit vor, und ihr schwanden vor Lüsternheit und ungestilltem Verlangen fast die Sinne, sie wollte nichts anderes, als dass er sie besitzen und in sie eindringen würde. Sie stöhnte leise auf, als er seine Hose aufknöpfte. Sein Gemächt war herrlich und geschwollen, ragte wie eine Statue in voller Länge aus seiner Hose, während er sich auf ihre sehnsüchtigen Lippen zubewegte.

«Leck mich!», befahl er.

Lydia öffnete den Mund, um seinen Schwanz zu umschließen, sie gab sich ganz hin, genoss seinen salzigen Geschmack und beugte ihren Kopf weit nach vorn, um so viel von ihm aufzunehmen wie nur möglich. Sie sog und lutschte seine Stärke tief in sich hinein, stellte sich vor, so seine Kräfte zu zügeln und in den Dienst ihrer eigenen Gelüste zu stellen. Seine Hände hielten ihren Kopf, und sie fühlte, wie seine Daumen ihre Ohren streichelten und dann ihre Schläfen, während er über ihr seufzend ausatmete.

Er gab nach. Hingabe ließ seine Fingerspitzen zittern: Sie konnte sie so klar spüren, als hätte er sie ihr gestanden. Seine Hände wurden zärtlich, während sie liebevoll über ihre weichen Haare und die Umrisse ihres Kopfes strichen. Sie konnte spüren, wie sich seine Daumen kreisend über ihren Kopf bewegten, und sie verstärkte ihren Druck auf seinen Schwanz, leckte ihn bis zu seiner Wurzel und drückte ihre Nase gegen seinen Bauch.

Ohne Warnung zuckte er zurück, ihr Mund fühlte sich plötzlich leer, und eine Hand presste sich so gegen Lydias Schulter, als ob er sie beruhigend auf den Stuhl drücken wollte. Sich besinnend, starrte Valerian auf sie herab.

«Nein», sagte er und legte ihr seinen langen Zeigefinger auf die Wange. «Das hier ist mein Spiel, und nicht deines. Ich bin der Herr. Bettele jetzt, sag es einfach. Sag:

‹Ich will dich.› Sag: ‹Besorg es mir, Valerian.› Bitte mich darum, verdammt nochmal!»

Plötzlich wurde er wütend, seine Gesichtszüge verfinsterten sich. Er griff erneut in die Schatulle und zog einen Silberdraht von der Länge seines Fingers heraus. Zuerst drehte er ihn zu einem Ring, dann beugte er sich herunter, und Lydia zuckte zurück, als sie spürte, wie sich seine Finger hart auf ihre Klitoris legten. Er legte die Schlaufe um die kleine feste Knospe und zog sie zu. Sie fühlte sich, als wären all ihre Empfindungen auf diesen winzigen Teil von ihr konzentriert: Pfeile heißer Lust schossen durch ihr Geschlecht, und sie schrie auf, als er ihre äußerste Spitze mit seinem langen Fingernagel berührte.

«Wirst du nun betteln, meine liebe Cousine?»

Er sah ihr kurzes Kopfschütteln und nahm ihre Klitoris zwischen den Nagel seines Daumens und seines Zeigefingers. Während er rieb und drückte, sah er ihr fest in die Augen, und sie fühlte, wie sich darin Tränen der Enttäuschung sammelten. Hass und Sehnsucht erfüllten ihre Brust, und sie dachte, sie müsste bersten, als sie ihn den Silberdraht weiter zuziehen spürte. Ihre Gedanken rasten.

«Verdammt nochmal. Los jetzt, sag es einfach.» Er packte sie an der Schulter und schüttelte sie. Durch den Nebel aus Schmerz und Verlangen hörte sie ihn ein letztes Wort sagen: «Bitte!»

Da wusste sie, dass ihre Unterwerfung auch seine wäre.

«Nimm mich, Valerian. Ich flehe dich an.» Es war ein honigsüßes Flüstern. Niederlage und Sieg in einem.

Mit einem wilden Schrei des Triumphes fiel er über

sie her, biss mit besitzergreifender Leidenschaft in ihre vollen Lippen, packte ihre Schenkel und öffnete sie weit, bevor er auf die Knie sank, um die volle Länge seines harten Gliedes tief in sie hineinzustoßen. Er nahm sie rücksichtslos, steigerte seine Geschwindigkeit und seinen Rhythmus so lange, bis sie dachte, es nicht länger aushalten zu können, und ihre Hüften gegen ihn stieß, um seiner zügellosen Entschlossenheit entgegenzukommen.

Einmal keuchte sie, bat ihn aufzuhören. Und gehorsam hielt er still, gerade so lange, bis sie schluchzte: «Nein, hör nicht auf!» Er stieß wieder in sie hinein, schob sie vorwärts, drückte sie gegen seine Brust, bis sie beide zum Höhepunkt kamen, ihre Körper miteinander verschlungen, bevor sie in einträchtiger Erschöpfung zusammensackten, die feuchten Stirnen aneinandergelegt.

Doch schnell zog sich Valerian zurück und hob ihr Kinn für einen zärtlichen, gehauchten Kuss.

«Nun denn, Cousine. Wie ich feststelle, bist du eine gute Gespielin, aber keine Jungfrau mehr. Du bist mir eine Erklärung schuldig für den Verlust deiner Unschuld.» Er sah sie mit bohrenden Blicken an. Lydia hielt den Blicken nicht stand und senkte den Kopf.

«Ich bin umgeben von Versuchung», flüsterte sie unterwürfig.

«Ich hätte das tun sollen!», schrie er. «Du gehörst mir, Lydia!»

Wütend band er sie los und ließ sie sich, indem er sie hochzog, über das scharlachrote Bett beugen, wo er ihren willigen Körper mit dem Gesicht nach unten auf die weiche Decke stieß.

«Ich bedaure, Cousine, dass ich dich dafür bestrafen muss.»

Er packte ihre Handgelenke, zog sie hoch, wand ein Stück roten Schleierstoff darum und dann zwischen ihren Händen hindurch, bevor er sie auf die Knie zerrte. Er führte die Stoffbahnen durch den schmiedeisernen Reifen und zerrte so lange daran, bis Lydia von der niedrigen Balkendecke herunterbaumelte, ihr Körper schlaff und erschöpft, ihre Knie berührten kaum den glatten Satin der Bettdecke.

«Jetzt aber, du kleine Schlampe. Nun wirst du deine Bestrafung bekommen.»

«Was wirst du mir antun?»

«Schau mir zu.»

Sie spürte, wie er nach etwas griff, das sich gerade außerhalb ihres Blickfeldes befand, und zuckte zusammen, als sie der Schlag einer langen Peitsche traf. Er schlug sie und unterbrach seine Schläge, indem er ihr mit seinen Fingernägeln heftig über den Rücken fuhr. Sie seufzte, überwältigt von dem köstlichen Schmerz, mit dem die Peitschenspitze ihre Haut versengte. Sie fühlte sich an wie eine schnalzende Zunge, die genau unterhalb ihrer Hinterbacken auftraf, in der zarten Falte zwischen ihren Schenkeln, und sie spürte, wie sie von erregten Krämpfen der Lust geschüttelt wurde.

Sie merkte, wie Valerian ihre Haare packte und sie sich um sein Handgelenk wand, um so ihren Kopf zurück und nach unten ziehen zu können. Die Peitschenhiebe fühlten sich jetzt an wie stechende Küsse, winzige, schmerzhaft prickelnde Liebkosungen, die Feuermale in ihren Körper einbrannten. Sie wurde von einem Sturm der Leidenschaft ergriffen, der sie mitriss, und so hing sie dort an ihren Handgelenken, schluchzend und sich windend, bis sie sich schließlich hörte, wie sie ihn bat, sie noch einmal zu nehmen.

Diesmal drang er von hinten in sie ein, füllte sie aus mit seiner prallen Länge, nahm sie sich heftig vor, bis sie fast so weit war, um ihr dann plötzlich den geflochtenen Griff der Peitsche in den Anus zu schieben. Und dann kam es ihr sofort, vollkommen ausgefüllt und im Innersten aufgewühlt.

Als Lydia aufwachte, hatte sie keinerlei Ahnung, wie spät es war, denn der Raum lag in einem stillen Dunkel, das sich in die Unendlichkeit auszudehnen schien. Ihr ganzer Körper schmerzte von seinem ungewohnten Einsatz, und sie konnte sich eines selbstzufriedenen Lächelns insgeheim nicht erwehren, das ihren Augen etwas Katzenhaftes verlieh.

Sie ließ ihre Hände über die zerwühlten Laken gleiten, bemerkte, dass das Bett leer war, und setzte sich auf, lauschte in die Dunkelheit. Sie konnte ein schepperndes, metallisches Geräusch vernehmen, und dann leuchtete eine Flamme auf, als Valerian den Leuchter neben dem Bett anzündete. Er lief durch den Raum, zündete Kerzen unterschiedlicher Größen an, die sowohl auf allen möglichen Flächen überall im Zimmer verteilt waren als auch in hölzernen Ständern auf dem Fußboden standen. Er kam zurück und blieb neben dem Bett stehen, ragte über ihr auf, während die Lichter flackerten und gespenstische Schatten auf sein Gesicht warfen. Sein Mund verzog sich zu einem Lächeln, das kaum seine Augen erreichte.

«Endlich aufgewacht? Ich bin sicher, du bist ausgeruht.»

«Ja, aber ich habe Durst.»

Er ging durch den Raum und entzündete die letzten Kerzen, die in hohen eisernen Haltern am Ende des Podests standen. Sie beobachtete ihn, wie er sich in dem goldenen Schein mit der kraftvollen Anmut eines Leoparden bewegte. Er entkorkte eine Flasche mit rubinroter Flüssigkeit und schenkte daraus in vier Gläser ein, bevor er sich langsam umdrehte, um ihr eins zu überreichen. Lydia trank in tiefen Zügen, beim Schlucken brannte ihr der Wein in Mund und Hals. Valerian nötigte sie, das Glas zu leeren, und füllte es dann noch einmal nach.

Das zweite Glas trank sie langsamer. Eine warme Glut durchzog sie, und sie genoss den leichten Schwindel, den sie in ihrem Inneren erzeugte. Leichtsinnig stürzte sie dann das ganze Glas hinunter und bat um mehr. Valerian lächelte, schenkte ein und beobachtete sie dabei, wie sie das Glas leerte.

«Du warst durstig», murmelte er. «Du hast beinahe die ganze Flasche ausgetrunken. Ich werde noch mehr holen lassen müssen.» Er ging zur Tür, riss sie auf und winkte jemanden von draußen herein. Conrad, groß und ernst, betrat den mit Kerzen erleuchteten Raum, und Lydia zog sich die seidenen Laken über den Körper.

«Komm schon, sei nicht so schüchtern.» Valerian ergriff die Laken und riss sie fort. «Conrad wird früh genug noch viel mehr von dir sehen.»

Lydia sah zu ihm auf, und ihre Verwirrung löste sich, als ihr Blick seitlich auf die beiden weiteren Gläser auf dem Tisch fiel. Conrad erhob eines von ihnen, und in seiner riesigen Hand sah es mit einem Mal winzig klein aus. Er erhob es in ihre Richtung, prostete ihr schweigend zu und trank genüsslich und mit großen Schlucken, während seine Blicke auf sie gerichtet blieben.

Sie starrte herausfordernd zurück, wobei der Wein ihr mehr Mut verlieh. Valerian hatte also vor, seinen Diener dessen Kühnheit unter Beweis stellen zu lassen; nun, dagegen hatte sie nichts einzuwenden. Tatsächlich, dachte sie, während sie ihre nackten Schenkel zusammenpresste und den Druck genoss, könnte sich das als äußerst interessant erweisen.

Wie sich herausstellte, war es sogar noch viel interessanter, als sie sich in ihren wildesten Träumen hätte ausmalen können. Sie gestattete Valerian und Conrad, ihre Arme und Beine weit auszubreiten, um dann jedes Hand- und jedes Fußgelenk an einen der vier Bettpfosten zu fesseln, bis sie dalag wie ein Seestern, offen und verletzlich auf den glatten schwarzen Laken. Sie schloss die Augen, atmete flach und bog ihren Kopf zurück, um den Augenblick zu genießen, bevor Valerian in sie eindrang.

Sie fühlte, wie das Gewicht seines Körpers die Matratze herunterdrückte, weil er sich zwischen ihre ausgebreiteten Beine kniete, und ihre Haut kribbelte, während seine Finger kurz auf ihrer schmalen Taille ruhten, bevor sie eine feurige Spur abwärts über ihren Bauch zogen. Er spreizte sie behutsam, und sie fühlte sich feucht und prall werden, als er einen, dann zwei Finger einführte, sie in ihr drehte und aus ihr herausgleiten ließ, immer wieder.

Sie hob ihre Hüften an, drückte sich der Quelle ihrer Lust entgegen. Noch zweimal glitt er tief in sie hinein, dann zog er seine Finger heraus, um sie durch die harte, heiße Spitze seines Schwanzes zu ersetzen. Die feuchten Finger zogen eine Bahn über ihren Bauch nach oben, um ihre harten Nippel zu benetzen und dann über das Kinn in ihren Mund einzutauchen. Zuerst war sie abgestoßen, stellte sich ihren eigenen Geschmack unangenehm vor, aber die frische Moschusnote ließ sie ihre Lippen weit öffnen. Ein feuchter Finger schob sich in ihren Mund, und sie umspielte ihn mit ihrer Zunge, fasziniert und angetan davon, sich selbst zu kosten.

Sie hielt ihre Augen geschlossen, stellte sich vor, wie Valerian sich über sie beugte und sein Diener sie beide vom anderen Ende des Raumes aus beobachtete, erregt, aber machtlos. Demonstrativ warf sie ihren Kopf von einer auf die andere Seite, stöhnte dabei vor echter Verzückung und zerrte dabei an ihren Fesseln, um den sie beobachtenden Wikinger noch mehr zu erregen.

Plötzlich fühlte sie sich ausgefüllt von einem Mann, der sie so unglaublich dehnte, dass sie aufschrie und die Augen vor Entsetzen weit aufriss. Sie sah, es war nicht Valerian zwischen ihren geöffneten Schenkeln, sondern Conrad selbst, riesengroß und muskulös, mit seiner Mähne aus rotgoldenem Haar, die sein Gesicht umrahmte, während er auf sie herabsah.

Er hielt einen Moment inne, so als wollte er die plötzliche Enge ihrer erschrocken zusammengezogenen Möse und den entsetzten Blick auf ihrem Gesicht genießen, dann bewegte er sich wieder mit langen, großzügigen Stößen. Sie blieb weiter verspannt, wollte nicht vor der Sinnlichkeit seiner Bewegungen kapitulieren, zwang sich selbst, die langsam anwachsende Erregung zu leugnen, die er ihr bescherte.

Sie fühlte, wie seine große Hand ihr die Taille streichelte und dann über die Hüften glitt. Er reizte und umschmeichelte ihre Haut, ließ sie sich wundervoll ausgeliefert und sehr entspannt fühlen. Die sanften Stöße seiner Lenden, verbunden mit dem beruhigenden Streicheln seiner riesigen Hände ließen sie seufzen und langsam dahinschmelzen, brachten sie dazu, sich ihren köstlichen Empfindungen ganz hinzugeben. Geschmeidig ritt er sie, bewegte sich mit geübter Leichtigkeit und athletischem Durchhaltevermögen allmählich immer schneller, bis sie stöhnte, fast in ihrer Lust ertrinkend, und bis er sich auf Valerians leisen Befehl hin abrupt aus ihr zurückzog.

«Bitte, lass ihn bis zum Ende weitermachen.» Ihr Blick suchte Valerians, aber er beachtete sie nicht, sondern ging erneut zur Tür. Diesmal holte er seinen zweiten Diener ins Zimmer.

Joseph, klein, untersetzt und kräftig gebaut, zögerte in der Tür stehend. Auf ein Wort von Valerian jedoch schlüpfte er aus seinen Kleidern, und Lydia beobachtete, wie er durch den Raum auf sie zukam, fasziniert von der Art, wie der Kerzenschein auf seiner geölten schwarzen Haut flackerte und ihr den feinen Glanz von Ebenholz verlieh. Als er an das Bett trat, war sie erfüllt von einer Mischung aus Angst und Erregung, die der Anblick seiner stämmigen Erscheinung in ihr auslöste. Er hob kurz ihre Hüften mit einer Hand an und schob ein scharlachrotes Kissen unter sie. Sie fühlte sich vollkommen zur Schau gestellt, offen, und versuchte, ihre Beine ein bisschen zu schließen, aber die Fesseln, die sie hielten, waren zu straff.

Als wollten sie sicherstellen, dass sie nicht fliehen

konnte, packten Conrad und Valerian je eines ihrer Fußgelenke und drückten sie fest auf die weiche Matratze, während Joseph sich in Position brachte und dann in sie eindrang, lang und fest, bis sie ganz ausgefüllt war, um dann noch ein bisschen nachzustoßen. Sie merkte, er war so riesig, dass sie ihn gar nicht vollkommen aufnehmen konnte. Das großartige Gefühl völliger Ausgefülltheit steigerte sich fast bis an die Grenze zur Schmerzhaftigkeit. Sie drückte ihren Rücken durch, versuchte, sich ihm entgegenzubiegen, um ihn noch weiter in sich aufnehmen zu können. Er nahm sie vorsichtig, beinahe liebevoll, und während sie kam, biss sie sich auf die Lippen, um ihren Höhepunkt wie ein Geheimnis des Triumphes vor Valerian zu bewahren.

Schon bald, und noch bevor sich ihre Sinne völlig beruhigt hatten, spürte sie, wie die Hände der drei Männer sie losbanden. Sie wurde von Joseph aufrecht gehalten, der sie mühelos unterhalb ihrer Arme hielt. Valerian griff nach ihren Beinen, fast grob, und legte sie um seine Taille, bevor er stehend in sie eindrang, mühelos gleitend, so nass war sie von ihren und Josephs Säften.

Immer wieder versenkte er die Hitze seines Schwanzes in ihr, und sie war gefangen von seinen fließenden Bewegungen, die ihn in einen steten Rhythmus verfallen ließen, feine Schweißperlen auf der Stirn. Sie fühlte sich von den Blicken aus seinen Augen durchbohrt, die sie schmal und dunkel anstarrten, mit einem Ausdruck, den sie nicht enträtseln konnte.

Dann drang er tief in sie ein und blieb dann ruhig, mit gesenkten Schultern und einem Schwanz, der lange in ihr zuckte. Sie war sich nicht sicher, ob sie selbst so bald noch einmal zum Höhepunkt kommen könnte, aber sein Anblick, so nahe bei ihr, die Augen von der Wucht seines Höhepunktes geschlossen, und die beiden anderen Männer, deren schwerer Atem im Kerzenschein über ihre Schultern und ihren Bauch strich, ließen sie erzittern und plötzlich doch den Punkt in ihrem Inneren aufspüren, an dem sich noch Ekstase versteckt hielt.

Valerian ließ ihre Beine herunter. Sie wusste, dass sie zu zittrig wären, um sie zu tragen, also ließ sie sich hängen, Joseph dankbar, der sie stützte. Ihr Verstand war leer und ihr Körper ermattet, ihr Geschlecht wund. Conrad goss mehr von dem Wein in eins der Gläser, und alle vier tranken in tiefen Zügen davon. Kurz bevor sie ihr Glas ganz leerte, tauchte Valerian seinen Daumen in den Bodensatz und strich ihr damit über die Stirn, so als wolle er sie taufen.

«Jetzt gehörst du mir. Für immer», flüsterte er.

Als die Flasche geleert war, legte sich Conrad auf das Bett, sein stolzer Schwanz war steif und ragte aus den rotgoldenen Löckchen auf, die seine Lenden und seine Oberschenkel bedeckten. Er gab Lydia ein Zeichen, und Valerian schob sie nach vorn, seine Hand in ihrem Kreuz. Sie ging zu der Liegestatt und setzte sich folgsam auf den nordischen Riesen.

Sie brachte sich kurz in Position über ihm, senkte sich dann langsam herab und spürte, wie sich ihre geschwollenen und wunden Lippen für ihn öffneten. Sie hob und senkte sich wieder, genoss das raue Gefühl, wie ihr Fleisch über das seine glitt und es allmählich immer tiefer umschloss, wie sie ihn beinahe in sich einsog. Sie fühlte, wie sich ihr eine Hand in den Nacken legte und sie herunterdrückte, bis sie der Länge nach auf Conrads Körper lag, ihr Gesicht auf die Härte seines goldgelockten Brustkorbs gedrückt, während ihre Zehen auf der halben Höhe seiner kräftigen Waden ruhten.

Sie spürte, wie sich von hinten ein Gewicht gegen sie drückte. Joseph war auf das Bett gestiegen, öffnete ihre Hinterbacken mit seinen kräftigen schwarzen Händen. Sie spannte sich an, als sie merkte, wie er die Pforte zu ihrem geheimen, allerintimsten Ort zu durchschreiten versuchte, hielt den Atem an und erwartete den köstlichen Schmerz, als er auch schon mit Bestimmtheit und ohne zu zögern zwischen ihre Pobacken drängte.

«Bitte nicht», murmelte sie, während ein Teil von ihr hoffte, dass er sie nicht hörte oder ihr die Bitte abschlagen möge.

Es trat eine lange Pause ein, bevor er weitermachte und sie, angespannt, fast schluchzte vor Angst und Erregung, sich ihm öffnete. Dann stieß er zu, sie wurde langsam ausgefüllt und gedehnt, und Joseph bahnte sich vorsichtig einen Weg in ihre Enge.

Sie begann sich nun nach ihrem eigenen Rhythmus zu bewegen, zögernd zunächst, bis sie sich schließlich wie die Beute eines hungrigen Angriffs fühlte, als auch die beiden Männer nicht mehr stillhalten konnten. Schimmernder Kerzenschein erfüllte den ganzen Raum und brachte ihre verschiedenartigen Hautfarben zum Leuchten. Sie ließ es einfach zu, dass sie sie nahmen. Ihr erschöpfter Körper war dankbar für den Genuss, ihr Verstand hatte vollkommen abgeschaltet, sodass sie nur noch erfüllt war von reiner Lust und ohne Gedanken, die sie zurückhalten konnten.

Wenn sie ihren Kopf drehte, sah sie Valerian. Er hatte sich den ledernen Thron dicht herangezogen und saß darin, halb zurückgelehnt, mit einem Bein über der Armlehne. Seine linke Hand glitt über sein steifes Gemächt, während die rechte seine Eier umschlossen hielt und drückte. Verzaubert von den Bewegungen seiner Hände sah Lydia ihm zu, ihre heiß aufwallende Lust in Harmonie mit der seinen.

Sie fühlte, wie Conrad seine kraftvollen Hüften aufwärtsrammte, während Joseph unermüdlich von hinten in sie stieß, und mit einem Mal geriet sie vollkommen außer sich, als rhythmische Wellen ihren Unterleib durchzogen. Sie zitterte, schwarze Schatten flackerten an allen Ecken ihrer Sinne, ließen sie fast das Bewusstsein verlieren durch die Wucht der Empfindungen, die ihren Körper siedend heiß durchfluteten.

Die Zeit schien sich in der Unendlichkeit zu verlieren, bis Valerian schließlich aufstand und sich einen scharlachroten Morgenmantel überstreifte. Schweigend blickte er auf das Bild, das sich ihm auf dem Bett darbot, kräuselte dann abschätzig die Oberlippe.

«Nun, meine Liebe. Wer, meinst du, ist denn nun hier derjenige, der das Sagen hat?»

Entsetzt über seine rasche innere Wandlung, sah Lydia zu ihm auf und erinnerte sich an ihre eigenen Worte ihm gegenüber wenige Tage zuvor. Sie errötete und befreite sich aus der muskulösen Umklammerung der Arme und Beine seiner Gefolgsleute.

«Niemals wirst du Macht über mich haben. Niemals.»

Mit so viel Würde, wie es angesichts ihrer Nacktheit

möglich war, schritt sie aus dem Raum, nur kurz innehaltend, um noch ihre zerrissenen Kleider von dem Haufen aufzuheben.

Valerian lachte grausam und murmelte leise, während sie die Tür zuschlug: «Aber das hatte ich doch bereits, Cousine. Und es wird wieder so kommen.»

Kapitel vier

Als die Herbstsonne durch die Bleiglasfenster fiel, stützte Lydia den Kopf in die Hände und sah zu, wie Staubflocken durch die warme Luft tanzten. Die meiste Zeit des Vormittags hatte sie in dem niedrigen Stuhl am Feuer gesessen und sich Valerians herrischen und wiederholten Forderungen widersetzt, nach unten zu kommen.

Ein Stickrahmen lag falsch herum auf dem roten Teppich, wo sie ihn fallen lassen hatte, die Stiche unsauber verknotet. Sie trat danach und beobachtete, wie er hoch und ins Feuer flog, sich im Flammenschutz verfing und langsam am Rande der Glut ansengte. Scharfer Qualm erfüllte den Raum und wurde von einem kalten Luftzug verwirbelt, als die Tür zu ihrem Schlafzimmer aufgestoßen wurde.

Angel klopfte an den hölzernen Türrahmen, deutete einen Knicks an und schnupperte dann mit gerunzelter Stirn in die Luft.

«Was ist los? Ich kann doch riechen, dass hier etwas brennt!» Sie schoss nach vorn und zog die verkohlte Stickerei aus dem Feuer. Mit einem Fuß trat sie darauf herum und hob dabei ihre dunklen Röcke bis über die Fesseln an. «Miss Lydia, Eure Stickarbeit! Sie ist verdorben!»

«Ach, lass es, Angel. Das ist mir egal. Ich hasse Sticken. Es ist so langweilig.»

«Wenn Euch so langweilig ist, solltet Ihr vielleicht lieber jetzt dem Herrn beim Essen Gesellschaft leisten. Er hat mich geschickt, Euch nach unten zu bringen: als letzte Aufforderung. Er sagt, es werde ein Gast erwartet.»

Angel sah an Lydia herunter, die schmalen, hellen Augenbrauen leicht angehoben. Lydia begegnete ihrem Blick und schaute dann weg, ließ ihr Kinn auf die Brust sinken.

«Nun, der Herr, wie du ihn zu nennen pflegst, wird seinen Gast allein in Empfang nehmen müssen. Richte ihm aus, dass ich nicht herunterkommen werde.»

«Das wird ihm nicht gefallen. Er hat vorhin bereits einen Teller an die Wand geworfen, als Ihr ablehntet.»

«Und wenn er beschließt, das gesamte Tafelservice zu zerschmeißen, so wird meine Antwort immer dieselbe bleiben.» Lydia spitzte die Lippen und starrte ins Feuer, eine tiefe Falte zwischen ihren dunklen Brauen.

«Ist ein wichtiger Gast, glaube ich. Ich sollte extra das Blaue Zimmer lüften.»

«Das ist mir egal! Geh und lass mich allein.»

«Na gut.» Mit verkniffenen Lippen drehte sich Angel zur Tür um.

«Warte!», befahl Lydia, sprang vom Stuhl auf und hielt das Dienstmädchen am Ellbogen zurück. «Überbring ihm eine Nachricht von mir. Sag ihm, dass es ihm nicht gelingen wird, mich dazu zu zwingen, zum Essen herunterzukommen, wenn es darum geht, dass von mir erwartet wird, eine Mahlzeit gemeinsam mit ihm an ein und demselben Tisch einzunehmen.» Angel nickte zögerlich und ging wieder zur Tür. «Ach, und Angel, wenn du das getan hast, sei bitte so nett und bring mir etwas kaltes Fleisch aus der Küche.»

«Natürlich, Miss. Was immer Ihr wünscht.» Es lag eine Spur von Spott in ihrer Stimme, die bewirkte, dass Lydia sich ein kleines bisschen schuldig fühlte, gleich so ungehalten geworden zu sein. Sie zog ihre Füße unter sich auf den Stuhl und umschlang die Knie, fühlte sich elend und enttäuscht.

Ein paar Augenblicke lang starrte sie ins Feuer, dann beugte sie sich nach vorn und griff nach dem Schürhaken, um heftig in den ersterbenden Flammen zu stochern. Sie hätte wirklich Holz zum Nachlegen gebraucht, aber sie wusste, dass sie Angel jetzt nicht bitten konnte, welches für sie zu holen. Das Mädchen würde möglicherweise ablehnen nach der Schroffheit, mit der sie ihr begegnet war. Sie biss sich auf die Lippe und nahm sich vor, ausnehmend freundlich zu Angel zu sein, wenn sie aus der Küche zurückkäme. Sie mochte das Mädchen und war gern in ihrer Gesellschaft.

Plötzlich flog hinter ihr die schwere Eichentür auf und schlug gegen die Wand, wobei der Spiegel in seinem goldenen Rahmen klapperte. Lydia sprang auf und ließ den Schürhaken fallen. Er ging mit lautem Krach zu Boden und rutschte über den Teppich, um vor dem Kaminschirm liegen zu bleiben.

«Was hat das zu bedeuten?», brüllte Valerian, den Raum mit langen, wütenden Schritten betretend. Er stand auf der anderen Seite der Feuerstelle, ein drohender Fels, der Zorn und Ungeduld ausstrahlte mit seinen zerzausten dunklen Haaren und seinem großen, zu einem schmalen Strich zusammengepressten Mund. Lydia sah zu ihm auf, schluckte ihre plötzliche Angst herunter und versuchte, die Erregung zu unterdrücken, die in ihrem Innern aufflammte. Sie holte tief Luft, stand auf und lief über den purpurroten Teppich auf ihn zu, bis sie direkt vor ihm stand. Ruhig sagte sie: «Das hat nichts Besonderes zu bedeuten, Valerian, außer dem, was du längst verstanden haben solltest. Ich wünsche nicht an einem Tisch mit dir zu sitzen.» Aufrührerisch reckte sie ihr Kinn und zwang sich, seinem Blick standzuhalten. Er erwiderte ihren Blick, Boshaftigkeit und Lüsternheit schwelten in den Tiefen seines Zorns, als er seine Brauen zusammenzog und seine Augen zu undurchdringlichen, düsteren Schlitzen verengte. Für einen Augenblick blieb er ruhig, nur ein Muskel zuckte über seinem angespannten Kiefer, als er sich bemühte, nicht die Kontrolle zu verlieren.

«Meine liebe Lydia, diese Aufsässigkeit steht dir nicht.» Er stieß diese Worte zwischen zusammengepressten Zähnen hervor, seine Stimme war hart und leise. «Du wirst tun, was ich dir sage. Ich fordere deine umgehende Anwesenheit an der Tafel. Ich erwarte einen Gast und wünsche, dass du dich verhältst wie eine Gastgeberin. Begleite mich umgehend die Treppen hinunter!»

«Nein.»

«Was sagtest du?»

«Ich sagte nein. Ich will nicht. Du denkst, dass du Macht über mich ausüben kannst, aber das kannst du nicht. Ich werde nicht –» Ihre Worte wurden von einem Luftschnappen unterbrochen, als Valerian sie mit dem Handrücken ins Gesicht schlug. Augenblicklich schoss ihr die Farbe in die Wangen, und sie erhob die Hand, um ihre brennende Haut schützend zu bedecken.

«Wie kannst du so etwas tun!»

«Wie ich das kann? Oh, ganz einfach. So zum Beispiel!» Ihr Kopf zuckte zurück, als er seinen Schlag wiederholte, dieses Mal auf die andere Wange.

Aufgebracht zielte sie mit ihren krallenbewehrten Fingern in sein Gesicht, aber mit Leichtigkeit gelang es ihm, ihr Handgelenk zu packen, während er hinterhältig lachte. Dann schnappte er sie sich, ohne Vorwarnung, und drehte sie geschickt herum. Er stieß sie vornüber auf einen nahen Stuhl, warf ihr die Unterröcke über den Kopf und entblößte ihr Hinterteil.

Lydia schrie, wehrte sich, aber es gab kein Entrinnen: Sein eiserner Griff hielt sie gefangen unter ihren hochgeschlagenen Röcken, die ihre Arme so fest an ihre Seiten gepresst hielten, als hätte er sie mit einem Seil gefesselt. In rascher Folge ließ er zehn Schläge auf ihre nackte Haut niedergehen, und ihre Hüften zuckten bei jedem Hieb, während ihre Wut und ihre Entrüstung allmählich einer schmerzlichen Lust wichen.

Böse mit Valerian und wütend auf sich selbst, dass sie sich seiner Behandlung gern hingab, schrie sie in gespielter Verzweiflung und wehrte sich erneut, als wollte sie sich befreien. Er schlug ihr noch zweimal auf den Po und strich dann nachdrücklich mit seinem Handballen über ihre Scham. Dadurch löste er einen unfreiwilligen Schauer aus, den Lydia dadurch zu verbergen suchte, dass sie ihren Schoß auf die harte Stuhlkante drückte und ihre Schenkel zusammenpresste.

«Seit dem Tode meines Vaters hast du dich geweigert

zu verstehen, wie die Lage jetzt nun einmal ist. Ich werde dich für deine Eigensinnigkeit bestrafen müssen.»

Ein weiterer schallender Schlag traf sie, und dann fühlte sie, wie Valerians Stiefel sich zwischen ihre Füße schob und ihre Beine grob auseinanderstieß. Während sie sich auf ihre Lippen biss und ihr Gesicht fest in die Polster des Stuhles drückte, traute Lydia sich kaum zu atmen, als seine Finger unsanft das Fleisch ihrer Schenkelinnenseiten kneteten, dann plötzlich von hinten in sie eindrangen, wobei die Knöchel seiner Finger über sie strichen, bevor er zustieß. Er zog sie wieder ein Stück heraus und streichelte ihr pralles Fleisch mit seinem Daumen, stieß wieder in sie hinein und drückte seine Fingerspitze gegen die feste Knospe, die ein Stückchen über ihre geschwollene Spalte hinausragte.

Lydia stöhnte und drängte sich an ihn, als er seine Finger erneut zurückzog. Sie genoss das Gefühl seiner Finger, als sie plötzlich wiederum in sie stießen und dabei die geschmeidigen Hautfalten öffneten, um sich immer weiter in sie einzutauchen. Die Erregung erfasste sie wie ein Fieber; sie konnte nichts sehen, aber dafür alles fühlen. Und was sie fühlte, war die reinste Ekstase.

Als spürte er ihre Beglückung, stieß Valerian seine Hand ungestüm in sie hinein, zog sie zurück und stieß dann wieder zu, immer schneller, während seine andere Hand fortfuhr, ihrem Hinterteil Schläge zu versetzen.

«Was fällt dir ein, dich mir zu widersetzen!» In seiner Stimme schwang das Wissen um seine Macht. «Du wirst tun, was ich dir sage. Nicht mehr und nicht weniger. Wenn ich dir sage, dass du herunterkommen sollst, dann hast du gefälligst zu kommen. Hast du mich verstanden?»

«Nein!», schnaufte sie. «Du besitzt mich nicht.»

«Oh, aber selbstverständlich tue ich das. Du hast nichts, gar nichts! Alles, was du isst, alles, was du auf dem Leibe trägst, kommt von mir. Du gehörst mir, mit Leib und Seele.» Sein Mund war plötzlich ganz dicht an ihrem Ohr, und sie spürte, wie er sie mit seinem ganzen Körper auf den harten Stuhl drückte, ihr die Luft aus den Lungen presste und sie dabei fast erstickte. «Wenn du nicht tust, was ich dir sage, dann werde ich dich bestrafen. Muss ich dir denn erst zeigen, wer hier der Herr ist? Muss ich das?»

«Es gibt keinen Herrn. Nicht, bis Drummond nach Hause zurückgekehrt sein wird.»

Lydia merkte, dass sie einen empfindlichen Nerv getroffen hatte, sein ohnehin angespannter Körper regelrecht steif vor Wut wurde.

«Wie kannst du nur, du kleine …!» Er riss sie hoch, hielt sie an den Haaren fest und zerrte an ihnen, zog Lydia so herum, dass sie ihr Gesicht dem seinen zuwenden musste. Ihr Hals war schmerzhaft verdreht, und ihre Haut an den Augen wurde von der Gewalt seines Griffs nach hinten gezogen. Sie schrie auf, und echte Angst mischte sich in ihre Erregtheit. Er war so unberechenbar, dass nicht abzusehen war, ob er sich überhaupt irgendwie unter Kontrolle hatte. Sie versuchte sich zu befreien, aber er stieß sie zurück auf den Stuhl. Als ihr Kinn auf dem Damastpolster auftraf, geriet ihre Wange zwischen ihre Zähne, und sie konnte ihr eigenes warmes Blut in ihrem Mund schmecken. Sie versuchte, sich von den schweren Falten ihrer Röcke zu befreien.

«Lass mich gehen! Hilfe! Nein!» Sie jammerte, als er

rasch seine harten Finger aus ihr herauszog, ihr nacktes Hinterteil erneut schlug, diesmal mit der klebrig feuchten Hand, um sie dann wieder zurück zwischen ihre Schenkel zu rammen. Diesmal nahm er einen dritten Finger hinzu, der sie köstlich weitete und ihre Abwehr besänftigte. Das Blut in ihrem Mund schmeckte fremd, metallisch, und sie sog und schluckte, fand den Geschmack bittersüß und seltsam erregend.

Sie spürte, wie seine andere Hand sie am Rücken ihres Kleides packte und in eine fast aufrechte Position zog, ihre Röcke auf die eine Seite schob und an den kleinen, stoffbezogenen Knöpfchen hinten an ihrem Mieder zerrte. Ungeduldig zog er an dem Verschluss, bis sie bemerkte, wie ein Knopf sich löste und über den Boden rollte. Unfähig, mit seinen zitternden Fingern den Rest zu bewältigen, packte er sie grob am Rückenausschnitt und zerriss, mit einer einzigen Bewegung, den Stoff von der Schulter bis zur Taille, legte dabei die schneeweiße Haut ihres Rückens frei. Er umfasste sie mit einem Arm, fesselte so ihre Hände an ihren Körper und riss sie wieder an sich, bis Lydia seinen heißen Atem auf den feuchten Löckchen in ihrem Nacken spürte.

«Ich werde dir zeigen, wer hier der Herr ist», flüsterte er.

Ohne zu zögern, schlug er ihr seine Zähne in die Schulter und sog an ihrer Haut. Die Schärfe seiner Zähne stand in einem erregenden Kontrast zu der Hitze seiner Lippen.

Lydia jammerte und ließ sich gegen ihn sinken, ihre Knie weich und ihre Sinne benebelt, während er seine Zähne über die süße Haut ihres Rückens bis in das wellige Tal ihrer Wirbelsäule zog. Seine Finger bewegten sich ungestüm in ihr: einmal, zweimal, bevor er sich am Verschluss seiner Hosen zu schaffen machte.

Lydia fragte sich, ob dies wohl immer noch Teil seiner Bestrafung war, während sie die Hitze spürte, die er ausstrahlte, als der glühende Kopf seines befreiten Schafts einen Moment lang zwischen ihren Hinterbacken ruhte. Er packte ihre Hüften mit beiden Händen, hob sie an und brachte sie mit einem plötzlichen, brutalen Ruck in Position. Lydia atmete schwer, hielt aber die Luft an, um die Verzögerung zu genießen, das Warten, bis sie vom Druck seines heißen, seidigen Ständers in Bann gezogen wurde und ihm kurz den Eintritt zu den üppig angeschwollenen Falten ihres Geschlechts verwehrte.

Sofort verkrallten sich seine Finger in ihrer Haut, bewegte er seine und ihre Hüften so, dass er tief in sie eindringen konnte. Er hielt für einen Moment inne, wie um sich von der Plötzlichkeit seines Eindringens zu erholen. Lydia lehnte ihren Kopf zurück, konnte die festen Muskeln seiner Schultern an ihrem Hals fühlen und gab sich den Empfindungen hin, die in ihr aufloderten. Ihre Kopfhaut prickelte, und sie konnte spüren, wie sich die daunenweichen Härchen an ihren Unterarmen vor Erregung aufstellten, ebenso wie ihre Nippel hart wurden, während sie ihren Körper Valerians Stößen hingab.

Er stieß mit einer unbändigen Heftigkeit und einem kaum gezügelten Zorn in sie hinein, wobei er ihre Taille so fest hielt, dass er damit ihre keuchenden Atemzüge fast abdrückte. Sie fühlte, wie ein fiebriger Schweiß auf ihrer Stirn perlte und ihr die Sinne schwanden. Er umfasste sie und knetete und rieb ihre hervorstehende

Knospe, schickte ein erschütterndes Beben durch ihren Körper.

Sie hörte sein Atmen, spürte sein abgehacktes Ausatmen, als er seine Lippen über ihre Ohren und ihren Hals gleiten ließ, Ungeheuerlichkeiten murmelte, die ihre eigene Erregung unsagbar steigerten. Als sie hörte, wie er sie ein ungehorsames Flittchen nannte, brach sie in ihrem Höhepunkt bebend über ihm zusammen, spürte das Echo, als sein Schwanz wie als Antwort darauf zu zucken begann. Er bewegte sich schnell, ließ seine Hüften auf und nieder gehen, als er sich in sie ergoss, und Lydia ließ sich gegen ihn sinken, unfähig, das Gewicht ihres eigenen Körpers zu tragen.

Sie schloss die Augen und wartete, dass ihr Atem wieder zur Ruhe kam, während Valerian seinen Griff lockerte und sie vornüberfallen ließ, bis sie auf dem Stuhl lehnte. Sie bemerkte, wie er aus ihr herausglitt, und fühlte sich augenblicklich leer, geschwollen und so, als fehle ihr etwas. Ihre Lust auf ihn war für den Moment gestillt, aber noch nicht vollends befriedigt.

Sie fragte sich, ob sie jemals vollkommen befriedigt werden könnte.

«Bring dich wieder in Ordnung, meine Liebe.» Seine Worte klangen ausdruckslos und kühl, keine Spur von Gefühl schwang in seiner Stimme mit.

Lydia drehte ihren Kopf vorsichtig, um ihn zu beobachten.

«Du wirst in weniger als einer Stunde die Gastgeberin spielen müssen. Ich werde meinen Gast in der großen Eingangshalle empfangen.»

«Und wenn ich ablehne?», hakte sie nach.

«Ich denke, wir wissen beide, dass du das nicht tun wirst.»

Er knöpfte das glatte Vorderteil seiner Hosen wieder zu und schenkte ihr einen spöttischen Blick, bevor er auf dem Absatz kehrtmachte. Seine polierten Stiefel klackten auf dem Holzfußboden, als er zur Tür ging. Innehaltend schob er seine Daumen in die Taschen seiner langen Jacke und wandte sich noch einmal zu ihr um.

«Oh, und weißt du was, Cousine? Es gefällt mir heute, dich in Rot zu sehen. Zieh das scharlachrote Kleid an, das du für Wilkinsons Ball im letzten Winter bekommen hast.» Er lächelte, und seine Lippen zeigten gleichermaßen Erheiterung und Geringschätzigkeit. «Ein Kleid in der Farbe des Feuers für eine allzu leicht entflammbare Frau, wie amüsant!» Er ging, einen letzten anmaßenden Blick auf sie gerichtet, und ließ die schwere Tür mit einem Krachen hinter sich zufallen.

Lydia verharrte eine Zeit lang bewegungslos, starrte mit unverhohlener Feindseligkeit auf die Stelle, wo er gerade noch gestanden hatte; dann bückte sie sich, hob den Schürhaken auf, wo er auf den Läufer vor dem Kamin gefallen war, und warf ihn Richtung Tür.

Die Kerbe, die er in der Tür hinterließ, verschaffte ihr eine gewisse Befriedigung, und während sie sich anzog, vertrieb sie sich die Zeit damit, sich vorzustellen, dass es Valerians Kopf war, den der Eisenhaken getroffen hatte.

Der Aufruhr in der Halle war bis ins oberste Stockwerk hinauf zu vernehmen, wo Lydia, eine Hand auf der dunklen Balustrade, verharrte, um mit unbeteiligtem Interesse zu verfolgen, wie die Diener hin und her rannten, während sie Valerians Anweisungen ausführten. Die großen Eingangstüren waren weit geöffnet, sodass die frostige Zugluft durch das Treppenhaus zu ihr hinaufwehte. Anderson stand stocksteif am Durchgang, und Lydia konnte schwache Anzeichen von Verbitterung ausmachen, wenn seine gerade erteilten Anweisungen umgehend von denen seines Herrn wieder aufgehoben wurden.

Zwei Lakaien rannten durch die Halle und trabten durch die Tür, um schließlich kurz davor zum Stehen zu kommen, auf den Eingangsstufen aufgebaut wie ein Paar Wachhunde, während Valerian gereizt einen Diener anfuhr, der ohne sichtlichen Erfolg versuchte, das Feuer in dem steinernen Kamin an der Westwand der Eingangshalle mit Hilfe eines Blasebalgs anzufachen.

Wenn sie sich über die Brüstung lehnte, konnte Lydia den riesigen Esstisch sehen, beladen mit Speisen, goldenem Besteck und dem feinsten Porzellan: ein wunderbarer Anblick, den sie seit einer langen Zeit vor Lord Williams Tod nicht mehr genossen hatte. Sie fragte sich, wer dieser Besuch wohl sein möge, dem Valerian so offensichtlich hohe Wertschätzung entgegenbrachte. Außer seinen Jagdgefährten aus der ortsansässigen Aristokratie und den Mitgliedern seines Londoner Clubs hatte er keine engeren Freunde, weshalb sie sich nicht vorstellen konnte, wen er als so wichtig erachtete, dass er ihm einen derart prunkvollen Empfang bereitete.

Sie strich den purpurroten Brokat ihrer üppigen Röcke glatt, blickte an sich herunter, um ihr Dekolleté zu überprüfen. Auf den tiefen Ausschnitt hatte sie für den letzten Ball bestanden, nachdem sie die Bilder modebewusster Damen in London gesehen hatte, die weite Überkleider trugen, lose über die Schultern drapiert und vorn nur von ein paar Bändern gehalten. Darunter trug sie einen farblich kontrastierenden Leinenunterrock mit einem neuartigen Steppfutter, das ihre Beine wundervoll warm hielt, wenn es kälter wurde. Das Kleid war letztes Jahr ein großer Erfolg gewesen, und sie hatte bei den Wilkinsons kaum einen einzigen Tanz ausgelassen.

Valerian erteilte Anderson einen letzten bellenden Befehl und schritt dann zum Fuße der Treppe, wo er breitbeinig auf dem roten Teppich stand und beobachtete, wie sie die Treppe herunterkam. Für ihn ungewöhnlich, trug er eine Vollperücke über seinen eigenen Haaren, hatte sein Gesicht gepudert und mit Schönheitspflästerchen beklebt wie ein städtischer Dandy. Himmelblaue Seide zog sich über seine breiten Schultern, und auf seinen Schuhen glänzten die Schnallen.

Sein anzüglicher Blick ging von ihren Füßen bis hinauf zu ihrem Gesicht, verweilte für einen langen, lüsternen Moment auf der weichen Haut, die verlockend wie eine köstliche, verbotene Frucht aus ihrem Ausschnitt quoll, dann streckte er ihr eine blasse Hand entgegen und half ihr die letzten beiden Stufen herunter.

«Danke», murmelte sie spröde, den Blick gesenkt. Sie sah sich nicht imstande, seinem zynischen Blick zu begegnen, da Erinnerungen an ihre hitzige Auseinandersetzung und seine Bestrafung ungefragt vor ihrem inneren Auge auftauchten.

«Ich danke *dir*», antwortete er und genoss dabei ganz offensichtlich ihr leichtes Unbehagen. «Meine Erinnerung hat mich nicht getrogen: Dies ist ein wundervolles Kleid. Ich bin sicher, du wirst unseren Gast beeindrucken.»

«Wer wird denn kommen, Valerian?»

«Eine sehr gute Freundin von mir aus London, Madame de Chaillot. Sie lässt mir immer so viel Gutes angedeihen, wenn ich dort bin, und ich möchte ihr diese Freundlichkeit vergelten, indem ich sie hier auf Hawkesworth als Gast begrüße. Sie ist vor kurzem Witwe geworden und braucht Ruhe und Abgeschiedenheit.»

Er drehte leicht den Kopf, damit er das knirschende Geräusch der Kutsche besser hören konnte, die sich in langsamer Fahrt über den Kies der Einfahrt näherte. «Das wird sie wohl sein.»

Es war ein deutlicher Anflug von Aufregung in seinem Blick und seiner Stimme zu erkennen, und Lydia beobachtete neugierig, wie er energisch auf den Eingang zuschritt. Von den Gästen seines Vaters war er nie begeistert gewesen und hatte es gewöhnlich vorgezogen, sich gelangweilt und uninteressiert in eine Ecke zurückzuziehen, um dem Treiben von dort aus mit finsterem Blick zuzusehen. Er musste die alte Witwe wirklich sehr schätzen: Vielleicht war sie für ihn während seiner Zeit in der Stadt zu einer Art Mutterfigur geworden. Lydia fühlte, wie ihr eigenes Interesse sich regte, und ging nach draußen, um zu sehen, wie die Witwe die lange Reise überstanden hatte.

Eine dunkle Kutsche, gezogen von vier weißen Pferden, legte gerade das letzte Stück auf der in einem großen Bogen verlaufenden Einfahrt zurück. Sie kam am Fuße der vergoldeten Steintreppe zu stehen, genau in dem Moment, als Lydia in die schwache Nachmittagssonne hinaustrat. Die Räder waren schlammbespritzt, die ledernen Dachschabracken schmutzig. Das Holz des

Unterteils der Kutsche war in einem schönen Zinnoberrot gehalten, das unter dem Staub der Straße kaum noch auszumachen war. Sogar die Messingziernägel waren verdreckt und matt angelaufen.

Ein Kutscher mit Perücke lenkte die Pferde, und die Hawkesworth'schen Lakaien schossen vor, einer, um das Leitpferd beim Zügel zu nehmen, der andere, um den Wagenschlag zu öffnen und das Treppchen bereitzustellen, das der Witwe beim Aussteigen helfen sollte. Zwei livrierte Diener sprangen hinten von der Kutsche ab und kamen nach vorn, um ihr ebenfalls behilflich zu sein.

Eine Hand in elfenbeinfarbenem Satin streckte sich aus dem Innern, und einer der Lakaien ergriff sie, um die Dame zu stützen. Lydia warf einen Blick auf Valerian, der fast den Atem anzuhalten schien, und als sie sich wieder umdrehte, war die Witwe ausgestiegen und stand am Fuße der Treppe. Mit kühl lächelndem Hochmut blickte sie zu Valerian auf.

Lydia unterdrückte ein Keuchen.

Dies war keine ältliche Gönnerin: Madame de Chaillot sah keinen Tag älter als fünfunddreißig aus. Ihre Haut war so blass und glatt wie Alabaster, und ihr gepudertes Haar erhob sich äußerst modisch frisiert über ihre faltenlose Stirn. Ihre milchig weiße Gesichtsfarbe bildete einen schönen Kontrast zu dem satten Ton der Kapuze ihres Zobelpelzes, der bei ihrem Näherkommen über den Boden schleifte. Die dünn nachgezogenen Bögen ihrer Augenbrauen hoben sich ein wenig, als sie sich an Lydia wandte, die sich in ihrer schlichten Aufmachung unwillkürlich linkisch vorkam.

Madame de Chaillot kniff ihre kalten Augen zusammen und betrachtete sie mit kaum verstecktem Unmut, streckte ihr dann die Hand zu einem Kuss entgegen. Lydia knickste kurz und berührte den kalten Satin mit ihren Lippen, unfähig, ein Wort über die Lippen zu bringen.

«Madame. Ich hoffe, Ihr hattet eine sichere und angenehme Reise?» Valerian trat vor und vollführte eine tiefe Verbeugung.

«Danke, Valerian. Die hatten wir.» Ihre Stimme war leise und vibrierte in einer namenlosen Empfindung, über die Lydia nur mutmaßen konnte. Valerian nahm Madame beim Ellbogen und führte sie ins Haus. Seine leisen Willkommensworte und vertraulichen Gesten verrieten das intime Verhältnis, in dem die beiden offensichtlich zueinander standen.

Lydia schaute zur Kutsche. Eine gepuderte, schwerfällige Zofe stieg aus, zog ihren kostbaren Umhang zum Schutz gegen die Kälte des Herbstnachmittags über ihrem üppigen Busen zusammen. Sie nahm die Hand, die ihr der Lakai anbot, und belohnte ihn mit einem lasziven Blick, bevor sie auf den Kies heraustrat. Ihre Hand verweilte ein bisschen länger als nötig in der seinen, und er errötete. Eine tiefe Färbung zog sich über seine gepuderten Gesichtszüge bis unter die Perücke. Als sie sich umwandte, blickte die Zofe Lydia mit offener Feindseligkeit an.

«Ich bin Maxine Laurent, die Kammerzofe und Gesellschafterin von Madame de Chaillot. Bitte sorgt dafür, dass unser Gepäck auf die Zimmer gebracht wird. Und ich will doch hoffen, dass die Betten gelüftet sind!» Sie schüttelte sich und schaute verdrießlich auf ihre Umgebung. «Clancy, komm sofort her!»

Aus dem Inneren der Kutsche schaute ein Kind von etwa sechs Jahren, das einen orientalisch anmutenden Anzug trug und einen Turban mit einer riesigen Straußenfeder. Sein pausbäckiges schwarzes Gesicht verzog sich zu einem Grinsen, und er sprang behände aus der Kutsche, ohne auf die Stufen zu achten, um schließlich genau vor Lydias Füßen zu landen und sich schwungvoll zu verbeugen.

«Guten Tag, Verehrteste», sagte er und betonte dabei jede einzelne Silbe. Er streckte sich und blickte strahlend zu Lydia auf. «Darf ich mich der Dame des Hauses vorstellen? Ich bin Clancy: Ich hole und bringe Sachen, und ich binde die Schuhbänder!»

Lydia lachte; er war so süß und charmant, und offenbar war er ziemlich überzeugt von seiner eigenen Wichtigkeit. Seine Anwesenheit hatte sie etwas aufgeheitert, und sie nahm seine kleinen Hände in die ihren.

«Sehr erfreut, deine Bekanntschaft zu machen, Clancy. Ich bin Lydia Hawkesworth», sagte sie in gespielter Ernsthaftigkeit. Clancy hopste und kicherte ein paar Augenblicke lang vor ihr herum, bevor er von der stirnrunzelnden Maxine zur Ordnung gerufen wurde. Er sprang die Stufen mit unglaublicher Vitalität hoch und verschwand dann im Herrenhaus.

Lydia stieß einen tiefen Seufzer aus und raffte ihre Röcke zusammen. Ein letzter schwacher Sonnenstrahl kam aus dem wolkigen Himmel, um kurz ihre Schultern zu wärmen, bevor sie durch die Tür in die große Halle trat. Die Luft drinnen war, trotz des großen Feuers und der zahlreichen Kandelaber, irgendwie kalt, unheimlich und wenig einladend.

Der Nachmittag verging langsam und damit, dass Valerian und Madame lachten und miteinander leise, in vertrautem Tonfall am einen Ende der Tafel plauderten, während Lydia am anderen Ende kauerte, schlechtgelaunt und mit einem elenden Gefühl, das sie sich weigerte als Eifersucht zu bezeichnen, und in dem Gänsebraten herumstocherte, der auf ihrem Teller kalt zu werden begann.

Schließlich entschuldigte sie sich und ging nach oben, sicher, dass die beiden anderen ihr Weggehen ohnehin kaum bemerkt hatten. Valerian war ganz darin vertieft gewesen, kühle Trauben zwischen Madames schmale, rotgeschminkte Lippen zu schieben, und Madame hatte Lydia nur einen flüchtigen Blick gewidmet, bevor sie ihre Aufmerksamkeit wieder ganz dem jungen Mann an ihrer Seite zuwandte.

In ihrem Zimmer beobachtete Lydia, wie die dunkle Nacht heraufzog: Dunstschleier bildeten einen Hof um den sichelförmigen Mond, und kalte Luft hatte die Fensterscheiben anlaufen lassen. Fröstelnd zog sie sich eilig vor dem prasselnden Feuer aus und vergrub sich in der Daunendecke, um in einen tiefen, aber unruhigen Schlaf zu fallen.

Unschlüssig darüber, was sie geweckt haben mochte, lag Lydia für einen Moment im Dunkeln, lauschte, um irgendein Geräusch zu erhaschen. Aber im Haus war es still. Sie entspannte sich wieder, kuschelte sich in ihr Bett und schloss die Augen, aber der Schlaf wollte einfach nicht zurückkehren. Sie wälzte sich hin und her, schlug auf die Kissen ein und gab es schließlich auf, wieder einschlafen zu wollen.

Sie stand auf, zog sich einen warmen Morgenmantel über, schob die Füße in dicke Stoffhausschuhe und machte es sich auf der Fensterbank bequem, um in die Sterne zu schauen.

Ihr Atem erwärmte die beschlagenen Fensterscheiben, und sie rieb mit ihrem Ärmel ein kreisrundes Guckloch frei.

Das im Dunklen liegende Anwesen wurde nur vom silbrigen Glanz des Halbmondes beschienen. Die Bäume und Büsche warfen lange, düstere Schatten auf das Gras, und Lydia vermutete, es müsse wohl so um Mitternacht herum sein. Ein Kaninchen kam in ihr Blickfeld, kurz vor dem steilen Abhang, der hinunter zu einem Rasenstück führte. Sie beobachtete, wie es weiterhoppelte und dann plötzlich vor irgendetwas Angst bekam. Es schoss davon, sein Schwänzchen ein flüchtiger weißer Punkt in der Dunkelheit.

Ein Prickeln zog sich plötzlich ihren Hals hinauf bis zum Haaransatz, und Lydia setzte sich abrupt auf, als sich ein Schatten von einem der Bäume löste und sich langsam über den Rasen bewegte, um zu einem näher am Haus stehenden Baum zu gelangen. Blinzelnd konnte sie einen langen Umhang ausmachen und einen Dreispitz; wer immer dies war, so hatte er sich mit einem dunklen Tuch über Nase und Mund maskiert. Sie konnte kein Anzeichen für eine Waffe entdecken, also konnte es wohl kaum ein Wilderer sein. Außerdem kamen diese meist zu zweit, mit Säcken und mit Fallen, die an den Gürteln ihrer kurzen Jacken hingen.

Sie wartete, neugierig, noch einen Moment länger und beobachtete die Gestalt draußen im Garten. Dann schnappte sie sich ihren Hut, schlang sich eine Samtstola um die Schultern und rannte durch das dunkle Haus zu der Tür, die hinaus in den Küchengarten führte. Die Kühle der Nachtluft umfing sie wie ein eisiger Handschuh, als sie den großen eisernen Schlüssel einsteckte und leise rund um das Haus zur Vorderseite schlich.

Sie ging am Rand der Rosenbeete entlang, vermied so den knirschenden Kies und huschte über das feuchte Gras zu einer Gruppe von Ulmen, immer darauf bedacht, im Schatten der großen Büsche zu bleiben, die über das spitz zulaufende Rasenstück verstreut standen.

Sie hockte sich hinter einen Baumstamm und achtete dabei überhaupt nicht auf ihr Nachtgewand, das feucht an ihren Beinen klebte. Sie kniff die Augen zusammen und suchte nach dem unbekannten Wesen mit dem Umhang. Einen Moment lang dachte sie, sie hätte es verloren oder irgendwie auf sich aufmerksam gemacht. Dann bemerkte sie, wie sich etwas bewegte, als sich gerade eine Wolke vor den Mond schob, und sie ließ ihren Blick auf der zusammengekauerten Gestalt in der Nähe der Lorbeerbüsche ruhen.

Wer immer es auch sein mochte, die Person schien das Haus zu beobachten, sich allmählich dem Haus zu nähern und unablässig im Blick zu haben. Sie fühlte, wie sie vor Angst zu zittern begann, als sie daran dachte, dass es ein Einbrecher sein könnte. Aber dann hätte er wahrscheinlich einen Komplizen. Stirnrunzelnd entschloss sie sich, noch ein Stück näher heranzuschleichen und zu versuchen, sein Gesicht zu erkennen.

Wenn er sich bewegte, so tat sie dies auch, und jedes Geräusch, das sie machte, wurde überdeckt von den

Bewegungen des Unbekannten und dem Rascheln seines schweren Umhangs. Er ging um die Lorbeerbüsche herum, und Lydia rannte schnell in den Sichtschutz, den sie ihr boten. Dabei rutschte sie aus, verlor auf dem kalten, feuchten Gras den Halt und schlidderte in den Rücken des Eindringlings, der wie eine Wand vor ihr aufragte.

Sie griff nach seinem Umhang, um sich zu fangen, als ihre Füße unter ihr wegglitten, und unterdrückte einen Aufschrei. Er schoss herum, packte sie an den Handgelenken und starrte ihr in die Augen.

«Du kleine Idiotin, was tust du hier draußen?», zischte er, seine Augen über dem Tuch, das den unteren Teil seines Gesichts verdeckte, waren voller Zorn und Ungeduld. Lydia drehte vergeblich ihre Handgelenke, um sich zu befreien. Und plötzlich erkannte sie ihn.

Es war der Straßenräuber.

«Und was tut Ihr selbst hier? Ich werde umgehend Alarm schlagen!» Sie öffnete ihren Mund weit, um loszuschreien, aber sofort brachte eine lederbehandschuhte Hand sie zum Schweigen. Er zog sie grob an sich und drückte ihr dabei die Arme gegen die Rippen. Für einen Moment verlor Lydia die Nerven, atmete tief seinen männlichen Duft ein und blickte in das Gesicht, das dem ihren so nah war.

Die Erinnerung an ihn machte ihn ihr seltsamerweise sofort wieder vertraut: sein Geruch, wie er sich angefühlt hatte an jenem Tag in der Kutsche, sein muskulöser Brustkorb, als er sie fest an sich gedrückt hielt. Unfähig zu sprechen, aber verzweifelt bemüht, etwas zu sagen, ließ sie ihre Zunge zwischen ihre Lippen gleiten und drückte ihre Spitze gegen das kalte Leder seines Handschuhs, genoss schweigend seinen strengen Geschmack. Mit Unverständnis in seinen Augen schaute er auf sie herab, dann löste er langsam seinen festen Griff.

«Wenn ich meine Hand wegnehme, wirst du mir dann versprechen, nicht zu schreien?»

Lydia nickte. Er sah sie mit einem prüfenden Blick an, und eine tiefe Falte erschien auf seiner Stirn. Seine Hand glitt vorsichtig über ihr Kinn, aber seine Augen blieben fest und mit brennender Eindringlichkeit auf sie gerichtet. Als wäre er unfähig, sich zu beherrschen, senkte er seinen bedeckten Mund und küsste sie durch den Stoff, mit einer Zärtlichkeit, die ihr beinahe Tränen in die Augen trieb.

Lydia rührte sich nicht, der Atem stockte ihr in der Brust, und die Härte ihrer kalten Brustspitzen drückte sich gegen den rauen Stoff seines Umhangs. Nachdem er ihr mit seiner heftigen Umarmung fast die Rippen gebrochen hatte, griff er unter ihre Knie und hob sie mühelos hinauf in seine Arme, um sie fort vom Haus zu tragen. Sie kannte seine Stärke und wehrte sich nicht, da ihr bewusst war, dass es ihr nichts nützen würde. Sie sah über seine Schulter hinweg, wie sie sich immer weiter von dem dunklen Haus entfernten.

«Wo gehen wir hin?» Lydia atmete heftig, als sie einem niedrigen Ast auswichen und den dunklen Waldrand erreichten.

«Zum Lustschlösschen», sagte er kurz.

Das steinerne Turmgebäude war vor vielen Jahren als Jagdsitz der Hawkesworths gebaut worden. Es lag tief im Walde, an dem See, der geheimnisvoll schimmerte. Ein zweistöckiges Gemäuer mit einer zinnenbewehrten Miniatur-Festung und einer steinernen Wendeltreppe. Als Kind hatte sie oft dort gespielt, sich häuslich eingerichtet, die Spinnweben entfernt, um schließlich bitterlich zu weinen, wenn Valerian plötzlich hereingestürzt kam und mutwillig vor ihren Augen alles zerstörte, was sie sich geschaffen hatte.

Einmal hatte Drummond ihn zu einem Faustkampf herausgefordert, um sie zu rächen. Die beiden Jungen hatten sich bis auf ihre Kniehosen ausgezogen und sich geprügelt, bis Valerian knietief im See gelandet war und als schlechter Verlierer aufgeben musste. Missmutig schleuderte er ihr seine erzwungene Entschuldigung entgegen, während sie sich hinter dem Rücken des zwölfjährigen Drummond versteckte. Er war fünf Jahre älter als sie und seitdem ihr Held gewesen.

Seufzend schob sie diese Gedanken von sich und schaute in das maskierte Gesicht ihres Entführers. Er ließ sie vorsichtig auf die Füße herunter und band sein Pferd los, das geduldig, an einem Baum festgebunden, wartete.

Sie erreichten das Lustschlösschen innerhalb weniger Minuten, da das Pferd so zielsicher durch den Wald trabte, als würde es den Weg kennen. Der Straßenräuber hob Lydia herunter und bückte sich, während er ihre Hand hielt, um durch den niedrigen Durchgang zu kommen, der auf der Seite des Turmes lag. Die alte Holztür hing in verrosteten, schiefen Angeln, und im Inneren des Gebäudes war es dunkel und kalt. Eine ausgetretene Steintreppe führte nach oben in den nächsten Stock, und als sie dort hinaufstiegen, flogen einige Fledermäuse auf, die lärmend unter der Decke flatterten, bevor sie aus der winzigen Öffnung huschten, die als Fenster diente.

Der Straßenräuber kniete sich vor die Feuerstelle und entfernte mit einer behandschuhten Hand die Spinnweben. Er schob trockene Äste zu einem Haufen zusammen und holte seine Zunderbüchse hervor. Ein orangefarbenes Flämmchen ergriff langsam Besitz von dem Haufen, und Lydia beeilte sich, trockene Blätter und herumliegendes Holz aufzusammeln. Sie knieten zusammen vor dem Feuer, bis es endgültig brannte, dann breitete der Straßenräuber seinen Umhang aus, damit sie sich hinsetzen konnten, und drehte sich zu Lydia um. Seine Augen blickten ernsthaft.

«Es gibt da etwas, das ich dir sagen muss», begann er, aber sie brachte ihn mit zwei Fingern zum Schweigen, die sie über seinen Mund legte. Sie schüttelte den Kopf.

«Du musst nichts sagen. Was an jenem Tag geschehen ist: Ich habe darüber nachgedacht. Es war sehr schlecht von dir, das zu tun, aber seitdem sind Dinge vorgefallen, Dinge, die mich verändert haben. Und jetzt, ja, jetzt bin ich froh, dass es passiert ist, und ich möchte, dass es wieder passiert», erklärte sie sanft und streichelte ihn mit ihren Augen, während sie fühlte, wie die Leidenschaft in ihrem Körper aufzulodern begann. Er erwiderte ihren Blick mit derselben Intensität.

«Ich wollte dich wiedersehen», sagte er. «Ich wollte dir dies hier zurückgeben. Ich kann es nicht ertragen, es zu behalten.» Er holte etwas aus seiner Tasche. Der Schein des Feuers ließ es wie eine goldene Schlange aussehen, die zusammengerollt und ruhig in seiner ausgestreckten Hand lag. Es war ihr Armband. Lydia fühlte, wie Freude sie durchströmte, als sie es schnell an sich nahm und über ihren Arm gleiten ließ.

«Oh! Vielen Dank! Ich habe es so sehr vermisst. Ich habe es jeden Tag getragen, und es war so ungewohnt, nicht mehr sein Klingeln zu hören, wenn ich mich bewegte und es irgendwo anschlagen ließ.»

«Ich weiß, dass du es liebst», erwiderte er. Und zögernd fuhr er fort: «Ich erinnere mich noch an den Tag, an dem ich es dir geschenkt habe. Du hast mich auf beide Wangen geküsst und bist durch die Bibliothek getanzt.»

Ihre Blicke flogen zu seinem Gesicht, und ihre Augen weiteten sich voller Erschrecken und Ungläubigkeit. Bevor er sie davon abhalten oder es selbst tun konnte, hatte sie ihm das braune Tuch vom Gesicht gerissen. Wie sie so vor ihm kniete und ihn anstarrte, klopfte ihr Herz dumpf, und in ihrer Kehle steckte ein Gefühl, das sich anfühlte wie Angst, aber doch etwas anderes war. Sie suchte seinen Blick, legte ihm dann einen Finger auf die Wange, um sein Gesicht von einer Seite auf die andere zu drehen, betrachtete ihn eingehend im Schein des Feuers.

«Du bist es», flüsterte sie, und ihr Gesicht drückte nun Fassungslosigkeit aus. «Du bist es wirklich. Du hast dich so sehr verändert!» Sie wusste nicht, was sie sagen, wie sie ausdrücken sollte, was sie empfand. Ihre Augen brannten vor ungeweinten Tränen, aber dann fühlte sie Wut durch ihre Adern jagen. «Warum bist du nicht ins Haus gekommen? Weißt du nicht, dass Valerian alles zugrunde richtet, das Geld deines Vaters durchbringt, während du dich hier draußen herumtreibst und den Straßenräuber spielst?»

Sie sprang hoch, stand vor ihm, zitternd vor Wut und Kälte, und starrte mit unverhohlenem Ärger in den Augen auf ihn herunter.

«Drummond, was, denkst du wohl, hast du hier zu tun?» Sie war plötzlich unfähig, an sich zu halten, und schlug so hart zu, wie sie nur konnte. Ihre Handflächen brannten, als sie immer wieder auf den groben Stoff seines Umhangs und auf seine Ohren, seine Wangen, seinen Hals schlug. Als sie sein belustigtes Gesicht sah, brach sie in Tränen aus und warf sich auf ihn, hielt ihn an den Schultern fest und drückte Küsse auf die Stellen, wo sie ihn geschlagen hatte.

«Du bist zurück. Du bist zurück. Oh, Drummond, alle haben geglaubt, du wärest tot! Oh, mein Geliebter, mein Geliebter.» Sie schlang ihm die Arme um den Hals, und er lachte, während er sie kurz von sich schob, bevor er ihre Küsse erwiderte.

«Ich bin zurück, und wie werde ich willkommen geheißen. Einen Moment lang dachte ich neulich, du würdest mich hassen müssen. Es gibt so viel, was ich dir zu erzählen habe. Oh, Lydia.» Er zog ihr Gesicht an das seine und küsste sie mit einem Hunger, der sich schnell in Leidenschaft verwandelte.

Lydia fühlte, wie er sie auf die raue Oberfläche seines Umhangs sinken ließ, sanft ihre langen Haare ausbreitete und sie mit der Hand an seine Wange führte, um ihren köstlichen Duft einzuatmen. Er nahm ihr Gesicht in seine gebräunte Hand und drückte seinen Mund erneut auf den ihren, seine Lippen fordernd, seine Zunge sanft erkundend, bis Lydia ihm ihren Mund öffnete. Sie sog vorsichtig, kostete von seiner salzigen Wärme und fühlte, wie ihr Körper unter seinen Berührungen dahinschmolz.

Eine raue Handfläche streifte über ihre Brustspitze, die sofort hart wurde. Sie bog sich ihm entgegen, zog ihn herab, bis er schwer auf ihr lag und sie sich ihm atemlos und verletzlich hingeben konnte.

Sie küssten sich lange. Endlich, als ob er es nicht mehr länger aushalten konnte, löste sich Drummond von ihr und zog ihr mit einer einzigen Bewegung das Nachthemd über den Kopf. Lydia hielt den Atem an, als die kühle Luft ihr eine Gänsehaut verursachte. Sie drückte ihre Knie zusammen und fühlte die Feuchtigkeit ihrer Erregung auf den Schenkeln, während sie seine Berührung erwartete.

Als könnte er ihre Gedanken lesen, ließ er seine Hand über ihren nackten Körper wandern, hielt an den Rundungen ihrer Brüste inne, um diese mit seinen Fingern nachzuziehen, bevor sie zu den dunklen Locken herabwanderte, die sich von der blassen Haut zwischen ihren Beinen abhoben.

«Beweg dein Bein», flüsterte er. Der kaum merkliche Druck seiner warmen Hand öffnete ihre Schenkel, und er ließ seine Finger dazwischengleiten, seinen Zeigefinger über den samtenen Hügel gleiten, während Lydia ihr Becken bewegte und ihre Hüften seiner Hand entgegenschob. Er tauchte seine Finger in ihre Nässe, Lydia gab ein lustvolles Seufzen von sich und schloss die Augen wie eine Katze, die ein sonniges Plätzchen entdeckt hat. Sie atmete tief aus und bog ihren Körper aufwärts, seinen Händen entgegen.

Drummond regte sich zwischen ihren Beinen, senkte seinen Kopf und legte seinen Mund auf sie, atmete ihren sinnlichen Moschusduft ein und drückte vorsichtig seine Zunge gegen die pralle Knospe, die sich ihm entgegenreckte, genauso groß und von derselben Farbe wie die Spitze seines kleines Fingers. Er leckte, zuerst sanft, dann mit zunehmender Heftigkeit. Ihr Saft benetzte seine Lippen, Nase und Kinn, befeuchtete sein Gesicht, als er ihre empfindlichsten Stellen bearbeitete. Lydia ließ ihre Finger durch seine wirren braunen Haare fahren und schnappte nach Luft, öffnete ihre Beine noch weiter und zog seinen Kopf, sein Gesicht so fest an sich, als wollte sie ihn mit ihrem Geschlecht verschlingen.

Langsam bewegte er sich an ihrem Körper aufwärts, um sie lange und tief auf den Mund zu küssen, wobei er mit der Zunge tief in ihre Kehle eindrang und sein Körper drängend auf dem ihren lag. Sie konnte sein hartes Gemächt in den engen Hosen fühlen und sehnte sich danach, es zu spüren, zu sehen und es in seiner ganzen wunderbaren Länge in den Händen zu halten.

«Lass mich ihn befreien», bat sie leise. Er lächelte, und sie glitt mit den Fingern zu den Knöpfen seines Hosenlatzes. Gemeinsam öffneten sie ihn und zogen Drummond die Kleider aus, bis er genauso nackt war wie Lydia.

Sie kniete sich neben ihn, sah herunter auf seinen ausgestreckten Körper und weidete sich daran. Er war sonnengebräunt und muskulös. Die tiefe Bräune ließ erkennen, dass er viele Stunden mit nacktem Oberkörper auf dem Schiffsdeck gearbeitet hatte; unterhalb seiner breiten Schultern verjüngte sich seine Figur zu einer schmalen Taille und langen Beinen mit wohlgeformten Schenkeln.

Lydia stellte fest, wie anders sich sein Körper im Vergleich mit dem seines Bruders entwickelt hatte, der sich selten körperlich betätigte und dessen blasse Haut zeigte, dass er lieber Tätigkeiten in geschlossenen Räumen nachging. Drummonds Körper war ein herrliches Musterbeispiel an Männlichkeit, hier und da bedeckt von leuchtend goldbraunen Haaren, die ihm eine naturverbundene, männliche, hungrige Ausstrahlung verliehen. Valerian hatte im Gegensatz dazu nur wenige Muskeln, dafür jedoch eine bezwingende Kraft und dabei einen gemeinen Zug, den Lydia, ganz gegen ihren Willen, als äußerst erregend empfand.

«Du bist so groß.» Sie zitterte, als sie das sagte. «Halt mich fest. Sag mir, dass das alles wahr ist.»

«Es ist wahr. Du kannst dir nicht vorstellen, wie oft ich davon geträumt habe.» Drummond öffnete die Augen und sah Lydia ein paar Sekunden lang an, dann zog er sie lächelnd so an sich heran, dass sie auf ihm lag. Seine Wärme drang ihr durch die Haut, und sie fühlte ein fiebriges Zittern, das von ihren Zehen sich durch ihren ganzen Körper nach oben ausbreitete, bis es sie vollkommen erfasst hatte.

Sie ließ die Hände über die seidige Haut seiner Schultern gleiten, hinauf über seinen Hals bis zu seinem Kiefer, spürte sein raues, unrasiertes Kinn. Erregt von diesem Beweis seiner Männlichkeit, ließ sie den Mund auf den seinen sinken. Sie verschlang seine Lippen mit den ihren, eine Hand an seinem Kinn, die andere in seinen vollen zerzausten Haaren, die sie ergriff, um ihn zu dirigieren, seinen Kopf in ihrem Rhythmus zu bewegen. Sie biss seine Lippen mit plötzlicher Wildheit, sie stöhnte, rieb ihre weiche Wange an seinen Bartstoppeln und ließ gleichzeitig ihre Beine auseinandergleiten. Dann saß sie aufrecht und rittlings auf ihm. Begierig rieb sie sich an seiner Härte.

Drummond schienen ihre Bewegungen, das Auf und Ab ihrer Hüften, fast zum Wahnsinn zu bringen. Sie fühlte, wie er sie in der Taille packte und über sich balancierte. Ihr Kuss wurde unterbrochen, als sie hochgehoben wurde, und Lydia stützte sich flach auf seinem Brustkorb ab, um ihm behilflich zu sein.

Sie hielten einen Moment lang inne und schauten sich im kupferfarbenen Schein des Feuers an, bevor sie sich im Gleichklang weiterbewegten. Lydia ließ sich auf ihn niedersinken, während Drummond sich aufwärtsbewegte und die heiße, feste Spitze seines Schwanzes in sie einführte.

Beide hielten sich zurück, atmeten dann gemeinsam aus, und Lydia sank herab, ganz herab auf den harten Schaft, der so köstlich in sie eindrang, sie ganz vereinnahmte, jeden Winkel von ihr erfüllte, bis sie das Gefühl hatte, schreien zu müssen.

Sie hob und senkte sich, fühlte, wie sie sich weitete, als er in seiner ganzen Stärke und Länge in sie hinein- und wieder herausglitt, fast bis zur glänzenden Spitze, bevor sie ihn erneut verschlang, und wieder, und wieder. Immer wieder, völlig versunken, genossen sie sich und ihre glückseligen Empfindungen, bis Lydia müde zu werden begann und sich langsamer bewegte. Ihre Schenkel schmerzten von der Last ihres eigenen Gewichts und von der Kühle der Nacht, die sich um ihren Körper legte.

«Lass und komm herunter, her zu mir. Fühlt sich das gut an?» Drummond zog ihr Gesicht zu sich herab, küsste sie auf den Mund, drückte seine warme, weiche Zunge zwischen ihre Lippen und ließ sie seine ganze Stärke fühlen.

Er rollte mit ihr zur Seite, bis sie nebeneinander auf seinem Umhang lagen, ihre Nasen sich berührten und ihre Lippen sich streiften. Er stützte ihr Bein mit seinem Arm, legte es sich in der Höhe der Ellbogen um die Hüfte und fuhr fort, in sie zu stoßen, sich an ihr zu reiben und mit besessener Intensität an ihrer Zunge zu saugen.

Lydia fühlte eine Anspannung, die irgendwo unter ihren Augenlidern begann, durch ihren ganzen Körper prickelte und ihr Bewusstsein in traumhafte Dimensionen entschwinden ließ. Sie riss ihren Mund von seinem los und schrie auf, unfähig, irgendeine Form der Beherrschung zu wahren, als ihr Höhepunkt sie übermannte, bebend und doch sanft. Sie erstarrte, grub die Fingernägel in die glatte Haut von Drummonds Rücken.

Er schnappte nach Luft, rief ihren Namen und vergrub sein Gesicht in ihren wirren, feuchten Haaren, die um ihren Hals fielen, atmete heftig und presste sie an sich. Er stieß in sie, bis sie ihn kommen spürte, heiß und hart, und sie ihn in seine muskulöse Schulter biss.

Sie lagen bewegungslos da. Lydia fühlte, dass ihre Glieder zu schwer waren, um sie bewegen zu können, und Drummond schien erschöpft, aber nicht gewillt, den Körper loszulassen, der viel zu lange nicht mehr als eine Phantasie von ihm gewesen war.

Das Feuer flackerte noch einmal kurz auf und begann langsam zu erlöschen, hinterließ tintenschwarze Dunkelheit und eine Kälte, welche die Luft um sie herum zu durchdringen schien. Lydia drehte, halb dösend, ihren Kopf und sah in das kaum noch wahrnehmbare Flämmchen in der Feuerstelle. Der Geruch von Drummonds Haut und die Erinnerung daran, wie sie sich geliebt hatten, machten es ihr schwer, sich zu bewegen, aber die Nachtkühle legte sich über ihre dem Feuer abgewandte

Körperseite. Indem sie die Hand träge über Drummond gleiten ließ, konnte sie fühlen, dass auch ihm langsam kalt wurde.

«Wir sollten uns anziehen», flüsterte sie und legte die Lippen sanft auf sein Ohr. Er hob seinen Kopf und lächelte sie an, das Glück über ihren gemeinsamen Höhepunkt stand ihm noch ins Gesicht geschrieben.

Schweigend stolperten sie über die Unebenheiten des Bodens, stießen im Dunkeln überall mit den Köpfen und Händen an, ließen sich zögernd los, um sich dann gleich wieder zu suchen, als könnten ihre Körper nicht mehr länger als für ein paar Momente getrennt sein. Als sie schließlich angezogen waren, lehnten sie sich aneinander und küssten sich, wobei Lydia die Brüste gegen das feste Leder von Drummonds brauner Weste drückte. Er umfing sie, um seinen Umhang unter ihrem Kinn zu schließen.

«Hier, das sollte den Morgennebel fernhalten.» Er lächelte und küsste sie auf die kalte Nasenspitze.

«Drummond, wann wirst du nach Hause kommen?», fragte sie und sah ihn prüfend an. «Valerian übt seine Macht über alles auf Hawkesworth aus. Wir brauchen dich.»

Drummond küsste sie auf die Stirn und legte dann das Kinn auf ihren Kopf, atmete den Duft ihres Haares ein und drückte sie fest an sich.

«Meine Liebste. Meine allerliebste Lydia. Du weißt, dass ich das lieber tun würde als alles andere auf der Welt. Ich bin nicht monatelang nach Hause gereist, nur um dann durch die Wälder zu streifen und mich zu verstecken wie ein Gesetzloser. Aber wenn ich mich jetzt zu erkennen gebe, dann besteht das Risiko, dass Valerian mir erneut nach dem Leben trachtet, genau wie damals, bevor ich fortging. Ich würde vergiftet werden, oder etwas Ähnliches, aber mein Tod würde als Folge irgendeiner Tropenkrankheit angesehen werden. Ich muss legitimiert zurückkehren, mit dem Testament meines Vaters, und meinen Bruder so weit in Verruf bringen, dass die Situation ihn dazu zwingt, allein irgendwo anders ein neues Leben aufzubauen. All das muss wohlbedacht sein.»

Valerian hielt sie ein Stück von sich weg, sah ihr in die Augen und erkundete ihre Tiefen. «Wirst du auch niemandem von unserem Zusammentreffen erzählen? Wirklich niemandem? Bitte, vertrau mir und warte auf mich. Das ist alles, worum ich dich im Moment bitten kann.»

Zögernd nickte Lydia. Sie klammerte sich an ihn, als sie durch den Wald zurückritten, dachte darüber nach, wie sie ihm sonst noch helfen könnte. Sie versuchte, sich an langvergessene Gespräche mit ihrem Onkel zu erinnern oder sich bedeutsame Besuche seines Anwalts Mister Lavendale ins Gedächtnis zu rufen.

Als sie den Rand der sich weit ausbreitenden Rasenflächen erreichten, saßen sie ab, und sie küssten sich, standen lange schweigend da, die Hände ineinander verschränkt. Dann drehte sich Lydia um und rannte schnell davon. Sie hinterließ dunkle Spuren auf dem silbrig schimmernden Gras, als sie leise und leichtfüßig hinüber zum Haus lief.

Kapitel fünf

Lydia schloss die schwere Küchentür und hängte den großen Schlüssel an den Haken innen an der Speisekammertür. Die Kälte der marmornen Ablageflächen fuhr ihr in die Finger, als sie sich ein Stück von dem Brotlaib abschnitt, der dort auf einem Brett lag. Auf das Brot gab sie einige Brocken von dem Käse aus der Hawkesworth'schen Meierei. Es schmeckte köstlich. Sie schlang es schnell hinunter und schaute sich nach mehr Essbarem um.

Ein leises Geräusch von der Küche her ließ sie zusammenfahren, und sie legte das Messer so leise wie nur möglich auf das Brotbrett zurück. Sie glaubte, die Köchin würde heute besonders früh mit der Arbeit beginnen, und wischte sich mit dem Handrücken die Krümel vom Mund, bevor sie auf die Speisekammertür zuging.

Was sie sah, ließ sie abrupt innehalten und sich sofort in die Kammer zurückziehen. Madame Laurent kam in die Küche geschlichen, mit kaum mehr bekleidet als ihrem Unterrock und ihrem Mieder, aus dessen enger Schnürung ihre großen Brüste herausquollen wie überreife Flaschenkürbisse. Hinter ihr her taumelte, rotgesichtig und mit vom Bier verzerrten Gesichtszügen, einer der offensichtlich angetrunkenen Lakaien. Lydia erkannte in ihm denjenigen, dem Maxine bei ihrer Ankunft am Nachmittag einen lüsternen Augenaufschlag gewidmet hatte. An der vertrauten Art, in der die beiden miteinander lachten und Maxine nach seinen Lenden griff, um ihn in die Küche zu zerren, konnte Lydia erkennen, dass sie wohl schon eine ganze Weile zusammen sein mussten.

«Oh, Harry, komm und spiel mit mir», bettelte Maxine, und ihr Akzent wurde umso deutlicher, desto erregter sie wurde. «Komm, du 'ast doch gesehn, was isch mag. Gib mir davon mehr, *mon chéri.*»

Harry griff nach ihrer linken Brust und drückte sie grob mit der Hand, fiel dann darüber her und verschlang sie mit dem Mund, als habe er seit einer Woche nichts mehr zu essen bekommen. Maxine stützte sich mit den Hüften an der Kante des Tisches in der Mitte der Küche ab, und Lydia beobachtete fasziniert, wie Madames Zofe ihr kastanienbraunes Haar zurückwarf und vor Lust aufstöhnte. Mit den Händen umfing sie ihren Busen und bot ihn Harry dar, der gierig über ihre große braune Brustwarze leckte.

Seine Hände griffen nach ihrer Taille und hoben sie so an, dass sie auf dem Tisch zu sitzen kam. Er schlug ihre Unterröcke hoch und nahm dann ihre Knie, die von leicht Falten schlagenden Strümpfen bedeckt waren, um sie plötzlich weit auseinanderzuspreizen. Er fummelte einen Augenblick an seiner Hose herum, bevor er sie aufgeknöpft hatte und das Gemächt aus seinem Gefängnis befreit hatte. Einen Moment lang hielt er inne, um sein glänzendes, strammes Glied zu streicheln.

Lydia schluckte und spürte, wie sie bei diesem Anblick begann, feucht zu werden. Wahrscheinlich größer als der Schwanz von Valerian oder Drummond, war er dick und plump, wie ein Werkzeug, aber sanft glänzend, und leicht gerötet. Lydia griff nach dem weichen, zerknitterten Leinen ihres Nachthemdes und drückte ihre Hand durch den Stoff gegen ihre pochende Möse, betastete sich zunächst nur leicht, dann aber mit zunehmender Intensität und Lust, während sie durch die halbgeöffnete Tür spähte.

Maxine rückte sich so auf dem Tisch zurecht, bis sie völlig auf seiner unbehandelten, geschrubbten Oberfläche lag, die Hinterbacken ganz dicht am Rande. Sie öffnete ihre Beine ausnehmend weit und stützte sich mit ihren bestrumpften Füßen vorsichtig an der Kante der Tischplatte ab. Harry griff ihr zwischen die Schenkel, befeuchtete seinen Finger mit ihren Säften und rieb sich damit ein, indem er sich selbst streichelte und sein bestes Stück noch steifer und härter wurde. Als er sie mit seiner glänzenden Spitze anstieß, zitterte Maxine vor Erwartung, öffnete sich ihm wie eine aufblühende Rose, und Lydia konnte ihre rosafarbenen Schamlippen sehen, als Maxine sich selbst mit den Fingern für ihn spreizte.

Harry griff nach ihren Brüsten und massierte sie grob, während sein steifes Gemächt auf ihrer Scham lag. Dann ergriff er seinen Schwanz mit einer Hand und schlug damit heftig gegen sie. Ein plötzliches Lustempfinden ließ Lydia nach Luft ringen. Unter dem Nachthemd glitten ihre Finger in sich hinein, während ihre Blicke gebannt an dem hingen, was der Diener dort trieb. Sie umklammerte ihren tief eindringenden Finger, und Harry fuhr fort, Maxine mit seinem Schwanz zu schlagen. Er lachte und murmelte etwas vor sich hin, bearbeitete seinen Riemen mit der einen, während er mit der anderen Hand heftig Maxines Brüste knetete.

Maxine machte ein Hohlkreuz und bot sich ihm so noch mehr an, hatte die Arme weit ausgebreitet und versuchte, an den Kanten der Tischplatte die richtige Stelle zu finden, an der sie sich festhalten konnte. Ihr Gesicht schimmerte rosig im Schein des Herdfeuers, ihre Augen waren geschlossen, ihr Mund geöffnet: das Abbild sinnlicher Hingabe. Auch Harry betrachtete sie einen Augenblick lang, hörte auf, sie mit seinem Gemächt zu schlagen. Stattdessen legte er beide Daumen auf ihre Schamlippen, zog die rosafarbenen Falten wie Flügel auseinander, um plötzlich in sie einzudringen und sich mit einem kehligen Aufschrei in ihr zu versenken.

Er packte ihre fleischigen Schenkel mit festem Griff, schob sie auf seinen Schwanz. Sein Hintern bewegte sich dabei vor und zurück. Fasziniert sah Lydia zu, wie sein muskulöser Hintern, voller schwarzer Haare, sich zusammenzog und zustieß, wie einer der Hengste aus dem Reitstall, der in rasantem Tempo eine Stute deckt.

Da Lydias zitternde Knie ihr Gewicht nicht mehr tragen konnten, lehnte sie sich gegen den Türrahmen und hielt mit der einen Hand das Nachthemd hoch, während die andere Hand ihr Geschlecht bearbeitete. Ihre langen Finger behände, abwechselnd drückend und streichelnd, gelegentlich eintauchend, um dann ganz in sich einzudringen. Die Feuchtigkeit ihrer Scham benetzte ihre Hand und die seidige Haut ihrer Oberschenkel. Wenn sie an sich herunterschaute, konnte sie die Spuren ihrer Erregung sehen und ihren köstlich verwerflichen Duft riechen.

Maxine schrie im vollen Rausch ihres Höhepunkts auf, und Harry zitterte, stöhnte und sank auf ihr nieder. Er atmete schwer und vergrub sein Gesicht in ihren zerzausten tizianroten Locken, die Hüften nun plötzlich reglos.

Harry kam als Erster wieder zu sich und flüsterte etwas in Maxines Ohr. Obwohl sie sich bemühte, konnte Lydia seine Worte nicht verstehen und musste sich damit begnügen, sich neben der geöffneten Tür an die Wand zu lehnen und mit einem Auge durch den Schlitz zu spähen, um zu verfolgen, was der Lakai jetzt tat, als er durch die Küche lief. Einen Moment lang dachte sie, ihr müsse das Herz stehenbleiben, als sie glaubte, er würde in die Speisekammer kommen, da er offenbar Zutaten für eine Mahlzeit zusammensuchte. Aber er durchquerte nur die große Küche, hob Topfdeckel und schaute in Steinkrüge, nahm Gemüse aus dem Korb an der Tür und Sahne aus einem kühlenden Gefäß.

In der Zwischenzeit setzte sich Maxine dekorativ auf dem Küchentisch zurecht, ein Bein angezogen und gegen die Stange gestemmt, die dazu diente, Kräuterbunde daran zum Trocknen aufzuhängen. Harry stellte seine Zutaten auf der hölzernen Fläche neben ihr ab, und gemeinsam untersuchten sie diese. Maxine tauchte mit ihrem langen Zeigefinger in die Sahne und leckte sich die zähe Flüssigkeit mit einer Zweideutigkeit von den Händen, die Lydia vor Erwartung erzittern ließ. Außerdem schien sie Harry auf eine Idee zu bringen, denn er nahm die Schüssel und hielt sie, die Stirn in lüsterner Erwartung gerunzelt, über die ungeduldige Maxine.

Nachdem sie sich die Kleidung vom Leibe gerissen hatte, massierte Maxine ihre Brüste und kicherte zustimmend, als Harry begann, Sahne über ihre üppigen Rundungen zu verteilen. Unfähig, sich zu beherrschen, begann er jeden Zentimeter ihres Körpers abzulecken und abzulutschen, von den Brüsten über die Schultern und wieder zurück zu den Brüsten, die Arme hinunter, wobei er in der warmen Mulde ihrer Achselhöhle innehielt. Er ließ seine breite Zunge zwischen ihren Brüsten hindurchgleiten und schleckte an der schwellenden Wölbung ihres Bauches, bevor er seine Nase zwischen ihre Schenkel schob.

Lydia beobachtete, wie Maxine sich unter seinem Gesicht wand, und ahmte seine Bewegungen mit ihrer Hand nach. Ihre Finger malten ein angedeutetes Muster auf ihre Brustwarzen, Arme und Bauch, und sie zitterte, als sie spürte, wie das Blut heftig in ihr zu pulsieren begann. Harry setzte seine genussvolle Reise ihre Schenkel hinunter fort, die von der Sahne bedeckt waren, züngelte in ihren Kniekehlen, bis sie ihn anflehte, damit aufzuhören.

Schließlich drehte er sie um und salbte ihre elfenbeinfarbenen Hinterbacken, bevor er über sie herfiel, so als wolle er ihr Fleisch verschlingen. Sie wand sich und quiekte unter ihm, die Haut ihres Hinterteils zitterte und bebte, als sie sich ihm entgegenwarf und ihre Bewegungen schnell leidenschaftlicher wurden, während er einige Sahnetröpfchen in die Nähe ihrer hübsch gekräuselten Rosette brachte. Er rieb um sie herum, ließ seinen Daumen und Zeigefinger darum kreisen, um schließlich seinen Kopf zu senken und mit seiner Zunge in sie einzudringen.

«Oh Harry, *c'est bon*», raunte Maxine, während sie die Hände ausstreckte und nach der gegenüberliegenden

Tischkante griff. Harry richtete sich auf und ließ seinen Handballen über ihre Wirbelsäule aufwärtsgleiten, beobachtete, wie sie unter seiner festen Liebkosung ein Hohlkreuz machte.

Er griff nach den Lebensmitteln, die er vorhin zusammengetragen hatte, und Lydia verfolgte mit zunehmender Spannung und Erstaunen, dass er eine dünne, noch unreife Zucchini auswählte und, begleitet von lustvollem Stöhnen und von in ihrer Muttersprache gekeuchten Ermunterungen, sanft in die Öffnung von Maxines Hinterteil einführte.

Spielerisch ließ er die Frucht langsam hinein- und dann wieder herausgleiten, um Maxine kleine Seufzer zu entlocken, bevor er sie so tief hineindrückte, bis fast die gesamte Zucchini zwischen ihren rosigen Pobacken verschwunden war. Als Nächstes suchte er eine lange, dicke Karotte aus und schob sie ihr langsam in die angeschwollene Möse, drehte sie und zog sie wieder heraus, bis er sie letztendlich voll und ganz in sie hineindrückte.

Lydia starrte durch den schmalen Spalt in der Speisekammertür und konzentrierte sich auf die Reaktion, welche die Zofe auf die doppelte Penetration durch die harten Früchte wohl zeigen würde. Sie konnte nur eine Seite ihres Gesichts erkennen, die zum Teil noch von einigen Strähnen ihres zerzausten roten Haares verdeckt wurde. Maxines Augen waren geschlossen, und ihre Wangen waren vor lauter Erregung gerötet; ihre Lippen waren geöffnet und ihr Kopf nach hinten gebogen. An ihrem schneeweißen Hals war der heftig pochende Puls deutlich wahrzunehmen.

Hinter ihr stand Harry und nahm sie mit einem sich

allmählich beschleunigenden und härter werdenden Rhythmus hart ran, bis sie laut aufschrie. Er griff um sie herum, damit er sie mit einer Hand zum Schweigen bringen und daran hindern konnte, das gesamte Haus auf ihre nächtlichen Aktivitäten aufmerksam zu machen. Seine Finger verschwanden aus Lydias Blickfeld, aber es war ruhig, bevor er sich stöhnend zurücklehnte. Die Sehnen an seinem stämmigen Hals sprangen in wilder Anspannung jetzt deutlich hervor, während er seinen Schwanz mit einer Hand bearbeitete und sich dann über Maxines Rücken ergoss.

Lydia zitterte in der Speisekammer: Mit den Fingern betastete sie ihr Geschlecht, das sich geschwollen anfühlte. Unzufrieden nagte sie an den Lippen, da sie selbst keinen Höhepunkt haben konnte, aus Angst, dass das plötzlich schweigende Pärchen sie hörte.

Nachdem er die Karotte langsam aus Maxines Möse gezogen hatte, biss Harry locker das Ende ab und zerkaute es mit seinen großen, kräftigen Zähnen.

«Morgen zur selben Zeit?», erkundigte er sich. Maxine streckte die Hand aus, griff nach seinem Schwanz und drückte ihn sanft.

«*Mon cher*, ich werde dich kurz nach Mitternacht in meinem Zimmer erwarten. Ich glaube, es 'at auch Vorteile, auf das Land verbannt zu sein.» Sie ließ den Arm um seinen Hals gleiten, zog seinen Mund an den ihren, und ihre Zungen zuckten und schlangen sich umeinander, während Maxine Harrys Geschlecht massierte.

Die Zofe und der Lakai verließen die Küche und ließen die Lebensmittel zurück, auf dass sich die Köchin am

Morgen was auch immer ausmalen möge. Lydia zählte in Gedanken bis hundert, bevor sie sich durch den dunklen Gang hinüber ins Haupthaus stahl und dabei die Holzdielen mied, von denen sie wusste, dass sie knarrten. Die Uhr auf dem Treppenabsatz schlug vier, als sie daran vorbeihuschte. Sie zuckte zusammen und rannte hastig die letzten Stufen bis zu der mit Teppichen ausgelegten Galerie hoch.

Die Weichheit der Teppiche unter ihren bloßen Füßen fühlte sich warm und wohlig an nach den kühlen Fliesen der Speisekammer. Lydia hielt einen Moment lang inne, eine Hand flach gegen die Wand gestützt, und genoss das sinnliche Wohlgefühl unter den Füßen. Sie ließ ihre zarten Fußsohlen in dem weichen Flor der Teppiche versinken und schloss kurz die Augen in der pechschwarzen Dunkelheit.

Als sie sie wieder öffnete, konnte sie einen goldenen Lichtschein ausmachen, der den dunklen Flur ein wenig erhellte. Jemand hatte eine Tür geöffnet. Da sie nicht wollte, dass man sie dabei ertappte, wie sie vor Tagesanbruch durchs Haus schlich, drückte sich Lydia gegen die im Dunkeln liegende Wand und hielt den Atem an.

Die Tür ging weiter auf, und sie konnte ins Zimmer sehen, wo ein riesiges blaues, vollkommen unordentliches Himmelbett sichtbar wurde: Die Kissen lagen auf dem Boden, die Laken waren zerwühlt und zu Haufen zusammengeschoben, als hätte derjenige, der dort gelegen hatte, sich in fieberhaften Krämpfen gewälzt. Das Blaue Zimmer war Teil einer Zimmerflucht, in der Valerian Madame de Chaillot für die Dauer ihres Aufenthalts untergebracht hatte. Aus diesem Grunde nahm Lydia an, dass Madame krank sei oder Unterstützung bräuchte, und sie lief los, um ihr behilflich zu sein.

Im nächsten Moment jedoch sprang Lydia wieder zurück und drückte sich erneut gegen die Wand hinter sich. Ein dunkler Schatten war im erleuchteten Türrahmen aufgetaucht, zu groß, als dass man ihn für die zierliche Madame halten konnte. Sie beobachtete, wie die Gestalt sich umdrehte, und der Schein einer Kerze im Zimmer fiel auf die ebenmäßigen, glattrasierten Züge von Valerian, der sich gerade nach vorn beugte, um die nackte Frau zu küssen, die auf der Schwelle stand.

Lydia schnappte nach Luft, und ihre Augen weiteten sich, als Madame ihre blassen, schlanken Arme schlangengleich um Valerians Hals legte und seinen Kopf herunterzog, damit sie seinen Kuss erwidern konnte. Ihre Zungen wurden sichtbar, weil sich ihre Lippen leicht öffneten, und Lydia verfolgte, wie Madame ihre spitzen Zähne in Valerians Unterlippe schlug.

Lydia erwartete, dass ihn das wütend machen würde, und war deshalb erstaunt, ein leises, kullerndes Lachen zu vernehmen und sein zärtliches Flüstern, während er den Mund über Madames Wange zu ihrem schlanken Hals wandern ließ. Er fuhr mit den Zähnen über ihre glatte, porzellanartige Haut und biss dann fest in die Rundung ihrer Schulter. Madame stöhnte auf und schmiegte sich an ihn wie eine Katze, die sich am Bein ihres Herrn reibt. Ihre Nippel wurden fest, länglich und rubinrot. Lydia beobachtete mit einer Mischung aus Faszination und Abscheu, wie diese Frau nach unten an die größer werdende Ausbuchtung an der Vorderseite von Valerians weitem Hemd griff. Er lachte, hielt ihre Hand fest, und dann trennten sie sich, zögerlich, wie es den Anschein hatte.

Als sich die Tür leise schloss, tauchte Valerian in die Schatten der Morgendämmerung ein.

Lydia stürzte nach vorn.

«Was fällt dir ein?», zischte sie. «Du bist geschmacklos. Wie kannst du so tief sinken und deine – deine – Hure in dieses Haus bringen?»

Er fluchte, dann gab es ein Aufflackern, und sie sah, dass er eine Kerze in einem Wandleuchter über ihrem Kopf anzündete. In dem schwachen Licht konnte sie erkennen, wie er eine Augenbraue hob und seine Lippen sich zu einem zynischen Lächeln verzogen. Er schien völlig entspannt zu sein und keineswegs erstaunt, sie zu sehen.

«Guten Morgen, Cousine Lydia. Was führt dich denn zu dieser Stunde hierher?»

Für einen Moment überrascht, zögerte Lydia, bevor sie antwortete.

«Ich hatte Hunger und war unten in der Küche, um etwas zu essen zu holen.»

«Tatsächlich. Hast du deinem Dienstmädchen heute Nacht freigegeben? Wirklich, Lydia, du musst von den Bediensteten auch Gebrauch machen, sonst werden sie überflüssig, und ich sollte zusehen, sie loszuwerden.» Beiläufig begutachtete er in dem schwachen Licht seine Fingernägel. «Bedienstete stellen eine unnütze Ausgabe dar, wenn du darauf bestehst, ihre Arbeit dann doch selbst zu machen.»

«Ich wollte Angel für so eine Kleinigkeit nicht extra wecken», antwortete Lydia leise.

«Deine Großzügigkeit ist löblich, liebes Cousinchen.

Vielleicht würdest du dieselbe Zuvorkommenheit auf meine sogenannte Hure verwenden und sie bei ihrem Namen nennen. Entweder das, oder du siehst davon ab, dich in Dinge einzumischen, die dich nichts angehen.» Valerian kam näher, und Lydia konnte seinen Schweiß riechen, vermischt mit einem schwereren, geheimnisvollen Duft, der ihre Sinne ansprach.

Sie trat vorsichtig zurück, und wieder rückte er nach, so als führten sie langsame, rituelle Tanzschritte aus. Nachdem er sich wiederum nach vorn bewegt hatte, konnte Lydia die Kälte der Wand hinter sich spüren, und der Stein kühlte ihre Schultern durch den Stoff des Nachthemds. Seltsamerweise ließ sie das nicht frieren, sondern verstärkte eher die Wärme, die angesichts seiner Nähe durch ihren Körper zog. Eine fiebrige Hitze, die ihr durch die Glieder fuhr und die sie heftiger atmen ließ, so als wäre sie von einer plötzlichen Anstrengung außer Atem.

«Wo du das Wort ‹angehen› erwähnst, Valerian – diese Frau geht mich tatsächlich nichts an, wie du sagtest. Dich ganz offensichtlich schon. Mir ist es völlig egal, welche Beziehungen du zu dieser französischen Frau genießt, aber es geht mich etwas an, wenn du unseren Namen besudelst, indem du dich derart schamlos benimmst.»

Sie sah mit zornig verengten Augen zu ihm auf und konnte im Kerzenlicht gerade einmal die dunkle Kontur seines Kiefers ausmachen. Valerian gab ein leises, missbilligendes Lachen von sich.

«Ich glaube, du bist eifersüchtig», flüsterte er, kam noch näher, bis ihre Körper sich beinahe berührten und Lydia die Wärme spürte, die durch sein weites, weißes Hemd drang. Sie bemerkte, wie ihr die Röte in die Wangen schoss, und schüttelte leugnend den Kopf, da sie sich kaum zutraute, es laut auszusprechen. Valerians Augen waren in dem schwachen Licht fest auf die ihren gerichtet, sein Blick war so forschend und eindringlich, dass Lydia ihre Lider schloss, weil sie Angst hatte, sich zu verraten.

Sie bereitete sich darauf vor, ihn beiseitezustoßen, gegen ihn zu kämpfen, wenn nötig, und war deshalb überrascht, als er seine Hand sanft über ihren Oberarm bis zu ihrem Ellbogen gleiten ließ, wo sein Daumen ihre Haut streichelte, bevor sie weiter bis hinunter zu ihrem Handgelenk fuhr. Seine Finger verschränkten sich mit den ihren, hielten sie fest. Er hob ihre Hand an, ließ sie über die kalte, glatte Oberfläche der Wand aufwärtsgleiten, bis sie sich nach oben reckte, fast auf den Zehenspitzen stand, ihren Arm hoch über den Kopf gestreckt und die Brust hervorgeschoben. Sie rang nach Luft, gerade noch rechtzeitig, bevor sein geschickter Mund den ihren fand und er sie mit atemberaubender Heftigkeit küsste, seine Lippen weich, aber doch fest. Seine Zungenspitze berührte die ihre kurz, bevor er sie wieder herauszog, um sein Gesicht in ihrem glänzenden Haar zu vergraben, das locker über eine Schulter fiel.

«Ah, Lydia, so duftend und frisch. Du duftest wie die kühle Morgenbrise, die durch die Gärten weht. Ich könnte schwören, du bist draußen gewesen.»

Er atmete noch einmal ein, küsste sie dann auf die Wange und den Hals, bevor er sanft an ihrem Ohrläppchen knabberte. Lydia fühlte, wie sie dahinschmolz unter der ungewohnten Zurückhaltung und Passivität seiner Zärtlichkeiten. Sie legte den Kopf in den Nacken, um ihm die unschuldige, verwundbare Vorderseite ihres Halses zu offenbaren. Valerian küsste sie dort, verweilte an dem heftig pochenden Puls, der unter ihrer straffen Haut schlug. Er legte seine Zungenspitze auf die Wölbung ihrer Kehle und zog eine langsame Bahn bis hinauf zur Spitze ihres Kinns, neckte sie noch einmal mit kleinen Bissen seiner sanft zupackenden Zähne, bevor er erneut von ihrem Mund Besitz ergriff.

Während sein Mund sie geschickt verführte, suchten und spielten auch seine Hände. Seine Finger verharrten einige Augenblicke unschlüssig an ihrer Taille und stahlen sich dann hinauf, um die Festigkeit einer ihrer Brüste in seiner Handfläche zu wiegen. Sein Daumen streifte leicht über einen ihrer ohnehin bereits steifen Nippel, und Lydia spürte ihre Anspannung, als er ihn zwischen beiden Fingern hin- und herrollte, träge daran zog, ihn mit seiner großen und kräftigen Hand drückte und knetete. Sein Oberschenkel presste sich nachdrücklich gegen die ihren, und Lydia bewegte ihr Bein ein kleines bisschen, um das seine zwischen ihre zitternden Knie zu lassen. Sie konnte spüren, wie die männliche Härte seines Geschlechts sich an ihrem Hüftknochen rieb, und diese Berührung erregte sie fast mehr, als ihre Fähigkeit, sich zu beherrschen, es erlaubte.

Sie griff nach seinem Kopf und zog ihn so herab, dass sein Mund den ihren streifte, bevor sie ihn sich auf die Brust drückte. Seine Hände packten das Leinen ihres Nachthemds, zogen es zur Seite, um ihre rosige Haut freizulegen. Als er schließlich seine Lippen auf ihre Brustwarze legte, presste sie sich verzweifelt gegen ihn, fühlte, wie er sanft biss und sog, die gekräuselte Haut leckte, die in seinem Mund spitz und hart wurde. Eine seiner Hände umschloss die ihm dargebotene Brust, während die andere zielstrebig in jener Linie über ihren Bauch glitt, die ihn zu den feinen Löckchen zwischen ihren Schenkeln führte. Die Löckchen drängten sich gegen den Baumwollstoff, als sie ihm ihre Möse entgegenschob. Er stöhnte, trat von ihr zurück und schaute sie mit gehobenen Brauen an.

«Mein Gott, Lydia, ich könnte schwören ...!»

Ohne seinen Satz zu beenden, zog er sie noch einmal an sich, und gemeinsam mit ihm zog Lydia am Nachthemd, hob den Saum weit über die Taille hoch. Sie angelte nach den Falten seines eigenen übergroßen Hemdes und riss daran, begierig, ihn wieder auf sich zu sehen und zu fühlen, ergötzte sich an den Stück für Stück freigelegten, schlanken Hüften und dem ungezähmten Ständer, der ihr aus dem Busch schwarzer Haare, direkt vor ihr, entgegenragte.

Valerian packte sie bei der Taille, hob sie hoch, drehte sich um und setzte sie mit den Pobacken auf dem polierten Holz der Balustrade ab. Lydia ahnte den steilen Abgrund hinter sich, aber der leichte Anflug von Angst wurde schnell von einer anderen, sehr viel drängenderen Empfindung überdeckt, als er sie mit einer Hand öffnete. Sie hielt die Luft an und schloss die Augen, als er seinen harten Schwanz in ihre feuchte Mitte gleiten ließ. Sie legte ihren Kopf in den Nacken, ihr schwarzes Haar fiel nach hinten und verschmolz mit der Dunkelheit des Treppenhauses.

Für einen endlosen Augenblick verlor Lydia das Gefühl für Zeit und Raum, bevor sie rüde auf den Boden der Tatsachen zurückgeholt wurde, als Valerian seinen

Prügel aus ihr herauszog und sie mit einer Hand am Hals packte.

«Warum bist du so nass wie eine billige Hure nach einem ganzen Regiment von Soldaten?», zischte er und stieß seinen Finger tief in sie hinein. Er zog ihn wieder heraus und hob die Hand an sein Gesicht, blähte seine Nasenflügel beim Einatmen des Geruchs, der an seinem Zeigefinger haftete.

«Du Schlampe! Du stinkst wie eine läufige Hündin! Wen, außer mir, hast du gehabt?» Er schüttelte sie, bis sie dachte, sie würde rückwärts über das Geländer kippen und einem sicheren Tod dort unten auf den Steinfliesen entgegensehen. «Sag es mir, du Flittchen. Wo bist du gewesen? Du bist genauso genommen worden wie Madame, aber es ist nicht mein Samen, der dich da drinnen parfümiert. Bei Gott nicht!»

Lydia presste die Lippen aufeinander. Sie begegnete seinem durchdringenden Blick, schüttelte den Kopf und versuchte, den Hals aus seinem festen Griff zu befreien.

«Ich wäre verdammt, wenn ich es dir sagte. Wenn du deswegen wütend bist, werde ich eben die Zielscheibe deiner Wut sein müssen.»

«Wütend? Wütend? Rasend wäre der richtige Ausdruck. Ich rase vor Zorn darüber, dass meine Cousine es für nötig hält, ihr kostbarstes Gut zu verschleudern, und dafür mitten in der Nacht draußen herumgeistert. Du billiges Flittchen, hast du geglaubt, ich würde es nicht herausfinden? Kaum zu glauben, dass ich für einen Moment gedacht habe – wirklich gefühlt habe, dass da mehr zwischen uns sein könnte als nur eine verwandtschaftliche Bindung.» Er schüttelte sie wieder, und sie schob sich nach vorn, versuchte vom Geländer herunter und auf den sicheren Boden des Treppenabsatzes zu gelangen, aber er hielt sie mit eiserner Faust fest. «Ich werde herausfinden, mit wem du zusammen gewesen bist, und wenn ich alle Männer in diesem Haus foltern muss, um dahinterzukommen! Ich bin hier der Herr. Ich bin es, dem alle zu gehorchen und den alle zu respektieren haben! Da du mich hintergehst, hast du allen Anspruch darauf verloren, wie ein Familienmitglied behandelt zu werden. Von jetzt an wirst du in deinem Zimmer eingesperrt sein, ohne auf irgendwelche Privilegien Anrecht erheben zu dürfen, wenn ich mich nicht bemüßigt fühle, sie dir ausdrücklich zu gewähren.»

Er packte sie an den Haaren und zerrte sie brutal vom Geländer herunter. Als sie hinfiel und versuchte, wieder aufzustehen, drückte er so schnell ihren Kopf nach unten, dass sie nur noch ihm hinterherkriechen konnte. Dann griff er in ihr Haar und zog sie daran durch die Halle. Ihre Knie rutschten über den Teppich, der sich unter ihr jetzt nicht mehr wie Samt anfühlte, sondern wie grober Hanf. Sie ließ sich widerwillig hinter ihm herziehen, und ihre Augen brannten von den Schmerzen auf ihrer empfindlichen Kopfhaut.

Als sie sich Madames Zimmertür näherten, hielt Lydia aus Angst den Atem an, dass die Bewohnerin das Schleifen auf dem Fußboden hören könnte und herauskäme, um nachzuschauen. Aber alles blieb dunkel, und Valerian zerrte sie weiter hinter sich her, bis sie ihr Schlafzimmer erreichten.

«Du wirst hierbleiben, bis ich verfüge, dass du wieder freigelassen wirst», grummelte er und zog die Schnüre fester, mit denen er ihre Handgelenke an den Bettpfosten festgebunden hatte. «Bilde dir nur nicht ein, dass es deine Fesseln lockert, wenn du dich wehrst. Außerdem werde ich hiermit deinen Mund verbinden. Ich wünsche nämlich nicht, dass du das ganze Haus mit deinem Rufen oder Schreien störst.»

Lydia riss den Kopf zur Seite, aber Valerian fing sie geschickt ab und legte ihr einen Ledergürtel quer über den Mund. So eng schnallte er ihn hinter ihrem Kopf fest, dass sie das Einschneiden des harten Leders rundherum auf der zarten Gesichtshaut spürte. Er trat einen Schritt zurück, um sein Werk zu bewundern: Lydias schlanker Körper lehnte aufrecht und mit nach hinten gebundenen Armen gegen den geschnitzten Pfosten, ein weiterer breiter Ledergürtel war um ihre Taille geschlungen und hielt sie fest an den Pfosten gedrückt, während ein dritter ihre nackten Schenkel zusammenhielt. Ihr Haar hing ihr über die Schultern herunter und bedeckte ihre Brüste wie ein dunkler Umhang, wobei ihre Augen über dem Knebel weit aufgerissen und voller Angst waren.

Valerian kniff die Augen zusammen, beugte sich dann nach vorn, die Lippen zu einem missbilligenden Grinsen verzogen, riss ihr grob das dünne Baumwollnachthemd vom Körper und warf es auf den Boden. Lydia sackte verzweifelt in sich zusammen, merkte aber, dass sie von den Fesseln gehalten wurde, und Valerian ließ seine Blicke über ihre nackte elfenbeinfarbene Haut und ihre sanften Kurven schweifen.

«Herrje, welch hübscher Anblick», murmelte er. «Wenn nicht ein anderer dich vor so kurzer Zeit gehabt hätte, würde ich wohl Vergnügen daran finden, deine

Beine weit auseinanderzuziehen und dich genau so zu nehmen. Dich so gefesselt und meiner Gnade ausgeliefert zu sehen, ist eine ungeheure Verlockung.» Er kam näher und ließ seine Hand ihre Hüfte hinuntergleiten, den Mund so dicht an ihrem Ohr, dass sie die Feuchtigkeit seines Atems auf der Wange spüren konnte.

«Du magst etwas anderes behaupten, aber ich glaube, du genießt meine Berührungen mehr, als es dir einfallen würde zuzugeben. Vielleicht wird deine Nacktheit an diesem kühlen Morgen dafür sorgen, dass dir dein Appetit auf Abenteuer vergeht und dein Kopf klarer wird. Bitte sag doch deinem Dienstmädchen Bescheid, wenn du dich entschließen solltest, mich den Namen deines Liebhabers wissen zu lassen.»

Dann ging er fort, die Tür schloss sich leise hinter ihm, und Lydia blieb zitternd allein zurück im Halbdunkel. Sie schloss die Augen und ließ den Kopf gegen das sanft geschwungene Holz des Bettpfostens sinken, während sie, in Erwartung von Angels erstem Besuch, Tränen der Enttäuschung und des Zorns herunterschluckte.

Angel zuckte beim Ertönen der hellen Dienstbotenglocke zusammen. Sie blickte auf den Anzeigekasten und sah, dass sie in der Bibliothek verlangt wurde. Dann wird es Master Valerian sein, dachte sie missmutig, strich sich die Musselinschürze glatt und stopfte eine lose goldene Strähne in den zu einer Schnecke auf ihrem Hinterkopf aufgesteckten Zopf zurück. Sie eilte die drei Treppen vom Keller hinauf und klopfte leise an die Eichenholztür zum Arbeitszimmer.

«Herein!» Diese Aufforderung war zwingend, und sie

spürte, wie ihre Beine sie in den Raum trugen, als hätten sie einen eigenen Willen.

Sie machte einen tiefen Knicks und betrachtete dabei die Kante des riesigen Aubusson-Teppichs, da sie nicht wagte, die Blicke auf ihren Herrn zu richten.

Schließlich war die Stille so verdächtig, dass sie schon dachte, sie habe versehentlich den falschen Raum betreten. Sie hob schnell ihren Blick und sah Lord Hawkesworth auf der anderen Seite des breiten, prachtvoll lackierten Tisches sitzen. Einen polierten Stiefel hatte er auf die glänzende Oberfläche gestellt, auf der er sein Bein abstützte. Die Muskeln seiner wohlgeformten Wade spannten den festen Stoff der blattgrünen Hose, und im spiegelgleichen Glanz des Holzes war die Reflexion seiner Kniekehle deutlich zu erkennen. Angel spürte, wie ihr Puls zu rasen begann, während ihr Blick unwillkürlich dem Verlauf seines Beins aufwärts folgte. Der Herr war offensichtlich ganz mit sich selbst und der Welt im Reinen: Dem weichen Stoff seiner olivgrünen Jacke und den losen Falten aus strahlend weißer Baumwolle, die sich unter seinem glatten Halstuch bauschten, schien heitere Sorglosigkeit zu entströmen.

Angels Blicke gingen nach oben, betrachteten mit wachsendem Interesse die schwarzen Stoppeln auf seinen Wangen, die als dunkler Schatten dem feingeschwungenen Kiefer, der langen geraden Nase und den schwarzen Wimpern einen männlichen Reiz verliehen. Das Herz schlug ihr bis zum Halse, und sie senkte schnell ihren Kopf. Der Blick aus seinen finsteren Augen war durchdringend und brennend. Angel schluckte die plötzlich aufkommende Angst hinunter und zwang sich, seinem gebieterischen Ausdruck standzuhalten. Verächtlich zog er die Oberlippe hoch, als spürte er ihre Angst und verachtete sie dafür. Doch Angel richtete stolz ihren Kopf auf, straffte die Schultern zurück und warf ihm einen herausfordernden Blick zu.

«Braucht Ihr etwas, Mylord, oder habe ich mich verhört?»

«Du hast recht gehört, Angel. Ich will mit dir über deine Herrin sprechen und die Bestrafung, die ich ihr zu ertragen zugedacht habe.»

«Bestrafung?» Angel starrte ihn an, die Augenbrauen leicht zusammengezogen. «Warum sollte Miss Lydia denn bestraft werden?»

«Ihre Vergehen haben dich nicht zu interessieren. Du sollst dich lediglich um sie kümmern. Ich habe beschlossen, dass sie für einen Zeitraum von ... äh ... vier Tagen in ihrem Zimmer eingeschlossen bleiben wird», verkündete er. «In dieser Zeit wird sie keine Besucher empfangen, ihre Mahlzeiten werden aus Brot und Wasser bestehen, und es ist ihr nicht gestattet, in ihrem Zimmer Feuer zu machen. Habe ich mich klar ausgedrückt?»

«Aber Mylord, zu dieser Zeit wird es doch schon immer so kalt. Wenn es Miss Lydia nicht erlaubt ist, ein Feuer zu entfachen, wird es ungemütlich kalt in ihrem Zimmer sein.»

«Habe ich mich klar ausgedrückt?» Valerian nahm sein Bein von der Tischplatte herunter, setzte sich plötzlich aufrecht hin und ließ seine geballte Faust auf das Holz krachen.

Angel schrak hoch und nickte, während sie noch an Ort und Stelle beschloss, ihrer Herrin die schönsten

Häppchen aus der Küche ins Zimmer zu schmuggeln, was auch immer ihr Vergehen sein mochte. Sie sah, wie sich Valerian zu beeindruckender Größe aufrichtete und sich mit den Knöcheln auf dem Tisch abstützte, wobei er sich nach vorn beugte, um sich noch mehr Respekt zu verschaffen. Mutig begegnete sie seinem Blick, zog dabei Luft ein, schlug aber nicht die Augen nieder. Sie deutete einen Knicks an, tief genug, um seine gehobene Stellung anzuerkennen, aber so flach, dass ein ausdrücklicher Mangel an Unterwürfigkeit offensichtlich wurde.

«Ja, Mylord. Das war überaus deutlich. Ist das alles?»

«Geh jetzt.» Seine Lippen verzogen sich zu einem höhnischen Grinsen, und er machte eine herrische Handbewegung.

Sie ging rückwärts über den Teppich und drehte sich erst um, als sie unter den Schuhsohlen dessen Kante spürte. Sofort blieb sie wie angewurzelt stehen. Direkt neben dem Eingang zum Studierzimmer saß, ihrem Blick bislang verborgen, Madame de Chaillot. Ihr schlanker Körper thronte auf einem vergoldeten Polstersessel, das blaue Seidengewand so kunstvoll um ihre wohlgeformten Beine drapiert, dass der Stoff ebenso viel zu betonen wie zu bedecken schien. Ihr Rücken wirkte stocksteif, und ihre Hände hielt sie ordentlich im Schoß gefaltet.

Für einen Augenblick dachte Angel, sie sei in sich gekehrt und unbeteiligt, habe möglicherweise kaum zugehört, aber das Weiß ihrer Knöchel bewies ihre Anspannung, und als das Mädchen aufschaute, stellte sie fest, dass die kalten Augen der Frau mit Nachdruck auf sie gerichtet waren. Angel wertete den Blick zunächst als Zorn, aber als sie sich weiter auf die Tür zubewegte und Madame de Chaillot näher kam, bemerkte sie, dass die andere Frau von einer gefräßigen Gier erfasst zu sein schien, da ihr Blick unablässig auf Angels Taille lag. Angel fühlte, wie ihr Schamröte in die Wangen stieg, und hielt an der Tür einen Moment lang inne.

Madame Chaillot verharrte bewegungslos, mit steifem Körper. Ihre Blicke jedoch glitten über den Körper des Dienstmädchens. Es schien, als wollten sie sich jede Einzelheit der geschwungenen Hüften und der kleinen, spitzen Brüste einprägen, die sich unter dem Stoff ihres Kleides abzeichneten.

Angel bemühte sich, ihre Gesichtszüge zu einer Maske des Abscheus werden zu lassen. Sie drehte den Kopf zur Seite, warf aber Madame noch einen aufmüpfigen Blick zu, bevor sie den Raum verließ und sich kurz an der Tür festhielt, bevor sie diese hinter sich ins Schloss fallen ließ.

Kapitel sechs

Lydia war bereits den dritten Tag eingesperrt. Die Kälte und der Hunger hatten sie nicht so sehr gestört, wie Valerian es sich ausgemalt hatte, da Angel sie in Abständen besucht und ihr trockenes Brot und Krüge mit Wasser gebracht hatte, ihre Taschen aber mit Kapaun- und Gänsefleisch gefüllt waren. Heiße Ziegelsteine, eingewickelt in Flanelltücher, hatten verhindert, dass das Bett klamm wurde, und regelmäßige Schlucke aus einer Flasche mit Cognac, die Angel in ihr Zimmer geschmuggelt hatte, vertrieben die trostlose Stimmung.

Zuerst hatte Lydia gedacht, dass die Langeweile sie vollkommen zermürben würde, während sie stundenlang im Fenster saß und hinaus auf die Farben des Herbstes schaute. Langsam wechselten die Blätter an den Bäumen von dunklem Grün zu Braun und Rot. Angels Besuche gewannen eine ganz besondere Wichtigkeit. Das kleinste Geräusch an der Tür ließ sofort einen Schauer der Erregung durch Lydias Adern fahren, und sie fühlte sich, als hätte sie Schmetterlinge im Bauch.

Beim ersten Besuch, den sie ihrer Herrin abstatten durfte, war Angel entsetzt gewesen und hatte sich liebevoll um sie gekümmert, indem sie ihr die Fesseln abgenommen, sie gewaschen und gesalbt hatte, ihr Parfum auf die Schläfen tupfte und beim Anziehen half. Sie sprachen weder über Valerian noch über seine Grausamkeit.

Am zweiten Abend war Angels Hand dann noch sanfter, als sie Lydias Korsett öffnete und ihre weichen Finger in das steife Material gekrochen waren, um die gerötete Haut auf Lydias Rippen zu beruhigen. Lydia war plötzlich ganz still geworden und hatte den Atem angehalten, denn die Finger streichelten nun auch die Haut zwischen ihren Brüsten, und der flache Atem des Mädchens wärmte ihr die Schulter. Schließlich fing Lydia vor Verlangen an zu zittern. Doch plötzlich war der Zauber verflogen, die Hände weg, und Angel griff nach dem Leinennachthemd, bevor sie Lydia ins Bett half. Als sie die Decke über sich gezogen hatte, beobachtete Lydia Angels Gesicht in der Hoffnung, dass sich ihre Blicke treffen würden und sie ihr ein Zeichen der Ermunterung geben könnte, aber das Dienstmädchen hielt die Blicke züchtig gesenkt und sagte Lydia leise gute Nacht, bevor sie sie verließ.

Am dritten Tag lag Lydia so lange im Bett, bis sie die Standuhr unten im Hause Mittag schlagen hörte. Normalerweise weckte Angel sie mit dem Frühstück, aber an diesem Morgen war sie nicht erschienen. Lydia drehte sich auf den Bauch und versuchte, das Magenknurren zu ignorieren, das in ihrem Innern grollte. Wo blieb Angel nur? Sie fing gerade an, schlechte Laune zu bekommen, als das vertraute Geräusch des sich im Schloss drehenden Schlüssels zu vernehmen war. Sie setzte sich auf und war bemüht, sich ihre Gereiztheit anmerken zu lassen.

«Wo bist du gewesen? Es ist Mittag, und um diese Zeit bist du doch sonst schon längst bei mir gewesen!» Während sie dies sagte, wurde Lydia bewusst, was für eine seltsame Abhängigkeit sie inzwischen hinsichtlich der Besuche ihres Dienstmädchens entwickelt hatte, wie sehr sie auf diesen Kontakt angewiesen war. Und das machte sie umso gereizter.

«Hast du mir etwas zu essen mitgebracht? Ich bin vollkommen ausgehungert.»

«Hier. Heute ist Backtag, und ich habe Euch frisches Brot mitgebracht. Es ist noch warm.» Angel lächelte und hockte sich auf die Bettkante, während sie ein Stückchen von dem Laib abbrach und es ihrer Herrin reichte. «Ich konnte nicht eher heraufkommen. Der Herr hat mich durch das ganze Haus gescheucht, um alles für den Ball vorzubereiten. Unten geht es zu wie in einem Irrenhaus!»

«Ein Ball?», fragte Lydia zwischen zwei Bissen nach. «Wird ein Ball stattfinden?»

«Nur eine kleine Sache. Er hat das gestern entschieden, und ich glaube, Madame hat eine Menge damit zu tun. Er will, dass sie die Gastgeberin spielt. Ist das zu glauben? Lord William müsste sich doch im Grabe umdrehen, wenn er sähe, wie sich die Hure seines Sohnes hier auf Hawkesworth aufspielt. So als wäre sie die Hausherrin persönlich.»

«Erzähl mir mehr über den Ball.»

«Nun, es sind Einladungen an die üblichen zehn Familien aus der Umgebung ergangen, glaube ich, und an zwei oder drei von Valerians Freunden aus dem Club in London. Heute wird bereits die große Halle geschmückt. Ach, ich wünschte, Ihr könntet es sehen», fügte sie hinzu. «Anderson gibt die Anweisungen, und alle Lakaien stehen auf Leitern, mit Zweigen von ...»

«Werde ich dazu wohl hier herausgelassen?», fragte Lydia nach. Angel schwieg einen Moment, sah an Lydia vorbei und schüttelte schließlich den Kopf.

«Der Herr sagt, dass Ihr noch einen Tag hier oben bleiben müsst.»

«Das werde ich nicht! Angel, gib mir den Schlüssel!»

«Ich kann nicht, Ihr wisst, was ich für einen Ärger bekomme, wenn ich …»

«Du weißt aber auch, in welchen Schwierigkeiten du steckst, wenn Valerian herausfindet, dass du mich die ganze Zeit gefüttert hast. Gib mir jetzt den Schlüssel!»

«Ihr würdet es ihm ja doch nicht sagen!»

«Doch, das würde ich! Und das werde ich auch tun, außer, wenn du mir jetzt den Schlüssel gibst.» Lydia verlegte sich nun aufs Verhandeln, weil sie ahnte, dass Angel keinen Ärger bekommen wollte. «Ich werde ihn auch nicht benutzen, bevor es nicht etwas später geworden ist und der Ball in vollem Gange ist. Bitte, Angel! Ich werde verrückt, wenn ich hier drinnen bleiben muss, während die anderen tanzen und sich ohne mich amüsieren. Ich will nur ein bisschen zugucken – niemand wird mich sehen.»

«Das kann ich nicht zulassen. Er wird wissen, dass ich Euch den Schlüssel gegeben habe. Ich werde in fürchterliche Schwierigkeiten geraten, und Ihr wisst doch, wie er ist, wenn er wütend wird.»

«Er wird es nicht erfahren. Und wenn er es doch herausfindet, dann werde ich ihm erzählen, dass ich ihn dir gestohlen habe, während du Staub gewischt hast oder irgend so etwas. Bitte, Angel!»

Lydia spürte, dass das Dienstmädchen langsam weich

wurde, streckte ihre Hand aus und streichelte mit der Fingerspitze leicht über Angels Arm, wobei sich die feinen goldenen Härchen aufstellten, die wie Daunen ihre Haut bedeckten. Das Mädchen zitterte und seufzte, runzelte die Stirn. Sie hob ihren Blick und sah Lydia an, griff plötzlich mit einer Hand nach Lydias Zeigefinger und drückte ihn sich auf den Arm.

«In Ordnung, aber Ihr bringt mich besser nicht in Schwierigkeiten damit», flüsterte sie.

«Danke.» Lydia merkte, dass ihre Stimme auch zu einem Flüstern geworden war.

Sie streckte die freie Hand aus und schob eine widerspenstige Strähne von Angels flachsblondem Haar hinter das Ohr zurück, streichelte das Haar so lange, bis sie wieder in Angels aufgestecktem Zopf gelandet war. Das Mädchen blieb bewegungslos, schien aber irgendwie angespannt, und Lydia fuhr sich mit der Zunge über die Lippen, zögernd und nachdenklich.

Als spürte sie Lydias Unentschlossenheit, drehte Angel ihren Kopf und beugte sich ein Stückchen nach vorn, um Lydia auf die Lippen zu küssen. Ihr Mund war zart und, oh, so weich. Lydia meinte, sie müsste allein von diesen Berührungen zerspringen. Ihre Erfahrungen mit dem Küssen waren, bislang, nur auf Männer beschränkt gewesen. Und deren Lippen waren so männlich: hart, hungrig und gierig. Sie brachten sie mit der räuberischen Männlichkeit ihrer Münder zum Glühen und machten sie atemlos. Sie hatte nie auch nur daran gedacht, die Lippen eines anderen Mädchens zu küssen, geschweige denn, sie tatsächlich gespürt. Außer dem einen Mal, als Angel ihr Lust bereitet hatte, ohne dies seitdem wiederholt zu haben. Die Erinnerung an jenen heimlichen Nachmittag erregte sie und erzeugte ein Zittern, das irgendwo in den Kniekehlen begann, sich durch die zuckenden Muskeln ihrer Schenkel aufwärtsschlich und eine heiße, fiebrige Erwartung in ihrem Bauch und in ihrer Mitte hervorrief. Sie umschloss mit beiden Händen Angels Gesicht, erwiderte nun ihren Kuss, kostete dabei die salzige rosige Zunge und fühlte dahinter die kleinen, scharfen Zähne.

Angel nahm Lydias Hand und legte sie sich auf die Brust; Lydia rieb sie vorsichtig, spürte die harten Spitzen, die sich unter dem dünnen Stoff abzeichneten. Sie ahnte, statt es wirklich bewusst wahrzunehmen, dass Angels Finger die Spitzen auch ihrer Brüste gefunden hatte, und drückte sich gegen die Hand des Mädchens. Allmählich ließ sie Angel auf das Bett sinken, bis sie gänzlich auf dem glatten violetten Satin der Tagesdecke lag; dann legte sie sich über sie, ihre Münder immer noch vereint, ihre Lippen sanft fordernd.

Lydia spürte eine Erregung, die ebenso stark war wie bei den Männern, deren Nähe sie in der letzten Zeit erlebt hatte, und die Entdeckung ihrer offensichtlich unbegrenzten sexuellen Möglichkeiten ließ sie aufstöhnen, ihre Zunge tief in Angels Mund schieben und in einem plötzlichen Aufwallen sinnlicher Bedürftigkeit an ihr saugen und knabbern. Sie zog die Röcke des anderen Mädchens hoch, bis deren bestrumpfte Beine über die Hüften hinauf frei lagen. Sie kniete sich dazwischen, schaute auf sie herunter und genoss den Anblick ihrer bloßen Schenkel.

Angel winkelte die Knie an und hob das Becken an, um Lydia anzuregen, mehr zu tun, als nur zu schauen.

Lydia, einerseits ängstlich, aber auch begierig, ihre Gelüste zu befriedigen, legte die Hände auf Angels Schenkel, die bereits feucht waren. Lydia ließ die Daumen über die Erhebungen gleiten und drückte vorsichtig. Angel schnappte nach Luft, und Lydia beobachtete, wie sie die Augen schloss und in sich selbst zu versinken schien, mit geröteten Wangen, die Züge weich und entspannt. Ihr Mund stand etwas offen, und ihre üppige rosa Unterlippe erinnerte Lydia an die angeschwollenen Hautfalten unter ihren Fingern. Sie drückte allmählich fester, glitt über die Haut, spürte unter den Fingerspitzen die winzige Muschel, die um ihre Aufmerksamkeit regelrecht zu betteln schien. Sie strich vorsichtig mit der Spitze ihres Zeigefingers darüber und sah, dass das kleine Ding genauso empfindlich war wie das ihre.

Sie verstärkte den Druck ein bisschen. Es vergrößerte sich. Sie drückte noch ein bisschen mehr. Es schwoll an. Während sie immer weiterrieb, beobachtete sie fasziniert, wie Angel immer feuchter und die winzige muschelförmige Knospe immer länger und praller wurde, wie ein köstliches Malzbonbon, das gelutscht werden wollte. Lydia senkte den Kopf und begann zu lecken. Angel schmeckte süß: geheimnisvoller und köstlicher als jedes Marzipan, das sie jemals gegessen hatte. Sie ließ die raue Oberfläche ihrer Zunge darübergleiten, während Angel ihren Rücken durchbog und leise Geräusche der Lust ausstieß. Plötzlich packte sie Lydias Kopf und zog sie fest an sich. Einen Moment lang dachte sie, ersticken zu müssen, aber dann drang ihre Zunge in Angel ein, und sie spürte, wie das Mädchen an Lydias Mund ihren Höhepunkt hatte. Sie zuckte, bebte und benetzte Lydias Lippen mit der Feuchte ihrer Lust.

Anschließend legte sie den Kopf auf Angels milchigweiße Schenkel und genoss den moschusartigen Duft, der ihren feuchten, feinen Löckchen entströmte, streichelte sie träge und wickelte sich eine der kleinen Locken um den Zeigefinger.

«Ich nehme an, Ihr wollt jetzt den Schlüssel, oder?» Angel erhob sich und stützte ihren Kopf in eine Hand, sah in Lydias errötetes Gesicht, einen Anflug von Zynismus in ihrem aufmerksamen Blick. Lydia starrte sie entrüstet an.

«Glaubst du wirklich, dass ich, nun, dass ich es nur getan habe, um an den Schlüssel zu kommen? Angel, das stimmt nicht.» Sie streckte die Hand aus und umschloss die Finger des Mädchens fest mit den ihren.

«Das macht nichts, ich hätte ihn Euch sowieso gegeben. Ich wollte bloß wissen, ob es ehrlich gemeint war.»

«Ich wollte es wirklich.» Lydia stand auf und beugte sich über Angel, umfasste ihr kleines spitzes Kinn mit der Hand. Angel legte den Kopf in den Nacken und schloss die Augen, als Lydia sie sanft auf den Mund küsste, bevor sie den angebotenen Schlüssel nahm.

«Maxine, gib mir die kleine Schachtel mit den Samtpflästerchen.»

Madame drehte ihren Kopf erst auf die eine, dann auf die andere Seite, um ihre Erscheinung in dem goldgerahmten Spiegel zu prüfen. Ein wohlgefälliges Lächeln hob die Winkel ihrer sorgfältig geschminkten Lippen, während sie sich nach vorne beugte, um den verwischten schwarzen Puderstrich zu korrigieren, der ihre Augen vergrößern sollte. Sie nahm das lackierte Kästchen von ihrer Zofe entgegen, seufzte und ging suchend mit dem schlanken Zeigefinger durch seinen Inhalt.

«Welche Form trägt man jetzt in der Stadt?», fragte sie.

«Ich glaube, die Monde, Madame.»

Sie sah sich noch einmal im Spiegel an, bevor sie sich für ein winziges herzförmiges Pflaster entschied, das sie hoch auf ihr Jochbein klebte, dann wurde noch ein Halbmond hinzugefügt, gleich links neben ihrem scharlachroten Mund.

«Ihr seht zauberhaft aus, Madame.» Die Stimme der Zofe war leise und voller Bewunderung. «Dieses blaue Kleid sieht aus wie ein Wasserfall. Master Valerian wird Euch nicht widerstehen können.»

«Das kann er nie.» Madame steckte eine letzte perlenverzierte Haarnadel in ihre kunstvolle Frisur und zupfte die wunderschön aufgetürmten Locken zurecht. Der silbrige Puder, der auf ihrem Haar schimmerte, brachte ihre durchsichtige Erscheinung gut zur Geltung, schmeichelte ihrer Porzellanhaut und hob das kalte Blau ihrer Augen hervor.

Sie stand von dem niedrigen Hocker auf und schlenderte über den Samtteppich hinüber zu dem hohen Standspiegel, ließ die Hände über ihre Hüften und ihren Bauch gleiten. Ihr Körper war straff, schmal wie der eines Jünglings, und ihr Kleid fiel in einer perfekten Linie, beinahe ungestört von Brüsten und geschwungenen Hüften. Die Vorderseite ihres Mieders saß figurbetont und locker, während die Rückseite, die in üppigen Kaskaden von ihren Schultern zu Boden floss, fast aussah wie bei einem Negligé. Vom Brustbein bis zum Saum wurde es von winzigen schwarzen Schleifen zusammengehalten, und darunter trug sie einen durchscheinenden schwarzen Unterrock, bei dem aufmerksame Beobachter erkennen konnten, dass sie, bis auf Strümpfe und aufwendig geschmückte Strumpfbänder, nackt war.

Sie schob ihre Füße in hochhackige schwarze Pumps, beobachtete sich selbst, wie sie sich mit den Händen über die Brüste strich, in ihre bereits angespannten Nippel kniff und an ihnen zog, bis sie hervortraten. Nun sahen ihre kleinen Brüste aus, als würden sie durch den transparenten Stoff hindurchstechen, und die Warzenhöfe schimmerten als dunkle Kreise durch die mitternächtlichen Farben. Madame zitterte: Sexuelle Erregung war ihr keineswegs fremd, aber für heute Nacht erwartete sie von der verklemmt lebenden örtlichen Aristokratie etwas ganz Besonderes.

Sie griff nach der Parfumflasche und überlegte es sich dann doch anders. Sie hob ihr Kleid, strich sich mit einem Finger sanft über die Spalte, die sich ein bisschen öffnete, warm und einladend. Sie war fast so weit, aber jetzt war keine Zeit mehr, noch nicht einmal für die allerschnellste Befriedigung. Sie befeuchtete ihren Finger mit ihrer eigenen Duftessenz, dann tupfte sie das köstliche Nass auf die Stellen, wo ihr Blut pulste: an beide Handgelenke, hinter die Ohren und schließlich zwischen die flachen Wölbungen ihres Dekolletés.

«Widerstand ist zwecklos», murmelte sie. Maxine lächelte und hielt ihr einen reichgeschmückten Fächer aus Federn hin.

Fiebrige Erwartung rauschte durch Madames Adern, als sie oben an der Treppe noch einmal stehen blieb, eine

Hand auf dem glatten Geländer. Ihre Erregung spiegelte sich in etlichen der nach oben gewandten Gesichter, und sie erkannte einige der jungen Freigeister, die, ebenso wie Valerian, den Avernus Gentlemen's Club am Piccadilly besuchten. Später, wenn die älteren und etwas gesetzteren Mitglieder des Landadels in ihren Pferdekutschen und -wagen schon wieder auf dem Heimweg wären, würde Madame den Vorsitz über eine intime Versammlung dieser Männer und einer handverlesenen Gruppe jüngerer, vielversprechender Mitglieder der ortsansässigen Bevölkerung übernehmen.

Vorfreude ist ein gutes Aphrodisiakum, dachte sie bei sich, während die Erregung wie Quecksilber durch sie hindurchperlte und heißes Blut rasend durch ihre Adern pulsierte. Die Freidenker waren ihr wohlbekannt; es waren gutaussehende junge Männer, sportlich und muskulös mit dem Durchhaltevermögen der Jugend, aber mit Erfahrungen, die sonst nur reifere Männer hatten.

Sie entdeckte Andreas, einen ihrer Favoriten. Er lächelte zu ihr hinauf, und sie sah das Strahlen seiner weißen Zähne, bemerkte, wie er mit einer heimlichen, aber deutlichen Geste eines erotischen Versprechens seine Hand langsam über den Schlitz seiner engen Kniehosen gleiten ließ. Madame übersah ihn kühl und setzte ihren üblichen nichtssagenden Gesichtsausdruck auf, als sie die Treppen hinunterschritt. Valerian begab sich an ihre Seite und ließ in schweigender Anerkennung seine Blicke über ihren Körper schweifen. Sie begegnete seinem Blick mit einem gebieterischen Hochheben ihrer schmalgezupften, dunkel nachgezogenen Augenbrauen. Gemeinsam betraten sie die große Halle.

Die Holztäfelung war auf Hochglanz poliert und spiegelte den Schein Hunderter von Kerzen wider. Das Porzellan, das sonst überall stand, war gegen riesige Kandelaber und Vasen mit duftendem Grün ausgetauscht worden. An einer der Wände befand sich ein langer Tisch, der sich unter dem Gewicht von Platten bog, auf denen Konfekt, gebratener Schwan, kandierte Früchte und in der Mitte ein Spanferkel standen, während in dem prachtvollen Kamin ein Feuer loderte.

Der angenehme Duft von Essen und fünfzig parfümierten Körpern überfiel sie, und Madame blähte die Nasenflügel, als sie ein Glas prickelnden Weinschaum-Cocktail von einem vorbeikommenden Lakaien entgegennahm. Valerian hob das Glas an die Lippen und ließ seine Blicke durch den Raum wandern.

«Wie findest du es?», erkundigte er sich.

«So viele Leute bei einer so kurzfristigen Einladung», antwortete Madame und bewegte den Fächer vor ihrem Kinn. «Ein Zeichen dafür, dass man deinen gesellschaftlichen Rang anerkennt. Meinst du nicht?»

«In der Tat.» Valerian lächelte und machte eine Verbeugung in Richtung eines älteren Gentleman, der an ihnen vorbeikam. «Die einzige Hürde ist jetzt noch, meinen verschwundenen Bruder rechtswirksam für tot erklären zu lassen.»

«Hast du in letzter Zeit mal mit Lavendale gesprochen?»

«Bei diesem Mann muss man Vorsicht walten lassen. Er besteht darauf, dass Drummond sieben Jahre lang verschollen sein muss.» Valerians Wangen zeigten rote Flecke. «Dann, Claudine, meine Liebe, werde ich meinen rechtmäßigen Platz einnehmen können, aber im Moment bin ich immer noch höchstens der inoffizielle Lord Hawkesworth. Jeder weiß, dass mein Bruder tot sein muss. Alle Versuche, ihn zu finden, sind fehlgeschlagen, und, unter uns, wenn uns durch wundersame Umstände die Nachricht ereilen sollte, dass er noch am Leben ist, so würde ich jeglichen Brief verbrennen, noch bevor sein Inhalt öffentlich würde.»

«Und was wäre, wenn er selbst käme?»

«Dann möge ihm Gott beistehen. Eher würde ich dafür sorgen, dass er auf dem Grunde des tiefsten Sees hier auf den Ländereien landet, als dass ich auf meine Ansprüche verzichten würde!» Valerian spürte den kühlen Druck von Madames beschwichtigenden Fingern auf seinem Arm.

«Lass uns den Tanz eröffnen», schlug sie vor und lächelte ihn an. Er streckte seine Hand aus, und sie begaben sich in die Mitte der Halle.

Während sie sich tanzend durch das Gedränge bewegten, betrachtete Madame schweigend die jüngeren Gäste und bemühte sich, sich die Gesichter derjenigen zu merken, die einen vielversprechenden Eindruck auf sie machten. Neben ihnen tanzte der energiegeladene Lord Irving, ein junger Aristokrat, dessen kräftige Schenkel und breite Schultern ihr Herz hüpfen ließen. Dann kamen sie an einem süß aussehenden Mädchen von vielleicht siebzehn Jahren vorüber, das unbestechlich und daher nach einer echten Herausforderung aussah. Später bot sie noch einem errötenden Priester einen Teller mit Konfekt an, dessen Art, das lange blonde Haar mit einem scharlachroten Band zusammenzuhalten, seine bescheidene, ernsthafte

Ausstrahlung Lügen strafte. Als es beinahe Mitternacht war, tauschte sie lächelnde Blicke mit einer hübschen Matrone aus, deren glatter Busen sehnsuchtsvoll aus dem enggeschnürten Mieder quoll.

Schließlich bemerkte sie noch, wie oben auf der Empore in Abständen hellgrüngelber Samt aufblitzte: Lydia. Sie gab vor, die fast verborgene Gestalt nicht wahrzunehmen, die hinter der Balustrade hockte. Durch den überfüllten Saal lächelte sie Valerian zu und genoss es, sich eine geeignete Bestrafung für seine Cousine auszumalen. Sie bebte vor Freude beim Gedanken an das Entsetzen des unschuldigen Mädchens, wenn sie das Spektakel mit ansehen müsste, das Madame für später geplant hatte.

«Ich denke, der Abend war ein Erfolg, *mon petit*», flüsterte Madame Valerian zu. Ein kühler Nachtwind löste ein paar Strähnen aus ihrer Frisur, als das Paar im Haupteingang stand und sich von den letzten Gästen verabschiedete. Valerian drehte sich mit einem geheimnisvollen Lächeln zu ihr um und schob sie wieder zurück ins Haus.

«Der Abend, meine Liebe, ist noch jung, und ich erwarte weitere Erfolge. Und ich bin sicher, du auch.»

«Allerdings. Ich denke, du hast ausgesprochen gut daran getan, den Landjunker Matthews davon zu überzeugen, dass seine Frau nachher sicher nach Hause gebracht werden wird. Vielen Dank dafür.»

«Es war mir ein Vergnügen. Was hast du mit ihr vor?»

«Oh, da wirst du dich noch ein bisschen gedulden müssen.»

Sie eilte Valerian voraus, zurück in die Halle. Die Platten auf dem Tisch waren ziemlich geplündert worden, und die Kerzen in den Leuchtern waren heruntergebrannt und warfen lange Schatten über den Boden. Vor dem eindrucksvollen Kamin füllten die jungen Männer aus Valerians Bekanntschaft ihre Gläser mit Bordeaux und sorgten dafür, dass auch den übrigen Gästen immer wieder nachgefüllt wurde.

Madame sah sich um und überlegte, wo sie beginnen sollte. Aufregung erfasste sie, und sie spürte ein Flattern in ihrer Brust, als sie zwischen dem blonden Priester, der an seinem Wein nippte, und Lord Irving schwankte, der allein und weit entfernt auf der anderen Seite des Raumes stand.

Sie traf eine schnelle Wahl, ging auf den Priester zu und sprach leise mit ihm. Er roch angenehm nach Seife und Bienenwachs, und sie rückte näher an ihn heran, genoss den Ausdruck der Überraschung, der seine tiefgrauen Augen weitete. Er errötete, als ihre Hand spielerisch an seinem schwarzen Habit herunterglitt, um schließlich auf seinen Lenden zu verharren. Erfreut von dem, was sie dort spürte, stellte Madame sich auf die Zehenspitzen und küsste ihn mitten auf den Mund, drückte ihre dünnen Lippen auf die seinen und schob ihre schlangenartige Zunge zwischen seine Zähne. Er wich zurück, aber sie kam immer näher und massierte ihn dabei mit nachdrücklichen Handbewegungen, bis er sich mit einem Aufstöhnen geschlagen gab.

Hinter sich hörte sie, wie Matthews' junge Ehefrau, Sophie, nach Luft schnappte, während einer der Freigeister Madames Vorstellung mit seinen Bewegungen und

Küssen nachahmte. Zuerst schien Sophie zu zögern, aber der Wein, den sie getrunken hatte – und die zunehmende Unaufmerksamkeit ihres übergewichtigen Mannes seit der Eheschließung –, brachten sie dazu, mit immer größerer Leidenschaft auf das Vorspiel des jungen Mannes zu reagieren. Ein weiterer Jüngling gesellte sich zu dem ersten, und schnell wäre es für Beobachter schwer gewesen, zwischen den drei Körpern, den forschenden Händen und Mündern zu unterscheiden.

Madame schaute zu, wie Sophie es genoss, einen Mann an den Rundungen ihres Busens nuckeln zu sehen, während ein anderer an der Verlängerung ihres Nackens knabberte. Sie hatte offensichtlich noch niemals solche erregenden Empfindungen gehabt und schien daher vor Lust fast ohnmächtig zu werden.

Einer der jungen Männer umfing sie mit muskulösen Armen und drückte sie rücklings auf die scharlachrote Couch nieder. Sofort war sie von Valerians Gefolgsleuten umringt, die sich ihren Füßen, Händen und Beinen widmeten. Ein engelsgesichtiger Jüngling mit Kringellöckchen streifte ihr die Satinschuhe von den Füßen und massierte ihre Zehen gefühlvoll mit weichen Daumenkuppen; ein anderer streifte ihr die Armbänder ab und legte seine suchenden Lippen in ihre Armbeuge. Ein blonder Adonis hatte die Aufgabe übernommen, das Mieder aufzuschnüren, um Busen und Taille zu befreien, während Andreas, der Junge mit der Hautfarbe und der Wildheit eines Zigeuners, ihre Röcke hochschob und begann, ihr die weichen, blassen Schenkel zu kneten.

Als sie fortfuhr, sich um den leidenschaftlicher werdenden Priester zu schlingen, bemerkte Madame, dass Lord

Irving in einem Mauerwinkel in der Nähe des Kamins stand. Er beobachtete Sophie Matthews eindringlich und hatte die Reithose aufgeknöpft, um sich selbst zu streicheln. Er schien in anderen Sphären zu schweben, da seine Augen sich weiteten, über die ganze Länge der dargebotenen Körper glitten und dann nach oben blickten.

Madame verrenkte sich ein bisschen, um seinem Blick folgen zu können, lockerte ihren Zugriff auf den Schwanz des Priesters ein wenig und beobachtete, wie sich Valerian dem engelgleichen Jüngling von hinten näherte. Mit erfahrenem Geschick knöpfte er seinen Hosenschlitz auf, spreizte die runden Hinterbacken des Jungen und spuckte sich auf den Finger, bevor er den Knaben mit Speichel befeuchtete. Mit einer geschmeidigen Bewegung seiner schmalen Hüften drang er in den jungen Mann ein und bewegte sich weich gleitend vor und zurück. Sinnliches Entzücken huschte über sein Gesicht, als er seine Augen schloss. Der Engel gab ein Luststöhnen von sich und beugte sich vor, um seinen Freund ganz einzulassen, drückte sein Hinterteil nach hinten und bog sich ihm begehrlich entgegen. Sein Gesicht lag an Sophies Fuß, und er drehte sich etwas, um seinen Mund über ihren großen Zeh zu stülpen und ihn mit rosigen Lippen zu verschlingen.

Madame starrte fasziniert auf die runden Wangen des Burschen, die sich von der Stärke des Saugens nach innen wölbten. Sie hörte Sophie angesichts der Macht ihrer Empfindungen keuchen, aber dieses Geräusch wurde allmählich immer leiser, weil ein anderer Mann sich über sie beugte, um sie mit heftiger Leidenschaftlichkeit zu küssen, bevor er sein steifes Gemächt auf sie ausrichtete und auf ihren Mund legte. Zunächst schien sie zu zögern, die

Augen geweitet und verwundert, aber dann öffnete sie dem begierigen Ständer ihre Lippen und begann durstig daran zu saugen.

Madame sah wieder zu Irving hinüber: Sein muskulöser Körper wirkte angespannt und erwartungsvoll, seine Augen waren geschlossen. Sie ließ den Priester los und ging hinüber zum Lord, griff fest nach seinem Schwanz und drückte ihn zwischen Daumen und Zeigefinger. Seine Augen öffneten sich verwundert, als er seinen Höhepunkt so abrupt unterbrochen fühlte.

Sie führte den Zeigefinger der anderen Hand an ihre Lippen, um ihn zum Schweigen zu bringen, um dieselbe ovale Fingerspitze dann bis zur ersten der Schleifen gleiten zu lassen, die ihr Kleid verschlossen. Sie zog vorsichtig und ließ es dann aus den Ösen gleiten, bevor sie es zwischen ihre Lippen nahm. Sie hielt das eine Ende fest und ließ es über ihre Zunge gleiten, und Irving starrte wie hypnotisiert, als der schmale Streifen schwarzen Satins schließlich leicht von Speichel bedeckt war. Ihre andere Hand griff nach seinen prallen Eiern und befreite sie aus seiner Hose, dann wickelte sie das feuchte Band fest darum, bis er gefesselt war.

Er war vollständig eingeschnürt, unfähig zu erschlaffen, oder aber sich zu ergießen.

Madames Augen blieben auf die seinen gerichtet, als sie sich langsam nach vorn beugte und ihn in den Mund nahm. Sie saugte einmal und ließ wieder los, saugte noch einmal und tauchte dann die Spitze ihrer Zunge in den kleinen Schlitz, der sich auf der Kuppe seines Schwanzes öffnete. Irving stöhnte über ihr, und sie lächelte, bevor sie ihre Zunge unter die Manschette seiner Vorhaut schob und kreisen ließ. So spielte sie eine Weile mit ihm, bevor sie ihn ein letztes Mal heftig in sich hineinzog, sich dann aufrichtete und sich mit der Zunge über die rotgeschminkten Lippen fuhr.

Sie nahm seine Hand, führte ihn in die Mitte des kerzenbeleuchteten Raums und schubste ihn in einen Sessel mit gerader Rückenlehne, bevor sie auf das Podest am anderen Ende des Zimmers stieg. Lord Irving warf ihr einen flehenden Blick zu, den sie jedoch grausam übersah und ihren Platz auf einem geschnitzten Thron einnahm. Sie konnte spüren, wie die Röcke unter ihr feucht und warm wurden, als sie auf die Körper unter sich blickte.

Joseph und Conrad, Valerians treue Diener, traten vor, um ihr zu helfen, die fast durchsichtigen Kleider abzulegen, die ihr am Körper klebten. Dann war sie nackt, bis auf die Strümpfe und die kostbaren Strumpfbänder. Ihre Füße steckten noch in den unglaublich hohen schwarzen Schuhen. Sie saß ganz still und überblickte gebieterisch die Szenerie. Unter ihr, umgeben von den Freigeistern und von ihren Zungen und Schwänzen durchbohrt, kam in ebendiesem Moment bebend Sophie zum Höhepunkt, und ihre zahlreichen Verehrer ergossen sich annähernd gleichzeitig in ihren Mund und ihre Hände. Der Engel biss ihr kräftig in den Zeh, als sich Valerian hinter ihm anspannte und zu zucken begann und Sophie seinen Zähnen schnell ihren Fuß entriss. Fast augenblicklich wurde sie von einer Anzahl starker Arme aufgehoben und zu einem Stuhl neben dem von Lord Irving geleitet. Andere gesellten sich zu ihnen, und der Engel lehnte über Sophies Rückenlehne, während seine Hand träge ihre Brust drückte.

Schweigende Erwartung lag über dem Saal.

«Meine Freunde.» Madame erhob sich und richtete sich zu ihrer vollen Größe auf. Ihre Nacktheit leuchtete in dem milden Licht von den Flammen des Kaminfeuers. Sie schwieg lange, bevor sie erneut zu sprechen begann, um sicher zu sein, dass sie die ungeteilte Aufmerksamkeit aller hatte. Und sie war sich der vielen Augen bewusst, die in diesem Moment ihren Körper mit Blicken verzehrten. «Ihr seid heute alle aus freien Stücken hier. Jeder von Euch hat mittlerweile das Wesen dieser Festlichkeit erkannt, und wenn es jemanden geben sollte, der zu gehen wünscht, dann würde ich anregen, dies jetzt zu tun.»

Es folgte ein langes Schweigen. Niemand bewegte sich, und endlich lächelte sie, neigte ihren Kopf ein wenig, als wolle sie damit den Entschluss anerkennen. «Dann lasst uns also feiern.»

Sie trat wieder zurück und setzte sich nochmals auf den Thron, die Beine übereinandergeschlagen, den Rücken kerzengerade. Die Haltung ließ ihre Rippen sichtbar werden, und die kleinen Brüste standen stolz hervor. Sie bewunderte ihren Körper, streichelte sich, kniff in ihre roten Nippel, zog sie lang und ließ sie hart werden, rollte sie zwischen den Fingern. Als sie mit ihrer Form und ihrem Aussehen zufrieden war, streckte sie die schlanken Arme mit einer eleganten Geste aus, und Joseph und Conrad näherten sich ihr. Sie schnappte sich ihre Schwänze, mit jeder Hand einen, und hielt sie fest umschlossen.

Ihr begehrlicher Blick streifte durch den Saal, bis er auf dem Priester liegenblieb, der, immer noch vollständig angezogen, am Ende des Halbkreises von Valerians Freunden saß.

«Pater Clarence, bitte steht auf. Ihr seht so rot aus.

Kann es sein, dass Euch warm ist? Zieht Euch doch aus, ich bitte Euch.» Als der Priester zögerte zu gehorchen, setzte sie fort: «Aber wartet, den Priesterkragen müsst Ihr umbehalten. Ich möchte sehen, wie Ihr ihn tragt, wenn Ihr Euer zölibatäres Gelübde brecht.» Ihre Hände bearbeiteten weiter Joseph und Conrad, während sie die anderen Anwesenden ansah. «Die kleine Miss Madeleine.» Sie lächelte das junge Mädchen milde an, das mit sittsam gefalteten Händen auf einem niedrigen Hocker zu Valerians Füßen saß. «Eure Erziehung sollte von einem Mann der Kirche begonnen werden, denke ich.» Das Mädchen senkte gekonnt seinen Blick, wobei das süße Gesicht errötete und die Unterlippe zu zittern begann. «Komm, meine Liebe, diese Gentlemen werden dir mit ihren Körpern ein Lager bereiten, und wir wollen sehen, was der Priester mit seiner Zunge so alles vermag.»

Bei ihren Worten lösten sich drei der Freigeister aus dem Schatten und legten sich Seite an Seite auf den Teppich. Madeleine blieb, wo sie war, und die Knöchel an ihren gefalteten Händen wurden weiß. Valerian, hinter ihr, hob die Augenbrauen und lächelte vor Zufriedenheit, so als reizte ihn ihre scheue Zurückhaltung ganz besonders. Madame seufzte.

«Oje, die kleine Madeleine ist plötzlich schüchtern geworden. Valerian, mein Lieber, überzeuge sie.»

Mit angehaltenem Atem schaute sie zu, wie Valerian die Hand ausstreckte und nach dem Kinn des Mädchens griff. Er drehte ihr Gesicht nach oben, und Madame schluckte, als er sich herunterbeugte, um Madeleines Lippen mit den seinen zu bedecken. Während er sich an ihrem Mund ergötzte, glitt eine Hand in ihr Mieder, und

Madame konnte sehen, wie seine Finger sich darunter abzeichneten, als er die Brust des Mädchens drückte und mit dem Daumen fest über ihren Nippel strich. Madeleine wehrte sich, aber auf ein Zeichen von Madame packten der Engel und der Adonis ihre Arme und verschränkten sie so auf ihrem Rücken, dass sie gefangen war. Valerian unterbrach den Kuss und stellte sich gerade hin, seine Augen suchten die von Madame, und ein grausames Lächeln spielte um seinen Mund.

«Bringt sie her!», befahl Madame.

Die beiden Freigeister zerrten das sich nun heftig wehrende Mädchen zu der Stelle, wo die männlichen Körper ihr ein Bett bereiteten. Sie stand zwischen ihnen, das Kinn trotzig nach oben gereckt, und Madame spürte, wie ihr Herz einen Schlag lang aussetzte: Die Kämpfer sind immer so viel aufregender, dachte sie. Madeleines Blicke brannten sich in ihre ein, und dann, als könnte das Mädchen ihre Gedanken lesen und wusste, wie sie ihr den Spaß verderben konnte, knickte sie zwischen den beiden Männern ein, ließ ihren Körper weich und nachgiebig werden, jeglicher Widerstand war aus ihren Gliedern gewichen. Madame knirschte mit den Zähnen, die Lippen gespitzt und böse dreinschauend. Sie funkelte wütend das Mädchen an, ihre Augen waren zu schmalen Schlitzen geworden.

«Leg dich auf das Bett!», fauchte sie.

Madeleine trat langsam vor, bis sie am Kopf des ersten der sich anbietenden Männer stand. Unsicher, wie es weitergehen sollte, warf sie Madame einen hilfesuchenden Blick zu.

«Mistress Sophie, helft ihr beim Ausziehen.» Madame

bearbeitete die Schwänze in ihren Händen, während sie sprach. Aber weder Joseph noch Conrad zeigten irgendeine Regung. Sophie Matthews ging Madeleine zur Hand und zog ihr die seidene Unterwäsche aus, bis Madeleine schließlich ganz nackt war.

Einige der Zuschauer atmeten hörbar ein, denn das Mädchen war eine echte Venus mit hohen, weichen Brüsten und mit einem kastanienbraunen Vlies, das sich zwischen ihren wohlgeformten Beinen ringelte. Der Gedanke daran, dass sie bis jetzt unberührt war, brachte Lord Irving dazu, auf seinem Stuhl hin und her zu rutschen und mit dem Band zu spielen, das um seine angeschwollenen Genitalien gewickelt war.

Sophie nahm Madeleines Hände in die ihren und ließ sie vorsichtig zurücksinken, bis das Mädchen auf dem Bett aus Männern lag. Derjenige, auf dem ihr Kopf ruhte, streckte seine Hand aus und umfasste damit eines ihrer Handgelenke, das andere drückte er mit seinem kräftigen Schenkel so zu Boden, dass sie dalag wie ein Schmetterling, die Flügel ausgestreckt und so festgehalten, dass alle sie sehen und sich an ihr erregen konnten.

Auf Madames Anweisung hin kam der Priester näher und hockte sich zwischen ihre angezogenen Knie.

«Küsst sie, Pater!»

Er erfreute sich einen Moment lang an ihrem so verlockend zur Schau gestellten Körper, war trunken von ihrem Anblick. Sein Schwanz regte sich und zuckte, drängte nach draußen, als wollte er zu ihr gelangen, selbst wenn sein Herr dagegen wäre, was aber offensichtlich nicht der Fall war. Er beugte sich nach vorn, drückte die Zunge auf ihre geöffneten Schenkel, und Madeleine begann sich unter seinem Mund zu winden. Sie schrie auf, versuchte ihre Beine zu schließen und ihm den Zugang zu verwehren. Seine Hände lagen schwer auf ihren Schenkeln, er drückte sie wieder ganz auseinander, wobei seine Daumen weiße Druckstellen auf ihrer Haut hinterließen und sie zu schluchzen anfing, sich aber dann unter dem Druck seiner Zunge wieder entspannte. Pater Clarence öffnete ihre Knie noch weiter, vergrub sein Gesicht in ihrem duftenden Geschlecht und leckte begierig.

Madame sah mit unbändigem Interesse zu, beugte sich etwas nach vorn und unterbrach dafür das Reiben der Schwänze von den beiden Dienern. Sie rief einen der Freidenker herbei.

«Andreas, komm zu mir!»

Er löste sich aus der im Schatten stehenden Gruppe und stieg geschmeidig auf das Podest. Er schien, ohne ein Wort von ihr vernommen zu haben, genau zu wissen, was sie wollte, denn er fiel vor dem Thron auf die Knie und legte seine Hände auf die straffen Schenkel von Madame.

Er tauchte seinen festen Daumen in die Schwellung ihrer Spalte und hielt sie geöffnet, um einen breiten goldenen Reifen zum Vorschein zu bringen: einen Ring, der auf der einen Seite in die Haut eindrang und tief in ihrer Schamlippe verschwand, um schließlich glitzernd wieder ans Licht zu treten. Andreas leckte ihn einmal und beugte sich dann vor, um seine Zunge auf die fingerähnliche Wölbung ihrer außergewöhnlich großen Klitoris zu legen.

Madame schloss kurz die Augen, genoss das Gefühl, wie er sie leckte und an ihr sog, hielt beide Hände fest um die steifen Schwänze geschlossen. Joseph, der stärker

Ausgestattete der beiden, schnappte nach Luft und bebte, während die Muskeln in seinem ebenholzfarbenen Bauch zuckten, als er sich bemühte, sich zurückzuhalten.

Madame öffnete ihre eisblauen Augen und starrte gebannt auf Mistress Matthews.

«Sophie, ich wünsche, dass Ihr Euch auf Madeleine legt. Legt Euch mit dem Rücken auf sie und erlaubt ihr, Euch zu umarmen und Eure Brüste zu drücken. Sie wird gehorchen, oder sie wird die Folgen kennenlernen. Pater Clarence wird in Euch eindringen, und Madeleine wird bis in jede Einzelheit zu spüren bekommen, wie es ist, genommen zu werden, ohne dabei die Jungfernschaft zu verlieren. Wohlan, Pater, das ist es, worum es geht. Besorgt es ihr gut, und lasst Mademoiselle Madeleine Eure Stöße deutlich spüren. Jeder Hieb Eures Schwertes, jedes Klatschen Eurer Eier wird sie so scharf machen, bis sie glaubt, sie selbst ist es, und nicht Mistress Matthews, die die Göttlichkeit Eures Schwanzes erfährt. Oh, Pater, ich wünschte, Ihr selbst könntet Euch dabei beobachten, wie Ihr im Sinne der Göttlichen Schöpfung einer Jungfrau den Weg zu himmlischen Wonnen weist.»

Madame wurde still, als Andreas tief zwei Finger in sie einführte, und sie wurde in einen allesverschlingenden Höhepunkt hineingetrieben, der sie zu verbrennen und zu zerreißen drohte. Sie keuchte, und ihre hohen Augenlider flatterten. Nun umklammerte sie die Schwänze der beiden Diener noch fester.

Joseph und Conrad zitterten und stöhnten heftig, als sie sich über die blasse Haut ihrer Schultern und ihres Halses ergossen. Pater Clarence stieß mit einer auf ein fulminantes Ende abzielenden Heftigkeit in Sophie Matthews, während Madeleine unter ihnen auf ihrem Männerbett ächzte. Es war ein unterdrückter Schrei zu hören, und Lord Irving riss sich das Band herunter, bettete seinen berstenden Schwanz in seiner Hand und ergoss sich augenblicklich auf den Holzfußboden. Dann sackte er, schluchzend, in seinem Sessel zusammen.

Es herrschte Schweigen, und alle schienen völlig verausgabt zu sein.

Nur Madame, die sich ihren Hals trocknete, stand auf und schob ihre drei Begleiter beiseite. Sie stieg von dem Podest herunter und ging auf die ineinander verschlungenen Körper zu, die auf dem Teppich lagen. Der erschöpfte Priester hatte seinen Kopf in Sophies üppigem Haar vergraben, und Madame beugte sich herunter, um ihm mit fast mütterlicher Zärtlichkeit über den Kopf zu streichen.

Kniend schob sie ihre Hand zwischen seine muskulösen Schenkel, um über Madeleines feuchte Spalte zu streicheln. Sie hob ihre Hand an die Nase, sog den köstlich jungfräulichen Duft ein, bevor sie denselben Finger in Sophies Mund gleiten ließ. Das Gefühl, zu spüren, wie die andere Frau unerwartet diese Säfte von ihrem feuchten Finger saugte, sorgte dafür, dass ein willkommener Schauer der Sinnlichkeit und Stärke sie heiß durchflutete, und sie stand da, um alle für einen langen Moment zu betrachten.

«Wer hätte gern die Jungfrau?» Ihr Blick schweifte über die anwesenden Männer, und sie blickte mit leicht nach oben gezogenen dünnen Lippen in Valerians Augen. «Ich gebe sie dir. Aber man darf es nicht sehen. Lass ihr die Jungfräulichkeit.»

Madeleine wehrte sich, als Madame ihr Handgelenk packte und sie hochzerrte, bis sie aufrecht saß. Ihr Gesicht war blass, und ihre aufgerissenen Augen flehten die gnadenlose Madame an.

«Bitte nicht! Tut mir nicht weh», bettelte sie.

«Du hast keine Wahl», raunte Madame und beugte sich so weit vor, dass ihre Lippen fast das Ohr des Mädchens berührten. «Ich weiß, dass du es willst. Ich habe den Blick in deinen Augen bemerkt, als du gespürt hast, wie es der Priester Mistress Sophie besorgt hat. Ich habe Neid gesehen! Dreh dich jetzt um.»

«Nein.»

«Dreh dich um, oder ich werde ihnen befehlen, dich dazu zu bringen.»

Madeleine sah sich um und in die Gesichter, die sie im Schein der Kerzen umgaben. Ihre Augen waren noch immer weit aufgerissen, aber der Anflug von Angst, der sie vorher überschattet hatte, war einem Interesse gewichen, mit dem sie Valerian ansah. Sie kräuselte die Lippen.

«Nein.» Fast schien es, als wollte sie sie herausfordern. Madame fühlte ein Aufwallen von Lust, als sie das Mädchen betrachtete, und fragte sich, ob es wohl schon zu spät wäre, den Plan zu ändern und sie für sich selbst zu behalten. Dann erinnerte sie sich daran, dass Lydia ja noch oben saß, und sie lächelte. Ihr Puls begann heftig zu schlagen, als sie sich vorstellte, wie sie sie besitzen würde. Sie trat einen Schritt zurück und winkte Valerian zu.

«Dreht sie um!» Ihre Stimme war angespannt, und die Freigeister gehorchten augenblicklich. Sie packten Madeleines Arme und Beine und drehten sie, warfen sie so geschickt herum, dass sie mit dem Gesicht nach unten auf dem Boden landete. Einer von ihnen griff nach einem gepolsterten Hocker, ließ seine Hand unter sie gleiten, hob sie an und legte sie so darauf, dass ihr Gesicht nicht den Teppich berührte, und ihr runder Po sich jedoch erhöht und geöffnet darbot.

Sie wehrte sich, kleine Jammerlaute drangen unter dem Wust von kastanienbraunen Locken hervor, und alle beugten sich über sie, streichelten ihr den Rücken und die Glieder, während Valerian sich hinter sie kniete und ihren Hintern mit seinen weichen Handflächen beruhigte.

«Madeleine, ich werde dir nicht wehtun», flüsterte er. «Und ich werde deine Jungfernschaft nicht antasten. Das wird deinem Ehemann überlassen bleiben, wer immer er sein möge. Genieß jetzt dies hier, fühle es, koste es aus. Denn eines ist sicher: Keiner der Ehemänner, die dein Vater für dich vorgesehen haben mag, wird jemals die Vorstellungskraft haben, dir diese Erfahrung noch einmal zuteilwerden zu lassen.»

Ihr Körper entspannte sich unter den Zärtlichkeiten, ihre angespannten Muskeln lockerten sich, während sie zuhörte. Der Engel hob ihre Haare an und beugte sich herunter, um sie zunächst auf die Wangen und dann die Lippen zu küssen.

«Sie lächelt, mein Herr», sagte er leise. Valerian nickte, dann bückte er sich, um ihre Spalte zu untersuchen. Er winkte die anderen heran, und einige von ihnen drängten sich um ihn, mit gierigen Blicken, die Hosen deutliche Wölbungen aufweisend, während sie beobachteten, wie seine langen Finger über ihre zarten Hautfalten strichen. Sie war sehr erregt und Valerians Zeigefinger benetzt mit ihrer Feuchte; sie schien sich ihnen entgegenzustrecken, sie ermuntern zu wollen. Daher ließen sie jetzt alle ihre Hände über sie gleiten, berührten sie, aber drangen nicht in sie ein. Als Valerian meinte, sie sei nun bereit, hielt er sie mit einer Hand ruhig, legte seine Finger lang und bleich auf ihren rosigen Hintern und ließ dann seinen Zeigefinger hineingleiten.

Vor Überraschung bäumte sie sich auf, hielt dann still, machte sich ganz steif und wartete auf seine nächste Bewegung. Er drückte seinen Finger hinein, schob ihn so weit in sie hinein, wie er nur konnte, bis sein Fingerknöchel gegen die Rundung ihres Hinterns presste. Im Raum war es still: Niemand bewegte sich oder atmete hörbar. Valerian zog seinen Finger wieder heraus und bückte sich, um seine Zunge auf sie zu legen und feucht zu machen.

«Madeleine, du wirst fühlen, wie ich in dich eindringe.» Er sprach leise, seine Hand strich ihr über den Rücken. «Mach dich bereit, öffne dich für mich, dann wird es weniger wehtun.»

Die anderen sahen zu, wie er sich vorarbeitete. Der Engel küsste ihr Gesicht, und einige der anderen hielten sie fest, als sie sich plötzlich dagegen wehrte, dass er ihr die Jungfräulichkeit raubte. Ihr Hilferuf wurde von einem heftigen Kuss des Engels erstickt, dessen Zunge leicht in ihren zum Schrei geöffneten Mund glitt. Andere griffen von unten nach ihren Brüsten und massierten sie heftig, bis ihr Widerstand nachließ und sie sich ganz Valerian hingab.

Er nahm sich viel Zeit, seine Bewegungen waren sehr langsam und gelassen. Madame kam näher und hockte sich neben Madeleines Kopf. Sie blickte Valerian tief in die Augen, und als er begann, sich allmählich immer schneller zu bewegen, sah er dabei, fast ohne etwas wahrzunehmen, in ihre Tiefen.

«Es gefällt ihr», flüsterte einer der Freigeister. «Mein Gott, sie macht ihn ganz nass.»

Madame beugte sich nach vorn und lächelte, als sie sah, dass Valerians stoßender Prügel von einer geheimnisvollen, geschmeidigen Flüssigkeit gesalbt schien, die aus den Tiefen von Madeleines Körper kam. Sie hörte ihn stöhnen und reckte sich hinauf, um ihn genau dann wild zu küssen, als er einen letzten Stoß ausführte, innehielt und dann, die Schenkel straff und angespannt, zum Höhepunkt kam.

«Wer soll der Nächste sein?» Ihre Stimme klang leise und heiter, als sie sah, wie die Freigeister näher rückten und einander wetteifernde Blicke zuwarfen, weil jeder derjenige sein wollte, der Valerians Platz einnahm. Sie hörte Madeleine seufzen und fühlte die Hitze tief in ihrem eigenen Körper aufwallen. Sie streckte die Hand aus.

«Valerian. Ich brauche dich jetzt, mein Liebster. Lass uns in mein Zimmer gehen, allein.»

Arm in Arm verließen Valerian und Madame den Raum, ihre Körper erwartungsvoll angespannt angesichts der Dinge, die nun folgen sollten. Auf halbem Wege die geschwungene Treppe hinauf hielten sie inne, und Valerian küsste seine Geliebte mit der Intensität und Leidenschaft eines Besessenen. Ungeduldig beugte er sich herab, hob sie auf die Arme und sprang die restlichen Stufen hinauf. Unmittelbar darauf hörte man das laute Zuschlagen der Schlafzimmertür, die hinter ihnen ins Schloss fiel.

Dann herrschte Stille.

Kapitel sieben

Es herrschte vollkommene Dunkelheit. Samtig und schwer hüllte sie Lydia ein wie ein Umhang, als sie den Kopf von den Armen hob und zwinkerte, um den Schlaf zu vertreiben. Das einzig vernehmbare Geräusch war das leise und eintönige Ticken der Standuhr auf dem Treppenabsatz. Lydia bewegte sich ein wenig, streckte die eingeschlafenen Beine aus und lauschte auf andere Bewegungen. Aber nichts regte sich.

Unter sich konnte sie gerade noch das entfernte Glimmen des verlöschenden Feuers ausmachen, aber das Licht reichte gerade mal, um einen goldenen Schimmer auf den Funkenschutz und das Sims aus Schiefer zu werfen, und auf den einsamen Körper, der zusammengerollt auf dem Kaminvorleger schlief.

Lydia fragte sich, wie lange sie wohl geschlafen haben mochte und was sie hatte aufwachen lassen, setzte sich auf und streckte die Arme weit auseinander, um wieder Leben in ihre Taubheit zu bringen. Plötzlich spürte sie ihr Herz bis zum Halse schlagen, und sie schnappte nach Luft. Angst fuhr ihr in die Glieder, als ihre Finger die feste Haut eines anderen Körpers ertasteten.

«Wer ist da?» Sie wunderte sich über die glatte, unbehaarte Haut. «Angel?»

«Das würde dir wohl gefallen, was?» Die leise Antwort hatte einen ziemlich spöttischen Unterton, und Lydia erkannte die harte Stimme von Madame und ihren leichten Akzent. «Aber ich bin es. Meine Liebe, ich kann nicht schlafen und hätte gern Gesellschaft: Bitte komm mit in mein Zimmer.» Ihre Finger packten Lydias Handgelenke und hielten sie umklammert, und sie fühlte sich mit einer Kraft auf die Füße gezogen, die Madames zarte Erscheinung Lügen strafte. Zögernd folgte sie ihr von der Empore bis zu den Gästezimmern.

Der Salon wurde von zahlreichen gelblich weißen Kirchenkerzen erhellt, die in schwarzen und silbernen Kandelabern steckten. Das dunkle Eichenholz des riesigen Himmelbetts glänzte sanft, und das blaue Leuchten der Vorhänge lud ein, mit den Fingern darüberzustreichen und sie mit den Händen zärtlich zu berühren. Als Lydia vortrat, von Madames kühler Hand in ihrem Kreuz geleitet, spürte sie ein fast übermächtiges Verlangen, sich in das himmelblaue Meer des gesteppten Überwurfs fallen zu lassen, der das Bett bedeckte.

Sie wäre beinahe schon ihrem Impuls gefolgt, als sie mit einem Mal sah, dass in den zerwühlten Laken bereits jemand lag. Schwarzes Haar hob sich von dem Schneeweiß des Kissens ab. Valerian gab im Traum leise Geräusche von sich. Lydia blieb stehen, erstarrte fast. Sie schaute Madame an und bemerkte, wie die andere Frau eilig ihren Triumph hinter einer Maske freundlicher Besorgtheit verbarg.

«Aber meine liebe Lydia, ich war sicher, du wüsstest, dass Valerian und ich seit Jahren eine Liaison miteinander haben.»

«Natürlich. Daran habt Ihr ja keinen Zweifel gelassen.»

«Es kann keinen Zweifel geben.» Während sie sprach, strich sie über Lydias Ellbogen. «Das erste Mal haben wir uns in London getroffen, als Valerian ein Junge von sechzehn Jahren war. Er kam gerade vom Lande, war von seinem Vater aufs Jesuitenseminar geschickt worden; aber einer der sehr unabhängigkeitsbewussten Priester nahm ihn mit in den Avernus Club, einen Treffpunkt der Freidenker und Lebemänner. Und von da an brauchte er nur noch wenig Anleitung. Seine Umtriebigkeit sprach sich in gewissen Kreisen schnell herum, und ich arrangierte geschickt ein Treffen zwischen uns beiden. Ich war ganze zehn Jahre älter als er, aber es wurde uns bald klar, dass wir zwei vom gleichen Schlage waren, zwei Seiten derselben Münze, und in der Stadt waren wir seitdem unzertrennlich. Du hast ja gar keine Ahnung, wie sehr ihn dieses kleine Provinznest seitdem gelangweilt hat; er braucht jede Ablenkung, die er bekommen kann, wenn er hier ist.»

Lydias Wangen brannten, weil sie daraus schloss, dass sie und offenbar alles auf Hawkesworth kaum mehr als eine Ablenkung für den gelangweilten Schwerenöter waren. Sie reckte trotzig das Kinn, und ihre Augen blitzten Madame an.

«Ihr mögt wohl denken, dass er Ablenkung braucht, Madame, aber ich kann Euch versichern, dass hier immer sehr gut für Valerian gesorgt wird. Es fehlt ihm an nichts. Ihr vergesst, dass Valerian bereits von Adel war, bevor Ihr hier auftauchtet, und Ihr wart noch nie mehr als eine ordinäre *putain*.»

«*Touché*, meine Liebe. Ich hatte keine Ahnung, dass du meine Sprache sprichst. Trotzdem muss ich dich berichtigen. Eine *putain* tut es gegen Bezahlung; ich tue es, um meine eigenen Gelüste zu befriedigen. Aber wenn man so viel probiert hat wie ich, dann wird der Gaumen wählerisch, und nur noch die allerpikantesten Speisen können ihn reizen. Valerian und ich genießen gemeinsam das gesamte Menü. Vielleicht wirst du irgendwann verstehen, was das bedeutet. Jetzt bist du ja noch Jungfrau, wenn ich das recht sehe.»

«Nun, das seht Ihr falsch.»

Zu spät erkannte Lydia, dass sie in eine Falle getappt war. Man hatte sie angelockt und vorsichtig an Land gezogen wie einen kleinen Fisch, der am Ende einer sehr gefährlichen Angel zappelt. In Madames Augen brannte ein fast eifernder Fanatismus, als sie sich auf Lydia zubewegte. Eine schlanke Hand drückte sich zwischen ihre Schenkel, schob sich durch den Samt von Lydias Kleid.

«In der Tat.» Ihr Zischen klang schlangengleich und hypnotisch. «Was für ein schlechtes Mädchen du bist. Ich glaube, du schwindelst mich an.»

Lydia wich zurück, gegen ihren Willen erregt durch die entschlossene Berührung der älteren Frau, deren Finger gegen ihre schweren Röcke drückten. Ein wilder Schauer durchfuhr sie, als sich die Reibung verstärkte und sie bemerkte, dass sie sich ihr fast unbewusst entgegenschob. Madame hob eine dünngezupfte Augenbraue und verzog die Lippen zu einem angriffslustigen Lächeln.

«Trotz des vorangegangenen Gelages», murmelte sie, «stelle ich fest, dass ich noch hungrig bin. Würde es dir gefallen, das Nachtmahl mit uns einzunehmen, Lydia?»

Ihre Blicke schienen Lydia zu durchbohren. «Ich sehe, dass es so ist, gegen deinen Willen.»

Sie legte ihre Hand flach auf Lydias Brust und schob sie rückwärts, bis sie die Kante eines Ledersofas in ihren Kniekehlen spürte. Lydia, die plötzlich merkte, wie weich und zittrig sich ihre Beine anfühlten, setzte sich hin und erlaubte Madame, sie in eine halb liegende Position nach hinten zu drücken. Madames Finger glitten über die Verschlüsse des chartreusefarbenen Samtkleides, und Lydias Atem wurde schneller, als sie ausgezogen wurde. Madame widmete sich augenblicklich und mit äußerster Heftigkeit der Weichheit ihrer runden Schenkel.

«Du hast also nicht gelogen. Wie interessant. Die kleine Jungfer ist also genauso eine *putain*, genauso ein Mädchen von der Straße! Oh, nein! Versuch nicht aufzustehen! Wenn du Schwierigkeiten machst, werde ich dich fesseln müssen.» Sie hob eine Augenbraue. «Ich sehe es deinen Augen an, dass dir diese Idee gar nicht missfallen würde. Komm, gib mir deine Handgelenke. Und ich denke, deine Fußgelenke auch – nein, die vielleicht doch nicht. Im Moment möchte ich noch, dass deine Beine sich frei bewegen können. Wir möchten uns deiner vielleicht bedienen, wenn wir miteinander fertig sind.»

Lydia machte leichte Anstrengungen, sich zu wehren, mehr zum Schein als mit dem Ziel, tatsächlich fliehen zu wollen. Madame band ihr behände die Handgelenke zusammen und ließ ihre kühlen Hände über Lydias Arme gleiten, bis in die warmen Höhlen ihrer Achseln und dann unaufhaltbar zu ihren Brüsten. Sie sah zu, wie die lackierten Fingernägel über die Wölbung ihrer zarten Haut strichen, die sich mit einer Gänsehaut überzog. Als

Madame ihren Kopf senkte und die rosigen Nippel mit der Zunge anstupste, schrie Lydia auf, straffte ihren Rücken und schloss die Augen. Sie war unglaublich erregt: Der Gedanke daran, dass Valerian nur wenige Meter entfernt schlief, und die Erinnerung an die Dinge, die sie früher am Abend heimlich beobachtet hatte, machten sie wollüstig und schamlos. Sie schmiegte ihre Schultern in das kühle Leder des Sofas und gab sich ganz der Sinnlichkeit hin.

Plötzlich riss sie die Augen auf.

Valerian stand über ihnen und starrte sie an. «Claudine, du Schlampe, was tust du da?»

«Was, mein Liebling, würdest du denn vermuten?» Madame stand auf und schmiegte sich an ihn, schlang ihm die Arme um den Hals. «Sie behauptet, keine Jungfrau mehr zu sein, und ich wollte ihre Worte überprüfen. Das ist doch nur in deinem Sinne, Valerian. Du weißt, dass du eine größere Mitgift aussetzen musst, wenn sie ihre Jungfernschaft bereits verloren hat?»

«Mein Vater hat bereits eine stattliche Mitgift bestimmt. Ich weiß, dass sie nicht mehr unberührt ist. Irgendein Hund hat bereits einmal zu viel unter ihren Röcken herumgeschnüffelt, aber sie weigert sich, mir zu sagen, wer es war.»

«Nun, mein Schatz, wir haben also nichts mehr zu verlieren, wenn wir an seinem Glück teilhaben! Hättest du sie gern zum Dessert?» Madames Blicke begegneten den seinen, und ihre Gier spiegelte sich in seinem Gesicht wider. Ein grausames Lächeln spielte um seine Mundwinkel, und er schaute über die Schulter seiner Geliebten, weidete seine Augen an Lydias Nacktheit. Lydia wand sich und riss die Augen auf, als er Madame beiseitestieß und dorthin ging, wo sie lag.

«Dessert. Ja, wirklich, aber sie sollte doch keine Möglichkeit haben, um Hilfe zu rufen.»

Er hob einen von Lydias Strümpfen vom Boden auf, band die smaragdfarbene Seide schnell um den unteren Bereich ihres Gesichts und knebelte sie mit dem durchsichtigen Stoff, bevor sie auch nur protestieren konnte. Lydia fühlte, wie die Wärme zwischen ihren Beinen zu einer glühenden Hitze wurde, als er sich über sie beugte, durchtrieben und begierig. Sie wartete darauf, dass er sie berühren würde. Ihr Geschlecht war bereit, und sie erwartete sehnsüchtig die Berührung seiner schlanken Finger, aber abrupt drehte er sich um und ging zu Madame.

Lydia beobachtete überrascht, wie er sich in Ergebenheit vor ihr verbeugte, um ihr die kleinen Füße zu küssen. Er legte ihr die Zunge auf den Spann, leckte dann über ihre Füße und Fesseln.

«Du wertloses Geschöpf», grummelte Madame. «Du kannst noch nicht einmal die Unschuld eines Mädchens schützen, das man in deine Obhut gegeben hat. Dafür sollst du bestraft werden.»

Lydia war verblüfft über die Art, mit der Valerian, der sich sonst immer so herrisch gab, seinen Kopf senkte und unterwürfig die Waden von Madame streichelte. Sie konnte ein kaum wahrnehmbares Lächeln entdecken, das um seinen Mund spielte, und den Schauer von lustvoller Erwartung, der über seine Haut fuhr. Zunächst fühlte sie sich abgestoßen davon, dass ihr sonst so allmächtiger Cousin hier eine solche Unterwerfung an den Tag legte, aber allmählich erkannte sie das Wechselspiel zwischen

Valerian und Madame, durchschaute, dass ihr Spiel die feine Kompliziertheit eines schwierigen Tanzes mit einer seit Ewigkeiten bekannten Schrittfolge hatte.

Madame führte.

«Was passiert mit Leuten, die eine Strafe verdienen?»

«Madame, ich weiß es nicht.»

«Ich denke, das wisst Ihr sehr wohl.»

«Bitte nicht.»

«Aber doch, Mylord. Geht zum Bett.»

«Madame! Nein!» Valerian schrie, aber aus seinen Blicken sprach ein gequältes Verlangen, als Madame die geschnitzte Truhe am Fußende ihres Bettes öffnete. Ihr entnahm sie eine lange und wunderschön geflochtene Pferdepeitsche. Sie streichelte sanft das glänzende Leder, ließ die Hand darübergleiten, dabei umspielte ein mitleidloses Lächeln ihre Mundwinkel.

«Nehmt Eure Position ein, Mylord.»

Valerian ging zum Bett und stellte sich in die Nähe der einen Seite, seine Füße in dem Meer der himmelblauen Seide versunken, die von der Matratze herabfloss. Madame befestigte breite Ledermanschetten an seinen Handgelenken. Lydia bemerkte, dass die Handschellen mit amethystfarbenem Fell weich gefüttert waren, und sie stellte ebenso fest, dass Valerian zitterte, als seine Arme weit auseinandergezogen wurden, bevor Madame ihn damit an die Bettpfosten fesselte. Sein blasser Körper hing zwischen den beiden Pfosten, die Muskeln angespannt. Lydia merkte, wie sie unregelmäßig nach Luft schnappte, wenn sie ihn ansah. Er war so schön, wie er dort hing und aussah wie ein Gekreuzigter, der seiner Strafe entgegensah.

Der erste Hieb leckte wie ein Blitz über seine Haut, und Lydia bäumte sich gemeinsam mit Valerian auf. Fasziniert beobachtete sie, wie sich ein grausamer roter Striemen quer über seinen Rücken schlängelte. Gelassen zog ihm Madame noch eins über. Diesmal keuchte er kurz auf, und ein zweites purpurnes Mal leuchtete neben dem ersten.

Lydia schaute der Züchtigung zu, und ihre eigene Erregung wurde immer stärker, je näher die Striemen auf Valerians Körper an die festen Halbmonde seines Hinterns heranrückten. Sie sehnte sich danach, ihn zu berühren, die roten Striemen zu küssen und seine schmerzende Haut zu lecken, aber ihre eigenen Fesseln hielten sie zurück, und sie konnte nur in einem Sturm des Verlangens und der Bewunderung zusehen, wie er seine Bestrafung erfuhr.

«Bist du sehr böse gewesen?» Madames Zischen erreichte Lydias abwesende Gedanken, und sie starrte die Frau an, die nur zwei Schritte von ihr entfernt stand. Madames Augen hatten sich zu zwei schmalen Schlitzen verengt, und ihr Gesichtsausdruck verriet pure Wildheit. Ihre kleinen Brüste hoben und senkten sich von der Wucht ihres Tuns, und durch das leichte Material ihres Nachtgewandes konnte Lydia die Erregung ihrer harten Nippel erkennen, die sich unter dem Stoff deutlich abzeichneten. Als sie sich bewegte, teilte sich ihr Gewand und ließ die schimmernde Haut ihrer Schenkel erkennen, auf der sich winzige Tröpfchen zeigten, die auf der glatten Oberfläche glänzten.

Lydia fühlte, wie das Blut in ihren Adern toste und pulsierte, sie benommen machte, als hätte sie Fieber; ihre

Möse schien sich aufzulösen, während sie der machtvollen Ausstrahlung der anderen Frau gewahr wurde. Sie versuchte zu schreien, um Madames Aufmerksamkeit auf sich zu ziehen, aber die Worte, die undeutlich durch die Knebelung drangen, dienten nur dazu, Madame zu irritieren, die, ohne sich umzudrehen, nur einmal aufgebracht die Peitsche in Lydias Richtung knallen ließ. Die Spitze traf eine harte Brustspitze des Mädchens, und erregende Schmerzen drangen in ihre Sinne.

«Antworte mir! Hast du die Jungfräulichkeit dieses Mädchens beschützt?»

«Das habe ich nicht», kam keuchend die Antwort. Ein weiterer Peitschenhieb wurde von einem gequälten Stöhnen bestätigt, und Valerian sackte zusammen, nur noch aufrecht gehalten durch seine gefesselten Handgelenke.

Madame warf die Pferdepeitsche auf den Boden und stand unmittelbar hinter Valerian, lehnte sich so vor, dass sich ihr zierlicher Körper an seinen schmiegte und ihre Brust auf die Wunden gedrückt wurde, die sie ihm gerade selbst zugefügt hatte. Er zuckte vor der Berührung zurück, aber sie packte seine Hüften und zog ihn so an sich, dass seine Wundmale von ihrem Bauch und ihren Brüsten bedeckt wurden.

«Oh, du ungezogener, ungezogener Junge. Ich denke, ich habe hier gerade das Richtige für dich.»

Ihre Finger glitten lüstern über die glänzende Oberfläche ihres Nachttischs und griffen nach einer Kette mit geschliffenen Topas-Perlen. Sie wog sie in ihrer Hand, ein gerissenes Lächeln auf den Lippen, zwischen die sie sich jetzt eine Handvoll der Perlen schob und mit ihnen spielte. Das Ende ihrer spitzen Zunge fuhr über die schimmernden Kügelchen und die seidene Schnur dazwischen. Sie ließ sich niedersinken, kniete sich hinter Valerian und fuhr mit der Hand besänftigend sein Bein hinauf, um schließlich nach seinem Gemächt zu greifen. Sein Hintern zog sich bei ihrer Berührung heftig zusammen, und sie packte seine Hoden, drehte sie vorsichtig, bis er zu jammern anfing. Ihre Nase war auf der gleichen Höhe wie der untere Bogen seiner linken Pobacke, und sie rieb sie daran, wobei sie tief einatmete, den Duft genoss und ihn mit ihrem Atem kitzelte.

Ihre Zunge, rot und feucht, schoss heraus und leckte die Falte, die sich von seinem Schenkel bis hinauf zu der Kuhle am Ende seines Rückgrats zog. Sie legte beide Hände auf die Zwillingshügel von Valerians Hinterteil, zog die Backen auseinander, um den festen Kranz freizulegen, der sich dort versteckte. Sie drückte die Zunge plötzlich in ihn hinein, beschrieb einen weiteren Kreis darum herum und stieß dann noch einmal hinein. Sobald sie zufrieden mit seiner Befeuchtung war, hob sie die Perlen wieder an den Mund und sog sie so lange ein, bis ihre Mundhöhle randvoll war und nur noch eine einzige Perle heraushing. Dann drückte sich ihre Nase in den Spalt zwischen seinen Pobacken und schob die Kette mit der Zunge und den Fingern in ihn hinein.

Schließlich trat sie zurück, um ihr Werk zu bewundern. Alle Perlen hatte sie hineingeschoben, mit der Ausnahme eines ganz kleinen Stücks, gerade lang genug, um es zwischen den Fingern halten zu können. Valerian, offensichtlich bereits über einen gewissen Grad der Selbstbeherrschung hinaus erregt, ließ sein Becken vor und zurück kreisen, als bettelte er um Erlösung. Sie ging um das Bett herum und stand ihm nun auf der anderen Seite gegenüber. Sie blickte ihm tief in die Augen, bevor sie ihr Gewand auf den Boden gleiten ließ und aufs Bett stieg.

Als sie vor ihm saß, ihn beinahe berührte, nahm sie seinen schwellenden Schwanz in die Hand und streichelte ihn, beobachtete, wie er zu beeindruckender Länge und Dicke anwuchs, während sie sich selbst mit dem Zeigefinger verwöhnte. Sie hielt weiter seinen Blick fest, als sie sich auf das Bett legte und ihre Beine um seine Hüften und seine Taille schlang. Mit einem plötzlichen Ruck war sie auf ihm, und Valerian schrie auf. Schweiß perlte glitzernd und schimmernd über seinen Körper, während ihr biegsamer Leib sich auf dem seinen bewegte.

Er stieß im Gleichklang mit ihr, bis er, mit einem Zittern in den Beinen und einer plötzlichen Bewegungslosigkeit in den angespannten Hüften, seinen Höhepunkt erreichte. Madame, die weiter ihr Becken auf ihm kreisen ließ, griff um ihn herum und zog mit einer schnellen Handbewegung die Topas-Perlen aus seinem Anus. Er schrie, fast wie vor Schmerz, als er sich in die Tiefen ihres fordernden Körpers ergoss.

Lydia war wie gebannt. Sie wollte nichts mehr, als dass Valerian sich umdrehen und nun auch sie nehmen würde. Sofort. Hier auf dem dunklen Leder des Sofas, und Madame würde zusehen. Sie presste die Schenkel zusammen und zog die Knie an die Brust, denn ihr war klar, dass sie so, geknebelt und gefesselt, einen sehr einladenden Anblick bieten musste. Die Blüte ihres Geschlechts, offen und üppig, spross zwischen ihren angewinkelten Schenkeln wie eine saftige Feige, geheimnisvoll und feucht, mit einem köstlichen, zum Kosten einladenden Kern.

Madame, damit beschäftigt, Valerians Handschellen zu öffnen, bemerkte nichts, aber Valerian hatte sich umgedreht, um zu sehen, welche Wirkung ihr lasterhaftes Treiben auf seine unbändige Cousine gehabt haben mochte. Als er ihr Geschlecht sah, das von der Blässe ihrer milchig weißen Schenkel eingerahmt wurde, reagierte sein erschlaffter Schwanz darauf mit einem Aufbäumen, und Valerian zerrte ungeduldig an seinen Fesseln.

«Warte. Du sollst sie bald haben.» Madame nahm ihn bei der Hand und setzte ihn auf einen vergoldeten Stuhl in Lydias Nähe.

«Setz dich hin!», befahl sie. «Du darfst zusehen, wenn ich sie zu deinem Genuss vorbereite.»

Sie durchschritt den Raum, zündete mehr Kerzen an, holte stapelweise weiche blaue Handtücher und goss Wasser aus der Karaffe in eine große Porzellanschüssel. Als alles zu ihrer Zufriedenheit arrangiert war, kniete sie sich auf den Teppich neben Lydia und lächelte das Mädchen an.

«Meine Liebe. Du bist wundervoll, aber ich möchte dich erlesen machen.»

Seifige Finger wanderten über Lydias Bauch abwärts und tauchten ein in die weichen Locken an der Mündung ihrer Schenkel. Madame rieb sie, während Lydia versuchte, so still wie möglich zu liegen. Neugierig beobachtete sie, wie Madame ein kleines braunes Lederkästchen hochhob und öffnete.

Dann brachte die Frau ein langes, glänzendes Rasiermesser zum Vorschein.

Lydia schnappte unter ihrem Knebel nach Luft und wehrte sich, zog an ihren Handgelenkfesseln, trat um sich und bäumte ihre eingeschäumten Lenden auf. Sie fühlte, wie die Angst durch ihre Adern schoss, und Schweiß stand ihr auf der Stirn, als sie mit weitaufgerissenen Augen um Gnade flehte.

Madame, die sie aufmerksam beobachtete, zeigte ein träges, leichtes Lächeln. Sie ließ bedächtig die Fingerspitze über die silberne Klinge gleiten, bis ein Tropfen Blut hervorquoll, den sie mit den Lippen aufsog. Es folgte ein langes Schweigen.

«Hast du Angst, meine Liebe? Dazu besteht absolut kein Grund. Sieh mal, ich habe wirklich nicht vor, dieses Werkzeug an deinen schönen Hals zu legen, wie du zu glauben scheinst. Nein. Sieh zu und halt still. Zuck nicht einmal, denn du hast gesehen, wie gefährlich scharf ich es gemacht habe. Wenn ich sagte, ich wollte dich erlesen machen, so meine ich es auch genau so. Haarlos. Empfindsam. Erlesen eben.» Ihr Lächeln wurde offener, und sie beugte sich so weit vor, dass ihre Lippen fast die von Lydia berührten und das Mädchen ihren feinen Atem riechen konnte. «Es ist auch so viel hygienischer, glaubst du nicht?»

Sie glitt an Lydias Körper hinab, und ihr Gesicht war voller Konzentration, als sie die dunklen Locken stutzte, die Lydias Hügel bedeckten. Kleine Löckchen sammelten sich allmählich auf dem Boden und lagen auf Lydias weitgespreizten Schenkeln. Lydia hob ihren Kopf und sah zu, gebannt von dem Erlebnis, bis auf die Haut glatt geschabt zu werden. Sie war fasziniert von den Bewegungen, die Madames Finger auf ihren Wölbungen ausführten, und von der Veränderung ihres Aussehens, als die Härchen von ihrem Körper genommen wurden.

Bald war sie glatt und bloß, die Haut kühl und nackt. Madame hob eine kleine Kristallflasche und goss daraus einen süß duftenden Balsam auf Lydia, die bebte, als die winzigen Rinnsale von ihrem Bauch hinab in alle Winkel liefen. Madames Finger kneteten sie, massierten das zähflüssige Öl in die glatten Hautfalten ein, verweilten in den Furchen zwischen den nackten Lippen. Als sie zufrieden war mit dem Ergebnis ihrer Bemühungen, zupfte sie die Fältchen nach ihrem Belieben zurecht und hockte sich hin, um die frische von den Härchen befreite Öffnung zu bewundern.

Lydia fühlte sich merkwürdig. Ihre nunmehrige Blöße vermittelte ihr das Empfinden, zur Schau gestellt und sehr verletzlich zu sein, aber es kitzelte sie angenehm, wenn die Haut eines Körperteils über die Oberfläche eines anderen strich, ohne dass die Härchen dazwischen waren. Die Feuchtigkeit des parfümierten Öls, vermischt mit der ihrer Erregung, ließ alles nass werden: irgendwie auch größer und bedeutender. Sie öffnete die Beine weit, bis ihre Knie auf beiden Seiten das Sofa berührten, und sie sah zu Valerian auf, eine deutliche Einladung in den Tiefen ihrer grünen Augen.

Valerian verharrte reglos, aber irgendwie angespannt, fast erwartungsvoll, während Madames Hände noch einmal nach dem kleinen Kästchen griffen. Sie zog eine lange schwarze Schnur heraus, in gleichen Abständen mit Knoten versehen, die sie nun in einer Hand hielt. Mit kräftigem Griff drückte sie Lydias Beine zusammen und band die Kordel um ihre Schenkel, auf halber Höhe zwischen Knien und Hüfte. Sie saß fest, und die Knoten schnitten ihr in die Haut. Madame lächelte und drückte ihre Beine nach oben, bis die Knie auf ihrer Brust zu liegen kamen und Lydia spüren konnte, wie ihre geölte, nunmehr glatte Spalte zwischen ihren Schenkeln hervorragte. Valerians Augen waren starr auf Madames Hände gerichtet.

Die Schnur wurde nun zweimal um ihre Fesseln geschlungen, dann ein Ende genommen und so zwischen ihren Beinen hindurchgeführt, dass ein großer Knoten auf ihre Klitoris drückte. Das Seil schlängelte sich über ihre Scham hinweg nach unten, wo es sich zwischen ihre Pobacken drückte. Schließlich wickelte Madame das Ende um Lydias Taille und verknotete es fest in sich, um eine gute Spannung zu gewährleisten und Lydia in ihrer Stellung zu halten. Die Knoten drückten hart auf ihre Haut, was schmerzte, sie aber gleichzeitig erregte. Sie wusste, dass ihre Möse, weich und geschwollen, sich zu beiden Seiten des großen schwarzen Knotens wölbte, der sich dort in sie presste.

Madame bückte sich wiederum zu dem Kasten. Sie nahm einen phallusförmigen Gegenstand heraus, der aus glänzendem, dunklem Leder gemacht war. Er war etwa fünfzehn Zentimeter lang, und seine Dicke entsprach der eines erfreulich gut bestückten Mannes. Madame streichelte ihn liebevoll, und ein geheimnisvolles Lächeln umspielte ihre Lippen. Dann nahm sie ihn hoch und ließ ihn in ihren Mund gleiten, schob ihn hinein und zog ihn wieder heraus, bis das geschmeidige Leder von ihrem Speichel glänzte.

Sie legte ihn an Lydias Hals und streichelte sie damit, fuhr damit langsam über ihr Brustbein und dann bis zu einer Brustwarze, die sich fest zusammenzog. Auch der andere Nippel zog sich zusammen, als der Lederphallus darüberglitt, und Madame lächelte, während sie den festen Lederstab in kreisenden Bewegungen abwärtsführte, bis er auf der Schwellung ihrer glatten Spalte lag. Lydia wartete, traute sich kaum zu atmen und genoss das Spielzeug. Sie konnte spüren, wie sie dahinschmolz und sich erwartungsvoll öffnete, während der harte Gegenstand sich entschlossen zwischen ihre Beine legte.

Dann öffnete Madame in einer lockeren Bewegung die rosigen Falten mit den Fingern einer Hand, schob das dicke Seil beiseite. Sie versetzte dem Lederphallus einen Stoß, und Lydia fühlte, wie er ungehindert in sie hineinglitt. Er war überraschend hart. Und kühl. Und ziemlich anders als das, was sie mit Männern erlebt hatte.

«Fühlt sich das gut an?» Madame bewegte ihn heftig, zog ihn heraus und lächelte über das schmatzende Geräusch, das durch Lydias Feuchtigkeit entstand. Dann stieß sie ihn erneut hinein, diesmal noch ein bisschen tiefer, und Lydia spürte, wie diese starke Spitze ihre tiefsten Höhlen öffnete. Ihre Knie lagen fast am Kinn, und sie empfand, dass der Phallus ihren Körper tiefer erforschte als alles andere, was bislang in sie eingedrungen war. Sie rang nach Luft und legte den Kopf in den Nacken, machte ein Hohlkreuz und konzentrierte sich voll und ganz auf die ausladenden Schwünge von Madames Gerät, das in ihr war. Sie richtete ihre ganze Aufmerksamkeit auf die Hitze und die Feuchtigkeit zwischen ihren Schenkeln und die Lust, die dort ausgelöst wurde. Ihr Körper wurde weich, und sie konnte das Pochen ihres Pulses in den Schläfen spüren, während Tausende von kleinen Bläschen durch ihren Kopf zu sprudeln schienen, als die ersten Vorzeichen ihres Höhepunktes sie erbeben ließen.

Das Versprechen der Erlösung war erhebend, aber nur von kurzer Dauer.

Madame zog den Lederphallus wieder heraus und wartete. Erst als sie sicher war, dass die Gefahr vorüber war, schob sie ihn zurück und bewegte und drehte ihn, bis Lydia sich abermals an der Schwelle zu köstlicher Erlösung wähnte.

Und noch einmal wurde er weggezogen.

Lydia, unfähig, ihre Hände zu bewegen oder sich durch ihren Knebel hindurch verständlich zu machen, unternahm einen stummen Versuch, ihre Augen sprechen zu lassen, aber Madame ließ sich Zeit und blickte ungerührt zurück. Als dasselbe dann zum dritten Mal geschah, fühlte Lydia sich so hilflos, dass sie zu weinen begann und Tränen ihr über die Wangen liefen.

Madame schien das zu erfreuen, und sie stand auf, machte Valerian ein Zeichen, dass er ihren Platz einnehmen möge. Seine satanischen Züge wirkten weicher durch die Lust, als er neben dem Sofa niederkniete und ihre Leere mit zwei Fingern füllte, während sein Daumen den Druck auf jenen Knoten verstärkte, der auf ihrer Klitoris lag. Sie klammerte sich an ihn und flehte ihn im Stillen an, sie endlich zum Höhepunkt zu bringen, aber auch er zog sich zurück, wenn auch zögernder als Madame.

Lydia beobachtete, wie Valerian sich auf das Sofa begab und sich neben ihr auf die Knie hockte. Der animalische Duft seines Gemächts, das er ihr entgegenstreckte, erregte sie noch mehr. Er schaukelte über ihrem Gesicht, und sie atmete den Duft von Sex, Moschus und wildem Tier ein, während Valerian den Strumpf aufknotete, der sie knebelte. Sie drehte den Kopf und nahm ihn zwischen die Lippen, einen Moment lang überrascht, Madames Säfte zu schmecken, die sein hartes Glied glänzen ließen. Er kam näher und glitt mit Leichtigkeit tief in ihre Kehle, als sie ihren Mund weit öffnete, um so viel wie möglich von ihm aufnehmen zu können. Sie nahm unbestimmt wahr, wie die Leere zwischen ihren Beinen wieder gefüllt wurde, und wölbte als Antwort darauf ihren Po nach oben. Sie fühlte sich von einer Welle der Ekstase hochgerissen und davongetragen, als sich der ihr so lange verweigerte Höhepunkt ankündigte. Sie sah an ihren Schienbeinen entlang und ergötzte sich an dem Anblick von Madame, die es sich am anderen Ende des Sofas bequem gemacht hatte und den Lederschwanz jetzt nicht mehr mit den Händen bewegte wie zuvor, sondern mit dem Mund. Ihre Lippen umschlossen, weit gedehnt, das Ende, und ihre Zähne hielten das schwarze Leder fest, das sie vor- und zurückgleiten ließ, während ihre Hände über Lydias weiche Schenkel strichen, ihre Zeigefinger immer dichter an ihrer leicht geöffneten Rosette.

Als sie spürte, wie Madames Finger in ihren Hintern eindrangen und sie ebenso weit zu dehnen schienen wie der Lederphallus ihre Möse, schwanden Lydia fast die Sinne, und sie wurde in einen herrlichen Höhepunkt der Lust getrieben, welcher der Gipfel all dessen war, was sie in jener Nacht gesehen und erlebt hatte. Er brach aus ihr heraus und fuhr durch ihren zusammengekrümmten Körper, bis eine mächtige Erschütterung sie packte und Valerian ihre Erlösung entgegenschreien ließ. Madame versetzte dem Phallus einen letzten Stoß, drückte ihn tief in ihre seidenen Tiefen, als Valerian sich losriss und sich heiß in Lydias Haar und auf ihre Augenlider ergoss.

Später, als sie dösend dem Erlebten nachhing, nahm Lydia wahr, wie ihre Fesseln gelöst wurden und ihre Blöße von der weichen Schwere eines Zobelumhangs bedeckt wurde. Sie sah, wie Madame und Valerian mit verschlungenen Gliedern in das Meer des riesigen blauen Bettes eintauchten. In der willkommenen Dunkelheit gab Lydia sich der betäubenden Schwere des Schlafes hin.

Kapitel acht

Im Chequers Inn war es voll. An der nach Norden führenden Straße gelegen, lockte es an den Markttagen viele der Vorbeiziehenden an; Bauern und Händler versammelten sich an dem grobgezimmerten Tresen, hoben schwere Krüge an die durstigen Lippen, während sich die Bedienungen, Platten mit Kapaunen und riesige Bierkrüge schleppend, durch die wogenden Massen schlängelten.

Im Gasthaus war es düster, das einzige Licht ging von den orangefarbenen Flammen im knisternden Kamin aus und von ein paar blakenden Talglichtern. Der Mann jedoch, der dort ein wenig abseits von den anderen an der Bar stand, konnte genug sehen. Sein finsterer Blick war auf einen Tisch in der Nähe des Kamins gerichtet, wo ein kleiner Mann von schmächtiger Statur saß und sich seinen dritten Krug Bier genehmigte. Sein fettiges Haar war in dünnen Strähnen über seinen bleichen Schädel gekämmt, und seine große Nase wies die rötlich blaue Färbung auf, welche die Folge langjährigen übermäßigen Alkoholgenusses ist.

Drummond hatte gehört, dass dieser Mann, der Notar Silas Peake, an fast jedem Abend im Chequers Inn zu finden war, und sein Informant hatte hinzugefügt, dass Silas' Zunge leicht mit Hilfe der einheimischen Braukunst zu lösen wäre. Drummond stürzte den Rest seines Biers herunter und ließ den Krug auf den Tresen krachen.

«Wollt Ihr mir den wohl noch einmal füllen? Und dann noch einen für den dort, was immer er trinken mag.» Er deutete mit dem Kopf auf den Notar. Dann bahnte er sich einen Weg durch die Menge und setzte sich Silas Peake gegenüber. Der andere Mann blickte interessiert auf die Krüge vor Drummond.

«Durstig?»

«Seid Ihr's?»

«Nach einem Tag voll ehrlicher Arbeit ist ein Mann immer durstig.»

«Was für eine Art von Arbeit soll das denn sein?»

Silas Peake blinzelte ihn aus dunklen, kleinen Augen an. Er schwankte etwas und kicherte dann.

«Das wird dir nicht viel sagen, aber ich habe irgendwie den Eindruck, dein Gesicht zu kennen.»

Das Talglicht auf dem Tisch flackerte, und Drummond überlegte, wie er es unverdächtig ein Stück zur Seite schieben konnte, um so zu verhindern, dass Peake ihn erkannte. Unter dem Vorwand, seinen Krug zu verschieben, drückte er mit dem Unterarm gegen den Kerzenhalter und schob ihn an den Rand der Tischplatte, wo das Kerzenlicht sein Gesicht nicht mehr so deutlich erhellen konnte.

«Nein, mein Freund, Ihr werdet mich nicht kennen. Ich bin ein Reisender, komme nur gerade hier durch. Wenn Ihr durstig seid, nehmt nur den zweiten Krug hier. Mein Durst ist nicht mehr allzu groß, seit ich mit diesem hier begonnen habe.»

Peake brauchte keine zweite Aufforderung. Er kippte

die Überreste aus seinem Krug herunter und nahm gierig den frischen in Angriff. Nachdem er den Krug halb geleert hatte, setzte er ab, um Luft zu holen, wischte sich mit dem Handrücken den Schaum von den Lippen, bevor er Drummond ein Nicken des Dankes zukommen ließ.

«Notar seid Ihr also?»

«Hab ich das gesagt?», fragte Peake stirnrunzelnd und für einen Moment verwirrt, bevor er sich wieder entspannte. «Ach ja, wir sprachen über die durstig machende Arbeit. Ja, ja, das ist es, was ich tue.»

«Dann vermute ich mal, dass Ihr die Angelegenheiten der Familie dort oben in dem großen Haus regelt.»

«Manchmal. Manchmal.» Er nickte bedächtig mit dem Kopf, trank weiter sein Bier. «Meistens kümmert sich Mister Lavendale darum, aber ich bin sein verlässlichster Gehilfe. O ja. Die Hawkesworths brauchen Leute, denen sie vertrauen können.»

«Nun, Ihr seht gewiss aus wie ein Mann, dem sie vertrauen können. Ich kann mir vorstellen, dass Ihr Euch ja dann mit allen Dokumenten des alten Lord Hawkesworth auskennen müsst.» Drummond ließ sich entspannt zurücksinken, das Bild eines locker plaudernden Mannes. Er überblickte das Gedränge an dem Tresen, und der Duft von gebratenem Fleisch ließ seinen Magen knurren.

«Ich hab mich damit ausgekannt. O ja. Aber weißt du, Fremder, der alte Lord William ist nicht mehr. Nein, nun ist er bereits seit mehr als sechs Monaten tot.»

«Tatsächlich? Mein Beileid für die Familie. Wie wär's mit noch einem?» Drummond zeigte auf den fast geleerten Krug. Als ein Mädchen mit einem Zinnkrug in jeder

Hand vorbeikam, nickte er ihm zu, und es eilte herbei, um die Krüge aufzufüllen. Drummond bewunderte seine schlanke Taille und die ausladenden Hüften, lächelte ihm träge zu, brachte es zum Erröten und dazu, sich weiter über den Tisch zu beugen, um ihm einen besseren Einblick in das nach oben geschnürte Dekolleté zu verschaffen.

«Wie heißt du, Mädchen?»

«Molly, Sir.» Sie lächelte strahlend und stützte, nachdem sie eingeschenkt hatte, einen der Krüge auf der Hüfte ab.

«Molly, wie ist das Essen in diesem Gasthaus?»

«Sehr gut, Sir. Viel saftiges Fleisch und am Markttag frisches Gemüse und sehr aufmerksame Bedienungen.» Ihre sanften Augen versprachen noch mehr als ihre Worte, und Drummond stellte fest, dass ihm ihre direkte Art gefiel.

«Nun denn. Ich denke, ich sollte nachher hier essen; vielleicht könntest du einen etwas privateren Raum für mich reservieren?»

«Aber natürlich, Sir. Werdet Ihr ein Mädchen brauchen, das Euch bedient?»

Drummond betrachtete sie eine ganze Weile, dann nickte er. Molly hob eine ihrer dunklen Augenbrauen und sagte ihm, dass sie sich persönlich darum kümmern werde, drehte sich dann mit einem übertriebenen Hüftschwung um und kehrte an den Tresen zurück.

Drummond wandte sich wieder Peake zu und sah den Ausdruck reinster Lüsternheit in den Augen des dürren kleinen Mannes, als er auf das Hinterteil des entschwindenden Mädchens blickte.

«Oha, du hast aber Schlag bei den Mädchen, Fremder.

Vielleicht kannst du mich an den Resten teilhaben lassen, wenn du satt bist?» Seine schmale Zunge schnellte heraus, um sich über die verkrusteten Mundwinkel zu lecken. Drummond kämpfte mit dem unbändigen Verlangen, ihn von seinem Stuhl zu stoßen.

«Vielleicht, mein Freund. Aber erst müsst Ihr die Geschichte zu Ende bringen, die Ihr mir gerade über Lord Williams Testament erzählt habt.»

«Das Testament? Ha. Ich hab es noch selbst abgeschrieben, am Anfang des Jahres. O ja. Ich hatte es einige Wochen lang bei mir liegen und dann gab Lord William es …»

Sein Kinn sackte plötzlich auf die Brust, dann rappelte er sich wieder auf und versuchte, Drummond direkt ins Gesicht zu schauen. «Was ist das, Fremder? Oje, ich kann mich einfach nicht daran erinnern. Aber es ist mir auch egal.» Er machte eine gleichgültige Handbewegung und beugte sich vor, um den Kopf auf die Tischplatte zu legen. Drummond hörte ihn rülpsen und dann schnarchen. In ungläubigem Staunen sah er, dass Peake in einen trunkenen Schlummer gesunken war, aus dem er so leicht nicht wieder aufzuwecken sein würde. Er rüttelte an der knochigen Schulter des Mannes.

«Was? Ach, lass mich doch in Ruhe. Müde – ich bin einfach müde, Fremder.»

«Was hat Lord William mit dem Testament gemacht?», zischte Drummond ihm zu, und Ungeduld wuchs in ihm. So dicht daranzukommen, so erfolgreich zu sein, den Mann betrunken zu machen, nur um dann im letzten Moment vom Teufel Schlaf reingelegt zu werden! Er schüttelte Peake noch einmal, diesmal jedoch heftiger.

«Er brachte es …»

Seine Worte gingen in ein langgezogenes Schnarchen über, und Drummond ließ sich in kaum zu beherrschendem Zorn auf seinen Stuhl zurücksinken. Dieser verdammte Kerl! Den Notar zum Reden zu bringen, war sein vordringlichstes Vorhaben gewesen. Er konnte doch nicht in Lavendales vornehmes Büro marschieren und dort dieselben Fragen stellen, ohne dass Valerian auf seine Anwesenheit in der Stadt aufmerksam wurde. Er konnte sich oben im Haus nicht blicken lassen; er konnte seine rechtmäßige Stellung nicht beanspruchen. Ohne das Testament konnte er gar nichts tun. Er trank sein Bier aus, griff dann zu dem halbvollen Krug, den Peake stehenlassen hatte, und stürzte auch dieses Bier noch herunter. Das milde Brennen in der Kehle und im Bauch sorgte dafür, dass es ihm besser ging. Er erhob sich und wollte wieder zurück an den Tresen.

«Hoppla, junger Freund! Das Chequers-Bier ist aber stärker, als man denkt!» Ein untersetzter, rotgesichtiger Bauer zog Drummond wieder auf die Füße, und ihm wurde bewusst, dass er wohl hingefallen sein musste.

«Du gütiger Gott, was machen sie denn damit – Gin dazukippen?», fragte er.

«Nee, aber es ist berühmt in der ganzen Gegend. Ich seh schon, den alten Silas hat's heute ziemlich früh umgehaun!» Der alte Bauer hatte ein herzhaftes Lachen und ein freundliches Gesicht, weshalb sich Drummond entschloss, einen Versuch zu wagen.

«Ja. Er war gerade dabei, mir eine interessante Geschichte über den alten Lord und sein Testament zu erzählen. Zu schade, dass er nicht bis zum Ende gekommen ist. Nun werde ich nie wissen, wie die Geschichte ausgegangen ist.»

«Eine ganz alte Geschichte. Die hat aber gar keinen Schluss, mein Sohn. Lord William ist gestorben, ohne einen Erben bestimmt zu haben. Der ältere Sohn ist verschollen, und der jüngere wartet jetzt darauf, seinen Platz einnehmen zu können. Soweit man weiß, ist das Testament verschwunden. Aber unter uns gesagt, denk ich, dass der junge Master Valerian es selbst vernichtet hat.» Seine riesige Hand, die aussah wie ein großes Stück Schinken, ließ Drummond fast vornüberfallen, als er ihm einen hörbaren Klaps auf die Schulter verpasste. «Aber ist doch sowieso egal, oder? Ist ja doch der einzige überlebende Sohn.»

«Nicht, wenn es nach mir geht», murmelte Drummond, schlurfte davon und überlegte dabei, ob er nach draußen gehen sollte, um sich zu übergeben. Als er auf die Tür zuging, fiel sein Blick auf ein hübsches Gesicht, das ihn hinter dem Tresen anlächelte. Und plötzlich fiel ihm ein, warum ihm der Alkohol so schnell in den Kopf und in die Beine gefahren war: Essen. Er brauchte etwas zu essen. Und Molly würde es ihm servieren. Das Herz wollte ihm zerspringen, und er machte sich auf den Weg hinüber zu ihr, wobei er sich bemühte, nüchtern und würdevoll auszusehen.

«Herrje!» Sie kicherte, wobei zwei Grübchen auf ihren Wangen erschienen. «Ihr habt unser Bier offenbar noch nie vorher probiert. Kommt und lasst Kaninchen und Bratkartoffeln seine Wirkung mildern. Ich habe ein Zimmer für Euch zurechtmachen lassen. Kommt, hier entlang.»

Sie öffnete einen Durchgang und führte Drummond in einen schmalen, schlechtbeleuchteten Flur, in dem es nach warmem Bier und süßem Wein stank, deren Reste er beim Gehen unter seinen Sohlen spürte. Er folgte Mollys magischen Kurven die Stufen hinauf, die zu einem Treppenabsatz führten, von dem etliche Türen abgingen.

Der Raum, in den sie ihm einzutreten bedeutete, war einfach eingerichtet, mit einem sauberen Tisch und Stühlen, einer gepolsterten Fensterbank und einem einladenden Feuer, das in einer kleinen Feuerstelle knackte und knisterte. Drummond sank auf den einladenden Sitz im Fenster und sah durch die rauchgeschwärzten Fenstergitter hinaus. Draußen war es dunkel und still: Ein paar Pferde wieherten auf dem Hof beim Stallknecht, und das Lärmen aus dem Gasthaus hallte ungleichmäßig von den Wänden zurück. Die kühlen Fensterscheiben beruhigten seinen erhitzten Kopf, und Drummond spürte, wie langsam Ernüchterung in seine Glieder zurückfloss.

«Möchtet Ihr sofort essen? Ich kann das Küchenmädchen bitten, zu kommen und mir beim Servieren zu helfen, sobald sie nebenan fertig ist.»

«Ihr scheint hier heute alle sehr beschäftigt zu sein.» Drummond hatte großen Hunger, aber sein Verlangen nach Gesellschaft ließ ihn zögern, sie sofort wieder nach unten zu schicken.

«Wenn Markt ist, geht es hier immer so zu: Die meisten Leute erledigen erst ihre Geschäfte in der Stadt und kommen dann hierher, um ihren Durst zu löschen. Manchmal geht es dabei ganz schön wild zu.» Sie kam ein bisschen näher. «Ihr seid nicht aus der Gegend, oder?»

Drummond lehnte sich zurück und genoss die Kühle der feuchten, nachtdunklen Fenster durch die dünne Baumwolle seines Hemdes. «Eigentlich nicht», antwortete er lächelnd. «Aber ich kenne mich ein bisschen aus. Bist du aus dem Ort?»

«Ja, das bin ich. Mein Vater bearbeitet ein Stück Land hier. Trotzdem hab ich vor, mal ein besseres Leben zu führen. Wenn ich nur lange genug hier arbeite, wird schon irgendwann ein Gentleman vorbeikommen, sich heftig in mich verlieben und mich mitnehmen!»

«Nun, dann sieh zu, dass er dir vorher einen Ring an den Finger steckt. Manche Gentlemen erweisen sich dieser Bezeichnung mitunter durchaus unwürdig.» Drummond grinste sie ironisch an. Molly machte in gespielter Unschuld große Augen.

«Nun, da bin ich gar nicht sicher, ob ich weiß, worauf Ihr damit anspielt, Sir. Vielleicht solltet Ihr mir dieses unehrenhafte Verhalten mal zeigen, damit ich zukünftig darauf achtgeben kann.»

«Das würde ich liebend gerne tun.» Drummonds Mund verzog sich vor guter Laune und Verlangen, als er nach ihr griff. Molly ließ sich in seine Arme ziehen, und er setzte sie sich auf den Schoß, während er die Bänder am Ausschnitt ihrer schlichten weißen Bluse untersuchte. Ihr Kopf sank vertrauensvoll an seine Schulter, und ihre Finger verhakten sich spielerisch, als sie sich anschickte, ihm zu helfen.

Drummond stellte erfreut fest, dass Molly unter ihrem Oberteil ein hübsches rot-schwarzes Korsett trug, das ihre ohnehin schmale Taille noch mehr zusammenschnürte. Darüber zeigten sich ihre aufwärtsgedrückten Brüste, die über den Rand quollen wie reife Früchte, die aus einem übervollen Korb lugten. Er nahm einen Erdbeer-Nippel zwischen Daumen und Zeigefinger und rollte ihn, genoss die Keckheit und zunehmende Festigkeit des straffen Knöpfchens unter seiner Hand. Sein Mund folgte rasch seinen Fingern. Er nuckelte durstig an ihrer Brust und hörte, wie sie nach Luft schnappte, als er seine Zähne vorsichtig über ihre aufgestellten Spitzen streichen ließ.

Ihre Finger gruben sich in seinen Schopf, und sie zog seinen Kopf an ihren Busen, atmete dabei heftig und schob ihre Rippen vor, um seinem Mund die größtmögliche Fläche ihrer pfirsichzarten Haut zu offenbaren. Unter ihren weichen Schenkeln fühlte Drummond seinen Schwanz toben und gegen seine enge Hose drücken, eine stramme Rute mit eigenem Willen, die an seinem Schlitz zerrte und sich am Polster ihrer Röcke rieb. Er veränderte seine Position ein bisschen, und Molly lehnte sich ein bisschen zurück, um ihm tief in die Augen sehen zu können. Eine unausgesprochene Frage lag einen langen Augenblick lang zwischen ihnen in der Luft, dann stand sie auf und entfernte sich einen Schritt von ihm.

«Warte.» Drummond griff erneut nach ihr, aber sie wich ihm mit einem Schwung ihrer opulenten Hüften aus. Ein Lächeln umspielte dabei ihre Mundwinkel.

«Nein, du bist es, der warten wird», sagte sie einfach.

Gehorsam tat er das und schaute ihr zu, während seine Spannung wuchs, als Molly ihre Baumwollbluse über die Taille nach oben streifte und sie sich über den Kopf zog. Drummond beobachtete fasziniert, wie sich bei dieser Aufwärtsbewegung der Arme auch ihre Brüste anhoben. Sie streifte das Hemdchen ab und warf es neben sich.

Als Nächstes knöpfte sie ihren Rock auf und ließ ihn zu Boden fallen, wozu sich schnell auch die cremeweißen Unterröcke gesellten.

Drummond hielt den Atem an, hatte Angst, sich zu bewegen, da das Ziehen in seinen Lenden inzwischen zu einem gnadenlosen Brennen geworden war. Molly ließ eine Hand über ihre Brüste gleiten und schaute ihn an. Sie sah wunderschön aus: groß und kurvenreich, die blasse Haut vom Schein des Feuers hinter ihr wie vergoldet. Das rot-schwarze Korsett schmiegte sich an ihren Körper und verlieh ihr auf perfekte Weise die Form einer Sanduhr. Die langen, undurchsichtigen Strümpfe, die ihre Beine bis in Kniehöhe umspielten, gaben ihr eher die Eleganz einer französischen Kurtisane als lediglich die Anmut einer ländlichen Wirtshaus-Bedienung.

Lächelnd begann Molly die Flechten ihres honigfarbenen Haars zu lösen und sagte: «Ich sehe, du wunderst dich. Dieses Korsett ist das Geschenk eines anderen Gentleman, der nicht wirklich einer ist.»

Auf ihren Wangen zeigten sich wieder die Grübchen, und ihre Finger bewegen sich flink durch die glänzenden Haarsträhnen, teilten sie und breiteten sie über ihre Schultern, von denen sie herabfielen, erleuchtet vom Schein der Kerze auf dem Tisch.

«Solltest du einer von denen sein, die schnell unter Schuldgefühlen leiden, so ist das bei mir nicht nötig. Liebe ohne Schuldgefühle ist meine Spezialität.» Mit diesen Worten kam sie auf ihn zu, und Drummond vergaß alles um ihn herum, versunken in sinnlichem Begehren.

Sie befreite ihn mit kundiger Hand aus dem Gefängnis seiner engen Hosen und ergriff seinen steifen Schwanz, bevor sie den Mund über sein heißes Fleisch gleiten ließ. Köstliche Wonneschauer durchzuckten ihn, als ihre Lippen sich an ihm festsogen. Sie entdeckte den kleinen Schlitz an der Spitze, der sich unter dem Druck ihrer flinken Zunge öffnete, und er lehnte sich zurück an das kalte Fenster. Seine Sinne wanden sich wie eine Spirale in die Unendlichkeit der Lust, als sie ihn abwechselnd leckte und in ihn eindrang, indem sie sein winziges Loch mit der Spitze ihrer Zunge berührte und ihre Hände seine Hoden massierten, während er seinen Saft unerwartet schnell in sich aufsteigen fühlte.

Sein Höhepunkt kam plötzlich, brach mit enormer Gewalt über ihn herein, durchfloss wie flüssige Lava seine Lenden und in sein Gemächt, schoss ihr in die Kehle, wo sie alles von ihm schluckte, ihren langen Hals bog, um seine Zuckungen ganz in sich aufnehmen zu können. Drummond stöhnte, als sie seine Männlichkeit leckte, die klebrigen Reste von jedem Zentimeter seiner samtenen Länge kostete und seine geschwollene Eichel mit ihren Lippen umkreiste.

Erheitert hob er ihr Kinn an und lächelte in ihr zufriedenes Gesicht.

«Du bist wie eine kleine Katze, die an einer Schüssel mit Sahne schleckt. Ich glaube nicht, dass ich jemals ein Mädchen erlebt habe, das den Geschmack eines Mannes so sehr genossen hat.» Mit dem Zeigefinger nahm er ein Tröpfchen aus ihrem Mundwinkel, und er ließ es zwischen ihre gespitzten Lippen gleiten. Zu fühlen, wie ihr Mund an seinem Finger sog, erzeugte erneut eine prickelnde Erregung in ihm, und er wusste, dass er in nicht allzu langer Zeit wieder bereit sein würde.

Er beugte sich herab, küsste sie auf die salzigen Lippen und war überrascht festzustellen, dass es köstlicher als erwartet war, seinen eigenen Geschmack auf ihr zu schmecken. Er ließ seine Zunge in sie gleiten, erforschte die Tiefen ihres Mundes, erkundete jeden feuchten Winkel und strich über das glatte Elfenbein ihrer Zähne. Sie klammerte sich an ihn, sog und zog an seiner Zunge, verleibte sie sich ein, bis sie die Spannung an ihrer Wurzel fühlte und er sich ein bisschen zurückbewegte. Währenddessen streiften seine Hände von ihrer Taille bis hinunter zu den fleischigen Rundungen ihres Hinterteils und zogen sie rittlings auf seinen Schoß. Sie setzte sich auf ihn, spreizte die Beine weit zu beiden Seiten seiner Hüften, bis er fühlte, wie die glatte Schmiegsamkeit ihrer Spalte auf der wiedererwachten Härte seines Gemächts lag.

Drummonds Hände liebkosten ihre Kurven, bewegten sich allmählich nach vorn und abwärts, bis seine Daumen vorsichtig das lockige Dreieck streichelten. Sie bebte unter seinen streichelnden Fingern und rieb sich, ihren Mund immer noch auf dem seinen, an seinen Schenkeln, indem sie ihre Hüften schaukelnd hin und her bewegte und ihn damit unausgesprochen zum Weitermachen aufforderte.

Drummond konnte die Hitze spüren, die sie ausstrahlte, die Feuchtigkeit der süßen Erregung, und er tauchte tiefer ein, teilte sie mit seinen Daumen und verschwand zwischen ihren Falten. Die Knöchel seiner rechten Hand strichen über die sich vorwölbende Perle ihrer Klitoris, und sie bäumte sich auf. Dabei trennte sich ihr Mund kurz von seinem. Sie griff nach unten, um seinen Finger fest auf ihr hartes Schmuckstück zu legen. Folgsam winkelte Drummond seine Hand an, wie sie es wollte, und rieb sie schnell, bis sie um Gnade flehte, ihn in den Hals biss und sich an ihn presste.

«Mach es jetzt», flüsterte sie. «Ich will dich ganz in mir spüren.»

Er packte sie mit beiden Händen fest in der Taille, hob sie so an, dass sie genau über ihm war, blickte ihr tief in die Augen und sah in ihren erweiterten Pupillen sein eigenes, erhitztes Spiegelbild. Dann drang er in sie ein, indem er selbst mit einer heftigen Bewegung seiner schlanken Hüften aufwärtsstieß, während er sie entschlossen auf sein steifes Gemächt spießte. Mit einem lauten Aufschrei bewegten sie sich im Gleichklang ihrer entfesselten Begierde, aufbäumend und wieder niedersinkend. Die Sehnen seiner gebräunten Unterarme waren sichtbar angespannt, während er sich stoßend hinein- und herausbewegte.

«Oh, mein Gott! Du fühlst dich so gut an!», rief er.

Als sie ihren Höhepunkt hatten, war es ein gemeinsamer Ausbruch, mitreißend und erschöpfend. Sie brachen übereinander zusammen, und Drummond lehnte sich zurück ans Fenster. Die Hitze ihrer Begeisterung füreinander schien das Eis auf den Scheiben zum Schmelzen zu bringen, denn kalte Tropfen rannen Drummonds Rücken hinunter, durchnässten sein Hemd und vermischten sich mit dem Schweiß seiner animalischen Leidenschaftlichkeit.

«Molly, du bist einfach wundervoll.» Er nahm ihr Gesicht in beide Hände, küsste sie vorsichtig. «Und jetzt bin ich schrecklich hungrig. Ich könnte wetten, dass du das nur machst, damit wir Narren mehr Geld für Essen und Trinken ausgeben!»

«Natürlich!» Sie sah ihn schmollend an und tat so, als wäre sie beleidigt. «Nun, dann solltest du mich jetzt besser nicht enttäuschen, indem du zu wenig isst.»

«Ich könnte ein ganzes Pferd verdrücken», gestand er, als sie sich aufmachte, um ihre verstreute Kleidung vom Boden aufzusammeln. Der Anblick der Zwillingshalbmonde ihres köstlichen Hinterteils erregte ihn aufs Neue, und Drummond stand auf, um nach ihr zu greifen und sie rückwärts an sich zu ziehen.

«Ich könnte aber auch dich essen.» Er machte sich an ihrem Ohr zu schaffen, knabberte durch die duftenden Haare an ihrem prallen Ohrläppchen. Lachend ließ sie sich gegen ihn fallen, drückte sich an seinen Bauch und brachte seinen Schwanz dazu, sich an ihrer nackten Haut zu reiben. Er ließ von hinten einen Finger in sie hineingleiten, genoss ihre warme und feuchte Bereitschaft und das samtige Umklammern ihrer Möse, die seine forschende Hand festhielt.

«Ich glaube, du würdest es glatt nochmal tun, wenn ich dich lassen würde», sagte er.

«Mich lassen? Ich bezweifle, dass du dazu jetzt schon wieder imstande wärst.»

«Probier es doch.»

Er drehte sie schnell um und setzte sie auf den Tisch. Er bemerkte ihre Überraschung, als sie seinen steinharten Schwanz sah. Er zog ihre Beine auseinander, drang mit einer einzigen Bewegung in sie ein und hielt dabei ihre Schenkel mit seinen kräftigen Händen gespreizt, bis sich weiße Druckstellen um seine Fingerspitzen bildeten. Er stieß tief in sie hinein, und sie rang angesichts seiner ungestümen Wildheit nach Luft, ließ sich auf die Tischplatte sinken und schlang die Beine fest um seine Taille.

«Ah! O ja. Besorge es mir. Heftiger, tiefer!» Sie bäumte und wand sich unter ihm, während er gnadenlos in sie stieß, bis er spürte, wie die Wellen ihres Höhepunktes von ihm Besitz ergriffen. Ihr angespannter Körper schwankte, und sie stieß einen lauten Schrei aus, legte den Kopf in den Nacken und reckte das Kinn. Der Anblick und das Miterleben ihrer Lust ließen auch ihm die Sinne fast schwinden, und er ergoss sich in sie. Wilde Flammen durchzüngelten ihn, und er brach schweratmend über ihrem Körper zusammen.

«Nun, nicht viele meiner Gentlemen wären so schnell wieder bereit», flüsterte sie, den Mund an sein Ohr gelegt. «Du bist ja ein richtiger Hengst. Wirst du noch länger in der Stadt bleiben?»

«Lange genug.» Drummond erhob sich von ihr und lächelte auf den kurvenreichen Körper herab, der dort auf dem Tisch vor ihm wie hingegossen lag. Sie war wundervoll und lebenslustig, aber er zögerte, ihr irgendwelche Hoffnungen zu machen. Verpflichtung war etwas, das er noch nie besonders geschätzt hatte, obgleich die Aussicht auf eine Wiederholung seines Besuches einen gewissen Reiz auf ihn ausübte. Er ließ seinen Zeigefinger über ihren Körper gleiten und begrub seine Hand in den weichen Löckchen zwischen ihren Schenkeln.

«Aber mach dir keine falsche Vorstellung von mir und irgendwelchen Ringen. Halt weiter Ausschau nach einem richtigen Gentleman. Es wird schon früh genug einer kommen.»

Molly zog einen Schmollmund und sah ein bisschen beleidigt aus. Sie glitt vom Tisch herunter und sammelte ihre Kleider auf.

«Das war es nicht, was ich im Sinn hatte», sagte sie mit Bestimmtheit. «Ich weiß, dass du nichts für mich bist: Aber es ist doch nichts dabei, wenn wir uns irgendwann noch einmal treffen, oder? Ich habe gesagt, ohne Schuldgefühle, und genauso habe ich es auch gemeint.»

«Komm, lass mich dir helfen.» Drummond drehte sie um und begann von hinten ihren Rock zuzuknöpfen. «Sollte ich jemals Gesellschaft brauchen, so schwöre ich dir, dass dies einer der ersten Orte sein wird, zu dem ich dann kommen werde. Na, was ist nun mit dem Kaninchen und den Kartoffeln? Ein Mann braucht Essen genauso sehr wie Liebe.» Er versetzte ihrem gutgepolsterten Hinterteil einen schallenden Klaps, als sie sich zur Tür umdrehte.

Das Essen war hervorragend, und Drummond nahm seine Mahlzeit genüsslich ein, wobei er die Speisen mit einem süßeren und nicht so starken Bier hinunterspülte. Hinterher saß er noch eine ganze Zeit lang auf der Fensterbank, schaute hinaus in die Dunkelheit und war in Gedanken versunken.

Als er sein Pferd vom Stallburschen entgegengenommen hatte, gab er ihm ein Geldstück und wollte gerade seine Stute ins Freie führen, als ein wundervolles Pferd im angrenzenden Stall, ein großer Hengst mit perfekter Palomino-Zeichnung, seine Aufmerksamkeit auf sich zog. Und so hielt er an, um dessen samtige Nüstern zu streicheln.

«Du bist ja ein richtiges Prachtstück. Wie heißt du?»

Der Atem des Pferdes wärmte seine Hand, und Drummond lächelte im Halbdunkel, als sein Blick auf den Sattel fiel, der den Rücken des Tieres zierte. Die Sitzfläche aus spanischem Leder war fein poliert und gut gepflegt, und die Initialen des Eigentümers waren sorgsam in eine Lasche am Steigbügelriemen eingebrannt: VOH.

Valerian Olivier Hawkesworth.

Es konnte niemand anderes sein. Der Gedanke daran, dass sein Bruder im Gasthaus war, brachte sein Blut ins Stocken, und er unterdrückte ein Zittern. War er gesehen worden? Es war fast unmöglich, das zu beurteilen. Er pfiff leise vor sich hin und wartete.

«Jake, hast du den Eigentümer dieses Pferdes eintreffen sehen?» Der Stallbursche, ein Verwandter von Jim Handfast, war ein Junge, den er seit seiner Heimkehr ganz gut kennengelernt hatte.

«Ja. Vor fast einer Stunde ist er gekommen. Er nimmt sein Essen immer bei Molly ein, einem der Mädchen, die hier bedienen. Und danach versucht er sein Glück beim Kartenspielen oder Würfeln mit einem der anderen Gentlemen.»

Drummond nickte. Er war auf ironische Weise erheitert von der Tatsache, dass der Geschmack seines Bruders hinsichtlich Mädchen offenbar dem seinen ganz ähnlich war, und er fragte sich, ob er wohl der Gentleman war, der Molly das rot-schwarze Korsett geschenkt hatte.

«Jake, erinnerst du dich noch, dass wir darüber gesprochen haben, wie du mir helfen könntest? Also, wenn du einen oder zwei Sovereigns gebrauchen könntest, dann kannst du mir zu Diensten sein.»

Die beiden sprachen ein paar Minuten lang leise miteinander, dann stieg Drummond auf sein Pferd und trabte langsam in die dunkle Nacht hinaus.

Valerian lehnte sich in seinem Sessel zurück, zog an seinem Stumpen und beobachtete den Mann, der ihm auf der anderen Seite des Spieltisches gegenübersaß. Das abgetrennte Spielzimmer im Chequers Inn war klein und von flackernden Talglichtern erleuchtet, was die verqualmtschummrige Atmosphäre noch verstärkte. Der Berg von Silber- und Goldstücken vor ihm funkelte; bis vor nicht einmal einer Stunde hatte er schrecklich hoch verloren, und Madames Gerede von der Mitgift, die er Lydia zu zahlen habe, lag ihm auf der Seele. Ein rascher Austausch des Würfelbechers gegen ein Exemplar mit speziell bemaltem Inhalt hatte ihn seitdem in die Lage versetzt, mit den drei Elfenbeinwürfeln ausschließlich richtige Zahlen zu würfeln und damit einen Großteil dessen, was er verloren hatte, zurückzugewinnen.

«Ihr habt heute ein verteufeltes Glück, Hawkesworth.» Sein Gegenspieler, Landjunker Aldridge, sank niedergeschlagen auf seinem Stuhl zusammen. «Ich kann nicht zulassen, dass Ihr mir all mein Gold abnehmt, also werde ich mich wohl vornehm zurückziehen. Bis zum nächsten Mal, oder?»

«Das ist Eure Entscheidung.» Valerian nickte gnädig und drückte seinen Stumpen auf einem halbleergegessenen Teller aus. Er raffte die Geldstücke auf der Tischplatte zusammen und schob sie in einen großen Lederbeutel, den er sich in seine Brusttasche steckte. Das Gewicht drückte sich beruhigend an seine Rippen, und er beugte sich vor, um Aldridge die Hand zu schütteln.

«Bis zum nächsten Mal, wie Ihr bereits sagtet.» Seine Hand bewegte sich schnell über die gebeizte Oberfläche, wo er, mit der Fingerfertigkeit eines Zauberers, den falschen Würfelbecher wieder durch den richtigen ersetzte, bevor er aufstand und seinen Bierkrug leerte.

Als er bei den dunklen Ställen ankam, konnte er dort keinen Stallburschen entdecken oder sonst irgendjemanden, der ihm beim Aufsitzen behilflich hätte sein können. Er schimpfte missgelaunt vor sich hin, während er sich über das Hinterteil des Hengstes schwang. Die Straße war dunkel, und auf dem Weg, der sich aus der Stadt hinaus und zu den Ländereien der Hawkesworths wand, gab es kaum andere Reisende. Als er den Niederwald erreichte, der die Ostgrenze der Besitzungen bildete, setzte Nieselregen ein. Er zog seinen Umhang höher ins Gesicht und bedeckte dabei auch seine Ohren. Das Pferd unter ihm scheute ein wenig.

«Na los», brummte Valerian. «Lass uns zusehen, dass wir nach Hause kommen, bevor der Sturm losgeht.»

Der Hengst machte ein paar zögerliche Schritte nach vorn und blieb dann stehen. Die wirbelnden Wolken verdeckten etwas den zunehmenden Mond, und es herrschte fast völlige Finsternis. Ein trockener Ast knackte irgendwo zu seiner Linken, und er trieb den Gaul mit einem Hieb seiner Sporen an. Das Tier blähte die Nüstern und brach seitlich aus, schüttelte den riesigen Kopf und fing in der Mitte des Weges an zu tänzeln.

«Komm schon, verdammtes Biest!» Valerian wurde jetzt ungeduldig und zog die Zügel fester an, um den Hengst besser unter Kontrolle zu haben, aber das Pferd scherte weiter zur Seite aus, rollte mit den Augen und ließ das Weiße darin sehen. Valerian verspürte einen ersten Anflug von Unbehagen und kniff die Augen zusammen, um die Straße vor sich erkennen zu können.

Sie war leer und still. Da war nichts, was er fürchten musste. Er stieß dem Tier die Sporen in die Flanken, und der Hengst stieg hoch, wobei er ihn fast abgeworfen hätte. Valerian fluchte schrecklich. In diesem Moment teilten sich die Wolken, und die Szenerie wurde von silbernem Mondlicht hell erleuchtet.

Wo die Straße eben noch leer gewesen war, stand jetzt ein großes schwarzes Pferd mit einem einsamen Reiter, reglos, etwa zehn Meter entfernt, und hob sich als schwarze Silhouette gegen das zinngraue Gestein des Hügels dahinter ab. Valerians Herz begann schneller zu schlagen, als er bemerkte, dass der Reiter eine entsicherte Pistole in der Hand hielt und unter seinem Dreispitz eine Maske sein Gesicht bedeckte.

«Macht den Weg frei!» Selbst in seinen eigenen Ohren klangen diese tapferen Worte hohl, und er spürte, wie in seinem Gesicht ein Muskel nervös zu zucken begann. Der Straßenräuber rührte sich nicht von der Stelle. «Macht den Weg frei, verdammt nochmal! Ich bin Lord Hawkesworth, und wenn Ihr Euch untersteht, mich auch nur zu berühren, werde ich dafür sorgen, dass Ihr bis morgen vor Sonnenuntergang am nächst besten Galgen aufgeknüpft werdet!»

Noch immer rührte sich nichts, und seine Worte blieben ohne Antwort. Er fühlte, wie ihm die Angst ins Gedärm fuhr, als der Kies auf dem Pfad hinter ihm laut knirschte. Er drehte sich im Sattel um und sah, wie der schwacherleuchtete Schatten eines anderen Reiters ihm den Weg zurück abschnitt. Langsam näherten sich die schwarzen Gestalten, bis sie nur noch wenige Schritte von ihm entfernt waren, ihn von vorn und hinten einschlossen.

Immer noch herrschte Schweigen. Der vordere Reiter beugte sich nach vorn und griff nach Valerians Zügeln, riss sie aus seinen Händen und zog den nervösen Hengst dicht an sich heran.

«Mein lieber Lord Hawkesworth.» Diese formelle Anrede barg einen beißenden Sarkasmus, und Valerian zuckte zusammen, als der Mann seine Waffe hob und sie an seine pochende Schläfe hielt. «Ich glaube, Euch war heute am Spieltisch das Glück hold. Es gibt Menschen, die dieses Geld dringender brauchen als Ihr, und ich habe vor, es ihnen zu geben. Also hätte ich, werter Herr, gern Euer Geld – oder Euer Leben.»

Valerian, starr vor Angst, hatte keinen anderen Gedanken, als seine eigene Haut zu retten. Er hob die Hände, um sich zu ergeben, und die Pistole bewegte sich ein kleines Stück von ihm weg.

«Ich habe Geld. Da, nehmt es. Es sind fast einhundert Goldstücke in diesem Beutel. Befriedigt Euch das?» Er zielte mit dem Lederbeutel nach dem Straßenräuber und erkannte das kurze Aufleuchten weißer Zähne, als der andere zu lächeln begann.

«Das tut es in der Tat. Ich bin sehr zufrieden. Für heute.» Der Beutel verschwand in den Falten des dicken dunklen Umhangs, den der Wegelagerer trug. «Zu schade nur, dass Ihr uns nicht das Vergnügen eines Kampfes bereitet habt. Aber natürlich verlangt es Eure Eitelkeit, dass Ihr jedem im Haus erzählt, wie tapfer Ihr Euch Euren

Angreifern widersetzt habt, also werden wir Euch besser einen Beweis Eurer Tapferkeit verpassen.»

Flink, bevor Valerian noch die Bedeutung der Worte begreifen konnte, hatte der Mann einen schmalen Säbel gezogen und über Valerians Wange geführt. Die Wunde war nicht tief und nur etwa drei Zentimeter lang, aber der Schmerz und das Entsetzen ließen Valerian zusammenfahren und die Hand an sein Gesicht halten. Sein heller Lederhandschuh färbte sich langsam mit Blut. Er gab ein ersticktes Schluchzen von sich und suchte nach seinem Seidentaschentuch.

Der Straßenräuber ließ ein erheitertes Brüllen hören, das von den Bäumen widerhallte. Valerians Kopf schoss hoch. Irgendetwas Vertrautes war an diesem Gelächter gewesen. Er wischte sich die verletzte Wange ab, und die beiden Männer ließen sein Pferd los.

«Gute Nacht! Und vielen Dank, *Lord* Hawkesworth!»

Und dann waren sie verschwunden, ihre Schatten waren in die Dunkelheit der Nacht gehuscht und hatten sich zwischen den Bäumen am Straßenrand aufgelöst.

Valerian war allein.

Es begann nun stärker zu regnen. Der Regen fiel aus dem wolkenverhangenen Himmel mit fast nadelspitzer Heftigkeit. Valerian steuerte sein unbändiges Pferd in Richtung Zuhause, und in seiner Magengrube schwelte eine schleichende Wut.

Kapitel neun

Die Morgensonne fiel durch die Fensterscheiben herein, erwärmte die Bibliothek und machte das gerade entzündete Feuer im Kamin fast überflüssig.

Lydia hatte es sich in einer Ecke des gepolsterten Sofas bequem gemacht, ein Exemplar von *Roxana* auf ihrem Schoß. Die skandalöse *Moll Flanders* hatte sie während ihres Eingesperrtseins gelesen und fand Mister Defoes lebendige Erzählweise ebenso unterhaltend wie lehrreich. Sie knabberte während des Lesens an ihrem Daumen, völlig versunken in die Geschichte, die sich dort auf den ungleichmäßig geschnittenen Buchseiten vor ihr ausbreitete.

Es war ein plötzliches, entferntes Pochen in der großen Halle des Haupthauses, das sie aufschrecken ließ. Sie steckte ein besticktes Lesezeichen in ihr Buch, legte es beiseite, erhob sich und schlich auf Zehenspitzen zur Tür. Die Bibliothek lag von der Halle aus links, und sie konnte hören, wie einer der Diener einen Besucher begrüßte. Vorsichtig und so leise wie nur möglich öffnete sie die Tür und presste das Ohr gegen den Spalt.

Sie verging fast vor Entsetzen, als Valerian, kaum zwei Fuß von ihr entfernt, in ihr Blickfeld geriet, und sie schreckte zurück, hielt die Luft an und bemühte sich, ihren rasenden Puls zu beruhigen, betend, dass er sie nicht gesehen hatte. Aber Valerian setzte seinen Weg durch den Korridor fort und rief dem Besucher eine Aufforderung zu.

«Kommen Sie doch herein, mein Lieber! Wir werden die Angelegenheit in meinem Arbeitszimmer klären.»

Lydia verging fast vor Neugier, aber sie wusste, dass ihr Weg zu Valerians Arbeitszimmer die Männer genau an der Bibliothekstür vorbeiführen würde. Sie zog sie ins Schloss und lehnte sich mit dem Rücken gegen die geschnitzte Holzoberfläche, lauschte auf jeden der Schritte von den beiden Männern.

Sobald sie gehört hatte, dass sie vorbeigegangen waren, öffnete sie die Tür weit und steckte kühn den Kopf heraus, reckte ihn um den Türstock herum, um Valerian mit der größeren, aber leicht gebückten Gestalt von Mister Lavendale, dem Rechtsanwalt, mit Blicken zu verfolgen. Sie zogen sich in den Raum zurück und schlossen leise die Tür.

Sie fragte sich, welchen Grund Valerian wohl haben mochte, Mister Lavendale hierher in sein Haus zu bitten. Es musste irgendetwas mit dem Erbe zu tun haben, aber sie konnte sich nicht vorstellen, warum er deshalb ein Treffen mit dem Anwalt arrangiert hatte. Sie hatte ihren Cousin den ganzen Tag über nicht gesehen, obgleich sie wusste, dass er noch spät in der letzten Nacht zurückgekommen und direkt in das Zimmer von Madame hinaufgestürmt war. Er hatte etwas von Banditen gebrüllt und in seiner Wut die Türen zugeschlagen. Sie dachte an Drummond, der dort draußen irgendwo im Wald sein musste und nicht nach Hause kommen durfte, und die

Gedanken an ihn ließen das Herz schwer werden. Sie beschloss, Mister Lavendale auf seinem Weg zurück aufzulauern und ihm einige Dinge zu entlocken, die ihr von Nutzen sein konnten.

Eine Bodendiele knarrte, und irgendwo im Haus fiel eine Tür ins Schloss. Lydia schreckte auf dem Sofa hoch. Sie griff in ihren Nähkasten, wühlte zwischen verknoteten Fäden und unordentlichen Wollknäueln, bis sie eine Flasche Eau de Cologne gefunden hatte. Sie tupfte sich etwas davon auf die Schläfen und den Hals, strich ihr Haar damit glatt und hob, nach kurzem Nachdenken, ihre Röcke und verteilte einen Spritzer des Dufts auf den Schenkeln. Sie legte das Fläschchen zurück, kniff sich in die Wangen und biss sich auf die Lippen, um sie anziehend rot werden zu lassen, bevor sie zur Tür eilte. Wenn sie es richtig abpassen wollte, müsste sie einfach nur die Tür weit genug öffnen und unschuldig direkt in Mister Lavendales Arme laufen.

Sie drückte das Ohr an die Tür. Es herrschte Stille.

Das Herz schlug ihr bis zum Halse, als sie ungeduldig darauf wartete, dass der Anwalt vorbeikäme. Doch niemand kam. Um die Zeit schneller vergehen zu lassen, überprüfte sie ihr Dekolleté, zog den spitzenumsäumten Ausschnitt ein wenig tiefer und schob die Brüste ein bisschen höher. Da hörte sie ein Scharren und Schritte vor der Tür, atmete tief durch und stieß die Tür auf.

«Oh, Mister Lavendale! Wie schön, Sie zu sehen. Wenn ich gewusst hätte, dass wir Gäste haben, hätte ich mich doch um ein Tablett mit Tee gekümmert.»

«Guten Morgen, Miss Lydia. Wie freundlich.» Der

Rechtsanwalt ging auf die sechzig zu, hatte seidiges weißes Haar und eine Habichtnase. Sein durchdringender Blick war so auf ihren Ausschnitt gerichtet, dass es Lydia fast peinlich war. Sie riss sich zusammen, lächelte ihn kokett an und faltete sittsam die Hände.

«Ich bin aber sicher, dass mein Cousin gut für Sie gesorgt hat. Haben Sie eine Erfrischung zu sich genommen?»

«Nein, Miss Lydia. Er hat mir einen Brandy angeboten, aber ich fürchte, dafür ist es für mich noch zu früh am Tage.»

«Vielleicht wäre es Ihnen angenehm, mir beim Tee Gesellschaft zu leisten? Ich hatte gerade vor, mir einen bringen zu lassen. Bitte bleiben Sie doch noch ein bisschen. Ich sehne mich so sehr nach etwas Gesellschaft.» Sie lächelte, senkte ihr Kinn und sah mit ihren großen Augen zu ihm auf. Er schien zu zögern und nickte dann aber.

«Nun denn, es wäre mir ein Vergnügen. Es kommt nicht so oft vor, dass ein alter Mann wie ich die Gelegenheit hat, mit einem hübschen jungen Ding wie Euch Tee trinken zu dürfen.» Er ließ die Blicke unverhohlen über Lydias Körper wandern.

Lydia gab vor, sich von seinem Kompliment geschmeichelt zu fühlen, hielt ihm die Tür weit auf und bedeutete ihm einzutreten.

«Ach, Mister Lavendale. Sie sind doch wohl kaum als alter Mann zu bezeichnen! Sie sehen bemerkenswert kraftvoll und vital aus.»

Nachdem sie einen Diener geschickt hatte, Tee zu servieren, setzte sich Lydia auf einen niedrigen Hocker zu

Lavendales Füßen, eine Position, von der sie hoffte, dass sie einen eindrucksvollen Blick in ihren Ausschnitt gestattete. Sie schlang die Arme um ihre Knie und freute sich über den Eindruck der Abgelenktheit, den er vermittelte.

«Möchten Sie Milch und Zucker?», fragte sie.

«Wie bitte? Oh – ja, doch, ich meine, nein – nein, vielen Dank. Nur Tee.»

Während sie Tee tranken, füllte Lydia die Stille mit unverbindlichem Geplauder über das Wetter, dem Blick aus dem Fenster der Bibliothek, die neumodische Gepflogenheit, seinen Tee mit Zitrone zu trinken, und allem, was ihr gerade einfiel. Lavendale schien sich zunehmend unbehaglich zu fühlen, während sie sich darauf vorbereitete, ihr eigentliches Anliegen in Angriff zu nehmen. Er musste zweimal seine Krawatte lockern, nestelte an seiner Uhrkette, rieb sich die Nasenspitze. Schließlich stieß er seine halbgeleerte Teetasse um und schüttete dabei Tee auf den blassblauen Stoff seiner Hose.

«Oh, Mister Lavendale. Lassen Sie mich Ihnen helfen, das hinterlässt sonst Flecken. Hier, lassen Sie es mich mit etwas Zitrone ausreiben. Ach, Ihr armes Bein!» Lydia konnte ihr Glück gar nicht fassen, als sie über die Wade des Anwalts rieb, und sie spürte, wie er sich immer tiefer und tiefer zu ihr herunterbeugte. Sie beschloss, ihn zu überrumpeln.

«Mister Lavendale, wissen Sie eigentlich, was mit dem Testament meines Onkels geschehen ist?»

«Um Himmels willen, meine Liebe, wie kommt gerade dieser merkwürdige Gedanke in Euren Kopf? Soeben hat Master Valerian über genau dieses Thema mit mir gesprochen. Aber das ist natürlich vertraulich, wie Ihr verstehen werdet.»

«Natürlich. Ich weiß, dass er befürchtet, es könne seine Ansprüche gefährden.»

«Nun», Mister Lavendale tätschelte Lydias Hand und hatte ihre Besorgnis offenbar missverstanden, «macht Euch in dieser Hinsicht keinerlei Sorgen. Schon bald wird er zum Lord erklärt werden. Vielleicht werdet Ihr dann ja heiraten? Ich weiß, dass es Lord Williams Herzenswunsch war, Euch gut versorgt zu wissen.»

«Wirklich?» Lydia schlug die Augenlider mit Bedacht nieder. «Haben Sie also eine Vorstellung, was Onkel William mit einem so kostbaren Dokument getan haben könnte?»

«Er wird es an einen sicheren Ort gelegt und dann vergessen haben, vermute ich.» Mister Lavendale befeuchtete seine Lippen mit der Zunge und rutschte an die Kante seines Stuhls. «Aber das ist ohne Bedeutung. Bei nur einem überlebenden Sohn gibt es wirklich keinen Anlass zur Sorge.»

«Also Sie haben es nicht?»

«Meine liebe junge Dame! Was unterstellt Ihr mir da?»

«Oh, natürlich gar nichts. Verzeihen Sie mir, ich dachte nur, es hätte ja sein können.» Lydia lächelte und stand auf, entfernte sich ein Stück und blieb vor dem Tisch stehen. «Vielen Dank, dass Sie mit mir Tee getrunken haben. Soll ich Ihr Pferd holen lassen?»

«Ich bin nicht in Eile. Ich würde mich lieber erst aufmachen, wenn meine Hose wieder ein bisschen trockener ist.»

Lavendale erhob sich und strich seinen Rock über Brust und Bauch glatt, schien sein Abbild im Spiegel über dem Kamin zu bewundern. Lydia beobachtete ihn und dachte an seine Frau, eine ewige Nörglerin. Er war eigentlich als Mann eine ganz stattliche Erscheinung, außer dass er ein wenig gebückt ging. Aber das lag wohl an seiner außergewöhnlichen Größe. Sie versuchte sich vorzustellen, wie er es wohl angestellt hatte, mit seiner immer unzufriedenen Frau anzubandeln, beschloss dann aber, dass diese Vorstellung einfach zu schrecklich war, um noch länger darüber nachzudenken.

Lydia sah, dass das Buch, in dem sie zuvor gelesen hatte, mit zerknickten Seiten unter ein Kissen gerutscht war, und sie beugte sich vor, um es hervorzuholen und das Papier mit der Hand glatt zu streichen. Sie öffnete eine Schublade im Schreibtisch und schob *Roxana* hinein, wobei sie nur am Rande mitbekam, dass Lavendale lautlos näher gekommen war, um einen Blick über ihre Schulter zu erhaschen.

«Aha, Defoe. Und mit solcher Literatur seid Ihr vertraut? Ich bin überrascht, feststellen zu müssen, dass Eure Lesegewohnheiten nicht einer strengeren Auswahl unterliegen.» Lavendale schien offenbar gerade seine Meinung über sie zu ändern und sah sie an, während er eine seiner seidigen weißen Brauen hob.

«In der Bibliothek hatte ich schon immer freie Hand.»

«Abscheulich. Unpassend.» Er beugte sich über sie und atmete tief ein, als ob er den Geruch des Verfalls in sich aufnehmen wollte. «Wenn Lord William noch am Leben wäre, hätte er solche Bücher gewiss aus dem Hause verbannt.»

«Ach, wirklich?» Lydia beobachtete, wie seine Nasenflügel vor Missbilligung bebten. «Ich dachte, es wäre auch Ihre Einschätzung, dass Lord William in diesen Dingen sehr aufgeklärt war. Immerhin war er es, der mir gestattet hat, am Unterricht der Jungen teilzunehmen und mir auf diese Weise etwas Bildung anzueignen.»

«Aber mit welchem Ziel, Miss Lydia? Eine Lady braucht kein Wissen, außer, wie man näht und Dienstboten führt. Für eine gute Konversation wird doch jeder ohnehin die Gesellschaft von Herren suchen, die beim Port sitzen.»

«Wie langweilig.»

«Gib einer Frau eine Ausbildung und schau zu, wie unsere Gesellschaft auf den Pfad des Verderbens gerät.»

«Wirklich, Mister Lavendale, das scheint mir doch jetzt ein wenig übertrieben. Was meinen Sie damit?»

«Sünde, meine Liebe.» Er trat einen Schritt näher an sie heran, und sie konnte den duftenden Puder auf seinem Haar und auf seiner Perücke riechen. «Es gibt Frauen auf dieser Welt, die, wenn sie all die Bücher gelesen haben, die Ihr kennt, bestrebt wären, dieselben Erfahrungen zu machen wie, sagen wir mal, Moll Flanders. Bald schon könntet auch Ihr versucht sein, die Freuden des Fleisches zu erleben. So widerwärtig sie auch sein mögen.»

«Wenn sie so abstoßend sind, warum nennt man sie dann die Freuden des Fleisches?» Lydia bemerkte, wie ihre Hüften immer enger an den Schreibtisch gedrückt wurden, während der Anwalt Zentimeter für Zentimeter näher kam und sie sich dementsprechend zurücklehnte. Sie war sich nicht sicher, ob sie die Richtung mochte, in die sich ihr Gespräch entwickelte. Ihre Konversation schien vom Aufbewahrungsort des Testaments abgewandert und unbehaglich dicht an eine Lehrstunde zum Thema Fleischeslust herangerückt zu sein. Sie sah hoch in Lavendales Gesicht und bemerkte ebenso das Leuchten in seinen Augen wie auch die winzigen Härchen, die aus seinen aufgerissenen Nasenlöchern lugten.

Sie war überrascht, als er plötzlich vorschnellte, sie gegen den Tisch presste und eine ihrer Brüste mit seiner großen, knochigen Hand umschloss. Ihre spontane, instinktive Gegenwehr schien ihn nur noch mehr zu entflammen, da er sein gesamtes Gewicht auf sie verlagerte, sie herunterdrückte, während seine freie Hand nach ihrem Haar griff und es an sein Gesicht führte. Stöhnend atmete er aus.

«Du elende Verführerin. Denkst du, ich weiß nicht, warum du mich hierhergelockt hast? Ich kenne euch doch, euch gebildete Frauen: Ihr versucht, einen Mann in Versuchung zu führen und verrückt zu machen mit allerlei Tricks, die ihr in obszönen Büchern gelesen habt. Du weißt sehr wohl, warum man von den Freuden des Fleisches spricht. Ich sehe dich doch vor mir, wie du dich dort auf dem Sofa räkelst, die Hand unter deinen Röcken, während du erwartest, dass ein Mann seinen Tag damit verbringt, anständig zu bleiben.»

Lydia stemmte ihre Hände gegen die Stickerei auf seinen Rockaufschlägen. Mit einer Kraft, die sein Alter Lügen strafte, hob Lavendale sie hoch und legte sie geschickt auf die polierte Schreibtischplatte, während er gleichzeitig nach ihren Rocksäumen griff, um sie hochzuschieben, bis ihre blassen Schenkel zum Vorschein kamen. Wie ein Besessener fiel er über sie her, zog sie fieberhaft an sich und öffnete ihre Beine, bis sie seine Finger auf ihrer Spalte fühlte.

Sie rang nach Luft und kämpfte sich frei, um sich aufzusetzen, aber er drehte sich so, dass sein ganzer Körper quer über ihr lag, sie hilflos festhielt, während sein Kopf plötzlich so zwischen ihre Schenkel tauchte, dass er, bevor sie noch Atem schöpfen konnte zum Schreien, seinen Mund schon auf sie gelegt hatte.

«Lassen Sie das!», schnaufte sie. «Mister Lavendale, hören Sie augenblicklich auf damit! Ich werde sonst um Hilfe rufen.»

Er antwortete nicht, sondern schob einfach seine Zunge in ihren feuchten Schlitz, mit einer Geschicklichkeit, die sie überraschte und sie zögern ließ. Sie zeigte einen Rest von Wehrhaftigkeit, als er züngelte und leckte, bis die ersten Anzeichen sinnlichen Entzückens durch ihren Körper fluteten. Seine Zunge war lang und fest, und er gebrauchte sie mit vollendeter Geschicklichkeit. Lydia entspannte ihren Körper unter seinen Aufmerksamkeiten und fragte sich, ob sie diese Begebenheit nicht zu ihrem Vorteil ausnutzen könnte. Mit seinen Kenntnissen über alle Feinheiten der Rechtsbarkeit könnte er gewiss ein guter Verbündeter sein, und der begeisterte Einsatz seiner Zunge begeisterte und erregte sie.

«Wartet! Bitte wartet einen Moment, mein lieber Herr. Wir könnten gestört werden. Wenn wir weitermachen wollen, sollten wir vorher die Tür abschließen.»

Er zögerte kurz, stand da und beobachtete dann, wie sie vom Tisch glitt und zur Tür eilte. Als sie wieder zu ihm kam, schien er noch zu zögern. Er war rot geworden und seine Blicke unsicher.

«Ich möchte Euch vielmals um Entschuldigung bitten», murmelte er, wobei seine normalerweise ausdrucksstarke Stimme leise klang. «Miss Lydia, ich habe mich abscheulich benommen. Würdet Ihr mich bitte entschuldigen und vergessen, was geschehen ist? Ich wollte Euch nichts tun, aber Eure Schönheit und Euer wissender Blick haben mich in die Irre geführt.»

Lydia sah zu, wie er seinen Seidenrock glatt strich und sich anschickte zu gehen. Sie war überrascht von seiner Demut und seinem raschen Sinneswandel. Sie merkte, dass ein Anflug von verletzter Eitelkeit sie in ihrem Innersten ärgerte.

«Mister Lavendale, nun überstürzt doch nichts. Ich gebe wohl zu, dass ich zunächst ziemlich entsetzt war von Euren Bemühungen, aber wenn ich so recht darüber nachdenke, dann würde ich doch gern fortfahren. Eure Berührung stößt mich nicht ab, und Ihr habt erreicht, dass ich mehr will. Kommt, die Tür ist verschlossen. Keiner kann uns jetzt noch stören.»

Sie hockte sich wieder auf die Tischkante, hob diesmal selbst ihre Röcke und zeigte ihm ihre einladende, frische glatte Möse, die unter seinem eindringlichen Blick anschwoll und zu pulsieren begann. Der Rechtsanwalt schien einen inneren Kampf gegen sich selbst zu führen – und zu verlieren, denn er atmete heftig, versuchte den Blick abzuwenden, aber der Anblick ihrer teilweisen Nacktheit erwies sich als genauso unwiderstehlich, wie Lydia es erhofft hatte. Er kam langsam näher und legte ihr die Hände auf die gespreizten Schenkel.

Lydia sah fasziniert zu, wie er vorsichtig seine Zunge nach ihr ausstreckte, sie steif machte und gegen sie drückte. Sie schnappte nach Luft und stützte sich mit einer Hand nach hinten ab, während eine köstliche Wärme ihre Sinne verschlang und sie die Augen schloss. Sie legte den Kopf in den Nacken, und Bilder von anderen Szenen der Verführung zogen vor ihrem inneren Auge vorbei. Der überaus kundige Mund des Anwalts wurde zu dem von Drummond, und sie erinnerte sich an die Nacht im Lustschlösschen, konnte spüren, wie Schauer in jeden Winkel ihrer Sinne drangen.

Sie ließ die Hand hinabgleiten, um in Lavendales weiches weißes Haar zu greifen, erinnerte sich dabei an das erste Mal, als Angel auf ihr gespielt hatte, indem sie ihre Zunge benutzt hatte wie ein Musikinstrument. Dann erschien Valerian in seiner einzigartigen Wildheit und allesverzehrenden Grausamkeit. Die erregenden Szenen tauchten plötzlich in immer schnellerer Folge auf, noch bevor die eine zu Ende war, folgte ihr bereits die nächste, eine erotischer als die andere, bis sie schließlich ganz taumelig und benommen war, sowohl von den wonnevollen Vergnügungen, welche die Zunge des Anwalts ihr bereitete, als auch von ihren eigenen lustvollen Vorstellungen.

Sie merkte, wie seine Hand sich ihren Weg über die sehnsuchtsvolle Haut ihrer Schenkel bahnte, und sie bekam die Kraft seiner Finger zu spüren, als er in sie eindrang. Seine Entschlossenheit raubte ihr fast die Sinne. Sie bewegte rhythmisch die Hüften, um ihn wortlos aufzufordern, ihr Befriedigung zu verschaffen. Sie fühlte seine Lippen fest auf der Süße ihrer Spalte und stöhnte, als er noch einen Finger in sie schob, und dann noch einen, bis es fast schien, als würde seine ganze Hand in ihr verschwinden. Er drang in sie ein, dehnte sie und füllte ihren gierigen Körper aus, als sie plötzlich und köstlich zum Höhepunkt geführt wurde, die Wellen über sich zusammenschlagen spürte. Sie genoss das Pulsieren ihrer Möse und die bebenden Schauer, die ihr über die Haut liefen, als es ihr kam, und sie hörte ihn aufstöhnen, bevor er schließlich still wurde. Sie hatte mitbekommen, dass er sich selbst mit einer Hand gerieben und sich gleichzeitig mit ihr Befriedigung verschafft hatte.

«Ist Euch immer noch nach der Gesellschaft von Männern zumute, mit ihrem Portwein und ihren Zigarren?» Ein Lächeln umspielte ihre Lippen, als sie ihn vom Tisch aus beobachtete. Er ließ sich auf die Knie sinken, den Schritt von einer Hand bedeckt, während sich ein dunkler Fleck auf dem hellen Stoff seiner Kniehose zeigte und immer größer wurde.

«Miss Lydia, ich bin vollkommen in Eurem Bann. Eure Gesellschaft hat unendlich viel mehr Reiz.» Seine Hände, immer noch leicht zitternd, halfen ihr, die Kleider zu richten. «Wenn ich Euch irgendwann einmal zu Diensten sein kann, müsst Ihr es mich nur wissen lassen.»

«Danke.» Lydia rutschte sittsam vom Tisch. «Ich werde mich daran erinnern.»

Draußen beobachtete sie, wie er auf seine graue Stute stieg und bedächtig seinen weiten Umhang über dem Schoß drapierte. Er winkte ihr zu und ritt davon. Über seine Nützlichkeit als Verbündeter nachsinnend, jedoch auch über seine verblüffenden sexuellen Fähigkeiten, schlenderte sie die Stufen hinauf und zurück ins Haus.

In der Bibliothek ließ sie ihre Finger über die glatte Oberfläche des Tischs gleiten und lächelte. In ihrem Körper summte es noch immer, und ihr war wohlig warm. Sie fragte sich, wo Drummond wohl wäre, und spürte ein großes Verlangen danach, ihn wiederzusehen. Wenn er Hilfe bräuchte, oder einen Platz, an dem er sich verstecken könnte, dann, stellte sie sich vor, wäre Jim Handfasts Hütte wohl der erste Ort, für den er sich entscheiden würde.

Als die Bäume vor ihr nicht mehr so eng beieinanderstanden, konnte Lydia auf der Lichtung eine baufällige Hütte ausmachen. Der Schein der untergehenden Sonne tauchte das Gemäuer in einen goldenen Glanz, der das kleine Gebäude hübscher aussehen ließ, als es tatsächlich war. Als sie näher kam, erkannte sie, dass etliche Schieferplatten von dem schrägen Dach heruntergefallen und die hölzernen Tür- und Fensterrahmen alt und morsch waren.

Sie entdeckte sie hinter dem Haus. Jim hatte sich auf einen Baumstumpf gehockt und zog an einer stinkenden Pfeife, während Drummond, bis zum Gürtel unbekleidet und glänzend von frischem Schweiß, sich auf den Stiel einer langen Axt stützte. Ein Haufen Brennholz lag zu seinen Füßen, die in Stiefeln steckten.

Lydia blieb stehen, unbeobachtet, und ein Schauer überlief sie, als sie dort im Schatten der Erlen verharrte, um seine Männlichkeit zu bewundern. Seine nackte Haut glänzte zimtfarben in der spätnachmittäglichen Sonne, seine Muskeln traten deutlich hervor.

Lydia atmete vorsichtig, weil sie Angst hatte, ihn zu stören, und doch gern noch einen Moment lang seinen halbnackten Anblick genießen wollte. Sie fühlte sich erregt und angezogen von dem köstlichen Nervenkitzel, der sie ergriffen hatte und bewirkte, dass eine Hitze von ihr Besitz ergriff und sie ganz feucht wurde. Sie presste die Schenkel zusammen, um die erregte Spannung nicht vergehen zu lassen, und fragte sich, wie sie es anstellen könnte, mit ihm allein zu sein.

Ihre Sinne spielten ihr einen Streich, als sie sich vorstellte, was sie mit ihm tun wollte, und er mit ihr, wenn sie an einer einsamen Stelle im Wald allein wären. Sie konnte fast fühlen, wie sich diese glänzende Haut unter ihren Lippen kräuselte, wenn sie ihren Mund in einem perfekten Bogen über seinen flachen Bauch bis zu seinem Nabel gleiten lassen würde, um hier einzutauchen und dort zu lecken, bis er schließlich ihren Hinterkopf packen und sie nach unten drücken würde, um ihre Nase und ihren Mund ganz dicht an die zum Bersten gespannte Knopfleiste seiner Hose zu bringen.

Als könnte er ihre Gegenwart und die Kraft ihrer Gedanken spüren, hob Drummond jetzt seinen Kopf und sah sie direkt an. Seine Blicke brannten sich in ihre ein, und seine Lippen umspielte ein leichtes Lächeln.

«Lydia. Wie hast du mich gefunden?»

«Ach, ich bin einfach meiner Nase gefolgt, und die hat mich hierhergeführt.» Sie trat aus dem Schatten ihres Verstecks hervor und ging langsam über die Lichtung, wobei unter ihren Füßen das Laub raschelte. Jim erhob sich und verbeugte sich knapp.

«'n Abend, Miss Lydia.» Er schaute Drummond an. «Ich werde mal reingehen und die Suppe aufs Feuer stellen.»

Sie sahen ihm hinterher, und dann drehte Lydia sich um, schaute zu Drummond auf.

«Stört es dich, dass ich gekommen bin? Ich musste dich einfach sehen, und es war klar, dass man dich am ehesten wohl hier finden könnte.»

«Wenn es dir klar war, dann wird es das auch für andere sein, wenn sie anfangen, Verdacht zu schöpfen.» Seine Schultern hoben sich, als er die Axt schwang, sie tief in den nächsten Stamm hieb und dann auf Lydia zuging. Seine Nähe und der moschusschwere Duft seines erhitzten Körpers ließen sie in ihrem Inneren erzittern. Sie war wie von Sinnen und begehrte ihn. Sie richtete den Blick auf seine Brustwarzen und die festen Spitzen. Wie eine Reaktion darauf schienen sich ihre eigenen dabei in dem steifen Mieder aufzurichten, und sie fühlte trotz des warmen Abends einen kühlen Schauer über ihre Kopfhaut laufen.

«Bist du sicher, dass dir niemand gefolgt ist?»

Sie schüttelte den Kopf, unfähig, ihre Blicke von seinem Brustkorb loszureißen.

«Hast du jemandem gesagt, dass du ausgehen würdest?» Ungeduldig legte er ihr die Hand unter das Kinn und hob ihr Gesicht auf zu seinem, zwang sie dazu, in seine forschenden Augen zu blicken.

«Nein, ich bin allein aus der Küchentür herausgegangen und habe die Abkürzung hinter den Ställen entlang genommen. Ich bin sicher, dass mich niemand gesehen hat, und sie werden mich auch erst einmal für Stunden nicht vermissen.»

«Wie kannst du dir da so sicher sein?»

«Valerian und Madame sind fortgefahren, ins Dampfbad. Sie werden nicht vor morgen zurück sein.» Sie konnte einfach nicht anders, als ihren Fingern zu gestatten, sich auf die glatte Fläche seines Brustkorbs zu stehlen, und sie streichelte seine weiche Haut, wobei ihre Nägel zwischen seine elastischen goldenen Härchen fuhren. «Hör mir zu, Drummond. Ich habe vorhin mit Mister Lavendale gesprochen. Er scheint zu glauben, du seiest kurz davor, für tot erklärt zu werden, und Onkel William wollte, dass – dass ich Valerian heirate.»

Zu ihrer Überraschung warf Drummond seinen Kopf in den Nacken und lachte. Sie hob eine Augenbraue und starrte ihn an.

«Aber das ist doch überhaupt nicht komisch – es ist schrecklich! Es ist völlig unmöglich, dass ich ihn heirate. Er ist abstoßend und so grausam.»

«Jammere nicht. Du musst niemanden heiraten, den du nicht heiraten willst. Vater hat dir eine ordentliche Mitgift zugedacht, und du wirst unter den vornehmsten Bewerbern aus der ganzen Umgegend wählen können.» Aus einem ganz bestimmten Grund beruhigte sie das gar nicht. Als er ihre Hand nahm und sie zu der Hütte führte, überlegte sie, ob er sich wohl zu den interessierten Bewerbern zählen würde oder nicht.

Jim hatte den Holztisch gescheuert und ein Stück Holz unter eines der Beine geschoben, um zu verhindern, dass er wackelte. Er hatte rasch den Fußboden gefegt, und drei irdene Schüsseln standen zum Anwärmen auf dem Herd. Lydia zog ihre Beine an, als sie sich auf den einzigen Sessel setzte. Bei dem Duft der Suppe und dem Anblick der Wildpastete, die auf einem Brett lag, wurde ihr erst klar, dass sie einen riesigen Hunger hatte.

«Ich nehme an, Ihr esst mit uns, Miss?» Jim hob den gusseisernen Kessel vom Feuer und stellte ihn auf den

Tisch. Lydia nickte und beugte sich vor, um begeistert zu schnuppern, als er den geschwärzten Deckel herunternahm.

«Es duftet köstlich. Ich würde gern etwas nehmen.»

Jim teilte mit einer Kelle das Stew aus und säbelte Stücke von der Wildpastete ab. Als sie gegessen hatten, kuschelte Lydia sich noch tiefer in den Sessel, stützte das Kinn auf die Hand und beobachtete die Männer dabei, wie sie rauchten und dunklen Schnaps aus ihren Gläsern tranken. Sie fühlte sich wunderbar satt, warm und entspannt. Schläfrig fielen ihr die Augen zu.

«Ich bringe dich jetzt besser nach Hause.» Drummonds Stimme drang in ihre Gedanken, sie setzte sich auf und lächelte ihn an.

«Ich finde schon allein zurück.»

«Nein, das kommt nicht in Frage. In weniger als einer Stunde wird es dunkel sein. Ich komme mit dir.» Sein Tonfall gestattete keine Widerrede, also dankte sie Jim Handfast und schlang sich ihren Umhang um die Schultern, bevor sie Drummond zur Tür folgte. Er nahm einen dunklen, weiten Mantel vom Haken und schlüpfte hinein. Die Messingknöpfe über seinem Leinenhemd ließ er offen.

«Bis später, Jim. Aber bleib nicht auf, bis ich zurück bin.»

Zunächst gingen sie in einvernehmlichem Schweigen nebeneinanderher, Lydia versuchte, ihren Schritt dem weiten Ausschreiten seiner langen Beine anzupassen. Er sah sie von der Seite an, lächelte und wurde langsamer, griff nach ihrer Hand und steckte sie in seine Armbeuge.

«Ich bin froh, dass du versucht hast, mich zu finden»,

sagte er. «Das war die beste Überraschung, die ich seit langem hatte – mich umzudrehen und dich dort stehen zu sehen.»

«Das ist gut.»

«Als du mit Lavendale gesprochen hast – denkst du, er war ehrlich?»

«Ehrlich? Nun, ich denke doch.» Sie dachte einen Moment lang nach. «Denkst du, er könnte es nicht sein?»

«Na ja, du weißt, wie mein Bruder ist. Die Bestechlichen erkennt er auf zwanzig Meter Entfernung. Wenn er meint, er könnte eine Situation zu seinem Vorteil ausnutzen, dann würde er nicht zögern, jemand zu erpressen, damit er für ihn arbeitet.»

Lydia hielt sich an Drummonds Ärmel fest und musste an ihr Zusammentreffen mit Lavendale denken. War er erpressbar? Bestach Valerian ihn? Möglich war es schon, dachte sie. Aber da war sicherlich mehr, was er zu verlieren hätte – seinen Ruf, seinen beruflichen Stand –, wenn man alles über ihn herausfinden würde. Oder vielleicht versuchte er auch, etwas zu vertuschen? Und vielleicht wusste Valerian davon und hatte ihm angedroht, ihn zu verraten? Die Erinnerung an die geübte Zunge des Anwalts ließ sie erzittern, und sie überlegte, ob es wohl möglich sei, dass es zu seinen alltäglichen Gewohnheiten gehören könnte, sie auf diese Weise einzusetzen. Wenn das so wäre und Valerian davon Kenntnis hätte, dann ginge es hier höchstwahrscheinlich um Erpressung.

«Ich weiß es wirklich nicht», sagte sie. «Möglich ist es. Meinst du, er hat das Testament, gibt aber vor, es sei nicht auffindbar?»

«Ich habe keine Ahnung. Im Moment vertraue ich

niemandem, außer dir natürlich. Und Jim. Ich denke, ich sollte doch zum Haus kommen. Wenn ich selbst erscheine, auch wenn kein Testament da ist, dann werde ich erben. Ich bin der Ältere. So einfach ist das.» Er blieb stehen, als ob ihm plötzlich eine neue Erkenntnis gekommen sei. «Außer, Valerian versucht zu behaupten, ich sei ein Hochstapler. Seit fünf Jahren hat mich hier niemand mehr gesehen, also könnte er meine Identität ziemlich einfach in Zweifel ziehen.»

«Nein! Ich würde bezeugen, dass du es bist. Niemand würde ihm glauben.»

«Das würde man schon, wenn zwar nicht du, aber Lavendale mit ihm übereinstimmt. Du bist nur eine Frau.»

Besorgt und etwas böse mit ihm, dass er ihre Unterstützung zurückwies, blickte sie zu ihm auf und dachte, wie gut er doch aussah, trotz der schmalen weißen Narbe, die seine Wange verunzierte. Sie streckte die Hand aus, ließ sie in seinen Nacken gleiten, wo ein dünnes Lederband seine widerspenstigen Haare zusammenhielt, und zog seinen Kopf hinab zu ihrem Gesicht.

Die erste sanfte Berührung seiner Lippen ließ ihre schlummernde Begierde wieder erwachen. Das Bild seines straffen Bauches sprang ihr unaufgefordert in den Sinn, und sie bebte bei der Erinnerung an den Streifen zarter Behaarung, der sich zwischen seinen Brustwarzen hindurch und bis hinunter in seinen Hosenbund zog. Ihr Mund öffnete sich, und eine Flamme reinster Lust durchzuckte sie, als er sie berührte. Seine Lippen fühlten sich auf ihren so fest an, seine Zunge so empfindsam, als sie über ihre Zähne glitt.

Zuerst war er sanft mit ihr, und sie gab sich seiner

Zärtlichkeit, seinen Berührungen hin, küsste ihn, ließ ihre Finger in seinem Haar spielen, genoss den Duft seiner Haut und das Gefühl seiner Bartstoppeln, die an ihrer Wange scheuerten, als er sich an sie schmiegte. Sie merkte, wie sich ihr Puls vor Begehrlichkeit beschleunigte, und sie drückte sich gegen Drummond, suchte den Widerstand seiner Bauchmuskeln und Hüften, während sie sich auf die Zehenspitzen stellte und sich ihm entgegenschob. Sie wollte die Verheißung seiner Erregtheit spüren, brauchte es, dass er sein hartes Geschlecht an ihr rieb.

Er reagierte spontan, umfasste ihre Taille und zog sie fest an sich, ließ sein Becken kreisen und presste sie dagegen. Seine Zunge suchte und fand die ihre, sein Kuss war so drängend und kraftvoll, dass ihre Lippen prickelten und sie, an seinem Mund hängend, nach Luft rang.

«Bitte, nimm mich hier und jetzt. Ich muss dich fühlen. Ich will dich in mir.»

«Ich werde dich so nehmen, dass du mich noch anflehen wirst aufzuhören.»

«Nein, das werde ich nicht. Du wirst *mich* bitten, aufzuhören.»

Ihre Hände griffen nach den Aufschlägen seines dunklen, weiten Mantels und zogen ihn dichter heran. Ihr Mund presste sich auf seinen, und ihr Knie drängte sich zwischen seine Schenkel. Überrascht von ihrer Forschheit hielt er inne, packte ihre Ellbogen und stieß sie unsanft nach hinten.

Sie spürte die harte Baumrinde in ihrem Rücken. Sie atmete heftig aus, als sie gegen den Stamm krachte und die Knochen ihrer Wirbelsäule schmerzten. Sie holte keuchend Luft, als er sie hochzog, und sie hob instinktiv ein Bein, schlang es ihm um die Taille, ließ ihre Finger an seiner Hemdbrust herabgleiten, um sich die Knöpfe seiner Hose vorzunehmen.

Er sagte nichts, sah ihr nur in die Augen, während sich seine Finger zwischen ihre sehnsuchtsvollen Körper drängten und an dem Bänderverschluss ihrer Röcke zogen, um sie zu öffnen. Kühle umgab ihre nackten Beine und Hüften, bildete eine angenehme Ergänzung der sanften Wärme zwischen ihren Schenkeln, und sie fühlte selbst, wie sie zitterte, als wildes Begehren ihren Körper erfasste. Ihre Hände kämpften jetzt mit seinem Hosenbund.

«Komm, lass mich das machen.» Er half ihr und knöpfte den Latz seiner Hose auf. Sie spürte die Energie, die er ausstrahlte, konnte seine Härte fühlen, als sie ihre Hände hineingleiten ließ.

Plötzlich ungeduldig geworden, packte sie seinen Hosenbund und riss ihn nach unten, schnappte und umfasste seinen Schwanz mit einer Hand, zog ihn zu sich. Er war steinhart und fast unheimlich vor Erregtheit, sein Gemächt ragte aus dem hellen Stoff bis fast zum Nabel hinauf. Sie streichelte ihn in seiner ganzen Länge und genoss für einen Moment die satinglatte Haut über dem festen Muskel, bevor sie ihn an sich heranführte und schweigend nach Erfüllung verlangte.

«Lydia», flüsterte Drummond, sein Gesicht in ihrem Haar vergraben. Er küsste sie auf den Nacken, leckte über ihren Hals mit winzigen, sinnlichen Zungenschlägen, als ob er von ihr naschen wollte; dann öffneten sich seine Lippen, und er zog ihre Haut in seinen Mund, biss zu, als wollte er sie verschlingen. Seine ungestüme Zärtlichkeit verstärkte die Empfindungen, die sich von ihrem Haaransatz bis in ihren Nacken zogen und von dort aus über ihren Rücken prickelten, sie erbeben und mit ihrem Mund den seinen suchen ließen.

Ihre Hinterbacken in seinen Händen, hob Drummond sie ein Stückchen höher, und sie spürte die kratzige Baumrinde an ihren nackten Hüften. Sie hob ihr anderes Bein und führte es um ihn herum, da jetzt er ihr Gewicht trug. Sie bewegte die Hüften und suchte nach ihm. Sie bewegten sich gemeinsam, und dabei fühlte sie, wie sich ihre erregte Spalte wollüstig öffnete, während sich seine harte Länge erst gegen sie presste, dann in sie eindrang: erst nur ein bisschen, aber dann tiefer hinein, bis sie ganz von ihm ausgefüllt wurde, ihr Atmen ein abgehacktes Keuchen wurde und sie sich an seinen breiten Schultern festhielt.

Er hielt sie so, dass sie unsanft, mit weitgespreizten Pobacken gegen den Stamm gedrückt wurde. Sie drängte sich ihm entgegen, während er sich fast unmerklich zurückzog, um mit einem heftigen Stoß zurückzukehren, einmal, zweimal, dann immer schneller und heftiger, bis Lydia die Augen schloss, den Kopf in den Nacken legte und die Finger in den dicken Aufschlägen seines weiten Mantels festkrallte. Sie nahm seinen Rhythmus vollkommen auf, zerrte ihn leidenschaftlich an sich.

Sein Stoßen wurde immer drängender, und Gewalt ersetzte die Zärtlichkeit. Ihr Rücken stieß gegen die Rinde, und plötzlich löste sich ihr Haar, fiel über eine Schulter. Drummond packte sie mit einer Hand im Nacken und zog das schmale Band, das ihr Haar zusammenhielt, ganz heraus. Er nahm nun ihre Locken, führte sie an sein Gesicht, atmete ihren Duft ein, bevor er eine dicke Strähne so um seinen Hals schlang, dass ihre Gesichter eng zusammengehalten wurden und sie sich nicht mehr nach ihrem eigenen Willen bewegen konnte. All ihre Regungen waren jetzt sein, jedes vom Spannungsbogen seines Halses erstickte Keuchen, jeder einzelne seiner heftigen Stöße hallten als Echo von ihrem angespannten Körper wider.

Sie hing an ihm, der raue Stoff seines Mantels scheuerte an ihren Beinen, ihre Arme waren fest um seine Schultern geschlungen. Ihre Haut war prickelnde Lebendigkeit, und winzige Schauer liefen ihr über den Rücken und die Rippenbögen, bis sie das Gefühl hatte, fast keine Luft mehr zu bekommen. Der Duft seines Halses direkt an ihrer Nase und die Bewegungen seines kraftvollen Hinterteils, das sich immer wieder unter ihren verschlungenen Fußgelenken anspannte – all das bewirkte, dass sie sich vollkommen vergaß. Plötzlich und gewaltig kam sie zum Höhepunkt und ließ sich bebend gegen ihn fallen.

Er hielt einen Moment still, als ob er überrascht wäre von ihrer schnellen Reaktion, um dann seine schmalen Hüften umso heftiger gegen sie zu drücken, bis er seinen Höhepunkt erreichte. Als sie seine Anspannung fühlte, die abrupte Bewegungslosigkeit seines Körpers spürte und sein lautes Stöhnen vernahm, bemerkte Lydia, wie eine zweite Welle der Ekstase von ihr Besitz ergriff und auf ihn überschwappte. Sie umklammerte seinen Rücken noch fester mit ihren Beinen, um die wundervollen Empfindungen länger auskosten zu können und das köstliche Wärmegefühl.

Sie hing an ihm wie eine Klette, atmete schwer und lauschte auf das Schlagen seines Herzens.

«Lass mich meine Beine herunternehmen», flüsterte sie, ihre Arme immer noch um seinen geschlungen.

«Es tut mir leid. Habe ich dir wehgetan?» Schweratmend löste er sie von dem Baumstamm und ließ seine Hände über ihre nackten Beine gleiten. Sie küsste ihn sanft auf den Mund, ihre Hand strich über seinen Kieferknochen hinauf bis zur Stirn, wo sie ihm die Schweißtropfen abwischte. Der Ausdruck auf seinem Gesicht berührte sie, und sie spürte ein Gefühl von Liebe für ihn in sich aufwallen.

«Du tust mir niemals weh. Ich mag, was du getan hast. Ich mag, was wir beide zusammen gemacht haben.»

Sein Mund legte sich auf ihren. Sein Kuss war sanft und weich, als er sie an sich zog und in die Arme nahm. Seine Stimme war leise und zärtlich.

«Ich habe dich so sehr begehrt. Jedes Mal, wenn ich dich sehe, bin ich erregt, und ich muss dich einfach besitzen. Der Baum schien ein guter Platz dafür zu sein.»

«Es war wirklich ein guter Platz. Obgleich die Blätter in meinen Haaren mir ein Stirnrunzeln meines Dienstmädchens eintragen werden.» Sie lächelte, suchte ihr Band und fasste ihr Haar damit zusammen. Sie kniete sich vor Drummond hin und zog ihm die Hose hoch. Kurz bevor sie seinen Schwanz in die Hose zurückpackte, leckte sie ihn noch einmal von der Wurzel bis zur Spitze. Als Reaktion darauf zuckte er, und Drummond lachte, hob ihr Kinn hoch, sodass er ihr in die Augen blicken konnte.

«Nicht sofort noch einmal», bat er. «Lass uns erst noch ein Stückchen gehen.»

Kapitel zehn

Sie verließen den Weg, um den See zu umrunden, der hinter der nächsten Baumreihe schon zu sehen war.

«Es wird bald dunkel sein. Die Tage sind jetzt bereits recht kurz, und ich nehme an, dass es nicht mehr lange dauert, bis der Winter da ist.» Die letzten Strahlen der Sonne ließen das schwarze Wasser des Sees aufschimmern. Dann war die Sonne auch schon hinter den Bäumen verschwunden, und der Himmel über ihnen begann, sich in ein alles einhüllendes Nachtblau zu verwandeln.

«Immerhin ist es noch warm. Wenn die Kälte kommt, wird das keine gute Zeit mehr sein, um da draußen bei Jim zu hausen und auf der Straße Kutschen anzuhalten. Du solltest dich lieber entscheiden, was du tun willst, ohne noch viel mehr Zeit verstreichen zu lassen.»

Er lief ein Stück weiter, und seine Stiefelspitzen wirbelten das trockene Laub auf dem Weg auf. Einen Moment dachte Lydia, dass er sie wohl nicht gehört habe. Als er dann endlich etwas sagte, war seine Stimme leise und angespannt.

«Ich weiß es nicht. Ich weiß es wirklich nicht. Wenn ich nur sicher sein könnte, dass Lavendale ehrlich ist, dann würde ich direkt in seine Kanzlei marschieren, aber – ach, verdammt! Ich wünschte, es gäbe jemanden, der mir sagen könnte, was ich tun soll! Wenn mein Vater noch leben würde, dann …»

Lydia war mit einem Mal verunsichert.

«Nun, das tut er aber nicht!», rief sie.

Drummond war, selbst in seiner Abwesenheit, immer jemand gewesen, von dem sie das Gefühl hatte, sich auf ihn verlassen zu können. Derjenige, dem es gelingen würde, das Chaos auf Hawkesworth in den Griff zu bekommen. Ihr ganzer Unmut über die Verzögerungen, seit er zurückgekehrt war, ergriff nun Besitz von ihr, und sie beschleunigte ihren Schritt. Dann wandte sie sich zu ihm um, schaute ihm in die Augen und schlug mit den Händen gegen seine Mantelaufschläge. Ihr Ausbruch ließ ihre Wangen erröten und ihre Augen gefährlich funkeln.

«Er ist tot, und es gibt niemanden, der dir sagt, was du tun sollst! Jetzt hängt alles von dir ab! Du bist das Familienoberhaupt, Drummond, und so musst du auch handeln. Triff eine Entscheidung und steh dazu!» Sie mäßigte ihren Ton ein wenig, als sie die Überraschung und die Verletzung in seinem Gesicht sah. «Schau, ich tue doch alles, was ich kann, um dir zu helfen, und dasselbe werden viele andere tun. Aber wir können nicht bis in alle Ewigkeit warten, bis du dich zu irgendetwas entschlossen hast.» Als er ihren Blick erwiderte, bemerkte sie, dass die Verwirrung und der Zweifel etwas Hartem, Resolutem gewichen waren: Sein Blick zeigte eine Entschlossenheit und eine Stärke, die sie vorhin noch nicht wahrgenommen hatte.

Er packte ihre Handgelenke und hielt sie fest.

«Du hast recht.» Er blickte über ihren Kopf hinweg,

als könne er etwas in der Ferne sehen. «Du hast recht. Es kommt jetzt nur auf mich an.»

Er ließ ihre Arme los, machte auf dem Absatz kehrt und lief davon, überließ es Lydia, hinter ihm her durch den lichter werdenden Wald zu laufen. Er ging am Ufer des dunklen Sees entlang, entschlossenen Schrittes und mit abweisendem, gedankenvollem Gesichtsausdruck.

«Warte! Warte doch auf mich», rief sie und verlor ihn fast aus dem Blick. Sein Schritt wurde nicht langsamer, und bald schon war sie allein. Erschöpft trat sie nach einem Stein, der auf dem Weg lag. Er traf auf einen Baum und prallte dann zurück, direkt gegen Lydias Fesselgelenk. Sie gab einen kurzen Schmerzenslaut von sich, trat noch einmal danach und schleppte sich dann weiter.

Außerhalb des Schutzes der Bäume schien auch die Dunkelheit nicht ganz so beängstigend. Dicht über der Seeoberfläche war der Himmel noch rosig blau, während er weiter oben in ein Zwielicht überging. Verstreut glitzerten ein paar winzige silberne Sternchen, und der Mond spiegelte sich glitzernd im Wasser. In der Ferne konnte sie sehen, wie das Lustschlösschen lange Schatten warf und auf einem großen Stein am Ufer Drummond kauerte.

Als sie sich näherte, sah er auf und streckte eine Hand aus. Sie kam näher, stellte sich neben ihn und legte dann ihre Hand in die seine. Er seufzte.

«Als Kinder sind wir so oft hier gewesen. Ich frage mich, ob Valerian sich jemals an diese Zeiten erinnert, wenn er den Familienbesitz verschleudert?»

«Das bezweifle ich», sagte Lydia. «Er scheint keinerlei Erinnerung an vergangene Zeiten zu haben. Und wenn er sie hat, dann spricht er wenigstens nicht davon.»

Drummond verschränkte seine Finger mit den ihren, und sie sah auf seine Hand hinab. Der Anblick seiner langen Finger, die sich zwischen ihre blassen geschoben hatten, bewegte sie. Die kleinen goldenen Härchen auf seinem Handrücken, die unter dem leuchtenden Weiß seiner Manschetten verschwanden, steigerten ihre Erregung. Ihr Daumen stahl sich davon, um seinen Handballen oberhalb des Handgelenks zu streicheln, wo sie das ruhige Schlagen seines Pulses genoss, der sich bei ihrer Berührung jedoch augenblicklich beschleunigte.

«Erinnerst du dich noch, wie wir hier immer geschwommen sind? Einmal hat mich Valerian hineingeworfen, und du bist von diesem Felsen hier gesprungen, um mich zu retten.» Sie lachte. «Du wusstest ja nicht, dass die alte Starchy mir das Schwimmen beigebracht hatte. Dein Gesicht war ein Bild für die Götter, als ich ganz ruhig auf die andere Seite hinüberschwamm!»

Lachend griff er nach ihrer Taille und zog sie an sich.

«Ja. Aber erklär mir doch mal, wie die alte Hexe dich hierherbekommen hat und dir Schwimmen beibringen konnte, ohne dass jemand etwas davon mitbekommen hat?»

«Das war doch gar nicht schwer. Wenn wir mit dem Konjugieren der Verben fertig waren, hat sie mir einfach vorgeschlagen, einen Spaziergang zu machen, während ihr beiden immer noch mit den Multiplikationsaufgaben gekämpft habt, die sie euch bereits am Vortag gestellt hatte.» Während sie sprach, streifte Lydia ihre Schuhe ab und steckte ihr langes Haar rasch zusammen. «Dann sind wir hier heruntergelaufen und haben uns ausgezogen, so etwa ...» Sie ließ ihren Rock auf einen Haufen sinken, der sich um ihre Fußgelenke bildete, und begann, die Knöpfe an der Vorderseite ihres Mieders zu öffnen. «Und dann fing mein Schwimmunterricht an.»

Sie streckte sich vor ihm und genoss den Ausdruck geheimnisvoller Lust auf seinem Gesicht, als er den Anblick der Länge ihrer nackten Beine in sich aufnahm, ihre Taille und die üppigen Rundungen ihrer vollen Brüste. Er glitt von dem Stein und griff nach ihr, aber sie war zu schnell, entzog sich seiner Hand, lief zum See.

«Fang mich, wenn du kannst!» Sie rannte ins flache Wasser, machte sich für die Berührung ihrer warmen Haut mit dem kalten Wasser bereit. Es prickelte, wie bei einer Berührung mit Eis, und sie fühlte, wie ihr Körper in der Herbstkühle des Sees zitterte und fror. Sie blickte an sich herunter und sah ihre blassen Füße, die in dem kalten Wasser, das um ihre Knie spülte, grünlich wirkten. Eine Hand strich über die Taille, und sie berührte vorsichtig einen der harten Nippel, beobachtete, wie die Spitze unter ihren kalten Fingern noch härter wurde. Mit beiden Händen schöpfte sie Wasser und ließ es über ihren Körper laufen, zitterte, als die Rinnsale wie eisige Finger über ihre Brüste und ihren Bauch flossen.

Sie drehte sich um, legte die Hände aneinander und spritzte Drummond Wasser entgegen, der auf einem Bein über den Strand sprang, weil es ihm nicht gelingen wollte, seine schweren Stiefel auszuziehen.

«Verdammt, ist das kalt!», schrie er. «Ich hoffe, du erwartest nicht, dass ich da reingehe und dich raushole.»

«Aber nein, natürlich nicht!», zog sie ihn auf. «Du Ärmster darfst doch nicht nass und kalt werden.»

Sie schnaufte ein paarmal, wappnete sich für das Untertauchen, warf sich dann nach vorn ins Wasser, verschwand und kam japsend und gurgelnd wieder an die Wasseroberfläche. Die oberen Wasserschichten waren zwar tagsüber von der Sonne erwärmt worden, aber tiefer unten war das Wasser eisig kalt. Ihre Kopfhaut fühlte sich an, als wäre sie auf ihrem Schädel geschrumpft, und ihre Brustspitzen waren so hart wie Eicheln. Bemüht, ihr Blut in Wallung zu bringen, schwamm sie mit schnellen Zügen zur Mitte des Sees. Immer wieder musste sie im flachen Wasser ihre Füße von Seegras befreien, bevor sie die klaren Tiefen erreicht hatte.

«Schwimm nicht zu weit hinaus! Wenn du einen Krampf bekommst, werd ich dich doch noch retten müssen!», schrie Drummond.

Lydia drehte sich auf den Rücken, um sich treiben zu lassen, und beobachtete ihn durch ihre Zehen hindurch. Er hatte all seine Kleider auf den steinigen Strand fallen lassen, und kletterte nun wieder auf den Felsen. Seine feingliedrige Gestalt verharrte einen Moment lang auf dem über das Wasser hinausragenden Ende, bevor er zum Sprung ansetzte. Sein Körper tauchte ins Wasser ein und zerteilte es mit der Präzision eines Messers, dann verschwand er mit einer energischen Beinbewegung. Lydia wartete, dass er wieder auftauchte. Lange blieb er unten, bevor er schließlich prustend an die Oberfläche kam, nur ein Stückchen von der Stelle entfernt, wo sie im Wasser trieb. Er schnaubte und schimpfte über die eisigen Wassertemperaturen.

Brusttief stand er jetzt im Wasser und strich sich die Haare aus den Augen, blinzelte und grinste Lydia an. Sie dachte, wie wenig er sich doch eigentlich seit seiner

Kindheit verändert hatte. Seine Ausgelassenheit war ungebrochen, trotz der Schwierigkeiten, die er mit seinem Bruder hatte.

«Dies ist das kälteste Wasser, in dem ich gewesen bin, seit ich in einem See in Acadia gebadet habe», schnaufte er, ließ sich ins Wasser fallen und schwamm dorthin, wo Lydia ruhig trieb und mit den Zehen auf der Wasseroberfläche plätscherte.

«Wo ist Acadia?»

«Auf dem amerikanischen Kontinent», antwortete er. «Es gehört zur Neuen Welt. Alles ist da drüben so groß. Die Bäume hier würden im Vergleich dazu wie Baumstümpfe aussehen.»

Lydia sah auf die riesigen Bäume, die den See beschatteten, und lächelte ungläubig. Dann ließ sie ihren Kopf weiter auf dem Wasser treiben und blickte hinauf in den sich schnell verdunkelnden Himmel. Sie konnte die kleinen Wellenschläge spüren, als Drummond näher kam, dann die Wärme seines Atems an ihrem Ohr, als er hinter sie schwamm. Seine Beine kamen unter den ihren zum Vorschein, und er legte einen Arm um sie, unterhalb ihrer Brüste. Und in der Kälte des Sees schmiegte er seinen Körper an den ihren.

So ließen sie sich eine Weile lang treiben, bis Drummond sich unter ihr bewegte und sie spürte, wie sein steifer Schwanz sich an ihrem runden Hintern rieb. Er fühlte sich kürzer an im Wasser, von der Kälte klein geworden, doch sie ließ seinen festen Kopf in die Spalte zwischen ihren Pobacken rutschen.

«Hier ist das Wasser zu tief. Lass uns dahin schwimmen, wo es flacher ist», flüsterte Drummond.

Als sie dort ankamen, wo es nur ein paar Zentimeter tief war, legte er sich rücklings in den Sand und zog Lydia so auf sich, dass sie Nase an Nase mit ihm lag, ihre Beine leicht geöffnet und die Zehenspitzen im Wasser. Ihre Lippen trafen aufeinander und vereinten sich, und sie fühlte sich in seine wärmenden Arme genommen. Ihr ausgekühlter Körper wurde sanft erwärmt, von seiner Lebendigkeit wie von ihrer Erwartung. Sie richtete sich etwas auf und wollte nach seinem Schwanz greifen, aber seine Hand hielt sie zurück.

«Warte», bat er. «Lass uns etwas Besseres versuchen.»

Er flüsterte ihr etwas ins Ohr, und Lydia kicherte.

«Das klappt nicht.»

«Glaub mir, das tut es wohl.»

«Dann halt still.» Sie erhob sich ein bisschen und nutzte das seichte Wasser als eine Art Gleitmittel, während sie ihren Körper auf und ab über den seinen gleiten ließ. Ihre sanft gewölbte Spalte fuhr über seine Bauchmuskeln und rieb über die Unterseite seines Schwanzes, als dieser in Richtung Bauchnabel ausfuhr. Sie bewegte sich schneller, und das Wasser half ihr dabei. Schnell fühlte sie ihn unter dem schwebenden Gleiten ihres Körpers immer härter werden. Der sanfte Druck seines strammen Gemächts auf ihrem Schamhügel erregte sie auf äußerst subtile Weise, sie bewegte sich schneller und heftiger, rieb sich an ihm und beobachtete den wechselnden Ausdruck auf seinem Gesicht. Der Anblick seiner Lust verstärkte die ihre, und als sie fühlte, wie er ungestüm zuckte, schrie sie triumphierend auf. Er packte sie im Nacken, zog sie für einen Kuss mit weitgeöffneten Mündern zu sich herunter.

Dann ergoss er sich über ihren Körper, und die Säfte der Lust trieben im Wasser.

«Wo hast du das gelernt?», fragte sie, setzte sich auf und streckte ihre Beine aus.

Er lächelte und schüttelte den Kopf, dann drehte er sie herum, bis er über ihr lag, ihr Körper von seinem verdeckt und mit dem Rücken auf dem nassen Sand. Er schöpfte Wasser mit den Händen und ließ es über sie rinnen, brachte sie zum Aufbäumen, als sie spürte, wie ihre Haut prickelte und ihre Nippel in der Kälte härter wurden. Dann nahm er eine Hand voll glatter, runder Steine und verteilte sie auf ihrem Körper: einen auf jede ihrer beiden Brustwarzen, einen in ihrem Bauchnabel, eine Reihe zwischen ihren Brüsten hindurch, die sich bis zu ihrer glatten Spalte hinabzog. Sanft ließ er einen Stein dort über sie streichen.

«Wo sind denn deine Löckchen geblieben?», fragte er. Lydia spürte, wie sie errötete; ihr ganzer Körper wurde von peinlichem Unbehagen erfasst, als sie in Gedanken verschiedene mögliche Erklärungen in Erwägung zog. Sie sah zu ihm auf und entdeckte in den Tiefen seiner goldbraunen Augen Neugier und Belustigung zugleich. Sie erinnerte sich an die Frage, die sie ihm gerade gestellt hatte, dann tat sie es ihm gleich, indem sie lächelte und den Kopf schüttelte.

Darüber lachte er, beugte seinen Kopf zu ihrem Mund herunter und tauchte seine suchende Zunge zwischen ihre Lippen. Sie sog ihn ein, und als sie merkte, dass seine Hand auf ihre Schenkel drückte, öffnete sie die Beine weit. Sie spürte eine kühle, feste Berührung, als er einen der Steine dort einführte, und sie erstarrte für einen

Moment. Doch schnell siegte ihre Lust über die Zögerlichkeit. Sie entspannte sich und war bereit, geschehen zu lassen, was immer er mit ihr vorhatte.

Er füllte sie mit glatten Steinen, von denen jeder etwa die Größe und die Form eines Eis hatte. Dann ermunterte er sie, sich immer wieder anzuspannen, während er die Spitze seines im Wasser rau gewordenen Daumens über ihre Knospe schnellen ließ, bis sie groß wurde und er Lydias ganzen Körper nach Erlösung lechzen fühlte. Sie ließ sich unter seinen Händen völlig gehen, und er spielte mit ihr, indem er ihre Spalte erst sanft und beruhigend streichelte, um sie dann heftig zu reiben, bis sie sich verlockend öffnete, glänzend und geschwollen. Er umwarb und umschmeichelte sie, legte endlich seinen Mund auf sie, bis sie aufgab und sich ihm bebend entgegenstreckte, seinen Namen rief und nach Luft rang. Denn ihr Höhepunkt, bei dem die Muskeln um die kühlen, unnachgiebigen Steine in ihr vibrierten, war gewaltig.

«Was machst du denn da im Dunkeln? Du hast mich sehr erschreckt.» Lydia lehnte sich gegen das kühle Holz der Tür und hielt sich die Hand an den Hals. Ihr Herz schlug heftig, und auf ihrer Stirn stand der Angstschweiß. Angel erhob sich von dem niedrigen Hocker am Feuer und kam durch den dunklen Raum auf sie zu.

«Ich habe auf Euch gewartet», sagte sie. «Ihr seid für Stunden fort gewesen.»

«Seit wann geht dich das etwas an? Ich gehe, wohin ich will und wann es mir passt. Es reicht mir schon mit Valerian, nun fang du nicht auch noch an, mir erzählen zu wollen, was ich zu tun habe.» Ihre Stimme klang härter, als es eigentlich ihre Absicht gewesen war. Ein Teil ihrer Wahrnehmung hatte ihr weismachen wollen, der dunkle Schatten, der sie dort erwartete, sei Valerian, der früher als erwartet zurückgekommen sei. Und erst als Angel eine Kerze anzündete, hatte sie Erleichterung empfunden.

«Ich hab mir nur Sorgen gemacht, das ist alles.» Angels Stimme war jetzt leise und beruhigend, sie stand neben Lydia und hatte ihr eine Hand auf den Arm gelegt. «Ihr friert ja, und Eure Haare sind nass! Was ist Euch denn passiert? Seid Ihr verletzt?» Ihre Hand zog sie näher an das wärmende Kaminfeuer. «Es sollen sich Diebe in der Gegend herumtreiben. Habt Ihr das gewusst? Der Herr ist gestern spätnachts überfallen worden, deshalb hat er auch diesen Schnitt auf der Wange. Und gestern hat man auch zwei maskierte Männer am Stadttor gesehen. Ich habe gehört, dass sie lediglich stehlen, um das Geld den Armen zu geben. Aber sie würden bestimmt nicht zögern, Euch etwas viel Schlimmeres anzutun. Die Versuchung wäre einfach viel zu groß. Miss Lydia, seid Ihr etwa überfallen worden?»

Obwohl ihre Worte sanft und mitleidvoll waren, hörte Lydia doch einen Anflug von Erregtheit und lasterhaftem Vergnügen aus ihnen heraus. Sie nahm die Hand des Dienstmädchens und drückte sie wieder auf den Hocker hinunter.

«Oh, es war schrecklich! Sie haben mich durch den Wald gehetzt und …»

Angels Hand flog zu ihrem Mund, ihre Augen weiteten sich und begannen zu leuchten.

«Wie viele?», fragte sie.

«Drei», antwortete Lydia, und die Sache fing an, ihr Spaß zu bereiten. «Alle trugen sie schwarze Masken, damit ich ihre Gesichter nicht erkennen konnte, und Umhänge mit goldenen Verschlüssen, und Hüte, die sie tief über ihre Augen gezogen hatten! Als sie mich jagten, wirbelten die Umhänge hinter ihnen, blähten sich im Wind und flatterten durch die Nachtluft. Ich erreichte den See, und plötzlich gab es kein Entkommen mehr. Also drehte ich mich um und schaute sie an. Sie waren so dicht an mir dran, dass ich ihre schrecklichen Augen sehen konnte, die funkelten wie die von Wölfen, als sie mich umzingelten. Einer von ihnen trug einen goldenen Ohrring, der im Mondschein glänzte. Ein Zweiter hatte ein Messer, eine lange silberne Klinge, die er zwischen den Zähnen trug, als er sich mir näherte.»

Angel saß reglos da, gleichermaßen entsetzt und in den Bann gezogen. Lydia konnte sehen, wie ihre Handknöchel weiß wurden, während sie ihre Hände im Schoß gegeneinanderdrückte. Ermutigt fuhr sie sich mit der Zunge über die Lippen, und während ihre Phantasie mit ihr durchging, kniete sie sich vor Angel hin.

«Der mit dem Ohrring packte mich bei meinen Handgelenken und riss mich an sich. Ich wehrte mich, verrenkte mir dabei den Arm und versuchte den Mann abzuschütteln. Aber sein Griff hielt mich so fest wie ein dickes Seil. Er zerrte mich über den Strand und warf mich in die Arme des dritten Mannes, der am Ende des Ufers wartete. Sie lachten und sprachen in einer merkwürdigen Sprache, besser gesagt: zwei von ihnen taten das, denn der mit dem Messer im Mund sagte die ganze Zeit nichts. Der dritte Mann hatte ein merkwürdiges Zeichen um seinen Hals, ein Bild mit vielen Farben, und als er näher an mich herankam, konnte ich erkennen, dass es so etwas Ähnliches wie eine Schlange war, die sich um ihn wand und deren Schwanz in seinem Hemd verschwand. Ihr riesiger gestreifter Kopf war quer über seine Kehle gemalt, sodass, wenn er schluckte, sich ihr Kiefer zu öffnen und zuzubeißen schien.»

Lydia steigerte sich immer mehr in ihre Geschichte hinein, während sie Angels Hände hielt, ihre Finger drückte und fühlte, wie sie auf ihrem Hocker hin und her rutschte, sah, wie ihr Atem immer schneller wurde und ihre Augen feucht vor kaum verborgener Erregtheit.

«Der Schlangenmann hielt mich von hinten fest, zerrte so an meinen Handgelenken, dass ich mich nach oben recken und meine Arme rückwärts um seinen Hals schlingen musste, wobei ich ihm seinen Hut vom Kopf schlug. Das machte ihn wütend, er stieß mir von hinten sein Knie gegen die Beine und grunzte etwas in mein Ohr. Der andere, der mit dem Ohrring, schlug mir ins Gesicht und sagte mir in gebrochenem Englisch, ich solle in Zukunft vorsichtiger sein, denn sie wollten nicht, dass ich später in der Lage wäre, sie wiederzuerkennen. Dann beugte er sich vor und biss mir in den Hals, während er seine Hand über meinen Körper gleiten ließ und gerade so lange bei meinen Brüsten verweilte, dass er meine Spitzen drücken und kneifen konnte. Danach ließ er die Hand weiter nach unten wandern, hob meine Röcke und zeigte Klinge meine Schenkel.

Klinge beugte sich jetzt auch herunter und beide untersuchten mich eingehend. Ich merkte, wie mir heiß wurde, ich unter ihren Blicken errötete, und ich versuchte, mich wegzudrehen, um mich vor ihren durchdringenden Blicken zu verstecken. Schlange zischte irgendetwas Grausames in mein Ohr, um mir Angst einzujagen, während ich mich weiter hinter seinem Kopf festhielt, bemüht, nicht loszulassen und auf den Boden zu stürzen, wo die beiden anderen sicher sofort über mich hergefallen wären. Schlange schien kräftig zu sein, und ich klammerte mich an ihn. Seine Hände umschlangen mich von hinten und packten meine Taille, mit einer Bewegung seiner Handgelenke schob er meine Hüften nach vorn und brachte mich näher an Klinge heran.

Klinge stand auf und starrte mich an: Seine Augen waren kalt und blau. Es war das blasseste Blau, das ich jemals gesehen habe, blass wie Knochen. Er sah mich lange an, nahm dann das Messer aus dem Mund und setzte es mir auf die Brust. Die Spitze war scharf, und ich wusste, dass, wenn er auch nur den leisesten Druck ausübte, es meine Haut durchstoßen und in mich hineingleiten würde. Es würde tief in meine Brust eindringen und mein Herz durchbohren. Ich war zutiefst erschrocken, aber dann tat er etwas, das sogar noch scheußlicher war.»

Sie machte eine Pause, den Blick auf Angels Gesicht gerichtet, in dem sie das Zittern ihrer üppigen Unterlippe ebenso erregte wie der fiebrige Glanz, der ihre blasse Haut überzog. Sie atmete in kleinen, keuchenden Zügen, ihre Augen wirkten abwesend. Lydia merkte, dass das Mädchen seine Umgebung kaum noch wahrnahm. Sie könnte sie wohl sogar überall berühren, und Angel würde denken, es sei einer der drei Banditen, so weit war sie in die Geschichte eingetaucht.

«Er öffnete seinen Mund und versuchte, sich die Lippen zu lecken. Aber er konnte es nicht. Irgendwann hatte Klinge seine kalte Unentrinnbarkeit auch ihn spüren lassen. Seine Zunge war nur noch ein kurzer Stummel, dick und hart. Er öffnete den Mund und schielte mich an. Ich wusste, dass er, obgleich er nicht sprechen konnte, mit dieser Zunge doch grauenhafte Dinge tun konnte, und versuchte deshalb, unerschrocken auszusehen. Aber tief in meinem Inneren bebte ich und war wie versteinert. Ich fühlte mich unendlich schwach, und meine Glieder versagten mir den Dienst, als Klinge und Ohrring Schlange etwas zuknurrten und jener mich hinlegte. Ich spürte den Strandkies unter meinem Rücken, groben Sand mit spitzen, harten Kieseln durchsetzt. Ich versuchte zu protestieren, mich zu bewegen, aber sie stopften mir widerliche Lappen in den Mund; dann drehten sie mich auf den Bauch, zogen meine Arme und Beine weit auseinander und trieben Pflöcke in die Erde, an die sie mich fesselten. Ich wehrte mich und trat um mich, aber sie waren so stark: Die Hand von Ohrring fühlte sich an wie ein schweres Gewicht, das mir auf mein linkes Fußgelenk gefallen war. Merkwürdigerweise war er gleichzeitig der Sanfteste, denn seine andere Hand strich sanft an der Innenseite meines Schenkels hinauf, bis er meine Rosette erreichte und die nackte Haut dort betastete. Er fühlte sich auf meiner gequälten Haut wie der allerweichste Stoff an, und ich schloss die Augen, um seine Zärtlichkeit besser genießen zu können.

Mit einem Mal fühlte ich die Spitze eines Messers in meinem Nacken, und ich keuchte, bekam durch die stinkenden Lappen hindurch fast keine Luft mehr. Klinge schlitzte meine Kleider von oben bis unten mit einer

Handbewegung auf und riss sie so weit auseinander, dass ich die kühle Nachtluft auf meinem Rücken und auf meinen Beinen spürte. Sie nahmen sich keine Zeit, den Anblick zu genießen, so wie zuvor. Fast augenblicklich merkte ich, dass grausame Finger meine Pobacken auseinanderzogen, und dann hörte ich ein zischendes Spuckgeräusch. Ich fühlte, wie sein Speichel meinen Hintern traf, warm und nass, und ich versuchte, mich ihm zu verschließen, aber ich war einfach machtlos. Klinge kniete zwischen meinen Schenkeln und presste seinen Mund auf mich, stieß seine kurze Zunge an meine Pforte, versuchte mich mit dem harten Stumpen zu öffnen und in mich einzudringen, während seine Zähne über meine Rosette streiften. Zur gleichen Zeit fühlte ich etwas Hartes an meiner Spalte, etwas Unnachgiebiges, Schauriges. Zuerst dachte ich, es wäre sein Schwanz. Aber nein, es war der Griff seines Dolches. Er drückte ihn in mich hinein, nahm mich damit, vergewaltigte mich mit dem schmutzigen geflochtenen Ledergriff, und während mein Verstand ‹Nein, tu es nicht!› sagte, spielte mein Körper mir einen schändlichen Streich. Ich fing an, mich dem groben Teil hinzugeben, das mich an meinen intimsten Stellen dehnte und mich rieb, bis ich ihm meine Hüften entgegenschob. Als sie das sahen, wurden die Männer äußerst erregt, Schlange und Ohrring sprachen plötzlich wieder, und einer von ihnen versuchte Klinge beiseitezustoßen. Zuerst wehrte er sich dagegen, und seine großen Fäuste schlugen um sich, während seine verunstaltete Zunge und der Griff seiner Waffe ihr Werk fortsetzten; aber schließlich waren sie zwei gegen einen, und er fügte sich ihrer überlegenen Stärke.

Da dachte ich, ich wäre gerettet und sie würden mich laufenlassen. Ich fühlte eine gesegnete Erleichterung, aber gleichzeitig auch eine seltsam brennende Enttäuschung, die in mir schwelte und sofort wieder verschwand, als Ohrring sich zwischen meine Beine kniete. Seine Finger waren sanft, viel besser zu ertragen als die Zunge und der Dolchgriff des anderen Mannes. Er streichelte mich, öffnete mich zärtlich, und ich fühlte meinen Hintern unter seiner Behandlung entflammen, bis er mich so weit hatte. Er hatte eine lange Zeit damit zugebracht, mich behutsam zu öffnen, als ich schließlich mehr von ihm wollte als nur das.

Ich fühlte seinen Atem auf meinem Schulterblatt, als er seinen Körper an den meinen schmiegte, spürte das Kratzen seines stoppeligen Kinns und roch den frischen Schweiß, der seinem Körper entströmte, versetzt mit dem geheimnisvollen Geruch seines Ledermantels. Er war schwer, und ich fühlte mich fast von ihm erdrückt, klein und zerbrechlich, aber sehr lebendig, als sein Schwanz genau zwischen meine geöffneten Hinterbacken glitt und er den engen Muskel dort durchstieß. Langsam. Sehr langsam.

Er füllte mich ganz aus.

Wir lagen beide still, und ich konnte das schmatzende Geräusch einer Hand hören, die über ein Körperteil streicht. Ich drehte meinen Kopf, um festzustellen, dass Schlange direkt vor meinem Gesicht kniete, seinen Schwanz in der Hand. Er ließ seine Faust auf und ab über seine ganze Länge gleiten, und ich fühlte, wie meine Erregung wie ein Fieber anstieg, als er meinen Knebel entfernte und mir die Finger seiner einen Hand in den

Mund steckte. Er bewegte den Finger, bis er ganz mit Speichel überzogen war. Er schmeckte bitter, merkwürdig, und es war mir klar, dass ich ihm sehr wehtun konnte, wenn ich richtig zubeißen würde. Er schien das auch zu wissen, denn er beobachtete mich genau. Seine Augen nahmen die Farbe von Schokolade an, als sein Blick auf mir ruhte, und ich bemerkte die dichten Wimpern, die seine Augenlider säumten: Sie waren so seidig und lang, seine Augen so weich und bittend, dass ich nicht zubiss, sondern meine Zunge einfach durch die Zwischenräume seiner Finger gleiten ließ und sie so feucht wie möglich machte. Er brauchte den Speichel, um seine Hand leichter über sein Gemächt gleiten zu lassen, und ich sah zu, wie er sich direkt vor meinen Augen zu voller Größe massierte.

Ich wäre fast so weit gewesen, ihn darum zu bitten, als er mir auch schon seine Spitze auf die Lippen drückte.

Da lag ich also, mit Holzpflöcken am Boden festgehalten, mein Körper wie ein Seestern, der an einem steinigen Ufer gestrandet war, mein Mund voll mit einem harten Schwanz und dem Geschmack des Meeres, während ich gedehnt und hinterrücks ausgefüllt wurde von einem namenlosen Mann, der meine nackte Schulter mit heißen Lippen küsste. Ich streckte meine festgebundene, geballte Hand aus, Klinge kniete nieder und führte sich in ihre Höhle ein. Ich bereitete ihnen Lust, während sie mir Lust bereiteten, im Dunkeln, am See, im silbernen Schein des Mondes.»

«Was passierte dann? Haben sie, nun, Ihr wisst schon, haben sie …?»

«Ja, Angel. Das haben sie. Aber nicht, bevor ich den

meinen hatte. Ich fühlte mich, als würde ich schweben: nicht körperlich, sondern vielmehr geistig. Ein Prickeln ganz oben an meiner Wirbelsäule schien meinen Kopf schweben und über dem Geschehen stehen zu lassen, und als ich die ersten bebenden Schauer tief in mir spürte, konnte ich mich selbst und die drei Männer wie durch einen Schleier der Lust sehen. Ich sah, wie ich auf dem Strand zappelte und mich wand, während mein Geist befreit und losgelöst war. Auch sie fühlten es. Schlange war der Erste, der kam: Meine Zunge war einfach zu süß für ihn, um sie lange ertragen zu können, und ich schluckte die Lust, die er mit seinen Hüften in mich hineinfließen ließ. Ohrring brachte keuchend eine Aneinanderreihung fremdländischer Worte hervor, dann fühlte ich, wie er sich erst anspannte und sich dann völlig gehenließ. Er war heiß, heiß wie ein Schürhaken, den man im Feuer gelassen hat. Ich fühlte, wie er mich tief drinnen verbrannte, und hielt ihn fest umklammert, damit er genau dort bliebe.

Klinge hat sich seinen Sieg für zuletzt aufgehoben. Sein Gesicht verzog sich, und ich konnte seinen Zungenstumpf sehen, als er versuchte, seiner Lust Ausdruck zu verleihen, aber kein Wort herausbekam. Sein Schwanz tobte in meiner geballten Hand, und er griff nach seinen Eiern, zog und drückte sie, um auch noch den letzten Tropfen Saft aus ihnen herauszupressen, der auf meinen Arm schoss und meine nackte Schulter salbte.»

Angel ließ langsam den Atem entweichen, den sie angehalten hatte. Sie schloss kurz die Augen, und als sie sie wieder öffnete, blickte sie in Lydias Gesicht. Ihre Hände waren warm, als sie nach ihrem Kinn griffen und sie sich schnell vorbeugte, bevor Lydia sich noch bewegen konnte, um den Mund ihrer Herrin zu verschlingen.

In einer taumelnden Umarmung sanken beide zu Boden. Angel zog an den Bändern von Lydias Mieder, bis sich ihre Brüste nackt und golden im Schein des erlöschenden Feuers zeigten. Lydia ließ sich streicheln und ausziehen. Sie schloss die Augen, als Angel zwischen ihre Schenkel fasste und dort in sie eindrang, wo auch Ohrring gewesen war. Sie füllte sie dort mit Fingern aus, eroberte und dehnte ihre Enge, bevor sie schließlich mit dem Daumen probierte, wie feucht sie schon war.

Lydia straffte den Rücken und schrie auf, denn ihre Erregung war von der Geschichte, die sie erzählt hatte, heftig angetrieben worden. Sie schnappte nach Luft, als Angel sie mit beiden Händen verwöhnte und sie dann auch noch spürte, wie sie sie mit der äußersten Spitze ihrer rosafarbenen Zunge kostete und leckte.

Sobald ihr Höhepunkt abgeklungen war, warf sie Angel so über den Hocker, dass ihre Knie fest auf dem Boden ruhten und ihre Pobacken in die Luft ragten. Sie schlug die Röcke hoch und fasste sie mit einer Hand auf dem Rücken des Mädchens zusammen, während die andere Hand über die Feuchtigkeit zwischen ihren Schenkeln strich.

«Man nennt mich Schlange», knurrte sie, und ihre Stimme klang dabei brutal und fremdländisch. «Du wirst gleichermaßen Lust und Schmerz zu spüren bekommen.»

Ihre Finger bewegten sich zu Angels rosiger Rosette. Sie legte die Spitze ihres Zeigefingers dorthin und rieb sanft, lockend, bis sich der kleine Schlund öffnete, als wolle er sie küssen. Dann stieß sie ihren Finger so tief und so schnell hinein, wie sie nur konnte; schob und bohrte und genoss die Weichheit, die ihre Fingerspitze einhüllte, und die Kraft des Muskels, der immer wieder ihren Knöchel umklammerte, als wolle er ihn verschlingen.

Lydia schob die Röcke zur einen Seite und strich über Angels Hüfte, ließ ihre Finger weitergleiten, bis sie schließlich in die feuchte Weichheit ihrer Möse eindrang. Sie spürte die Lust, ahnte genau, was sie machen musste, und bewegte sich entsprechend, mal sanft, mal heftig. Langsam. Schnell. Dann gar nicht mehr. Angels weiches Inneres hielt sie umklammert und bedachte sie mit wellenförmigen Zuckungen. Dann drückte sie einen Kuss in jenes Grübchen, das dort ihren wundervollen Rücken zierte. Sie breitete ihren Körper über Angels, und so verharrten sie eine ganze Weile, kniend, beobachteten den Schein des Feuers im Kamin, bis die Flammen erloschen.

Kapitel elf

«Wo bleibt denn Lydia?», erkundigte sich Madame mürrisch. «Wir wollten um ein Uhr losfahren, und gerade hat die Uhr halb zwei geschlagen.»

Sie stellte einen Fuß auf den aus Schieferplatten bestehenden Kaminsockel, ihre Finger zupften an dem Band vorn an ihrem Zobelumhang. Sie war bereits seit einiger Zeit im Zimmer auf und ab gegangen, und nun spürte sie ihre Ungeduld allmählich immer größer werden.

«Clancy! Komm sofort her», blaffte sie. Der kleine Page kam umgehend angetrabt, auf seinem runden Gesicht ein Lächeln, das wie immer von einem Ohr zum anderen reichte.

«Ja, Missus.»

«Lauf hoch und stell fest, was mit Miss Lydia los ist. Sag ihr, wenn sie weiter so trödelt, werde ich ohne sie zu den Jefferson-Hendleys fahren.» Sie ließ sich schwer auf einen Stuhl fallen, kramte in ihrem Beutel, bis sie ihre reichverzierte Schnupftabakdose gefunden hatte, und gönnte sich eine großzügige Prise.

«Ich bin jetzt fertig, Madame.» Lydia kam leichtfüßig die Treppenstufen herunter und blieb stehen, um Clancy mit ihrem Fächer einen freundlichen Klaps auf die Schulter zu versetzen. «Ist die Kutsche schon vorgefahren?»

«Ja, das ist sie. Und sie steht dort auch bereits seit einer geraumen Weile.» Madames Mund verzog sich unschön, als sie Lydia von oben bis unten musterte. Jedes Mal, wenn sie dieses Mädchen sah, musste sie ein unerklärliches Gefühl der Eifersucht abschütteln. Valerian hatte sie viel mehr genossen, als Claudine es vermutet hatte. Ihre schimmernde und glatte jugendliche Haut, ihre Selbstsicherheit und Sinnlichkeit, die ihr anzuhaften schien wie ein Parfum, führten dazu, dass Claudine ihr eigenes Alter seit kurzem deutlicher spürte. Sie zitterte plötzlich vor Kälte, und eisige Luft kroch ihr in die zarten Glieder. Sie zog sich den dicken Zobelpelz fester um die Schultern.

«Komm schon, wir werden uns eh verspäten. Sie erwarten uns für zwei Uhr zum Essen.» Sie drehte sich zu Clancy um, schniefte und presste ihre Lippen zu einem schmalen Strich zusammen. «Sieh zu, dass du meine roten Schuhe geputzt hast, bis ich zurück bin. Ich wünsche sie heute Abend anzuziehen.»

Angel stand am Fenster in der Nähe des obersten Treppenabsatzes, ein weiches Tuch in der einen, einen dreiarmigen Leuchter in der anderen Hand. Sie sah, wie die Kutsche mit Madame und Miss Lydia losfuhr, dann reckte sie den Hals und spähte aus dem vergitterten Fenster, um zu verfolgen, wie sie aus ihren Blicken entschwanden.

«Sie sind weg, Angel.» Das Haar in ihrem Nacken kitzelte sie. «Jetzt sind wir allein.»

Sie drehte sich um, und ihr Puls begann zu rasen. Angel hielt den Leuchter wie einen Talisman vor sich, der sie vor einem bösen Geist schützen sollte.

«Ich bin bei der Arbeit, Herr. Seht, ich bin damit fast fertig.»

«Nun, dann beende deine Arbeit. Es gefällt mir, deine Finger zu beobachten, wie sie die Messingstangen polieren und streicheln.»

Angel zögerte.

«Mach weiter.» Valerian verschränkte seine Arme vor dem blauen Brokat seines langen Rockes und lehnte sich gegen die Wand, seinen schweren Blick auf Angels schlanke Hände geheftet. «Mach weiter, mein Kind. Lass mich nicht zornig werden.»

Angel stellte den großen Leuchter vorsichtig auf die breite Fensterbank und begann ihn zu putzen. Sie hatte dem Metall schon einen ordentlichen Glanz verliehen, und es war nur noch eine Sache von ein paar Augenblicken, ihm den letzten Schliff zu verpassen. Ihre schlanken Finger schoben das Poliertuch von ganz unten hinauf bis zu den schwungvollen Verzierungen an einem der Arme. Die glatte Kerze an seiner Spitze wackelte. Sie hielt die Luft an, ließ den Lappen wieder heruntergleiten, ihre Hand um den runden Ständer kreisen; dabei ließen ihre Bewegungen so etwas wie Wollust in ihr aufkommen, anstelle der üblichen stillen Auflehnung.

Sie machte sich an den mittleren Teil und polierte das dort noch stumpfe Messing auf Hochglanz. Sie konnte jetzt ihr eigenes Gesicht darin sehen, ein bisschen verzogen, mondförmig, und sie stellte fest, dass sie errötet war und ihre Unterlippe so üppig und geschwollen aussah, als wäre sie geküsst worden. Ihr Herz begann ein bisschen schneller zu schlagen, und Hitze prickelte unter ihren Achseln und in ihrem Nacken. Sie wusste, dass Lord

Hawkesworth sie beobachtete, jede ihrer Bewegungen verfolgte, und diese Kenntnis veranlasste sie dazu, fester und nachdrücklicher zu reiben, während sich Schweigen zwischen ihnen ausbreitete.

Eher spürte sie ihn hinter sich, als dass sie seine Bewegung gehört hatte, denn er schlich sich an wie ein Raubtier, das seiner Beute auflauert. Angel verharrte bewegungslos, ihre Nase voll von seinem Geruch: diesem leicht säuerlichen Zitronenaroma der Pomade, mit der er sein Haar frisierte, begleitet von dem moschusähnlichen Parfum seiner Kleidung und der Hitze seines Körpers. Im Gegensatz dazu war die Hand unter ihrem Kinn kühl, seine Fingerspitzen fast eisig, und als sie sich umwandte, sah sie in seine Augen, als er seinen Blick von ihrem Scheitel bis zu den Spitzen ihrer Holzschuhe schweifen ließ, die unter dem Saum ihrer Schürze hervorlugten.

«Auf die Knie.» Seine Stimme war so leise, dass sie erst dachte, sie hätte sich verhört. Sie zögerte, und er griff ihr Kinn, kniff sie fest und drehte ihr Gesicht zur Seite. Sein Kopf schoss plötzlich vor, und sie dachte schon, er wolle sie küssen, aber sein Mund streifte kaum ihre Wange, und sie fühlte seinen heißen Atem an ihrem Ohrläppchen.

«Auf die Knie, Angel.» Sein züngelndes Zischen kitzelte sie in dem flaumigen Haar, das sich in ihrem Nacken kräuselte. Sie begann zu zittern, als sie ihn lachen hörte, ein schrecklicher, dumpfer Laut, der sie an das Geräusch erinnerte, das ein Metalllöffel im Inneren eines Topfes erzeugt. Sie biss die Zähne zusammen.

«Hast du Angst vor mir?», fragte er, hielt ihren Kopf fest mit beiden Händen umklammert und zog sie daran hoch, dichter an sich heran. Sie musste auf den Zehenspitzen stehen, um den Schmerz in ihrem überstreckten Hals zu mildern.

Sie schüttelte den Kopf.

«Nein.»

«Falsche Antwort!» Sein Brüllen war ohrenbetäubend, und Angel starrte ihm ins Gesicht, während sie in Gedanken blitzschnell alle möglichen Antworten durchging.

«Ja, Herr. Ich habe sehr große Angst vor Euch!»

Der Zug an ihrem Kopf lockerte sich ein wenig, und sie sank zurück auf ihre Fußsohlen. Sie senkte den Blick und wartete darauf, dass er wieder zu sprechen anfinge.

«Sehr gut.» Er strich sanft mit einem Finger von der Kuhle unter ihrem Kinn bis hinauf zu ihrem Mund, folgte ihrem Profil, bis seine Fingerspitze zwischen ihre Lippen tauchte und Angel die Bitterkeit schmecken konnte, die an seinen Fingernägeln haftete. Sie erinnerte sich, so etwas schon einmal geschmeckt zu haben, aber sie war jetzt so voller Angst und einer merkwürdigen Art von Erregtheit, dass sie sich nicht mehr daran erinnern konnte, wo das gewesen war. Sie stand ganz still, ihr Mund lag schlaff um seinen Finger. Er hob eine Augenbraue.

«Du sollst doch knien.»

Diese Worte waren noch kaum über seine Lippen gekommen, da legte er ihr auch schon die Hände auf die Schultern, schwer wie Blei. Von diesem Gewicht niedergedrückt, sackte sie umgehend mit einem dumpfen Plumps auf den roten Teppich, mit vor Scham gesenktem Kopf, als ihr bewusst wurde, was er von ihr wollte. Seine linke Hand legte sich in ihren Nacken, und er schob sie mit sanftem, aber unnachgiebigem Druck. Ihre Nasenspitze berührte den makellosen hellen Stoff seiner Reithosen, und hinter dem schmiegsamen Latz konnte sie den Geruch seiner Männlichkeit ausmachen. Sie schloss die Augen.

«Nun, meine liebe Angel. Es gibt etwas, das du für mich tun kannst. Etwas, das du für deinen Herrn und Gebieter tun kannst. Und wenn du es gut machst, dann werde ich dich belohnen. Wenn nicht … nun, das möchte ich lieber nicht sagen.»

Sie hielt die Augen fest geschlossen und schluckte, ließ ihr Kinn bis fast auf die Brust sinken. Er schien äußerst angetan von dieser demutsvollen Geste, denn seine Hand strich über ihren Nacken, und er beugte sich herunter, um ihr einen Kuss auf den Scheitel zu drücken. Sein Mund war, anders als seine Finger, heiß und schien ihre Haut durch das glatt zurückgekämmte Haar hindurch zu versengen.

«Hmmm.» Er ließ seine Lippen über sie wandern. «Wie Seide. Alles an dir ist wie Seide: dein Haar, deine Wimpern, deine Augenbrauen.» Seine Lippen streiften darüber, während er sie benannte, und sie konnte spüren, wie ihre Haut unter seiner Berührung erst zu prickeln, dann zu pochen begann. Sie schwankte ein wenig auf ihren Knien, erregt von dem heißen Gleiten seines Mundes über ihr Gesicht.

Plötzlich packte er eines ihrer Handgelenke.

«Aber nicht deine Hände, was, Angel? Nein, deine Hände zeigen, wie viel niedriger als ich du in Wirklichkeit bist. Auch wenn du noch so viel Wert auf deine Toilette legst, auch wenn du deine Herrin noch so sehr nachäffst, wirst du doch niemals etwas anderes als meine

Dienerin sein. Eine Dienstmagd. Was würdest du tun, wenn ich dich hinauswerfen würde? Nichts. Du würdest auf der Straße sein.» Sein Mund war nun ganz dicht an ihrem Ohr, und sie atmete kurz und heftig ein, als er seine scharfen Zähne in ihr zartes Ohrläppchen schlug. «Besser also, du machst deine Sache gut, Angel.»

Sie nickte, unfähig, etwas zu sagen, entschlossen, ihm nicht die Befriedigung zu gönnen, indem sie ihn spüren ließ, wie kurz davor sie war zu weinen.

Sie merkte, wie er sich von ihr abwandte und sich aufrichtete, wobei seine breiten Hemdmanschetten raschelnd über den glänzenden Brokat seines Rockes streiften. Beim Geräusch seiner Hände, die von seinen Hüften bis zum Verschluss seiner Hose über das glatte Material strichen, stellten sich ihr die Nackenhaare auf. Der oberste Knopf gab unter dem Druck seines Daumens nach, und Angel zitterte, unfähig sich zu bewegen, obgleich sie wusste, dass sie das besser getan hätte. Ihr ganzer Instinkt sagte ihr, dass sie aufspringen und über die Treppe nach unten flüchten sollte, fort von ihm. Aber ihr verräterischer Körper wollte ihr einfach nicht gehorchen. Er zwang sie zu bleiben. Unbeweglich. Mit seinem Geruch in ihrer Nase, und in den Ohren das Geräusch von Knöpfen, die aus den Knopflöchern sprangen, als er seine Hose öffnete. Ihr verräterischer Körper hinterging sie – oder war es ihr Geist, der ihren Körper hinters Licht führen wollte? –, indem sie zwischen ihren Schenkeln feucht wurde.

Sie fühlte die fiebrige Hitze seines Schwanzes, der gegen ihre Wange stieß und steif neben ihrem Ohr aufragte. Ohne die Augen zu öffnen, konnte sie seine Nähe und seine Bereitschaft spüren. Sie bewegte ihren Kopf ein bisschen, nur ein ganz kleines Stück, und dann berührte ihn ihre Nase. Er war so hart wie Stein und so heiß wie Feuer, und sie riss die Augen auf, als er sie am Hinterkopf packte und umdrehte.

«Leck mich. Langsam», sagte er und schob ihren Kopf so, dass ihre Lippen an seiner äußersten Spitze lagen und sie einen ungehinderten Blick über seinen langen, schlanken Schwanz hatte. Er schmeckte göttlich, so erregt, so vollkommen bereit. Genau vor ihr erschien ein kleines, glitzerndes Tröpfchen, und sie ließ ihre Zunge heraus- und über ihn schnellen, fing das Lusttröpfchen auf und presste es an ihren Gaumen, wo es sich mit ihrem Speichel mischte. Sie öffnete die Lippen und umkreiste ihn. Er atmete schwer aus und schaute sie an.

«Vorsichtig», sagte er. Er sah ihr fasziniert zu, während sie seine Schenkelmuskeln knetete, die sich unter ihren Händen zunächst anspannten und schließlich lockerten. Ihre Daumen bearbeiteten ihn von oben und von unten, umfingen ihn und glitten dann an ihm herunter, bewegten sich wieder so weit zur Spitze, dass sie ihre Unterlippe fühlen konnte. Sie streichelte die glatte Haut auf der Oberseite und packte ihn dann fest zwischen Daumen und Zeigefinger, wie sie es bei den Pfeifern gesehen hatte, die auf dem Markt die Flöte bliesen. Sie ließ ihre Lippen ein bisschen weiter über den strammen Ständer gleiten und leckte dann behutsam.

Er bebte und ließ die Hüften kreisen. Sie blickte auf und bemerkte, dass er seinen Kopf in den Nacken gelegt hatte und seine Augen geschlossen waren. Sie konnte seine nunmehr heißen Handflächen an ihrem Hinterkopf fühlen, als er sie mit rasch auf- und abwärtswiegenden

Bewegungen an sich zog und seinen Schwanz tief in ihre Kehle gleiten ließ.

Ihre Hände fuhren in seine Hose und zogen sie so weit herunter, dass sich der enge Bund kurz oberhalb seiner Knie befand. Ihre Finger wanderten an der Rückseite seiner Beine wieder nach oben und legten sich unter seine Hinterbacken. Ihre Nägel strichen so lange über die Rundung, bis sie spürte, dass er eine Gänsehaut bekam und zitterte. Ihre Hände erforschten die Kurve seiner Hüften und zogen sacht über seinen flachen Bauch, bevor sie sich auf der prallangespannten Haut seines Schwanzes wiedertrafen, der in ihrer Handfläche zuckte, als sie nach ihm griff.

Sie ließ ihre Finger sanft hoch- und heruntergleiten, sie gab sich der Berührung der samtenen Haut seines Gemächtes hin. Danach schleckte sie genüsslich an der Unterseite, die Zunge flach und hart. Sie leckte sich allmählich an seinem Ständer herunter, bis ihre Nase in den Härchen landete, die ihn dort unten umkränzten. Ihre Finger glitten unter seine Eier, ließen sie in ihrer Handfläche ruhen und umschlossen sie. Er gab ein befriedigtes Stöhnen von sich, und sie fühlte, wie sich ihr die Nackenhaare jetzt vor Erwartung aufstellten.

Sie glitt wieder zurück bis zur glänzenden Spitze und umkreiste sie mit der Zungenspitze, erforschte die weiche Manschette, streichelte, leckte, koste vorsichtig, fühlte, wie er sich ihr entgegenreckte. Über sich hörte sie ein heiseres Jammern und ein gepresstes Ausatmen, während er die Lippen zusammenkniff und die Nasenflügel blähte. Sie nahm ihn tief in sich auf, wärmte ihn mit den weichen Innenseiten ihrer Wangen, dann fuhr sie tiefer herab und begann, sich immer heftiger zu bewegen: mit mehr Druck, gewölbter Zunge, enger werdenden Lippen, während sie ihn immer länger und härter werden fühlte. Ihre Finger krallten sich in seinen festen Pobacken fest, verhinderten sein Entkommen, und sie fühlte, wie seine Hände über ihr Haar fuhren und es lösten.

Ein leises Geräusch war zu hören, als eine ihrer Haarnadeln zunächst auf den Teppich fiel, dann weitersprang und letztlich auf dem polierten Holz der letzten Treppenstufe liegen blieb, direkt unter dem Geländer. Dann herrschte Stille, während er ihre Haarsträhnen hochnahm und ihr auf die Ohren drückte, als wollte er alle Geräusche dieser Welt dämpfen und von ihr fernhalten, er so tun wollte, als wären sie völlig allein, die einzigen beiden Überlebenden. Und Lust wäre das Einzige, was ihnen geblieben sei. Ihre eigene Erregung war brennend und verzehrend, und sie fühlte, dass ihr Geschlecht ebenso geschwollen, ihre Lippen ebenso üppig und nass waren wie die, mit denen sie ihn leckte.

Er kam ganz plötzlich, mit heißen, weißen Spritzern und mit berauschenden Zuckungen seines Gemächts gegen ihre Zunge. Er gab einen durchdringenden Schrei von sich und stieß sein Becken vor, rammte ihr seine Spitze tief in den Rachen, und Angel schluckte, während ihre Phantasie loderte und der Saft ihr an den Schenkeln herunterlief, als ob das, was sie oben aufgenommen hatte, durch sie hindurchfloss wie durch einen Hohlkörper und sich nun auf dem roten Teppich unter ihr sammelte. Sie spürte, wie er sich allmählich entspannte und sich über sie beugte, ihr mit beiden Händen über Wangen und Kieferknochen streichelte. Als sie aufblickte, sah sie, dass seine dunklen Augen leuchteten, während er seine Hose zuknöpfte.

«Ich danke dir», sagte er. Aus seinem Munde klangen diese Worte sehr fremd, so, als ob er sie nicht sehr häufig einsetzte und deshalb gar nicht ganz genau wusste, was sie bedeuteten.

«O nein, mein Herr. Ich danke Euch.»

Er hob eine Augenbraue und runzelte dann die Stirn, ließ die Hände in die Taschen seiner Hose gleiten und zog dabei den Stoff über seinem erschlafften Schwanz glatt. Angel riss ihren Blick davon los und sah auf, um ihm in die Augen zu blicken.

Ein geheimnisvolles Lächeln umspielte seine Lippen. Sie trat einen Schritt vor, bis sie ganz dicht vor ihm stand, ihre Stirn auf genau derselben Ebene wie sein Kinn. Sie legte die Hände auf den glatten Brokat, der sich über seine breiten Schultern spannte, stellte sich auf die Zehenspitzen und wartete einen Moment, bevor sie ihn auf den Mund küsste. Sie spürte, wie sich sein Mund vor Überraschung unter ihrem etwas öffnete, und sie fühlte die prickelnde Berührung, als sie ihre Zunge nur ein einziges Mal herausschnellen ließ, um ganz kurz die seine zu berühren. Dann wandte sie sich von ihm ab, um mit dem Putzen des Leuchters fortzufahren.

Sie summte eine kleine Melodie vor sich hin, als sie zu polieren begann, und sie bemerkte, dass ihr Herr sich noch eine ganze Weile nicht bewegte: Nur seine forschenden Augen brannten sich in die Haut auf ihrem Rücken ein. Dann war er verschwunden, so leise, wie er gekommen war, und sie war wieder allein.

Sie zog die dicke glatte Kerze aus dem Ständer und

streichelte das rundliche Ende zärtlich, bevor sie sie in ihre Schürzentasche gleiten ließ. Kniend rieb sie mit dem Tuch über den silbrigen, kristallenen Fleck, in dem sich auf dem Teppich das Licht fing. Es brauchte einen Moment, aber dann war er verschwunden. Angel blieb auf dem Boden hocken und überlegte, wie viel Zeit sie in ihrer Dachkammer wohl für sich haben würde, um ihr inneres Feuer zu löschen.

«Vielen Dank für das Essen», murmelte Lydia mit niedergeschlagenen Augen, um dem lüsternen Blick von Oswald Jefferson-Hendley zu entgehen. Sein Zugriff auf ihre Hand, warm und dank verstärkten Schwitzens ein wenig feucht, ließ nicht nach, und einen schrecklichen Augenblick lang dachte sie schon, sie werde ihn vor aller Augen abschütteln müssen. Er sah aus wie ein riesiges Fass, beinahe ebenso breit wie hoch, wobei seine Haut nicht so lebenslustig gerötet war wie die von vielen Landedelleuten: Oswald war blass und teigig, mit einer Haut, welche die Farbe und die Beschaffenheit von kaltem Haferschleim hatte. Ein leichter Uringeruch haftete seiner Kleidung an, und Lydia fragte sich insgeheim, ob es sein eigener war oder der von den kleinen, mageren Hunden, die ihn auf Schritt und Tritt begleiteten.

Sie zog ein kleines bisschen an ihrer Hand; er drückte ihre Finger zwischen den seinen, wobei dieser Druck seinen Fingernägeln eine hässlich gelblich weiße Farbe verlieh. Er lächelte sie mit glasigen Augen an, und dabei bewegte sich sein Mund, als würde er versuchen, störende Essensreste zwischen seinen Zähnen zu entfernen.

«Komm jetzt, Ossie!» Seine Frau Rosamunde, die

frühere Ehrenwerte Rosamunde Bentley und eine alte Londoner Freundin von Madame, schlug ihren prachtvoll verzierten Fächer auf seinen Arm. «Lass das Mädchen in Ruhe.» Sie drehte sich zu Madame um, und ihr Mund verzog sich zu einem verschwörerischen Lächeln. «Claudine, meine Liebe, ich hoffe, ich sehe dich bald in der Stadt. Ich bin dir so dankbar für deinen Besuch. Du hast mich sehr aufgeheitert damit, dass du mir diese liebreizende junge Dame mitgebracht hast. Sie ist wirklich überaus hübsch anzusehen.»

Die zwei Frauen standen Seite an Seite und schoben den übelriechenden Oswald hinter sich, beinahe aus ihrem Gesichtsfeld. Lydia fühlte sich bis in die Haarwurzeln erröten, als die anerkennenden Blicke der beiden Damen über ihren wohlproportionierten Körper glitten.

«Vielleicht solltest du sie mit in die Stadt bringen?», meinte Rosamunde und spitzte die vollen roten Lippen abschätzend. Claudine zog die Stirn kraus, als müsse sie nachdenken.

«Ja», sagte sie, «ich glaube, sie würde sich dort gut machen, denkst du nicht? Mit ein paar Übungsstunden.»

«Ja. Mit ein bisschen Nachhilfe würde sie es dort bestimmt weit bringen.» Rosamunde strich über den Hauch von Puder, der über ihrem leuchtend kastanienbraunen Haar lag. «*Au revoir* also, meine Liebe. Und Euch einen guten Tag, Miss Hawkesworth. Ossie wird Euch in die Kutsche helfen.»

Lydia bemühte sich, die drei Stufen ohne Hilfe zu nehmen, aber Oswald kam mit einer Geschwindigkeit herbeigeeilt, die man ihm angesichts seiner Leibesfülle gar nicht zugetraut hätte. Seine Hand wanderte über ihre Fessel.

Da zielte sie mit einem schnellen, kleinen Tritt zur Seite und spürte, wie dieser seinen Knöchel traf. Befriedigt machte sie es sich in einer Ecke der Kutsche bequem und sah schmollend aus dem Fenster, abgestoßen davon, wie zutraulich sich Oswald benommen hatte, und wütend auf Madame, die sie wie einen Besitz vorgeführt hatte.

Als die kultivierte Parklandschaft von den wuchernden Hecken der ländlichen Umgebung abgelöst wurde, seufzte Madame und zupfte einen imaginären Fussel von ihrem makellosen weiten Rock.

«Ich weiß nicht, warum du immer so ungezogene Dinge tun musst, Lydia.»

«Ich hab doch nichts Schlimmes getan. Ich war ausgenommen höflich zu Eurer grauenhaften Freundin und ihrem ekelerregenden Mann. Ihr habt also keinen Grund, Euch zu beschweren.»

«Wenn du es höflich nennst, schlechtgelaunt in der Suppe herumzurühren und beleidigte Blicke über das Dessert hinweg zu verteilen, dann habt ihr Engländer wirklich noch schlechtere Manieren, als ich sie euch ohnehin schon zugetraut hatte. Und dass du den lieben Ossie treten musstest, war wirklich mehr als unnötig.» Sie schaute aus dem Fenster und warf dann einen heimlichen Blick auf Lydia. «Aber ich muss mir wohl eingestehen, dass ich es auch gern getan hätte. Dir ist ja wohl bewusst, dass sie ihn nur wegen seines Geldes geheiratet hat, oder? Wir alle warten doch schon auf die schwarzumrandeten Einladungen zur Beerdigung, und dann können wir es uns wieder gutgehen lassen. Rosamunde wird einmal mehr Mittelpunkt des Geschehens sein und alle und jeden in Ekstase versetzen.»

«War sie auch eine von Valerians Geliebten?» Lydia wünschte, dass sie das nicht gefragt hätte; sie wurde von einer Übelkeit ergriffen, die sie fast überwältigt hätte, und sie wollte die Antwort eigentlich gar nicht hören. Das schnaubende Lachen, mit dem ihre Frage quittiert wurde, diente lediglich dazu, ihre Qual zu verstärken.

«*Mon dieu*, nein! Rosamundes wundervolle Brüste sind viel zu – zu weiblich für einen Mann wie ihn. Nein, Valerian bevorzugt es, wenn seine Mädchen eher wie Jungen aussehen.» Sie setzte sich aufrecht hin, als wollte sie ihre flache Brust und ihre schmalen Hüften herausstellen. «Das ist auch der Grund dafür, dass du für ihn nie mehr als eine vorübergehende Leidenschaft sein wirst, eine Ablenkung, wie ich dir bereits sagte. Warum halten wir an?» Sie klopfte mit dem Fächer auf das Sprechfenster und erkundigte sich: «Warum halten wir an, Kutscher?»

Es kam keine Antwort. Nur eine merkwürdige Stille. Tanzende Schatten von einem an der Straße stehenden Baum legten sich auf das glänzende Innere der Kutsche, und Lydia hielt den Atem an. Sie wusste plötzlich, warum sie stehen geblieben waren, und sie wartete darauf, den vertrauten Ruf «Geld oder Leben» zu hören.

Doch nichts dergleichen.

«Das ist lächerlich!» Madame raffte ihre Röcke mit einer Hand zusammen und lehnte sich aus dem Fenster. «Herrje, der Mann läuft weg. Komm wieder, komm sofort wieder hierher!»

Ein Schatten tauchte im Türrahmen auf, und Lydia musste ein Kichern unterdrücken. Der entsetzte Blick in Madames Augen spiegelte sich in Drummonds erstaunten Augen, als er schnell seine Maske wieder zurechtrückte.

Es war offensichtlich, dass er angenommen hatte, Lydia allein anzutreffen, und einen Moment lang genoss sie sein Unbehagen über die Verwirrung, die sein Wagemut ausgelöst hatte. Sie beugte sich vor, ergriff Madames Ärmel und zupfte daran.

«Oh, Madame», keuchte sie mit einer hohen Stimme, in der gespieltes Entsetzen lag. «Ein schrecklicher Straßenräuber. Er wird uns bis auf die Knochen ausrauben und uns die Tugend nehmen. Was sollen wir nur tun?»

Madame sah Lydia an, die Lippen ungeduldig gespitzt, und musterte dann wieder den Banditen. Sie ließ die Blicke über seinen Körper wandern, und Lydia konnte darin ihre wollüstigen Gedanken so genau lesen, als hätte sie diese ausgesprochen. Ihr Blick verharrte auf den muskulösen Schenkeln, die gerade noch unter seiner kurzen Jacke hervorsahen, glitt dann hinauf, um die Breite seiner Schultern in Augenschein zu nehmen und die gebräunte Wange, die unter ihrer eingehenden Musterung zu zucken begann.

«Nun denn, nun denn», murmelte sie und legte die Hand auf den Ausschnitt ihres Kleides, als wäre ihr daran gelegen, sittsamer zu erscheinen. «Ein Straßenräuber! Und dann auch noch ein hübscher, soweit ich das beurteilen kann. Wir dürfen ihn nicht enttäuschen: Los, Lydia, dein Geld.»

«Ich habe keins», protestierte Lydia. «Gebt ihm Eures.»

Madame lachte und klopfte auf das Täschchen, das neben ihr auf dem Sitz lag.

«Monsieur Straßenräuber, es scheint, dass wir Eurer Gnade ausgeliefert sind. Meine Freundin hat kein Geld, und ich gestehe, dass auch ich ohne welches unterwegs bin.» Sie sah ihm suchend ins Gesicht, ein Ausdruck kühner Herausforderung ließ ihre blauen Augen hell leuchten.

Lydia beobachtete, wie Drummond in seinen Handschuh hustete, und fragte sich, wie er aus dieser Situation wieder herauskommen wollte, ohne Verdacht zu erregen. Er kam näher ans Fenster und nahm Madames Hand in die seine. Sie lag auf seinem groben, dunklen Handschuh wie eine schlanke Blume, blass und zerbrechlich und leicht zitternd. Er betrachtete die Hand einige Momente lang, tief in Gedanken versunken, und lächelte dann Madame an.

«Ehrenwerte Dame, es wäre unhöflich von mir, so freundliche und schöne Reisende zu bestehlen. Ich sollte mich wieder auf meinen Weg begeben, mit nichts als einem Kuss auf Eure zarte Hand.» Er beugte seinen Kopf, und Madame verharrte regungslos, als er seine Lippen auf ihre Haut drückte, dann verweilte. Lydia bemerkte, wie ein begieriger Blick plötzlich das Gesicht von Madame starr werden ließ. Es sah aus, als habe sich eine Maske vor ihre Züge geschoben und ließe sie zu Porzellan werden. Nur noch ihre Augen schienen lebendig und funkelten, während ihre Blicke abschätzend über die breiten Schultern des Mannes wanderten. Lydia blickte von einem zur anderen und wartete darauf, wie jeder wohl reagieren würde.

«Ein ehrenwerter Räuber», sagte Madame mit etwas atemloser Stimme, als schränkte die enge Schnürung ihres Mieders plötzlich ihre Bewegungsfreiheit ein. «Vergebt mir, mein Herr, aber Ihr wärt ein ziemlich schlechter

Dieb, wenn alles, was Ihr stehlt, Küsse sind. Ich denke doch, Ihr werdet Euch an Eure Maxime ‹Geld oder Leben› halten, oder? Ich wäre nämlich bitter enttäuscht, wenn Ihr keine Gegenleistung wolltet.»

Drummond richtete sich auf, Madames zierliche Hand noch immer in der seinen gefangen. Er sah sie an, seine Blicke streiften über ihr Gesicht, ihren Hals und ihre Brüste, wanderten dann über ihr Kleid hinab zu ihren zarten Füßen, die in kostbaren Stoffschuhen steckten. Lydias Blick begegnete dem seinen schließlich, als er über den Boden und über ihren Körper bis zu ihren Augen gestreift war. Er schien sich in sie einzubrennen, fragend, forschend, irgendwie um Erlaubnis bittend. Sie zog in einer flüchtigen Geste der Komplizenschaft einen Mundwinkel nach oben, ohne dass Madame es bemerkte.

«Meine Damen», sagte er, «ich werde nicht Euer Leben verlangen, da mich das zum Mörder werden ließe, aber ich schlage Euch einen Tausch vor. Nur für heute werde ich mein Motto abwandeln in ‹Geld oder Tugend›. Wäre das ein fairer Handel?»

«Ja!», antworteten Madame und Lydia wie aus einem Munde und sahen sich dann an. Drummond lehnte sich durchs Fenster, griff nach Lydias Hand und zog beide Frauen zu sich heran.

«Aber habe ich auch Euer Wort, dass keine von Euch versuchen wird wegzulaufen? Wie Ihr sehen könnt, seid Ihr mir zwei zu eins überlegen.»

«Ach, kommt schon.» Madame hatte etwas Ungeduldiges an sich. «Ein Mann wie Ihr sollte doch in der Lage sein, uns beide so in Atem zu halten, dass keine von uns weder die Kraft noch das Bedürfnis hätte, an Flucht auch nur zu denken. Aber es scheint Eile angebracht, oder der verdammte Kutscher rückt inzwischen mit einem Hilfstrupp an und erwischt uns *en flagrant.*» Sie versetzte der Tür einen knappen Tritt, und Drummond half ihr aus der Kutsche.

Lydia sah, wie er Madames Handgelenk nahm und sie in den Schatten einer großen Eiche führte, die von Büschen mit üppig wucherndem Blattwerk umstanden war. Dort öffnete er ihren Zobelumhang und breitete ihn mit der Pelzseite nach oben auf dem Boden aus. Dann ließ er sie sich setzen. Er ging zurück zur Kutsche, hob Lydia von der Stufe, zog sie in seine Arme und trug sie zu dem eilig hergerichteten Lager.

Er legte sie neben Madame und stand über ihnen beiden, seine Beine zwischen ihren Füßen. Er stemmte seine behandschuhten Hände in die Hüften und starrte auf sie herab, so als würde er eine Beute begutachten. Lydia fühlte, wie ihr das Herz vor Begehren fast zu zerspringen schien, und spürte ein sinnliches Verlangen, seinen Körper mit dem von Madame vereint zu sehen. Diese Gedanken ließen ihre Glieder schwach werden und schürten eine erregende Lust, die in ihren Kniekehlen begann und sich züngelnd über die zarte Haut auf der Innenseite ihrer Schenkel zu der Hitzequelle in ihr bewegte. Sie sah Madame von der Seite an, deren Finger an den Bändern ihres Kleides zupften und deren Beine bis über die Knie hinweg zu sehen waren, wo sie angefangen hatte, ihre Röcke hochzuziehen. Ihre Erregung begann sich zu steigern, als die blassen Rundungen von Madames kleinen Brüsten freigelegt wurden. Sie streckte vorsichtig ihre Hand aus und ließ die Spitze ihres Zeigefingers über ihren roten Nippel gleiten, der sich unter ihrer Berührung versteifte. Sie hörte, wie Drummond tief einatmete, und nahm wahr, wie er sich plötzlich bewegte, seine Jacke auszog und sich neben sie kniete, wobei seine Hände sich zu Lydias gesellten und fortfuhren, die weiche Haut zu berühren und zu streicheln. Zwei Hände liebkosten nun die perfekt geformte Brust: eine große in einem Lederhandschuh und eine zierliche, milchig weiße.

Lydia zog an der Schnürung und befreite Madame bis zur Taille, während sie mit den Augen die kleinen nackten Brüste und den straffen Bauch verschlang. Sie verfolgte mit ihrem Blick, wie Drummonds Hände den Busen der anderen Frau massierten und verwöhnten, während sie bei sich selbst alle Häkchen und Ösen öffnete und plötzlich andere Hände – weibliche Hände – auf ihrem Rücken erahnte, die ihr die Rockbänder lösten. Allmählich waren beide Frauen beinahe nackt, bis auf die Strümpfe, wobei Madame noch ein schmales Korselett anbehielt und Lydia das breite Band aus Samt und Perlen, das um ihren schlanken Hals lag.

Lydia legte sich auf den schimmernden Zobel zurück und erbebte in dem erwartungsvollen, sinnlich-erregenden Gefühl, das der Pelz ihr vermittelte, wenn sie ihre nackten Arme und Beine darüberstreichen ließ.

Angesichts zweier verlockender Körper, die sich vor seinen Augen räkelten und wanden, fragte sich Drummond, wie er sie beide befriedigen könnte, ohne dabei eine zu vernachlässigen. Er weidete seine Augen an Lydias sanften Kurven, die zum Teil von Madames Schenkeln verdeckt waren, und an der matten Weichheit ihrer veilchenblau geschminkten Augen. Er betrachtete die tiefen Schatten, die ihre gesenkten Wimpern warfen, und die üppige Röte jener Lippen, die er vor kurzem noch geküsst hatte. Madames Finger fuhren über die sanfte Wölbung ihres Bauches, und Lydias Hüften schoben sich aufwärts, als würden sie sich den Wohltaten dieser Hand entgegenstrecken.

Während er seinen Schwanz gegen den straffen Stoff seiner Hose drücken fühlte und die Hitze bemerkte, die ihm in die Lenden stieg, entdeckte Drummond in Lydias Hüftbewegungen den besten Weg, sie alle drei zugleich zu befriedigen. Er konnte Madame das verpassen, worauf sie so scharf war, und sie gleichzeitig dazu bringen, Lydia sinnlichen Genuss zu verschaffen und sie so lange verrückt zu machen, bis er sie selbst nehmen konnte. Er streifte die Handschuhe ab, warf sie ungeduldig beiseite, zog dann sein Baumwollhemd über den Kopf, ohne vorher die Knöpfe geöffnet zu haben. Die wärmenden Sonnenstrahlen, die durch die Äste der Eiche fielen, tanzten auf seiner Haut und warfen goldenes Licht auf die Konturen seines muskulösen Körpers. Er streckte einen Arm nach Madame aus, während seine andere Hand gleichzeitig über Lydias Beine strich und bei der zarten Haut ihrer Knie verweilte. Er öffnete ihre Schenkel und ließ dabei seine andere Hand über die Hüften von Madame gleiten, um sie anzuheben und in die richtige Position zu bringen.

«Kniet Euch für mich hin», sagte er und drehte sie so, dass sie auf Lydias ausgestreckten Körper herabsehen konnte und er seinen Brustkorb der Länge nach gegen ihren schlanken Rücken schmiegen konnte. Die Nacktheit ihrer Haut wurde nur von dem schmalen Satinkorsett unterbrochen, das eng anlag, ihre Taille einschnürte und schlank aussehen ließ. Er legte seine ausgebreitete Hand zwischen ihre scharf hervortretenden Schulterblätter, stemmte sich gegen ihre zerbrechliche Wirbelsäule und zog dann an den Bändern, bis das Korsett unnatürlich eng war. Madame ließ ein leises Ächzen vernehmen, als die Luft aus ihr herausgedrückt wurde.

Drummond lehnte sich ein Stückchen zurück, um die so entstandenen Rundungen zu begutachten, und lächelte zufrieden in sich hinein. Ihre Figur war nun wunderschön in Form gebracht; zwischen ausladenden Schultern und Hüften lag eine sehr enggeschnürte Taille. Sie sah weiblich, kurvenreich und absolut begehrenswert aus. Er bog sie nach vorn, um sie zu nehmen, aber sein Schwanz spielte ihm einen Streich, und er kam, bevor er so weit war.

«Leckt sie. Leckt das Mädchen», flüsterte er, seine Hand lag auf ihrem Haar, um so ihren Kopf dirigieren zu können. Das ließ sie sich nicht zweimal sagen; sie beugte sich herab und sank auf Lydia nieder, ihre Hände hatte sie auf die zarte Haut der Innenseiten der Schenkel gelegt, während ihre Zunge die harte Knospe suchte und fand, auf die sie nun ihre Lippen und Zunge drückte. Lydias Augen weiteten sich plötzlich, und sie sah auf zu Drummond, mit einem Blick aus smaragdgrünen Augen mit großen, schwarzen, ganz auf ihn gerichteten Pupillen, in denen sich das Dach des Waldes spiegelte. Er fühlte sich trunken, angezogen und hinabgerissen, im Strudel ihrer Lust kreisend, während sie unter Madames geschickter Zunge Erlösung fand.

Unfähig, sein eigenes Begehren länger zurückzuhalten, ließ Drummond seine Hand von der köstlich geschnürten Taille über die bleichen Halbmonde von Madames Hinterbacken wandern. Ihre Spalte wurde von der Rundung ihrer weißen Schenkel eingerahmt, dunkel und geheimnisvoll und geschmeidig von der Feuchte ihrer Erregung. Er ließ spielerisch einen Daumen über sie gleiten, und sie erbebte, öffnete sich ihm, wobei ein neuer Schwall feuchter Hitze ihre üppigen Lippen noch verlockender werden ließ.

Sein Fingernagel stieß an etwas Glattes, Hartes, und er war überrascht und fasziniert zu sehen, dass ihre Schamlippe von einem breiten goldenen Ring durchzogen war, der einem Ohrring ähnelte. Er saß so weit hinten, dass er sowohl den Zugang zu ihr ein wenig erschwerte als auch dem Eindringenden eine feine Reibung versprach.

Sein Verlangen war plötzlich dringlich. Er machte sich nicht die Mühe, sie zunächst geschmeidig zu machen oder es ihr zu erleichtern, ihn aufzunehmen. Mit einer Hand hielt er seinen steifen Schwanz, drückte seine brennende Spitze an sie und drang fast brutal in sie ein. Sie stieß einen schrillen Schrei aus, als sie sich ihm öffnete und ihn packte, um ihm die straffe Vorhaut zurückzuziehen, während er in sie stieß. Sein Becken zuckte, und er durchbohrte sie mit einem Stoß bis zum Anschlag, sodass er seine Eier gegen ihre Schenkel schlagen spürte und der Ring sich aufreizend an seinem Schaft rieb.

Er streckte die Hände aus und umfasste ihre schmale Taille, wobei seine Finger fast auf der anderen Seite des Satinkorsetts zusammentrafen. So verankert, zog er sich aus ihr zurück, um sich dann wieder in ihr zu versenken.

Er genoss die Weichheit in ihrem Inneren, die sich über seine stählerne Härte breitete und sie umschloss. Er hörte sie stöhnen, fühlte, wie sie den Winkel ihrer Beine veränderte, um ihm den Zugang zu erleichtern, und er schob seine Knie weiter nach vorn, tief in ihr. Seine Schenkel waren mit den ihren verschlungen, und die feuchte Hitze ihrer Spalte drückte gegen die Härchen, die seinen Bauch und seine Lenden bedeckten.

Unter ihnen beiden konnte er Lydia sehen. Sie hatte ihren Kopf in den Nacken gelegt und ihr Haar gelöst, damit es sich mit dem dunklen Ton des Zobelpelzes vermischen konnte, auf dem sie lag. Ihre Augen waren geschlossen, ihre Wangen gerötet, und ihre schlanken Arme hatte sie so nach oben gestreckt, dass sie ihren Kopf wie ein Rahmen umgaben. Eine von Madames Händen bedeckte und drückte ihre linke Brust, umschloss sie und gab sie wieder frei in einem rhythmischen Wechsel, während die andere tief zwischen Lydias Schenkeln vergraben war. Drummond konnte sich vorstellen, was für eine Lust ihr die Finger bereiteten, da sie im Gleichklang mit Madames Zunge wirkten.

Diese schien zu spüren, dass seine Aufmerksamkeit sich von ihr abgewandt hatte, denn sie griff hinter sich und packte seine Hand, um sie ungeduldig unter sich zu ziehen, sie an den feuchten Falten zu reiben, die sein Gemächt umschlossen hielten. Sie bedrängte seine Finger, das vorspringende, harte Knöpfchen zu drücken und zu umkreisen. Sie dirigierte ihn, zeigte seinen Fingern den Weg, bis sie von ihrer Feuchtigkeit bedeckt waren und sie wie besinnungslos rieben. Ihre plötzliche Begierde, ihr wortloses Verlangen nach Befriedigung ließen ihn gleichermaßen Lust wie Zorn verspüren, und er war entschlossen, sie zu bändigen.

Er hob seine andere Hand an seinen Mund, feuchtete seinen Zeigefinger an und schob ihn kreisend in ihr Hinterteil, wartete auf das Signal ihres Aufbäumens, als sein Knöchel sie weit dehnte. Er begann, seine Hand im gleichen Rhythmus wie seine Hüften zu bewegen. Er fühlte, wie sie ihn immer fester umschloss, beide Öffnungen ihn fest umklammert hielten, fast an ihm saugten, während sie zitterte und ihrem Höhepunkt immer näher kam.

Er wurde ein bisschen langsamer, seine Stöße wurden kürzer und bestimmter, als er fühlte, wie er ihr die Sinne zu rauben schien. Er begann sofort, schneller in sie zu stoßen, bis sie ihren Kopf aus Lydias geheimnisvoll feuchter Spalte erhob und einen heiseren Aufschrei hören ließ, während ihre Enge ihn umklammert hielt. Drummond fühlte seinen hitzigen Höhepunkt pulsieren und in ihm aufsteigen, der seine Lenden zucken und ihn fast vergehen ließ.

Er zog seinen Schwanz heraus und hielt ihn in einer Hand. Dann ergoss er sich auf die weiße Haut ihres Rückens, und der rote Satin ihres Korsetts verdunkelte sich von seinem Saft. Er sank über sie, bedeckte ihren Körper mit dem seinen und drückte sich in den Saft, mit dem er sie besudelt hatte. Er roch das geheimnisvolle Parfum, das sie sich am Vormittag auf ihre pulsierenden Stellen getupft hatte, konnte es fast schmecken, als sich seine Lippen über ihr Ohr legten und er sie küsste, indem er ihr schimmerndes Ohrläppchen leckte und sich zwischen die Zähne zog. Sie rieb ihren Kopf an dem seinen, und als sie sich bewegte, sah er, dass ihre Hände zwischen

Lydias Schenkeln versanken und zwei Finger bis zu den Knöcheln in ihr steckten.

«Hör jetzt nicht auf. Oh, besorg es mir.» Lydias schob ihnen beiden die Hüften entgegen, und ihre Augen waren jetzt weit geöffnet, geheimnisvoll dunkel und erfüllt von wollüstigem Verlangen. Ihre Hände ergriffen die von Madame, und sie stieß deren Finger noch tiefer in sich hinein.

Mit einem heiseren Aufschrei stieß Drummond Madame zur Seite und nahm Lydia fest in die Arme, bedeckte ihr errötetes Gesicht mit heftigen kleinen Küssen, knetete ihren Bauch, drückte ihre Brüste, presste seinen Brustkorb gegen den ihren und suchte ihre Zunge mit seiner. Er konnte spüren, wie Madames kleine Hände über seinen Hintern fuhren, seine Hüften und seine Beine massierten, und als er merkte, was sie vorhatte, fügte sich sein Körper ihrem Plan. Er ließ sich auf den Rücken rollen und lag lang ausgestreckt und bereit da.

Er hob Lydia an und setzte sie rittlings auf sich, spürte, wie die köstliche Nässe ihrer Möse sich über den festen Muskeln seines Unterleibes ausbreitete. Mit einem Mal war seine Leidenschaft wieder ganz erwacht, sein Körper war bereit, sein Schwanz schnellte hoch und gegen ihre Hüften. Er sah auf und bemerkte, dass ihr Gesicht fast vollständig von ihrem langen Haar verdeckt wurde. Lange seidige Strähnen fielen herab auf seine Brust und strichen über seine Brustwarzen. Sie streckte ungeduldig die Hand aus, um die Haare fortzustreichen, während sie sich auf ihn niedersetzte.

Er fühlte ein zusätzliches Gewicht, und dann drückten Madames Beine die seinen zusammen, als sie sich hinter

Lydia hockte, ihre Hände um die Hüften des Mädchens legte und sie so weit hochhob, bis die Spitze von Drummonds steifem Schwanz an ihren üppigen Lippen balancierte. Er konnte das Kitzeln ihrer teilweise bereits wieder nachgewachsenen Löckchen spüren. Er fühlte, wie die erlösende Empfangsbereitschaft ihrer saftigen Feige ihn verschlang, als sie auf seinen Körper herabsank, die Schenkel zu beiden Seiten seiner Taille.

Madame stand auf und bewegte sich auf dem glatten Pelz um die beiden herum, um dann seinen Kopf zwischen die Knie zu nehmen. Er sah ihr Gesicht verkehrt herum über sich, ihre forschenden hellen Augen sahen ihn schräg von oben herab an, und auf ihren rotgeschminkten Lippen lag ein Lächeln.

«Ein ehrenwerter Räuber. Oh, Ihr versteht Euer Handwerk.» Sie beugte sich vor und fühlte das schmetterlingsgleiche Streicheln ihrer Lippen für einen kurzen Augenblick auf den seinen, bevor sie sich Lydia zuwandte, die Hand unter ihr Kinn legte und sie wollüstig küsste. Ihre Lippen lagen weitgeöffnet auf der üppigen Blüte von Lydias Unterlippe, ihre Zunge zuckte und schlängelte um ihre kleinen weißen Zähne. Drummond konnte sehen, wie sie ihre Hände in den Haaren der jeweils anderen vergraben hatten, er konnte die Anspannung in Lydias Spalte spüren, als sie auf seinen Schwanz herabsank; wenn er jetzt seine Hände ausstreckte, würde er die Hagebuttenfrische von zwei Paar Nippeln über ihm genießen können. Er seufzte vor Wonne und stemmte sich aufwärts in die verlangende Pforte der einen Frau, während er die Hüften der anderen Frau umfasst hielt und sie über sein wartendes Gesicht zog.

Madame bewegte sich ein wenig, und er nahm ihren Duft auf, die Moschusnote der sexuellen Erregung, in die er sie versetzt hatte. Als sie ihre Möse auf sein Gesicht senkte, schwoll sein Gemächt, fast schmerzhaft, noch einmal bis zur äußersten Länge an, und er spürte, wie sich Lydia ihm entgegendrängte. Er stieß in sie, immer wieder, als wollte er bis zu den tiefsten Tiefen ihrer Seele vordringen, während seine Zunge an und zwischen die duftenden Falten von Madame stieß, sie kosteten, sie verschlangen. Sein Mund war weit geöffnet und gierig, und er versetzte sie damit so in Raserei, dass sie sich an ihm rieb und sich wie im Rausch über ihm wand.

Lydia hatte als Erste ihren Höhepunkt. Ihre unzufriedene Nervosität darüber, dass sie erregt, aber unbefriedigt geblieben war, während Drummond Madame von hinten genommen hatte, schlug plötzlich köstlich um und war wie ein pulsierender Wirbel. Ihre Zunge schnellte in den Mund, der an ihren Lippen sog, während ihr Becken sich nach unten drückte und ihre empfindsame weibliche Spalte über die Härte des Mannes unter ihr reiben ließ. Sie keuchte und erreichte ihren Höhepunkt, bei dem sie ihren Kopf zurückwarf und ihren Hals dem schwachen Sonnenlicht entgegenstreckte. Drummond spürte, wie sie über ihm zusammensank, ihr Körper mit einem Mal matt wurde und ihr Kopf gegen Madames Schulter sank. Seine Hand ließ die Hüfte der zierlichen Frau los, um zwischen ihren Schenkeln nach dem goldenen Ring zu forschen, der ihm abwechselnd über Nase und Zähne glitt. Er hakte seinen Zeigefinger hinein, zog leicht, kaum wahrnehmbar daran und verhärtete seine Zunge gegen ihre feste Klitoris, die bebend darauf antwortete.

Als Madame ihren Höhepunkt hatte, war alles ganz still, und ihr Körper schien plötzlich steif und unbeweglich. Das einzige Geräusch, das man hören konnte, war das Rauschen der Blätter über ihnen. Er fühlte, wie ihre Finger seine Nippel suchten, und als sie sie fest zwickte und dabei grausam verdrehte, ließ der kurze, heftige Schmerz ihn hörbar nach Luft schnappen. Als ihre Möse über seinem Mund erschauerte, benetzte ihre Nässe seine Zunge. Dann ergoss er sich mit einigen muskulösen Zuckungen seiner schlanken Lenden. Er hörte Lydia seufzen und fühlte das Zusammenziehen ihrer Muskeln, mit denen sie ihn umschlungen hielt und ihn saugte, um seine Lust ins Unermessliche zu steigern.

«Ihr werdet mir helfen müssen.» Lydia schickte sich an, den Kutschbock zu erklimmen, die Hände bereits an den Zügeln. Madame stand auf dem unebenen Pfad neben ihr, hatte ihr Täschchen geöffnet und unter den Arm geklemmt, während sie das übliche Cochenille-Rot auf ihren Lippen verteilte. Sie schaute Lydia an und warf dann das kleine Töpfchen zurück in die satingefütterte Tasche.

«Dabei werde ich dir doch nicht helfen. Ich hätte nun wirklich gedacht, dass du, ländlich verbunden, wie du bist, wenigstens ohne meine Hilfe eine Kutsche lenken kannst. Abgesehen davon, würde ich mir meine Hände ruinieren, wenn ich diese übelriechenden, schmutzigen Zügel halten sollte. Ich denke, wir sollten hier warten, bis Hilfe kommt.»

Sie wandte sich ab, aber Lydia griff nach ihr und packte sie an der Schulter.

«Diese Hilfe könnte ausbleiben. Der Mann ist wahrscheinlich seit Wochen nicht bezahlt worden. Ich kann mir vorstellen, dass er seinen Schaden in Grenzen halten möchte und einfach nach Hause gegangen ist. Seht zu, dass Ihr da hinaufkommt und mir mit den Pferden helft.»

«Nimm augenblicklich deine Hände von mir.» Als Madame sich losriss, fiel die Tasche auf die Erde. Der Knopfverschluss sprang auf, und der Inhalt breitete sich rund um ihre Füße aus: die perlenbesetzte Schnupftabakdose, ein kleines, veilchenfarbenes Taschentuch, das Töpfchen mit der Lippenpomade und ein Samtbeutel, in dem es klingelte, als er auf den harten Lehmboden der Straße fiel. Er war oben etwas geöffnet, und eine Handvoll glitzernder Goldmünzen kam zum Vorschein. Lydia starrte darauf und stupste den Beutel dann mit ihrer Schuhspitze an.

«Wie, Ihr hattet die ganze Zeit Geld dabei? Das müssen doch mindestens dreißig Sovereigns sein! Warum habt Ihr sie ihm nicht gegeben?»

Madame stieß Lydias Hand von ihrer Schulter und hob eine ihrer schmalgezupften Augenbrauen, während ihre Blicke über die Nase und den Mund des Mädchens glitten.

«Wäre es dir wirklich lieber gewesen, ich hätte das getan? Solltest du diese Frage bejahen, müsste ich dich wohl zumindest eine Lügnerin nennen. Und jetzt fahr los.»

Kapitel zwölf

«Erzähl es mir noch einmal», drängte Valerian mit vor Lust belegter Stimme.

Madame saß vor ihm, und ihre nackte Haut wurde sanft von einem Dutzend oder mehr Kerzen beleuchtet, die entlang der Wände in Valerians Arbeitszimmer aufgestellt waren. Sie thronte auf einem dunklen Holzstuhl, dessen Sitzfläche so geschnitzt war, dass beinahe nur ein breiter Rand übrig geblieben war. Der darauf Sitzende konnte es sich bequem machen, ermöglichte aber auch einen Zugang von unten. Schwere Vorhänge waren vor die Fenster gezogen worden, um die Nacht draußen zu halten, und im Kamin brannte ein kleines Feuer. Valerian kniete auf einem weichen Teppich, vollständig bekleidet, aber mit einem Ausdruck nackter Lüsternheit, der in seine ausdrucksvollen Züge gemeißelt schien.

«Noch einmal?», fragte sie.

«Ja, beschreib es nochmal. Ich möchte es noch einmal hören.» Seine Hand fuhr kurz über den Schritt seiner Hose, aber Madame stieß sie mit dem Fuß beiseite.

«Ich habe gesagt, du darfst dich nicht berühren!»

«Ach, bitte!», bettelte er und wand sich, so als habe er Schmerzen. «Bitte, wenn ich es nicht darf, dann tu du es. Ich brauche es so sehr.»

«Nun, du wirst schon ein bisschen mehr darunter leiden müssen, wenn du mir damit Befriedigung verschaffen willst.» Sie ließ ihre langen Fingernägel über ihren flachen Bauch gleiten und dann aufwärts, wie um jede ihrer Rippen einzeln zu zählen, die sich unter der durchscheinenden Haut ihres Brustkorbs abzeichneten. Ihre schimmernden Augen wichen nicht von ihm, und ihr Mund war zu einem entschlossenen Strich geworden. Diesmal hatte sie ihn dunkel geschminkt, und er harmonisierte mit dem amethystfarbenen Teppich, auf dem Valerian kniete. Ihre Nägel erreichten ihre Brüste und spielten mit ihnen, führten seine Blicke unaufhaltsam immer wieder zu ihren harten Nippeln zurück, die durch ihre eigene Berührung hervorsprangen, die roten Spitzen ragten stolz und steif aus den flachen Scheiben der dunklen Vorhöfe hervor. Sie zog an ihnen, beugte sich etwas vor, so als wollte sie sie seinem Mund entgegenstrecken, aber als er sich nach vorn lehnte, hob sie einen Fuß und stemmte ihn gegen seinen Brustkorb. Sie runzelte die Stirn, als sie sein gequältes, enttäuschtes Stöhnen vernahm.

«Und welche Stelle genau möchtest du noch einmal hören? Ist es wohl das geheime Techtelmechtel, das ich heute mit Rosamunde hatte, während die anderen unschuldig um uns herum ihr Mittagessen einnahmen?»

Sie ließ die Finger auf ihre Schenkel sinken, und sie streichelte sie zärtlich, wobei ihre Daumen in immer kleiner werdenden Kreisen einwärts wanderten. «Es war ganz einfach, aus meinen Stoffschuhen zu schlüpfen und meine Zehen zu bewegen. Du weißt ja, wie köstlich meine Zehen sein können. Manchmal sogar noch besser als meine Finger. Schau her, das ist es, was ich mit Rosamunde gemacht habe, und keine Seele hat etwas davon bemerkt, außer vielleicht der Lakai, aber den hat Rosamunde fest im Griff.»

Ihre Zeigefinger glitten in Nachahmung dessen, was ihre Zehen getan hatten, über die üppige Wölbung ihrer Scham. Ein Daumen, an dem ein fingerhutähnlicher Ring steckte, rieb sanft über ihre Klitoris. Der Ring war mit einer Reihe von Erhebungen und Vertiefungen versehen, die ihn wie winzig kleine an einer Traube hängende Weinbeeren aussehen ließen. Als Madame damit spielte, schloss sie die Augen und konzentrierte sich, schnell atmend und mit zitternden Beinen, auf das Gefühl. Um einen besseren Zugang zu haben, legte sie ein Bein über die Armlehne des Stuhls und wusste dabei, dass ihr Anblick – so offen und verletzlich – Valerian an den Rand seiner Beherrschung treiben würde.

«Oder vielleicht würdest du doch lieber von unserem Nachmittag in den Wäldern hören, als der maskierte Mann mich auf deine köstliche Cousine gedrückt hat. Er öffnete meine Hinterbacken und nahm mich so ungestüm mit seinem dicken und glänzenden Schwanz, der mich so weit gedehnt hat, bevor er schließlich seinen Finger in meinen Po gesteckt und ihn so lange gedreht hat, bis ich anfing zu schreien. Und ich schwöre dir, Valerian, er war fast so gut wie du.»

Sie spitzte ihre schmalen, lilafarbenen Lippen und beugte sich vor, um interessiert seine Reaktion zu sehen. Wie sie hätte ahnen können, färbte sich sein Gesicht in einem dunklen, zornigen Rot, und die Adern an seinem Hals schwollen gewaltig an und traten bläulich über dem weichen, weißen Kragen seines Hemdes hervor.

«Keiner ist so gut wie ich», knurrte er.

«Ich sagte fast, mein Geliebter. Fast.» Ihre Stimme klang jetzt beruhigend, weich und mütterlich. Sie zog ihn an sich. Er fiel vornüber und stützte sich auf ihrem Schoß ab. Sie barg ihren Kopf an seiner Brust und fuhr ihm mit den Fingern durchs Haar.

«Niemand könnte jemals so gut sein wie du, Valerian», flüsterte sie. «Es sei denn, natürlich, du hättest einen Bruder.»

«Mein Bruder ist tot!» Er riss sich von ihr los, sein Blick war düster, als er sie anstarrte. «Vergiss das nie wieder. Er wird niemals wieder besser als ich sein, und ich werde es dir beweisen!»

«Zeig es mir», zischte Madame. Ihre Augen funkelten. Sie liebte Valerian, wenn er aus Wut erregt war wie jetzt. Diese Ausbrüche waren immer das wirksamste Stimulans für ihn, und sie verpasste selten eine Gelegenheit, ihn zu provozieren. Die alte Rivalität zwischen Valerian und seinem verstorbenen Bruder war eine neuentdeckte schwache Stelle, und sie entschloss sich, sie dazu zu benutzen, sein Durchhaltevermögen bis aufs äußerste zu strapazieren. «Zeig mir, wie viel besser du sein kannst. Würde er dies hier tun? Oder dies hier?» Ihre Hände bewegten sich langsam von ihren Brüsten zu ihrer Spalte, und sie benutzte ihren Finger, als sei er ein Schwanz, der sich hart und steif gegen ihre schwellenden Falten drückte.

Valerian ließ ein leises, heiseres, fast animalisches Stöhnen hören. Er stieß vor, ergriff ihre Knie und schubste sie so zurück, dass sie mit dem Rücken krachend gegen den Stuhl prallte. Sie lachte auf, ihre Blicke stachelten ihn an, und ihre Hände stießen ihn zurück, als er darum kämpfte, sie an den Handgelenken zu packen und mit Gewalt auf die Armlehnen zu drücken.

«Aber, aber, er wäre bestimmt stärker als so», verhöhnte sie Valerian. «Er hätte mich schnell überwältigt und würde mich festhalten, um mich dann zu nehmen: brutal und vollkommen überlegen. Er würde sich einen Dreck um meine Lust scheren und lediglich sein Vergnügen im Sinn haben.»

Valerian stand auf und stemmte seinen Stiefel gegen die Stuhlkante zwischen ihren Beinen. Ihr Mund kräuselte sich vor Verachtung, und seine Hand schoss hervor, um nach einem Haarbüschel auf ihrem Kopf zu greifen. Damit zog er sie daran hoch und drückte ihren Körper dann so weit nach vorn, dass ihre Möse schmerzhaft gegen die harte Spitze seiner glänzenden Lederstiefel gezogen wurde. Er schüttelte sie an den Haaren, seine Augen schwarz und brennend, und sie spürte, wie sie von ihnen in bodenlose Tiefen gerissen wurde, als sie seinen Blick erwiderte. Sein Mund legte sich erbarmungslos hart auf den ihren, und er zerdrückte fast ihre Lippen. Seine Zähne wirkten so verletzend, als wollte er ihren Mund verschlingen. Sie war begeistert von seinem Ausbruch, ihr Herz schlug heftig, und das Blut rauschte ihr in den Ohren, während sie seinen Kuss innig und leidenschaftlich erwiderte.

Keuchend riss er seinen Mund von dem ihrem los und wischte ihn mit dem Handrücken ab, bevor er begann, mit den Zähnen an dem feinen Batist seines Hemdes zu zerren. Die Vorderseite gab mit einem durchdringenden Geräusch nach, das die Luft um sie zu zerreißen schien.

Er verwendete die beiden Teile, um ihr die Handgelenke zusammenzubinden und die Arme straff nach oben zu führen, indem er sich auf den Stuhl zwischen ihre Beine stellte und die Enden der Stoffstreifen an einem Haken befestigte, der sich über ihnen an einem Deckenbalken befand. Er stieg wieder von dem Stuhl herunter, blieb einen Augenblick ruhig stehen und verzog seine Oberlippe zu einem lüsternen Grinsen.

«Hast du damit bereits dein Bestes gegeben?», fragte Madame, und ihr Geschlecht schwoll in dem geschnitzten Loch des Stuhles immer mehr an, während ihre Arme schmerzhaft über ihrem Kopf nach oben gezogen wurden. «Wäre dein Bruder noch am Leben, dann hätte er mich jetzt schon längst genommen. Ich würde um mehr betteln, und er wüsste, wie er es mir besorgen müsste. Du bist nur sein blasser Schatten, das ist alles, was du jemals gewesen bist, und das ist auch der Grund, weshalb ...»

«Halt den Mund! Halt deinen Mund, oder ich werde dich dazu bringen.» Valerian schlug ihr mit der flachen Hand ins Gesicht. Sein Siegelring traf ihren Wangenknochen, und sie jammerte, obgleich der Schmerz neue Wellen der Lust durch ihren angespannten Körper trieb. Die Qual und das Leiden, die sein Gesicht verfinsterten, vergrößerten ihr Verlangen. Sie spreizte die Beine und schob ihre Spalte nach vorn, um ihm zu zeigen, wie bereit sie war. Sie konnte die Feuchtigkeit zwischen ihren Schenkeln spüren, konnte die Würze ihres Duftes riechen und sehnte sich mit einem Mal verzweifelt nach seiner Berührung – irgendeiner Berührung, irgendeiner Befriedigung –, Hauptsache, sie käme heftig und schnell.

Valerian drehte sich um und bewegte sich von ihr weg.

Sie jammerte fast vor Enttäuschung und dachte einen Moment lang, dass er vorhätte, sie zu verlassen. Er drehte den Schlüssel im Schloss, dann zog er ihn heraus und kam damit zu ihr zurück. Seine Finger strichen über den geschmiedeten Eisenschlüssel, bevor er mit einer Hand ihre Pforte öffnete und den kalten Schlüssel gegen ihre Klitoris drückte. Sie bäumte sich unter dem Druck auf, und er lachte leise und höhnisch. Dann nahm er einen der Reste von seinem zerrissenen Hemd vom Boden auf und wickelte den Stoffstreifen so um ihr Geschlecht, dass das eiskalte Metall fest an sie gepresst war. Sie wand sich ein bisschen, als der schmale, kalte Schlüssel auf unerträgliche Weise gegen sie gedrückt wurde. Dann begann sie zu wimmern, weil er sie wieder küsste, hart und fordernd, dabei tauchte seine Zunge so tief in ihren Mund und ihre Kehle, dass sie wie geknebelt war.

Er beendete den Kuss und fiel zu Boden; sie schloss die Augen halb, ließ den Kopf in den Nacken fallen und wartete darauf, was Valerian als Nächstes mit ihr vorhatte. Sie konnte seine langen, schwarzen Stiefel auf dem violetten Teppich sehen, seine Schuhspitzen zeigten nach oben, ebenso die riesige Ausbuchtung in seiner Hose. Es verlangte sie danach, sich vorzubeugen und ihn dort zu berühren, ihn zu reiben und zu massieren. Aber ihre gefesselten Hände zwangen sie dazu, ruhig und reglos zu bleiben.

Sie wartete, bäumte sich dann aber auf, so als hätte sie sich verbrannt. Etwas Warmes, Nasses und Weiches war von unten in sie eingedrungen, durch das Loch in der Sitzfläche. Sie wand sich vor Lust, während ein Teil von ihr sie zur Flucht drängte, der andere Teil sie jedoch dazu zwang, sich nach unten, der kreisenden Nässe entgegen, zu strecken.

Es war seine Zunge. Lang und fest ließ er sie von unten über sie fahren, schob sie zwischen die geschwollenen Falten ihres Geschlechts, strich lange und ungestüm über ihre feuchte Mitte. Sie spürte, wie sein Zeigefinger in sie eindrang, und sie seufzte, spannte sich um seinen Finger herum an. Dann führte er einen zweiten Finger ein und einen dritten, während seine Zunge mit dem goldenen Ring spielte, der sie durchbohrte. Die Verbindung von Weich und Hart, Streicheln und Eindringen, kaltem Schlüssel und heißem Atem ließ sie erbeben, und sie hatte das Gefühl, auf der Stelle sterben zu müssen, wenn er sie nicht sofort ausfüllen würde. Eine Spur ihres Moschussaftes erleichterte ihm das Eindringen, und dann bemerkte sie, wie ein vierter Finger sie dehnte. Sie stöhnte auf und ermahnte ihn mit leiser Stimme, vorsichtig zu sein. Er beachtete sie überhaupt nicht, drang weiter vor, wobei der Ring nun straff an ihr pralles Fleisch drückte, und sie hörte ihn wie durch einen Nebel schmerzhaften Entzückens sprechen.

«Jetzt nehme ich meine ganze Hand. Er würde das nicht mit dir machen, er könnte dich nicht so vollkommen ausfüllen. Ich weiß, was du willst. Nur ich weiß, was du begehrst. Sag es. Sag, dass du nur mich liebst. Sag, dass dich keiner so befriedigen kann wie ich. Sag mir die Wahrheit. Sag mir, dass ich der Beste bin.»

«Nein», keuchte sie. Unbändige Lust durchflutete ihren Körper und ließ ihre geschwollene Möse seine Hand fest umschlossen halten. «Nein, er würde es besser machen. Du hast ja keinerlei Phantasie. Ich bin meilenweit von einem Höhepunkt entfernt.»

«Beim Blute Jesu, ich werde dich dazu bringen, es zu sagen!» Seine andere Hand holte aus, und sie fühlte einen stechenden Schmerz, als seine Hand hart auf ihrem Hinterteil landete. Seine Finger bewegten sich weiter in ihr, verschafften ihr ein Gefühl der Ekstase. Aber dann drang ein neuer, herausfordernder Reiz in sie, und sie spürte, wie seine Zunge der anderen Hand den Weg bereitete.

Sie fühlte sich so ausgefüllt, wie es nur irgend möglich war. Ihre Klitoris pulsierte unter dem Schlüssel, als sie spürte, wie sein Daumen ihren Anus erst öffnete und dann eindrang. Sie versuchte, sich ihm zu verschließen, da sie sicher war, nicht mehr ertragen zu können, aber er durchstieß einfach die Enge ihres Muskels, schob sich aufwärts und in sie hinein, bis sie spürte, dass seine Finger durch die dünne Membran, die sie dort teilte, über seinen Daumen strichen. Er bewegte seine Hände entgegengesetzt; während die eine sich hineinschob, zog er die andere wieder heraus, und sie fühlte, wie sie begann, die Kontrolle über sich zu verlieren und sich vollkommen fallenließ. Ihr Körper schien sich aufzulösen, als sie mit einer unsagbaren Wucht zum Höhepunkt kam. Valerian hielt sofort still, drückte nur noch aufwärts, während sie auf dem Stuhl schwankte und bebte. Aus den Tiefen ihres Körpers entrang sich ein kehliger Schrei.

Noch bevor sie fertig war, zog er die Hände aus ihr heraus und kam zwischen ihren Beinen hoch, das Gesicht gerötet, und sein Atem ging stoßweise. Er kniete vor ihr und stand dann auf, um die Fesseln zu lösen, die sie nach oben gestreckt hielten. Ihre Arme fühlten sich taub an, verkrampft, aber das schien er weder zu bemerken, noch kümmerte es ihn. Er hob sie wie eine Stoffpuppe hoch und drückte sie an sich, den Schwanz schmerzhaft fest gegen ihren Schamhügel gepresst.

«Mit einem anderen würdest du niemals so einen Höhepunkt haben wie bei mir, und das weißt du auch.» Seine Lippen fielen wieder über sie her, bissen, leckten, bedeckten ihren Mund. Halb zog er sie dann, halb trug er sie zu seinem Schreibtisch und warf sie darüber, mit dem Gesicht nach unten. Sie legte eine Wange auf die kühle Oberfläche, atmete sanft das nach Wachs duftende Aroma der Politur ein und dachte an das flachsblonde Mädchen, das dies Holz so blank poliert hatte. Sie stellte sich vor, wie sie sich über den Tisch beugte, den Staubwedel in der Hand, in ihrem immer etwas zu knappen Kleid, dessen Stoff so eng an ihren Brüsten anlag, dass man ihre Nippel fast durch die dünn gewordene Baumwolle hindurch sehen konnte. Madame schloss die Augen und zitterte. Ihre Gedanken ließen ihren ganzen Körper vor Begehren vibrieren und sorgten dafür, dass sie noch feuchter wurde.

«O doch, er würde das schaffen», beharrte sie weiter, als sie ihr Gleichgewicht wiedergefunden hatte. «Dein Bruder hätte jetzt nicht aufgehört. Er hätte es mir bis zur Besinnungslosigkeit besorgt, bis an die Schmerzgrenze, bis ich ihn gebeten hätte, innezuhalten, und selbst dann hätte er noch weitergemacht. Sein Durchhaltevermögen war vermutlich größer als das deine.»

Sie jaulte auf, als seine Hand erneut auf ihre empfindliche Pobacke niedersauste, und sie konnte spüren, wie sich der Abdruck rötete, als er nach einer Reitgerte griff, die an einem Stapel von ledergebundenen Büchern lehnte. Das geflochtene Leder erzeugte ein lautes Klatschen, als es mit ihrer Haut in Berührung kam, und sie packte das entgegengesetzte Ende des Tisches, während Schmerz und Erregung wie Feuer durch ihre Adern liefen. Sie drückte die Hüften gegen das Holz unter sich, seufzte und ließ ihren Mund über die Tischplatte streichen, küsste die glänzende Oberfläche und hauchte sie mit ihrem heißen Atem trüb.

«Los, kleiner Bruder. Versuch dein Bestes», stachelte sie Valerian aufs Neue an.

Sie hörte, wie er neben ihrem Ohr mit den Zähnen knirschte, und sie fühlte das Gewicht seines Körpers, als er sich an sie schmiegte. Der Duft von frischem Schweiß stieg ihr in die Nase, und sie konnte die Feuchtigkeit auf seinem Brustkorb spüren, die seine Haut bedeckte, während er sich mit unbezwingbarer Wut auf sie stürzte. Sie erwartete, dass er sie wie üblich nehmen würde, als sie bemerkte, dass sein Schwanz über den Ring rieb, der ihre Schamlippe durchbohrte. Als sich aber die brennende Spitze seines Gemächts zwischen ihre Hinterbacken schob, packte sie ein lustvolles Entsetzen ob seiner Unberechenbarkeit.

Mit einer Hand öffnete er weit ihre Pobacken, die andere konnte sie unter sich fühlen, und sie wimmerte, als seine Fingerspitze sich in den goldenen Ring einhakte und ihn nach unten zog. Er ließ die Hüften kreisen und schob sich mit derselben schraubenden Bewegung in sie hinein, die sie ihn schon so oft bei den zahlreichen jungen Männern aus seinem Freundeskreis hatte anwenden sehen.

Erregt und von Schmerzen gepeinigt zugleich, drängte sie sich ihm nach hinten entgegen und ließ die glatte

Tischkante los, um hinter sich zu greifen und ihn bei den Hüften zu packen. Kurz hielt sie den Atem an und stemmte sich ihm entgegen, während sie ihn tief in sich zog.

«Kleiner Bruder, kleiner Bruder», stichelte sie durch zusammengebissene Zähne. «Zeig mir, wer der Beste von allen ist. Oh, *nom de dieu.* Valerian, nimm mich so hart, wie du nur kannst. Besorg es mir besser, als dein Bruder es sich je hätte träumen lassen!»

Ihre Körper wanden sich. Sie konnte die Berührung seiner prallen Eier auf der Rückseite ihrer Schenkel spüren, wenn er mit wahnsinnigen, hektischen Bewegungen in sie stieß. Er fühlte sich riesig an und dehnte sie so unerträglich weit, dass sie sich wünschte, er wäre stattdessen in ihrer Spalte. Sie griff nach unten und setzte ihre eigenen Finger ein, um sich Erlösung zu verschaffen, schob sie in ihre nasse, erwartungsvolle Mitte und kniff dabei die Augen zusammen, schlug mit der Stirn auf den Tisch und presste ihre Brüste auf das kühle Holz.

Sie fühlte, wie er ganz steif wurde und sich an sie drückte, dann die vertraute züngelnde Hitze, als sein Schwanz, den er mit kraftvollen kleinen Stößen tief in sie vortrieb, zu zucken begann. Sie schob ihre Finger mit einer letzten, verzweifelten Bewegung noch einmal in sich und spürte, wie sie über dem Abgrund schwebte, ihre Sinne flatterten eine unendliche Sekunde lang, bis sie keuchend herabstürzte in einen Höhepunkt, in dem ihr Körper den seinen mit unbezwingbarer, rhythmischer Kraft gefangen hielt. Sie klammerte sich mit der freien Hand am Tisch fest, während ihr Kopf sich nach hinten drehte und ihre Lippen die seinen suchten.

Er packte sie im Nacken und zerrte sie an sich, sein Mund drückte sich hart auf ihren Mundwinkel, und sein heißer Atem vermischte sich mit dem ihren.

«Hab ich es dir gezeigt?», fragte er leise.

«Du zeigst es mir immer», antwortete sie. Ihre Lippen streichelten die seinen, und die Kehle wurde ihr eng beim Anblick seines erhitzten, schönen Gesichts.

«Sam? Sam, bist du hier?» Lydia klopfte an den hölzernen Rahmen der Stalltür. Die Nachmittagssonne fiel schräg durch das geöffnete Tor und beleuchtete die Spreu und den Staub, die durch die warme Stallluft tanzten. Dandy Beau wieherte, das alte Pferd, das William Hawkesworth gehört hatte und das Valerian unbedingt zum Abdecker bringen lassen wollte. Lydia streichelte sanft seine samtigen Nüstern.

«Immer noch hier, alter Junge?», murmelte sie und stupste ihn mit der Nasenspitze an. Er duftete nach Heu und Sattelseife, und sie überkam eine wehmütige Erinnerung an die Zeit, als Onkel William ihn jeden Morgen geritten hatte und sie und die beiden Jungen ihm auf ihren Ponys gefolgt waren.

Sie sah sich um und fragte sich, wo der Pferdeknecht steckte. Sie hatte einen Brief, den er für sie überbringen sollte. Sam war einer der wenigen, dem sie vertraute und vom dem sie wusste, dass er es nicht herumerzählen würde. Sie fuhr mit dem Finger über das Wachssiegel und warf noch einen Blick auf die schwungvollen Zeichen von schwarzer Tinte, aus denen sich der Name des Anwalts Mister Lavendale ergab. Er hatte versprochen, ihr zu helfen, wenn sie es jemals brauchen würde. Und so hatte sie sich entschlossen, dieses Versprechen zu beanspruchen und sich in Drummonds Angelegenheit an ihn zu wenden.

Scharren und ein kaum hörbares Stöhnen drangen durch die Bodenbretter genau über ihrem Kopf.

«Sam, bist du da oben?»

Sie entfernte sich von den Verschlägen und blieb am Fuße der Leiter stehen, die nach oben auf den Dachboden führte. Es herrschte Stille. Hinter ihr scharrte Dandy Beau mit seinen Hufen im Stroh, und einen Moment lang dachte sie, dass ihre Ohren sie getrogen hätten und es sein Scharren gewesen war, das sie gehört hatte.

Dann war wieder ein Stöhnen zu vernehmen, diesmal begleitet von einem tiefen Luftholen, und nun war sie überzeugt davon, dass irgendjemand oben auf dem Heuboden sein musste. Sie steckte den Brief in die Tasche, schleuderte die Schuhe mit den leuchtend roten Absätzen von sich und begann, die stabile hölzerne Leiter hinaufzuklettern. Oben angekommen, hielt sie einen Moment inne, um ihre Augen an das Dämmerlicht zu gewöhnen und sich einen Strohhalm aus dem Haar zu ziehen.

Am anderen Ende des riesigen Bodens fiel durch eine halbgeöffnete Tür das Licht eines dahinterliegenden Fensters. Man konnte die Ecke eines niedrigen Holzbettes sehen, auf dem Sam mit hängenden Schultern saß. Seinen Kopf hielt er gesenkt. Ein weites Hemd hing in Fetzen an seinem Körper, langsam färbte frisches Blut das gelbe Leinen scharlachrot. Als sie sich ihm auf Zehenspitzen näherte, konnte Lydia sehen, dass Sams breiter, muskulöser Rücken kreuz und quer von breiten Striemen bedeckt war.

«Sam.» Sie sprach leise, einerseits, weil sie ihn nicht erschrecken wollte, andererseits, da sich ein dicker Klumpen in ihrer Kehle gebildet hatte. Er blickte auf, und seine tiefbraunen Augen waren auf sie gerichtet. Lydia konnte in ihnen eine Mischung aus Angst und Hilflosigkeit, gepaart mit einer Spur Rachegelüste, erkennen. Er saß reglos da und schwieg. Lydia sank vor ihm auf die Knie. Als sie seine große, schwielige Hand in die ihre nahm, konnte sie den Stallgeruch wahrnehmen, der ihm anhaftete: Leder und Heu, gemischt mit männlichem Schweiß und dem herben Geruch des Tabaks, der aus einem geöffneten Beutel neben ihm auf der Decke quoll.

«Hat Valerian, ich meine Lord Hawkesworth, hat er dir das angetan?»

«Ja», murmelte der Pferdeknecht, und er schaute nach unten, als würde er sich dafür schämen. Seine Schultern hoben sich schwer, und Lydia sah ihn besorgt an. Dann streckte sie die Hand aus und berührte vorsichtig seinen kräftigen Rücken.

«Sam, schau mich doch an», bat sie sanftmütig. «Bitte, es tut mir so leid. Mein Cousin ist eine Bestie ohne jeglichen Respekt für Menschen und Dinge. Ich möchte mich für sein Benehmen entschuldigen, und ich werde mein Bestes dafür tun, um sicherzustellen, dass so etwas niemals wieder passiert.»

Ihre Hand schob sich unter sein Kinn, und sie hob sein Gesicht an. Seine Augen glühten wie Kohlen, und seine dichten braunen Wimpern glitzerten von Tränen. Die Blässe seiner Haut ließ die Sommersprossen auf seiner gebogenen Nase besonders auffällig hervortreten, und sein Kiefermuskel bewegte sich, als er ihrem Blick begegnete.

«Miss Lydia, Ihr müsst Euch nicht entschuldigen. Es war nicht Eure Schuld. Wir wissen doch alle, wie der Herr ist, aber das bedeutet ja nicht, dass wir von Euch weniger halten. Wir bleiben doch bloß Euretwegen, und wegen der Hoffnung, dass Master Drummond eines Tages vielleicht doch noch nach Hause kommt. Dann würde ja alles wieder gut werden.»

«Oh, Sam. Wenn es nur bald so weit wäre.» Sie erinnerte sich an den Brief und drückte ihn in seine Hand. «Würdest du diesen Brief wohl für mich in die Stadt tragen?» Als er aufstand und sich abwandte, richtete auch sie sich wieder auf und berührte seine aufgeplatzte Haut vorsichtig mit einem Finger. «Warte, lass mich erst das Blut von deinem Rücken waschen. Diese Wunden sehen aus, als würden sie sehr wehtun, und außerdem heilen sie besser, wenn sie sauber sind.»

Als sie mit frischem Wasser aus der Pumpe zurückkehrte, bemerkte sie, dass Sam sich an das geöffnete Fenster gestellt hatte. Rauchwölkchen stiegen aus der Pfeife in seiner Hand auf und wurden vom Luftzug durch den Fensterrahmen nach draußen geweht. Auf einem niedrigen Tisch neben ihm standen ein Becher und eine Flasche, die Lydia entkorkte. Sie schnupperte daran und rümpfte die Nase, goss dann aber einen großzügigen Schluck in den Becher.

«Hier, trink etwas davon. Das hilft vielleicht.»

Er nahm ihr den Becher nicht ab, sondern stand nur ganz still da und blickte auf sie herab. Sie gewahrte, wie dicht sie bei ihm stand, wie nah ihr sein nackter Oberkörper war und wie intensiv sein Duft in ihrer Nase haftete. Sie fragte sich, ob sie einen Schritt zurückgehen sollte, sich von ihm entfernen, aber ihre Beine wollten ihr nicht gehorchen. Er runzelte die Stirn, und dabei entstand eine Falte zwischen seinen Augenbrauen, die genau die Linie des Grübchens fortsetzte, das sein Kinn teilte.

«Ich bin kein Feigling», sagte er.

«Das weiß ich. Aber es wird wehtun. Trink etwas.»

Als er den Becher ergriff, streiften seine harten Fingerspitzen die Innenseite ihres Handgelenks, und sie zuckte zurück, hielt die eine Hand mit der anderen, als hätte sie sich verbrannt. Das Gefühl, das sie bei seiner Berührung durchzuckt hatte, war überwältigend gewesen, fast so, als sei eine Faust in ihrem Magen gelandet. Er bewegte sich, und sie trat einen Schritt zurück, erschüttert von der Stärke ihres eigenen Begehrens.

Sam ließ sich schwer, mit gefasster Miene und die Stirn noch immer in Falten gezogen, auf der Kante der nächstgelegenen Matratze nieder und schüttete den Brandy in sich hinein. Lydia musste ihre Blicke von seinen Schenkeln, die den Stoff seiner rostfarbenen Reithosen spannten, losreißen. Sie begann, ein Bettlaken zu zerreißen, und füllte dann noch einmal seinen Becher. Dann nahm sie selbst einen Schluck, bevor sie die Ecke eines der zerrissenen Betttücher in den Eimer mit kaltem Wasser tauchte.

Sie zündete eine Lampe an und zog sie näher, untersuchte den Rücken des Pferdeknechts und gab dabei Schmerzlaute von sich, da sie das Gefühl hatte, den Schmerz auf seiner Haut selbst fast körperlich zu empfinden. Valerian hatte ihn tatsächlich schrecklich geprügelt. Die blasse, sommersprossige Haut war leuchtend rot und kreuzweise von zahllosen Peitschenstriemen überzogen, aus denen Blut quoll.

Sams Körper krümmte sich, sobald sie mit dem kalten Tuch seinen Rücken berührte, seine Muskeln zuckten. Er sank vornüber, mit runden Schultern und den roten Schopf so tief gesenkt, dass sie lediglich seine kräftigen Nackenmuskeln und die klare Linie seiner kurzgeschnittenen Haare sehen konnte. Als sie die Finger sanft über ihn gleiten ließ, nahm sie die spannungsgeladene Stille in der warmen, duftenden Luft des Heubodens wahr. Ihre Bewegungen wurden noch langsamer, um diesen Moment etwas länger festzuhalten, in dem sie die empfindliche Haut des Jünglings neben sich auf dem Bett verwöhnte.

«Tut das weh?», fragte sie und drückte absichtlich auf eine der offenen Wunden. Sam zitterte und zuckte ein bisschen zusammen, streckte sich dann aber, lehnte sich zurück und schüttelte den Kopf. Lydia beugte sich ein wenig vor und fuhr sanft mit den Fingern von seinen Schultern über die spitz zulaufende Linie seiner Rippen bis zur Taille über seinen Rücken.

Sie konnte fühlen, wie er unter ihrer Berührung erzitterte, und sie wusste, dass er es auch so empfunden hatte: dieses heftige Verlangen, als sich ihre Hände zufällig getroffen hatten. Sie wusste, dass er sie wollte, dass er begierig war, sie zu spüren, dass sein Zittern ebenso seiner Lust zuzuschreiben war wie seinem Schmerz. Aber es wurde ihr auch bewusst, dass er nichts unternehmen würde, um sein Begehren zu befriedigen. Niemals könnte er den ersten Schritt machen, denn er war ein Knecht, und sie war die Herrin des Hauses.

Ihr Zeigefinger langte an dem festen Bund seiner Kniehose an, und sie verharrte dort auf der rauen Struktur des Stoffes, während sie sich seine straffe Haut darunter vorstellte. Ihr Herz begann schneller zu schlagen, ihr Atem ging ein wenig rascher als gewöhnlich, und sie versuchte, wieder regelmäßig zu atmen, um sich unter Kontrolle zu behalten. Aber es nützte nichts, denn sie war bereits völlig außer sich, und sie wusste es ganz genau.

Sie legte beide Hände auf seine Schultern, sie kniete sich auf seiner Bettstatt hinter ihn, der seidene Rock ihres Kleides streifte raschelnd über die groben Decken. Sie brachte ihren Mund ganz dicht an sein Ohr und fühlte, wie sich all seine Muskeln unter ihr anspannten, sein Körper sich unter dem festen Druck ihrer Brüste ein Stück nach vorn beugte, so wie man einen geschmeidigen Bogen spannt, um für das Abschießen eines Pfeils zu proben. Als ihre Nasenspitze fast sein Haar berührte, blies sie sanft in sein Ohr und begann zu sprechen.

«Sam», murmelte sie. «Sam, gehorchst du deinem Herrn?»

«Ja, Miss.»

«Gehorchst du deiner Herrin?»

Er antwortete nicht, aber sie spürte, wie schwer sein Atem ging, als er versuchte, ruhig zu bleiben, aber die Bedeutung ihrer Worte allmählich in sein Bewusstsein vordrang. Er senkte seinen Kopf etwas, was sie beschloss als Bestätigung aufzufassen.

«Schau mich an», flüsterte sie, die Nase so dicht an seiner Wange, dass sie das Kratzen der kurzen Bartstoppeln fühlte, die sich über seinen Kieferknochen zogen. Sie schloss die Augen, berauschte all ihre Sinne mit seinem animalischen Duft und der Wärme, die sein halbnackter Körper verströmte.

Sie merkte, wie er sich bewegte, sein Körper sich

drehte. Sie ließ die Augen weiter geschlossen, als seine Hände ihre Taille umfassten und sie hoch- und über sich hinweghoben, bis sie auf seinem nunmehr entspannten Bauch lag und sie gemeinsam auf das Bett sanken. Seine Hände lagen jetzt fest auf ihren Hüften, und sie konnte die Festigkeit seiner Schenkel spüren, seinen muskulösen Brustkorb unter dem seidigen Stoff ihres Mieders.

«Ich würde Euch niemals den Gehorsam versagen. Ich bin Euer untergebener Diener, und ich würde mein Leben für Euch geben, Miss Lydia.» Seine Stimme war heiser, und sie öffnete die Augen, um ihn anzuschauen, den erhitzten Ausdruck in seinem jungen Gesicht zu studieren und die lebendige Kurve seiner Unterlippe mit den Blicken nachzuziehen.

«Es geht nicht um das Sterben, Sam. Lediglich um Lust.» Sie senkte ihren Mund auf den seinen und fühlte sich äußerst erleichtert, als sich seine Lippen öffneten und sie die warme Berührung seiner Zunge auf der ihren spürte. Er schmeckte nach Schnaps und Tabak, und sie berauschte sich an seinem Aroma, wobei sie ihn küsste, ihre Lippen die seinen suchten. Ihre Zunge forschte nach mehr, und sie merkte, wie seine Arme sie umschlangen und er die Hände auf ihrem Rücken verschränkte.

Sie küssten sich lange und innig. Die sanfte Brise, die durch das geöffnete Fenster kam, zerzauste Lydias Haar immer mehr und ließ die Strähnen sich auf dem Bettlaken drehen und winden wie schwarze Schlangen. Schweigen herrschte zwischen den beiden, nur Berührungen, und sie fühlte ihre Erregung, die nun von ihr Besitz ergriffen hatte und begann ihren ganzen Körper zu durchfluten.

Sie fühlte sich heiß, wie im Fieber, dann wieder war es

ihr kalt; die kleinen Härchen in ihrem Nacken stellten sich unter der zarten Berührung seiner Finger auf, als er ihre Haarsträhnen beiseiteschob. Sie wartete darauf, dass er den Verschluss auf der Rückseite ihres Kleides aufhaken würde, es öffnen, es auseinanderbreiten würde, um ihre nackte Haut mit den rauen Spitzen seiner an harte Arbeit gewöhnten Hände zu streicheln. Aber er tat nichts. Er küsste sie noch nicht einmal mehr und lag ganz ruhig da.

Sie wartete, dass er etwas unternahm, bedeutete ihm, sie auszuziehen, aber er bewegte sich noch immer nicht. Seine Augen waren geschlossen, und sie stützte sich auf einem Ellbogen auf, um die Schatten zu betrachten, die seine dichten Wimpern über seine Wangen warfen. Sie war überrascht ob seiner Jugend. Er war jünger als sie, achtzehn, höchstens neunzehn. Wie eine plötzliche Offenbarung kam ihr ein Gedanke.

«Sam, du bist doch schon einmal mit einer Frau zusammen gewesen, oder?»

Er riss seine Augen auf, tiefbraun, mit großen schwarzen Pupillen, in denen sie beinahe ertrank, als sie sich in seinen Blick versenkte. Er errötete, zog die Stirn kraus und schlug die Augen nieder. Ein Ausdruck tiefster Schüchternheit lag auf seinem Gesicht.

«Nein, bin ich nicht, Miss. Noch niemals.»

Lydia war berührt von diesem verlegenen Geständnis; sie streichelte sein Haar und legte ihre Stirn an die seine, um ihn dazu zu bringen, ihr in die Augen zu sehen.

«Das überrascht mich, in der Tat. Ich habe immer gedacht, dass ihr Stallburschen bei jedem Mädchen in der Gegend gut angeschrieben seid. Warum denn nicht du?»

«Na, hier draußen auf Hawkesworth gibt es da nicht

viel Auswahl. Den Mädchen aus dem Haus sind wir nicht gut genug, also bliebe nur die alte Tessie aus der Melkstube, und die ist doch nicht ganz …»

«Nein, das kann ich mir vorstellen», stimmte ihm Lydia lächelnd zu. Ihre Hände glitten zwischen ihre aneinanderliegenden Körper, bis sie die harte Wölbung seines Schwanzes unter dem Hirschleder-Latz seiner Hose fühlte.

«Also hat noch nie ein Mädchen solche Dinge mit dir gemacht?» Sie hob fragend eine Augenbraue. Er schüttelte den Kopf, und ein tiefes Rot überzog sein Gesicht und seinen Hals, begleitet von einem langen Einatmen. Seine Blicke begegneten den ihren, und sie spürte, wie sie bei dem Gedanken an seinen noch unberührten Körper zu zittern begann.

Sie richtete sich über ihm auf, setzte sich rittlings auf ihn und drapierte ihre Unterröcke so hoch, dass er sehen konnte, wie ihre bloßen Schenkel oberhalb der undurchsichtigen blauen Strümpfe schimmerten. Ihre Knie lagen dicht an seinen Rippen, und unter der Wölbung ihrer Pobacken konnte sie fühlen, wie unglaublich steif er war, als sein Schwanz sich in der Hose regte.

«Oh, Sam. Du wirst etwas Wunderbares erleben», hauchte sie, und ihre Finger strichen über die glatte Haut seines Brustkorbs, um bei den sich zusammenziehenden braunen Brustwarzen zu verweilen. Seine Hände kamen unter der fließenden Seide ihrer Röcke hervor. Er griff nach ihren Handgelenken, hielt sie davon ab, fortzufahren, und zog sie ein bisschen nach vorn.

«Es ist nicht recht», erklärte er. «Ihr solltet das nicht tun. Nicht mit mir.»

«O doch, das sollte ich. Ich will es. Entspann dich, und alles wird gut sein.»

«Aber, Miss …»

«Kein Aber, Sam. Ich weiß, dass du es genauso willst wie ich. Oder etwa nicht? Oder willst du mir sagen, dass du mich nicht magst? Bin ich dir nicht schön genug? Vielleicht hattest du dir ja für dein erstes Mal etwas Besseres gewünscht?»

«Was Besseres?» Er schnaubte spöttisch. «Ihr seid die allerschönste Frau, die ich jemals zu Gesicht bekommen habe, aber Ihr seid eine Lady, Miss, und ich …»

«Du bist ein Mann, Sam. Lass uns also aufhören zu reden und herausfinden, was für ein Mann du sein kannst.»

Diesmal legten sich ihre Lippen fest auf seine, teils, weil sie ihn zum Schweigen bringen wollte, teils, da sie nicht mehr länger warten konnte. Das Gefühl seines muskulösen Körpers unter ihr war fast bis zur Unerträglichkeit verlockend. Sie sog seine Zunge in ihren Mund, während sie sich an ihm rieb. Als Antwort darauf begann sein Schwanz zu zucken, und die Härte seiner Männlichkeit drückte gegen die Kleidung, die sie noch voneinander trennte. Lydia bewegte die Hände geschickt nach unten und kämpfte mit seinen Knöpfen, bis sie endlich die Wärme seiner nackten Haut spürte. Sie rückte ein Stück von ihm ab, riss ihren Mund von seinem los und setzte sich gerade hin, um ihn besser anschauen zu können.

Er war riesig: lang und hart mit sich wundervoll windenden Adern und zwei prallen Eiern, die sich darum zu drängeln schienen, welches dichter an seiner Schwanzwurzel liegen dürfe. Er reckte und streckte sich aus dem Hosenschlitz empor wie ein junger Baum. Aber statt sofort über ihn herzufallen und ihn jetzt und gleich in den Mund zu nehmen, blieb Lydia nichts anderes übrig, als sich zu beherrschen, da der gequälte Ausdruck auf seinem Gesicht ihr bedeutete, wie kurz Sam bereits vor der Erlösung stand. Ein Mädchen so nahe an sich zu spüren und zu erleben, wie sie seinen Schwanz aus der Hose holte, war das größte sexuelle Erlebnis, das dieser junge Bursche bislang erlebt hatte. Lydia beschloss, es ruhig angehen zu lassen, aus Angst, dass er zu schnell zu seinem Höhepunkt kommen würde. Sie wollte ja schließlich auch ihr Vergnügen haben.

«Hilf mir», bat sie, lehnte sich zurück und hob ihr Bein über ihn hinweg.

Sie schnürte sich das Mieder auf, führte seine Finger an die Stellen, die seiner Aufmerksamkeit bedurften, und lächelte über sein Gesicht, auf dem sich Bewunderung ausdrückte, als sich ihm ein weibliches Körperteil nach dem anderen nackt darbot. Seine Fingerspitzen fühlten sich rau an auf ihrer Haut, und die Schwielen rieben aufreizend ihre Brüste, als sich ihre Hände über seine legten und so führten, dass er sie umschloss und seine Daumen ihre Nippel umkreisten.

Seine Berührungen waren zunächst vorsichtig, sein Blick scheu und sein Umgang mit ihr tastend, aber als er sah, wie sie es genoss, und spürte, wie ihre Haut unter seinen Händen von Schauern der Lust überlaufen wurde, gewann er allmählich immer mehr Sicherheit. Lydia empfand seine Bewegungen als unerfahren, aber köstlich, die Berührungen seiner Finger als vorsichtig, aber himmlisch. Dann glitten seine Hände abwärts, um ihre Röcke zu öffnen.

«Komm, ich mach das schon.» Sie stand auf und ließ eine Kaskade aus Seide und Baumwolle auf den Boden rieseln, bemerkte, wie er tief Luft holen musste und sich mit der Hand unwillkürlich an sein Gemächt fasste. Er streichelte sich, und als sie seine Bewegungen verfolgte, spürte Lydia, wie sie feucht wurde und Ungeduld sie packte, diesen Burschen endlich zu besitzen.

Sie rutschte an die Bettkante, und die Sonne des späten Nachmittags vergoldete die glänzenden neuen Härchen, die sich um ihre Spalte lockten. Sie konnte die Wärme auf ihrem nackten Rücken fühlen und genoss den letzten Moment, bevor sie den jungen Mann erobern würde. Dann hob sie ein Bein und schwang es über seine Hüfte.

«Wartet, Miss. Ich glaube nicht, dass es recht ist. Wir sollten das nicht …»

Sie vernahm seine Stimme, als käme sie von ganz weit her, und sie sah fragend auf ihn herunter. Sie spürte die Hitze, die sein Körper verströmte, die fiebrige Wärme seines harten Schwanzes.

Sie legte ihm die Handfläche auf den Brustkorb und drückte ihn hinab auf die Bettstatt.

«Schweig, Sam.»

Sie zog seinen Schwanz an ihre Spalte, die sich entfaltete, als sie schmetterlingsgleich über seiner sehnsüchtigen Spitze schwebte. Lydia beobachtete Sam durch halbgeschlossene Lider, nur noch ein Hauch von Smaragdgrün war durch ihre dichten Wimpern zu erhaschen, als sie sich am Anblick des besiegten Stallburschen labte. Er lag flach auf dem Bettlaken, seine großen Hände zu beiden Seiten ausgestreckt und den Kopf so in den Nacken gelegt, dass sein starkes Kinn nach oben zeigte, als wollte er die Decke küssen. Sein Adamsapfel bewegte sich bei jedem Atemzug, den er machte, und Lydia konnte an der straffen Anspannung seiner Hüften erkennen, dass er sofort kommen würde, wenn sie auch nur einen Muskel regen würde.

«Wie fühlt sich das an?», gurrte sie, und ihre Finger strichen sanft über seinen Bauch.

Er stöhnte und schüttelte den Kopf, unfähig, etwas von sich zu geben. Aber sie konnte ihn unter sich fühlen, konnte das Zusammenziehen seiner festen Pobacken spüren, als er sich in sie hineinschob, mit winzigen Stößen, schnell, langsam, keuchend und zähneknirschend. Sie beugte sich vor, bis die Spitzen ihrer straffen Nippel köstlich über den Satin seines jugendlich unbehaarten Brustkorbs streiften, und legte den Mund dicht an sein Ohr.

«Lass es kommen. Lass es dir kommen, Sam. Wir können es später nochmal tun.»

Mit dem Stöhnen lange unterdrückter Leidenschaftlichkeit hob er seine Hände, um ihre Hüften zu packen und still zu halten, während er zustieß. Sie merkte, wie die Feuchtigkeit ihrer Spalte seinen Schwanz umgab, als sie auf ihn niedersank, fühlte, wie sich ihre Schamlippen fest um seinen Schwanz legten, bis sie das Reiben seiner Eier an der sanften Kurve ihrer Hinterbacken spürte. Sie hatte ihn tief in sich, hielt den Atem an. Ihre Möse umschloss ihn und musste ihn dann gehen lassen, als er sich kurz aus ihr zurückzog.

Er war unbeholfen, verhedderte sich mit den Fingern in ihrem Haar, bevor er sie mit vor Anspannung weißen

Knöcheln zu ihren Schenkeln gleiten ließ, um sie mit eiserner Härte zu packen. Seine Bewegungen schienen unbedacht: ein Stoß, dann zwei, dann eine lange Pause, in der er stöhnte und an ihrem Ohrläppchen knabberte. Dann plötzlich schnell, schnell, schnell, eine rasche Folge fieberhafter, rasender Zuckungen, die sich zu einem langen, heißen Stoß steigerten, mit dem der Schwanz hart in sie eintauchte. Fast tat er ihr weh, als er tief in sie eintauchte, sein Gemächt regelrecht in sie rammte. Überrascht spürte Lydia, wie schimmernde Erlösung ihr über den Rücken zog und in ihrem Becken üppige, wogende Wellen auslöste, die sich an seinem plötzlich reglosen Schwanz brachen.

Er hob ihr Kinn an und sah in ihr Gesicht; Verwunderung und Unsicherheit erhellten das Braun seiner Augen und ließen sie in bernsteinfarbener Klarheit leuchten.

«War es für dich genauso? Hast du es auch gefühlt?» Er schlang seine kräftigen Arme um ihren Körper und drückte sie an sich. Seine Mund vereinnahmte den ihren in einem leidenschaftlichen, gierigen Kuss. Als er still lag, ließ sie ihre Lippen mit Myriaden kleiner Zungenschläge sein Gesicht ertasten, bevor sie ihren Kopf unter sein Kinn schob und ihre Wange gegen seine Brust legte.

Sie spürte, wie eine zufriedene Wärme durch ihre Glieder zog, und sie lächelte. Sie ließ ihre Finger um ihn herumgleiten und dann hinab, um sich in der Spalte zwischen seinen süßen Pobacken zu verkeilen. Sie fühlte sich sinnlich und lüstern, befriedigt und frei, aber trotzdem hungrig auf mehr. Sie rieb ihre Spalte in der lockigen Feuchtigkeit seiner Scham wie ein Versprechen auf bevorstehende Genüsse.

Plötzlich schoss der Grund, der sie eigentlich zu Sam geführt hatte, wieder in ihr Bewusstsein. Sie setzte sich auf und schüttelte den schlafenden Burschen unter sich.

«Der Brief», sagte sie. «Sam, kannst du jetzt den Brief wegbringen? Er muss Mister Lavendale erreichen, noch bevor er heute seine Kanzlei schließt. Wirst du gehen? Ich werde später wiederkommen, aber nun musst du aufbrechen.»

Kapitel dreizehn

Als sie mitten in der Nacht über den Hof schlich, dachte Lydia, sie würde Sam allein antreffen, und er habe sicher einen Vorwand gefunden, den anderen Stallburschen fortzuschicken. So war sie überrascht zu sehen, dass zwei junge Männer sie erwarteten, als sie die Tür zum Stall aufstieß. Einer lag auf einem Berg duftenden Heus, den vertrauten Körper und das kastanienrote Haar vom warmen Licht einer Lampe erleuchtet. Der andere, groß, dunkel und von jugendlicher Schlaksigkeit, saß auf einem Ballen Stroh und kaute zögerlich auf seinem Daumen. Er schrak auf, als sie eintrat, und sah seinen Freund von der Seite an, der zu ihrem Entzücken etwas verlegen aussah.

«Guten Abend, Sam. Guten Abend, Jemmy.» Sie lehnte sich an die Tür und verschränkte die Hände hinter dem Rücken. Sie beobachtete die beiden unbemerkt einige Augenblicke lang. Sam war der Erste, der aufstand: Behände ließ er sich von seinem weichen Lager rutschen und kam langsam auf sie zu, mit vorsichtigen, zögernden Schritten.

«Miss Lydia», setzte er an und blieb genau so vor Jemmy stehen, dass er im Licht stand und der andere Bursche in seinem Schatten war. «Ich dachte, wir könnten Jem zeigen, was wir gemacht haben. Er hat es auch noch nie getan, und wenn Ihr es ihm einfach mal zeigen könntet, wäre er bestimmt sehr glücklich und dankbar.»

«Seid ihr verrückt?» Lydias gebieterische Stimme unterbrach schneidend Sams Worte, und sie klang dabei sogar in ihren eigenen Ohren wie ihr Cousin. Sie richtete sich zu voller Größe auf, war sich aber völlig im Klaren darüber, dass sie selbst auf Zehenspitzen noch einen ganzen Kopf kleiner war als Sam. Wenn er es wollte, könnte er sie dazu zwingen nachzugeben, obgleich sie den Eindruck hatte, dass er weder den Mut noch die Absicht hatte, so etwas zu tun.

«Wenn du dir eingebildet hattest, ich sei hierhergekommen, um mich dir unter den Augen eines anderen Stallburschen hinzugeben, dann hast du dich sehr getäuscht. Jemmy, lass Sam und mich bitte allein.»

Sie trat nach vorn in den Lichtkreis der Laterne und stemmte beide Hände in die Hüften. Eine Schuhspitze klopfte ungeduldig auf den von Getreidehalmen übersäten Holzfußboden, und sie reckte das Kinn, um sich einen Ausdruck von Entschlossenheit zu geben. Sam runzelte die Stirn und steckte seine großen Hände tief in die Taschen seiner Hosen; sein Gesicht war gerötet, er senkte den Kopf ein wenig und starrte auf den Boden.

Hinter ihm erhob sich Jemmy, streckte seinen langen, dürren Körper nach dem langen Hocken auf den Strohballen. Lydia konnte sein Gesicht nicht genau erkennen, da es von einem Wust seidiger brauner Haare verdeckt wurde, die ihm über ein Auge fielen. Aber sie konnte sehen, dass ihm das Ganze ungemein peinlich war. Wenn das überhaupt möglich war, schienen seine Wangen sogar noch röter zu sein als die von Sam. Er sah zu ihr herüber, mit seiner schlanken, gebräunten Hand strich er sich das Haar zurück. Lydia war betroffen von der unschuldigen Enttäuschung, die in den Tiefen seiner beeindruckend blauen Augen lag. Er warf ihr ein nur halbgeglücktes spitzbübisches Lächeln zu und zuckte mit den Schultern, bevor er sich anschickte zu gehen.

Lydia beobachtete, wie er sich trollte, fasziniert von den Bewegungen seiner langen Beine, als er über die Hindernisse stieg, die über den Stallboden verteilt lagen. Sie machte einen Schritt nach vorn und streifte dabei Sam, nahm plötzlich überdeutlich die Wärme seines Körpers wahr und den Geruch von Sattelseife und Tabak, der vehement die Ereignisse des Nachmittags in ihr Gedächtnis zurückrief.

Sie fühlte einen Kloß im Halse und ein Ziehen in ihrem Geschlecht, die ihre gebieterische Art und ihre entrüsteten Worte Lügen straften. Sie traf eine schnelle Entscheidung, nahm Sams Hand, genoss das raue Gefühl seiner Pranke auf ihrer Haut und rief dann Jemmy hinterher, der gerade im Dunkel des Stalles verschwinden wollte.

«Jemmy! Warte! Ich habe wohl etwas übereilt reagiert. Wenn dir etwas einfällt, wie wir dieses Tor hier versperrt kriegen, damit wir nicht gestört werden, dann hätte ich gern, dass du bleibst.»

Der kurze Druck von Sams Hand auf der ihren war kaum zu spüren, sagte aber umso mehr. Als Jemmy zurückkam ins Licht und ganz so aussah wie ein junger, energiegeladener Bursche, musste Lydia vor Aufgeregtheit und Erwartung laut lachen. Jemmy lachte auch, sodass sich in seinen Augenwinkeln Lachfältchen zeigten.

Und er ergriff ihre andere Hand. So zogen die beiden Stallburschen sie zu dem duftenden Heuhaufen.

«Ich denke, ich sollte dich fesseln, mein Süßer.» Madame drückte ihre Nase gegen Valerians, ein breites Lächeln umspielte ihren Mund, aus ihren Augen jedoch sprach Härte und Berechnung. «Und dir die Augen verbinden wohl auch, glaube ich. Dann wirst du nur noch deine Ohren und deine Phantasie haben, um festzustellen, was um dich herum geschieht.»

Ihre Lippen pressten sich in einem hungrigen Kuss auf die seinen, und Valerian seufzte, während seine Finger fieberhaft am Verschluss ihres langen Morgenmantels nestelten. Sie schlug seine Hand fort, umklammerte mit der ihren sein Handgelenk und führte ihn zum Bett. Sie zog und zerrte an seinen Gliedmaßen und brachte ihn so in die Stellung, in der sie ihn haben wollte. Er lag auf den glatten Laken, seine Haut strahlend und blass gegen den leuchtend schwarzen und scharlachroten Satin.

Sie hatte seine Arme weit über seinen Kopf nach oben gestreckt und fesselte seine Handgelenke mit schweren Schellen an die Bettpfosten, seine Beine waren weit gespreizt, die Füße und Fußgelenke umwickelt mit meterlangen weichen Lederbändern, die sie am unteren Ende des Bettes festgezurrt hatte.

«Ich will dich sehen», protestierte er, als sie mit einem langen Seidenschal in einer Hand auf ihn zukam.

«Nun, ich will aber nicht, dass du mich siehst», erwiderte sie. «Sieh mich jetzt noch ein letztes Mal an. Ein letzter Blick, um dir Appetit zu machen, und dann werde ich dir die Augen verbinden.»

Sie öffnete ihren Morgenmantel und hob eine Augenbraue. Er sah sie an, seine Augen verschlangen sie von Kopf bis Fuß, und sie fühlte sich belohnt, als sie das plötzliche Zucken wahrnahm, mit dem seine Härte gegen seinen Bauch schnellte. Als sie ihm die Augen verbunden hatte, strich sie mit den Händen einmal über seinen ganzen Körper, fühlte, wie seine Muskeln erbebten und die Beine sich anspannten. Dann stand sie bei seinen Füßen, senkte den Kopf und legte die Lippen um seinen großen Zeh, lutschte ihn und rieb mit der Zunge über dessen Unterseite. Er stöhnte, sein Kopf fiel zu einer Seite, und seine Hände ballten sich zu Fäusten.

«Das war die Lust», flüsterte Madame. «Und jetzt fühl den Schmerz.»

Sie griff in ihre Tasche und legte zwei schwere, goldene Klemmen auf seine Schenkel. Sie ließ sie langsam über seine Haut gleiten, bis sie sah, wie sich seine Eier bei der Berührung mit dem kalten Metall zusammenzogen. Er schrie laut auf, als sie die Klammern an seinem Hodensack befestigte, das Gewicht des Goldes ihn herunterzog und an der empfindlichen Haut zerrte. Sein Gemächt allerdings schien dabei zu wachsen und anzuschwellen, während seine Hüften aufwärtsstießen, als bettelten sie um mehr.

«Geduld, *chéri*», hauchte sie. «Dies ist erst der Anfang.»

Die Schelle, mit der das Rohr an der Wand befestigt war, kratzte verdächtig gegen den Stein, und Drummond hörte einen Augenblick lang auf zu klettern. Unter ihm verschwanden die Schatten, er schwebte etwa sieben Meter über den Rosenrabatten, und er wusste, dass er schwer verletzt oder sogar tot wäre, wenn er aus dieser Höhe herabstürzen würde.

Beim Ein- und Ausatmen leise fluchend, zog er sich noch ein Stückchen höher, bis Lydias Fenstersims in Reichweite war. Er war sich einigermaßen sicher, dass der Raum leer sein müsste, denn er hatte so lange unten auf dem Weg gestanden, dass es ihm bereits wie eine Ewigkeit vorgekommen war, und er hatte Steine gegen die Fensterscheibe geworfen, aber sie war nicht am Fenster erschienen.

«Entweder ist sie nicht da, oder sie schläft wirklich tief», sagte er zu sich selbst und schnaufte leise, als er nach dem Sims griff, um sich hinaufhieven und hinsetzen zu können. Seine Beine baumelten herunter, und der Vorsprung war gefährlich schmal, aber wenn er sich ein bisschen drehte und zur Seite beugte, könnte er in das Zimmer sehen. Das Leder seiner Handschuhe quietschte in der kalten Nachtluft, als er seine Hand ausstreckte und über die Scheiben wischte.

Im Raum war es dunkel. Nur ein schwaches Glimmen in der Feuerstelle erleuchtete den Kaminvorleger und einen Stuhl, der daneben stand. An der gegenüberliegenden Wand konnte er nur ein großes Bett erkennen, das mit Vorhängen teilweise gegen die Nachtkühle geschützt war, und ein großes, helles Kissen, das neben dem Nachttisch auf den Boden gerutscht war. Er rückte die schwarze Samtmaske zurecht, die er trug, drückte seine Nase an das Glas und versuchte zu erkennen, ob es sich bei den erhabenen Umrissen, die man gerade noch im Bett erkennen konnte, um Lydia handelte oder einfach nur um Decken und zusammengeschobene Laken. Er klopfte zögernd an die Scheibe und wartete, aber es rührte sich nichts, keine Bewegung war auf dem Bett auszumachen. Er rang mit sich, ob er an dem Rohr wieder nach unten rutschen und sich durch den Wald zu seiner warmen Matratze trollen sollte. Als er mit der Rückseite des Handschuhs über seine unrasierte Wange strich, konnte er sogar durch das dicke Leder hindurch die Stoppeln fühlen. Er brauchte wirklich dringend eine Rasur und ein Bad. Die anfängliche Begeisterung dafür, im Wald zu leben, begann nachzulassen. So traf er seine Entscheidung zugunsten von Lydia und heißem Wasser.

Nachdem er sich geschmeidig umgedreht hatte, hielt er seinen Schal gegen das Fenster, ballte seine Hand zur Faust und schlug hart gegen das Bleiglas. Es war ein Klirren zu hören, als die Glasscherben auf den Holzfußboden fielen, dann war es wieder still.

Im Zimmer war es warm, und es duftete, als er zur Feuerstelle schlich, um eine Kerze zu entzünden. Er stellte sie auf einen Tisch in der Nähe und durchmaß den Raum mit zwei Schritten, streckte eine Hand aus und zog den Damastvorhang zurück, nur um sich einem zerwühlten, aber sehr leeren Bett gegenüberzusehen. Ein Nachtgewand lag quer über dem Kopfkissen, und er nahm es hoch, hielt sich den weichen Stoff an das Gesicht, um den darin verborgenen Duft von Lydias Körper einatmen zu können: Jasmin und Rosenblätter stiegen ihm in die Nase, und er spürte, wie sich seine Brust zusammenzog und eine sinnliche Glut sich in seinen Lenden breitmachte.

Wo war sie?

Die Kerzen waren heruntergebrannt, einige blakten in ihren Wandhaltern, aber weder Madame noch Valerian bemerkten es. Valerian, immer noch mit verbundenen Augen und gefesselt, erlebte gerade seinen Höhepunkt. Sein Schwanz zuckte gegen seinen Bauch, während Madame ihn mit einer Hand rieb. Sie hatte sein hartes Gemächt ganz mit Perlen umwickelt, mit ihrer eigenen Kette, die sie dazu benutzte, ihn zu reiben und bis zur Erlösung zu stimulieren.

Als er sich wieder beruhigt hatte, beugte sie sich über sein Gesicht, die geschminkten Lippen fast dicht genug, um seine Wange küssen zu können. «Ich denke, du verdienst eine Belohnung, mein Liebster», flüsterte sie. «Ich werde jetzt gehen und deine reizende Cousine wecken. Würde dir das gefallen?»

Die Laterne flackerte, und Lydia sah hinab in die leuchtenden braunen Augen des Jünglings, der vor ihr kniete. Er hatte den Kopf in den Nacken gelegt, die Spitze seiner Zunge und seine Nase jedoch waren in ihrer duftenden Spalte vergraben. Sie atmete tief ein, Hitze strömte ihr durch die Adern, und sie stand am Anfang wahren Entzückens, das sich allmählich zu einer allesverzehrenden Hingabe steigern würde, die sie bereits jetzt deutlich empfand. Sams große Hände legten sich um ihre nackten Hüften, und im Schein der Lampe sah sie den Kontrast zwischen seinem sonnenverbrannten Körper und dem blassen Glanz ihrer eigenen Haut.

Sie ließ ihren Kopf nach hinten fallen, bis sie spürte, wie ihr langes Haar sachte über die Wölbung ihres Hinterns strich. Als sie merkte, dass eine andere Hand danach griff, wusste sie, dass sich Jem einige Strähnen gegriffen hatte und sie um seine Hand wickelte, fester und fester, bis sie ihren Kopf nicht mehr heben konnte und gefangen war. Eingezwängt zwischen zwei jungen Männern, deren einziges Begehren zu sein schien, sie in eine lustvolle, köstliche Ekstase zu versetzen.

Sie spürte, wie Jemmys andere Hand ihren Rücken hinaufglitt, mit weichen, sinnlichen Fingerspitzen, die am Rückgrat entlang bis in ihren Nacken fuhren, und von dort aus hinunter zu ihrem Po. Seine Finger glitten, federleicht und fast ohne sie körperlich zu berühren, zu der hübschen schmalen Spalte zwischen ihren Hinterbacken und folgten dieser Linie abwärts, zwischen ihre Beine. Sie schob sich der suchenden Hand entgegen, machte ein Hohlkreuz und seufzte tief. Sam, dem durch diese Bewegung für einen Moment die Süße entzogen wurde, die seine Lippen kosteten, zog sie wieder nach vorn und rieb seine Zunge fester über ihre geschwollenen Lippen, bis sie fühlte, wie aus ihrem tiefsten Innern ein Schluchzen aufstieg.

«Jemmy ... schieb mir deinen Finger rein. Leg deine Hand da hin und finde, wo Sam ist ... bitte!»

Zwei lange, schlanke Finger zitterten zwischen ihren Beinen. Jems Unerfahrenheit ließ ihn zwischen den warmen, feuchten Falten verharren. Er wusste nicht genau, wo er war, und war sich nicht sicher, was Lydia von ihm wollte. Sie flüsterte, bettelte und war unglaublich erleichtert, als Sams Hände ihre Schenkel ein wenig öffneten und sich über Jems Finger legten, sie führten und ihnen beibrachten, was sie auch ihm gerade am gleichen Tag gezeigt hatte.

Jemmys Finger waren lang, füllten sie vollständig aus, und sie bekam die faszinierende Verbindung zu spüren, wie sich seine geschmeidigen, blütenzarten Hände in sie hineinschoben, ermuntert durch die raue Nachdrücklichkeit von Sams rauen Pranken. Sie merkte, wie dieser seinen Freund anstachelte, und versuchte, ein bisschen Bewegung in Jems nervöse Zögerlichkeit zu bringen. Sie seufzte erneut, als sie fühlte, wie beide Fingerpaare jetzt zusammenarbeiteten, hineinglitten und wieder heraus, und gleich wieder hinein, in einem gemeinsamen, gleichmäßigen Rhythmus, der ihre eigene Erregtheit noch stärker werden ließ.

Sie griff neben sich und tastete, bis sie den festen Balken eines Verschlages unter ihren Händen spürte. Sie griff danach, um sich festzuhalten. Sie merkte, wie die Leidenschaft in ihr hochkochte und durch ihren Körper pulsierte. Ein Feuer schien sich an ihren Fingerspitzen zu entzünden, ihre Kopfhaut zu versengen, und sie stöhnte laut auf. Schweißtropfen glänzten auf ihrem Körper wie Morgentau. Die Bewegungen der beiden Stallburschen brachten Lydia fast schon zur Erlösung. Der Duft ihres eigenen Körpers, vermischt mit dem des weichen, frischen Heus und den Ausdünstungen der beiden kraftvollen jungen Burschen, deren muskulöse Körper unter ihr glänzten, stieß sie, wirbelnd, in ein herrliches, atemberaubendes, alles mit sich reißendes Beben.

Die Tür quietschte leise, als sie sich öffnete, und Drummond sprang zurück, um sich dahinter zu verbergen, indem er sich eng an die Wand drückte. Eine kleine, dunkle Gestalt in einem Satin-Morgenmantel, der im matten Schein der einzigen Kerze aufschimmerte, betrat den Raum.

«Lydia! Gott sei Dank!» Drummond packte sie und zog sie in seine Arme, senkte sein maskiertes Gesicht, um seine Nase in den offenen Haaren zu versenken, die ihr über die Schultern fielen.

«Was für eine angenehme Überraschung.» Die Stimme klang fremd, und ebenso war es der Duft in den Haaren, die wie eine Wolke sein Gesicht umgaben. Drummond schreckte zurück, ließ die Frau los und drehte sie zu sich herum. Die Schultern, die er unter seinen kräftigen Händen durch den dünnen Stoff hindurch spürte, waren dünn und knochig. Er hob seine Blicke zu ihrem Gesicht, entdeckte wunderbaren Porzellan-Teint und helle Augen, die vor Erregung zu brennen schienen.

Es war Madame de Chaillot.

«Nanu! Es ist der ehrenwerte Räuber», schnurrte sie und trat so weit vor, dass die Spitzen ihrer Hausschuhe die Kappen seiner Stiefel berührten. «Seid Ihr hergekommen, um uns zu bestehlen, oder seid Ihr etwa hier, um Euch Miss Lydias Schlafzimmer genauer anzusehen?»

«Wo ist sie?», wollte Drummond wissen und wich dabei zurück, um ihren betörenden Duft nicht riechen zu müssen. Durch seinen Mantel hindurch spürte er die Wand, hart und kalt, in seinem Rücken. Stirnrunzelnd amüsierte er sich über die Entschlossenheit, welche die Gesichtszüge von Madame erstarren ließ. Sie warf ihm ein Lächeln zu, das ihre Lippen umspielte, ohne jedoch ihre kalten Augen zu erreichen.

«Wer ist wo?», seufzte sie, streckte eine Hand aus und legte sie auf das raue Leinen seiner Hemdbrust. Drummond war verwirrt von ihrer Nähe. Ihr Geruch erinnerte ihn an ihre vorangegangene, äußerst sinnliche Begegnung im Wald, und er fühlte, wie er steif wurde, das Blut ihm durch die Adern schoss, um sich schließlich in seinen Lenden und in seinen Schenkeln zu sammeln.

«Ihr wisst schon, wer», entgegnete er und fing ihre Hand unter seinem Lederhandschuh ein, da sie begonnen hatte, die nackte Haut seines Brustkorbs zu erobern, die durch die nichtgeschlossene Knopfleiste seines Hemdes sichtbar war.

«Ich weiß nicht, wo sie ist. Ich hörte Glas splittern und bin deshalb gekommen, um zu sehen, ob sie meine Hilfe braucht. Stattdessen habe ich Euch hier vorgefunden, den maskierten Banditen.»

Madame beugte sich jetzt ganz dicht zu ihm, sie schaute mit zusammengekniffenen Augen nach oben. Er fühlte die glatte Vorderseite ihres Morgenmantels, als sie ihren Körper an ihm rieb, ihre freie Hand nach oben um seinen Hals gleiten ließ und seinen Kopf zu sich herabzog. Er versuchte zu widerstehen, aber seine Nase war erfüllt von ihrem Duft, und er spürte ihren Pulsschlag rasend schnell unter seinem behandschuhten Daumen. Als ihre Lippen die seinen berührten, stöhnte er auf und drückte ihren Körper gegen seine Brust, ließ seinen Mund auf ihren sinken und verschlang sie mit weit ausschweifenden, gierigen Bewegungen.

Er fühlte, wie ihre Hände auf ihm flatterten, seinen schweren Mantel über seine Schultern nach hinten schoben und auf den Boden fallen ließen, bevor sie begann, an der Vorderseite seiner Lederweste zu zerren. Er befreite seine Arme und warf das Kleidungsstück beiseite, hielt dann lediglich inne, um nach ihren Handgelenken zu greifen und sie wieder an sich zu ziehen. Sie schien von der eiligen Heftigkeit seiner Zärtlichkeiten in Verzückung zu geraten, denn ihr Körper zitterte an seinem, und ihr Mund bebte vor Erregung, als er sie zurückbeugte und ihr seine Lippen fest auf den Hals drückte.

Sein Blick fiel auf einen leuchtend weißen Schatten auf den Holzdielen neben dem Bett. Es war Lydias achtlos hingeworfenes Leinennachthemd. Ihm war, als hätte man ihn mit kaltem Wasser übergossen, und ein eisiger Schauer überlief ihn. Er stieß Madame von sich, befreite sich fluchend aus ihren besitzergreifenden Fingern. Sie hielt die Augen weiter geschlossen und klammerte sich immer noch an ihn. Mit vorgestrecktem Kopf und rasendem Puls wartete sie darauf, weiter geküsst zu werden. Er musste sie sanft schütteln, bevor sie ihre Augen aufriss.

«Wo ist Lydia?», fragte er mit angespanntem Kiefer und versenkte seine Fingerspitzen in ihren Oberarmen. Zunächst gab sie keine Antwort, bis dann die Überraschung auf ihrem Gesicht schließlich einem angewiderten Zusammenziehen von Lippen und Augen wich.

«Ich weiß es nicht, und, was entscheidender ist, es interessiert mich auch nicht!», keifte sie, streckte die Hand aus, um seine Hemdbrust zu packen und ihn an sich zu zerren. Die andere Hand wanderte zu seiner Hose, wo sie die Umrisse seines Gemächts mit ihrer Handfläche erkundete. «Ich will den hier, ehrenwerter Dieb. Beim letzten Mal, im Wald, hat es dir sehr gefallen, und genauso ging es mir. Bereite mir noch einmal das Vergnügen. Jetzt. Komm her.» Ihre Stimme wurde fast flehend, und sie kuschelte sich an seine Brust, wobei ihr Gesichtsausdruck wieder ganz weich wurde. Er wartete, hin und her gerissen, während sie ihren Kopf senkte und ihr weiches Haar gegen die Bartstoppeln an seinem Kinn rieb. «Du willst doch, *chéri*. Ich weiß, dass du es willst. Und Lydia, das Dummerchen, wird nie etwas davon erfahren.»

Zu hören, wie sie Lydias Namen so abschätzig aussprach, ließ heftigen Zorn in Drummond aufsteigen. Er stieß sie erneut von sich, und sein Gesicht lief rot an. Er hörte sie in ihrer Muttersprache fluchen und sah ihr an, dass sie, die Hände in die Seiten gestemmt, vor Wut schäumte. Sie blickte auf ihn, und er erkannte, wie kalt ihre Augen waren und wie dünn und gemein ihre Lippen. All sein Begehren war wie weggeblasen, verschwunden, hatte einer schwelenden Wut Platz gemacht.

«Ich will Lydia sehen», beharrte er und versuchte dabei beherrscht und bedacht zu bleiben.

«Du willst! Du willst? Und wer fragt danach, was ich will?», sagte Madame fordernd. «Ich will, dass du mich nimmst, du Schwachkopf. Schau her! Wie kannst du so etwas zurückweisen? Niemand hat mich jemals zurückgewiesen!»

Sie riss die Bänder auf, welche die Vorderseite ihres Morgenmantels verschlossen, und ließ ihn auf den Boden gleiten. Seiner Wut wie zum Trotz fühlte Drummond, wie sich in seinem Innern etwas regte. Sie war schön: eine zierliche, blasse Person, die in dem weichen Licht erstrahlte, ihr Körper zusammengepresst von einem unglaublich enggeschnürten Lederkorsett, das ihre Taille auf Handspannenweite reduzierte und oben und unten nicht ausreichte, um ihre schmalen Hüften und ihre knospenden Brüste zu bedecken. Ihre Nippel waren riesig und standen ab wie verlockende Früchte. Sie wusste genau, dass sie zu ihren offensichtlichsten Vorzügen zählten, weshalb Madame ihre Hand hob und mit einer davon spielte, sie zog und drückte, sie reizte, bis sie rot und hart und fast so lang wie ihr letztes Daumenglied war. Drummond musste schlucken.

«Wo ist sie?», wiederholte er heiser.

Madames Hand strich über die Schnürung und das Leder, das ihrer Figur die perfekte Silhouette einer Sanduhr verlieh, bis hinunter zu der weichen Haut oberhalb ihrer Schenkel. Ihre Beine waren bedeckt von dunklen Strümpfen, die sanft glänzten, und sie ließ ihre Finger sacht über deren gewebte Kanten streichen, schob einen Finger darunter, um einen Augenblick zwischen dem seidigen Stoff und ihrer Haut zu verweilen, bevor sie sie so hochzog, dass sich beide Hände an ihrer Spalte trafen.

Sie bedeckte sie, umrahmte die glänzenden Löckchen mit ihren Händen und drückte sie so zusammen, dass ihre Pforte sich vorwölbte, saftig und einladend.

Ein Hauch ihres herben, moschusartigen Dufts kam bei Drummond an, der seinen Kopf schüttelte, als ob er ihn klären oder von etwas befreien wollte.

«Ich will Lydia sehen», sagte er und wiederholte dies wie ein Mantra, das ihn gegen die Verlockung schützen sollte, die sich ihm so lüstern direkt vor seinen Augen darbot. Madame hob eine Augenbraue, und ihre Lippen kräuselten sich verächtlich.

«Deine Lydia ist wahrscheinlich mit einem Burschen zugange. Vielleicht wird es ihr gerade von einem der lüsternen Gefolgsleute ihres Cousins besorgt. Ich vergesse immer, wer von beiden eigentlich ihr Favorit ist. Ist es der Norweger? Oder ist es der Neger? Vielleicht hat sie es dir ja erzählt?»

Drummond gab ein Knurren von sich und stieß sie beiseite, stürzte vorwärts, um das Nachtgewand vom Boden aufzuheben. Er schleuderte es Madame entgegen.

«Du verlogene Hure!», schrie er. «Wo ist sie? Was habt ihr mit ihr gemacht?»

«Oh, sie ist diejenige, die hier die Hure ist.» Madame lächelte süßlich. «Aber ich denke, so sind sie doch auch viel aufregender, oder etwa nicht? Nimmst du mich jetzt, oder nicht?»

Drummond sah sie an. Er fühlte sich jetzt von dem Anblick abgestoßen, der ihm noch kurz zuvor so köstlich einladend erschienen war. Er beobachtete, wie sie ihre Finger rasch in sich selbst hineingleiten ließ, und schaute zu, als sie sie wieder herauszog, wobei ihre Augenlider vor Lust flatterten. Noch einmal verschwanden sie bis zu den Knöcheln.

«Raus hier!», befahl er mit Abscheu in der Stimme.

Sie öffnete die Augen und entgegnete seinem Blick mit einem, der reinstes Gift verspritzte.

«Das wirst du bereuen, ehrenwerter Räuber.»

Sie hob ihren Morgenmantel auf und ließ die Tür hinter sich laut ins Schloss fallen.

Lydia ließ die Lippen über die ganze Länge des harten Schwanzes gleiten, wobei ihr Mund gerundet, ihre Zunge ganz flach war. Er schmeckte wunderbar, wie eine köstliche Speise, die sie wieder und immer wieder essen könnte, bis sie gesättigt war und ihr unstillbarer Appetit sie an den Rand der Erschöpfung gebracht hatte. Er zog sie noch ein bisschen näher zu sich heran. Seine Finger kreisten in den schwarzen Strähnen, spielten damit und wickelten sich darin ein. Über sich konnte Lydia die Konturen seines Gesichts ausmachen, seinen jungenhaften Bartwuchs, und als er lächelte, sah sie weiße Zähne zwischen vollen, frischen Lippen aufblitzen.

«Oh, ist das gut», seufzte er. «Dein Mund fühlt sich so … du bist so warm, so wunderbar.»

Sie war ganz bis zur Spitze zurückgeglitten und ließ jetzt die Zunge kostend über die Unterseite fahren. Er schmeckte so anders dort, ein bisschen salzig, und sie genoss ihn, bedachte ihn mit langen Zungenschlägen, landete schließlich bei seinen prallen Eiern. Sie zog sie in den Mund, bis sie, warm und gekräuselt, an ihrem Gaumen ruhten. Sie nuckelte sachte daran. Er keuchte, und weil seine Erregung so überwältigend war, begannen seine Lenden zu zucken.

«Mein Gott. Sei vorsichtig, sonst kann es passieren, dass ich … na, du weißt schon.»

«Das passiert ihm manchmal, wenn er glaubt, ich würde schlafen. Dann bewegt sich die Decke über seinen flinken Händen, er spritzt irgendwelches Zeugs, und er da meint, es wäre doch nicht höflich, so etwas in deiner Nähe zu tun.» Sam lachte entspannt und ließ seinen warmen Atem über Lydias Rücken streichen, während er sich von hinten an sie schmiegte.

«Schon gut, schon gut», protestierte Jem und errötete bis unter die Haarwurzeln. «Du machst es aber auch. Ich habe im Dunkeln genau gehört, wie deine Hand immer so schnell am Laken auf und ab geht.»

Lydia lehnte sich zurück, lächelte und ließ ihre Finger um Jems straffen, prallen Schwanz kreisen.

«Macht ihr es auch manchmal zusammen?», fragte sie. «Zur gleichen Zeit, meine ich. Ich glaube, wenn ich hören würde, dass jemand im Bett nebenan es tun würde, dann würde es mich reizen, mitzumachen und auch meinen Spaß zu haben.»

Das Schweigen, das nun folgte, und das dumme Gesicht, mit dem Jem seinen Freund ansah, ließ sie vermuten, dass sie es bestimmt schon getan hatten. Der Gedanke erregte sie, und sie beugte sich vor, um die Spitze von Jemmys Gemächt wieder in den Mund zu nehmen. Während sie saugte, hörte sie neben sich im Heu ein Rascheln und hielt inne, um zu beobachten, wie Sam ihr Korsett und ihre Unterröcke aufsammelte und Jem ein Zeichen gab.

Sie lehnte sich zurück, streichelte die weiche Innenseite ihrer Schenkel und sah, wie Sam den anderen Burschen in das Korsett einschnürte, ein bisschen damit kämpfte und einige Schwierigkeiten mit den Ösen hatte, als er andächtig die Bänder hindurchfädelte und festzog. Als Nächstes legte er die üppigen weißen Unterröcke um Jems schmale Hüften und schloss sie, ließ sie aber um seinen steil aufragenden Schwanz, der seine Hand streifte, einen Spaltbreit offen.

Lydia beobachtete, fasziniert und atemlos, wie Sam zögerte, dann aber das schaukelnde Gemächt in seine Faust nahm und es mit unbeholfener Ergebenheit rieb. Er war kleiner als Jem, sein kastanienroter Schopf strich über dessen Ohr, aber es dauerte nur einen Moment, bis er ihm sein Gesicht zuwandte und Jems weiche Lippen mit den seinen bedeckte. Lydia stöhnte leise, ihr Herz wurde so weit, dass sie befürchtete, es müsse zerspringen, und ein hämmerndes Geräusch hallte in ihren Ohren. Sie stand auf und suchte einen Moment lang in den Taschen ihres achtlos abgeworfenen Rockes, bevor sie sich an die beiden kräftigen Körper drückte.

Ihre Arme legten sich um sie und zogen sie in ihre bezaubernde Mitte. Sie spürte, wie Sams Lippen sich auf ihre Schläfe legten und Jems Hand ihr über den Rücken strich. Sie öffnete das kleine Töpfchen mit Cochenille, das sie aus ihrer Tasche geholt hatte, und trug mit zittrigen Fingern eine dicke Schicht leuchtendes Rot auf Jemmys Mund auf. Er lächelte sie an und sah jetzt aus wie eine hübsch angemalte Puppe. Lydia stellte sich auf die Zehenspitzen, um ihn zu küssen, berauschte sich an dem Geschmack der Pomade und an dem ungewohnten Gefühl, einen harten männlichen Mund zu spüren, der nach der Pomade einer Frau schmeckte.

Sam hatte ihr mit Interesse und unverhohlener Erregung zugesehen. Als sie aufhörte, Jem zu küssen, nahm er mit festen, weitgeöffneten Lippen ihren Platz ein. Lydia war nur Zentimeter entfernt und konnte erkennen, wie sich Jemmys knallroter Schmollmund entspannte und seine Zunge nach der von Sam suchte. Sie war beinahe überwältigt vor Lust und beugte sich wieder nach vorn, um ihren Mund mit jenen dort zu vereinen, die sie mit vorsichtigem Lecken und Saugen willkommen hießen. Sie ahnte, dass sie gleich in sinnlicher Verzückung vergehen und in einen Rausch fallen würde, während die starken

Arme der jungen Männer sie in kraftvoller Umarmung gefangen hielten.

Sie spürte, wie Sams große Hände sie bewegten. Er drückte sie auf die Knie und schob ihren Kopf so, dass sie Jem wieder in ihren heißen Mund nahm. Dabei krallten sich ihre Hände in den Unterröcken fest, die seine kräftigen Oberschenkel bedeckten. Auch merkte sie, wie ihre Hüfte jetzt so weit zurückgezogen und ihr Körper so gebogen wurde, dass sie geöffnet und bereit war. Dann hörte sie Jem stöhnen, der beobachtete, wie Sam hinter ihr auf die Knie ging. Seine Beine schoben die ihren auseinander, und sie fühlte seine Finger auf ihrem Hintern, die sie mit festem Griff aufdrückten. Sie schob ihren Po noch weiter heraus, um Sam willkommen zu heißen. Zunächst streichelte er sie mit langen Bewegungen seiner Finger, bis sie feucht und geschmeidig war und sich ein feuchter Pfad über ihre Schenkel und seine Handfläche zog. Sie war so erregt, dass sie das Gefühl hatte, schreien zu müssen, aber ihr Mund war so angefüllt von Jems Muschelschalenaroma, dass sie es nicht konnte, nicht wollte, da sie nicht von seinem Prachtstück lassen mochte. Stattdessen hielt sie still und bebte unter den plötzlich erstaunlich geschickten Zärtlichkeiten, mit denen Sam ihren Körper verwöhnte.

Das war doch ein großer Unterschied zu der tastend vorsichtigen männlichen Jungfrau, mit der sie am Nachmittag zusammen gewesen war, dachte sie, als seine Hand um ihren Bauch glitt und seine Finger in die Weichheit ihrer Spalte eintauchten, um die kleine Knospe zu suchen und zu streicheln, die dort spross. Sie straffte den Rücken noch mehr, Wollust durchströmte sie und erfüllte sie vom

Kopf bis zu den Zehen mit prickelnder, schäumender Glückseligkeit.

Als seine Finger gänzlich nass waren und sie bis fast zur Unerträglichkeit erregt war, bemerkte sie, wie Sam hinter ihr seine Stellung veränderte. Er drückte die brennende Spitze seines Schwanzes gegen sie, und sie spürte, wie sie sich unter der plötzlichen heißen Berührung anspannte.

«Bitte, du Süße. Bitte lass mich rein.» Seine Stimme war leise und zurückhaltend, erfüllt von unterdrückter Leidenschaft. Sie fühlte, wie ihre Möse ganz weich wurde, und schob sich auf ihn.

«Danke. Oh, das fühlt sich so gut an. Du bist so schön, so eng und so weich.»

Er gab ein Stöhnen von sich, als er zustieß, ihr seine Härte ganz hineinschob und sie für einen Augenblick vollkommen stillhielt. Wartete. Darauf, ihren Mund wieder um Jemmy zu schließen. Als sie Sam ganz tief in sich spürte und sein Schwanz sie unglaublich weit dehnte, nahm sie Jem mit der Hand und führte ihn sich wieder an die Lippen. Sie war vollkommen ausgefüllt, als Sam sich hinter ihr zu bewegen begann, während Jemmys Hüften sich zusammenzogen und er sein Gemächt tief in ihre Kehle gleiten ließ.

Sie konnte nicht stillhalten, konnte nicht untätig darauf warten, dass Sam seinen Rhythmus fand und es ihr besorgen würde. Sie bewegte sich, begegnete seinen kurzen, heftigen Stößen. Sie drückte und umschloss ihn mit ihrer muskulösen Spalte, während er keuchte, grunzte und sich an ihren Hüften festhielt, dabei aber immer noch eine Hand oben auf ihrer Möse hatte. Was sie erlebte, fühlte sich heiß und hart an, wühlte sie im Innersten auf und ließ ihren Atem stoßweise und schnell gehen. Ihre Nasenflügel begannen zu zittern, als sie immer mehr darum kämpfen musste, ihre Lippen weiterhin fest um Jemmy zu behalten. Sie presste sich mit aller Kraft gegen Sam, fester und schneller, bis es fast schmerzhaft wurde und sie sein Beben bemerkte, mit dem sich sein Schwanz tief in ihrem nachgiebigen Körper noch weiter versteifte. Ihr war klar, dass er kurz vor seinem Höhepunkt stand und dass sie Jem ein bisschen vernachlässigt hatte. Sie überließ es jetzt Sam, das Tempo zu halten, das sie vorgegeben hatte, und entspannte sich.

Ihre beiden Hände legten sich auf Jem, eine griff nach seinen Eiern und zog daran, drückte und umschmeichelte sie, während die andere sich um seinen Schwanz legte, sich in die Löckchen an seiner Schwanzwurzel presste. Ihr Mund bearbeitete – fest und zart, flink und nass wie der Stampfer in einem Butterfass – seine Eichel. Sie spürte, wie ein Blitz sie durchzuckte, als Sam kam, und sein kehliger Schrei klang wie Musik in ihren Ohren. Sie verdoppelte die Anstrengungen ihrer Lippen, aber gleichzeitig hatte Sams stoßender Schwanz auch dafür gesorgt, dass sie die Finger auf ihrer Knospe noch einmal in ihrer Feuchte badete. Sie fühlte Sam drücken und reiben, bis auch sie kam, wobei sie sich streckte und wand.

Jem öffnete die Augen, während er seine Hüften auf ihr Gesicht presste und sie ihn dabei ansah. Ihre Blicke waren ineinander versunken, er raunte und flüsterte beschwörende Worte, die Lippen noch von der roten Pomade verschmiert. Als er kam, fühlte sie ihn sengend heiß und klebrig in ihrer Kehle zucken, und ganz zwangsläufig begann sie zu schlucken, ihn zu verschlingen und ihn an den Hüften noch tiefer in sich zu ziehen. Sams Körper beugte sich über sie, warm und schützend, und sie fühlte seinen Atem auf ihrer Schulter, als er sie auf die Wange küsste. Eine Hand immer noch an Jems erschlafftem Schwanz, drehte sie sich zu ihm, um ihn zu küssen, und fühlte dabei, wie er die winzigen, salzigen Tröpfchen der Lust aus ihrem Mundwinkel leckte.

Kapitel vierzehn

Drummond trat hinaus ins Treppenhaus. Madame war in den dunklen Schatten verschwunden, zog dabei eine Spur von berauschendem Parfum und zornigen Gehässigkeiten hinter sich her. In dem großen Haus war es dunkel, eine warme, samtige Finsternis, und er nahm die Gerüche wahr, die ihm so vertraut waren und die er geglaubt hatte, vergessen zu haben: Möbelpolitur und Blumen, staubige Wandbehänge und alte Teppiche, die den Staub von Generationen trugen. Der Duft seines Zuhauses, das auf merkwürdige Weise nicht mehr sein Zuhause zu sein schien. Es hatte sich verändert. Es wirkte jetzt wie das Haus eines Fremden auf ihn; er war zu lange fort gewesen. Vor Lydias Tür wandte er sich nach links, und ohne bewusst darüber nachzudenken, trugen ihn seine Füße bis zum Eingang seines Zimmers. Drinnen sah er die Schatten fremden Mobiliars und roch Madames Parfum. Auf dem Boden lagen ein Berg durchsichtiger Stoffe und ein achtlos weggeworfenes Schmuckstück. Alles, was er einmal sein Eigen genannt hatte, war verschwunden. Hastig zog er die Tür wieder ins Schloss. Dies war nicht länger sein Zimmer: Es hatte sich verändert, gehörte einem anderen, wurde als Gästezimmer genutzt; alle Spuren seiner Gegenwart waren verwischt.

Sein Herz war schwer, und seine Schritte stockten, als er auf den Raum zuging, der einstmals oder immer noch das Zimmer seines Bruders war.

Draußen hielt er einen Moment unentschlossen inne. Sein Herz schlug plötzlich vor Nervosität schneller, und er fragte sich, was er tun würde, wenn er dort drinnen tatsächlich Valerian vorfinden würde. An der steinernen Wand hing ein prachtvolles Schwert an einem eisernen Haken. Er nahm es herunter, wog es in seiner Hand, strich mit der verhornten Fläche seines Daumens vorsichtig über die Klinge. Sein Bruder war unberechenbar, das wusste er. Es wäre wohl besser, etwas zur Verteidigung zu haben.

Die Tür öffnete sich leicht, und Drummond wunderte sich, den Raum teilweise beleuchtet vorzufinden. Kerzen unterschiedlicher Größen und Farben standen überall verstreut, warfen geisterhafte Schatten in alle Ecken. Auf dem riesigen Bett am anderen Ende des Raumes lag der bleiche Körper eines Mannes, ausgebreitet wie ein heidnisches Opfer auf einem leuchtend roten und ebenholzschwarzen Altar, mit verbundenen Augen, Hände und Füße an alle vier Bettpfosten gefesselt.

Als er näher kam, sah Drummond, dass Valerian ganz entspannt war, wahrscheinlich schlief, und dass er offenbar Teil eines bizarren Rollenspiels gewesen war. Der Beweis für seine vorhergegangene Erregung schimmerte silbrig auf der Haut seines Bauches, wo er schnell trocknete und die lockigen Haare um seinen Bauchnabel hochstehen ließ.

Drummond konnte das Bild, das sich ihm bot, kaum fassen. Er verspürte ein überwältigendes Gefühl, laut loszulachen, sich auszuschütten vor Belustigung über den

Anblick, wie sein unverbesserlicher Bruder hier lag, gefesselt von einer Frau und unabsichtlich seinen, Drummonds, rächenden Händen ausgeliefert zu werden. Er durchquerte leise das Zimmer, seine schweren Stiefel nur von dem weichen Tigerfell gedämpft. An einer Seite des Bettes blieb er stehen, bemerkte die plötzliche Anspannung in dem Körper vor sich, die aufgestellten Haare auf den Unterarmen, die verkrampften Muskeln.

«Claudine?», flüsterte Valerian.

Als Antwort darauf hob Drummond das Schwert in seiner Hand und setzte die Spitze an die Taille seines Bruders. Diese drückte sich ein wenig in die glatte Oberfläche seiner Haut ein, aber verletzte sie nicht.

«Claudine, was hast du jetzt schon wieder vor? Dein Kopf ist voll von bösen, wundervollen Spielchen. Piks mich noch einmal.»

Drummond gehorchte, und sein Mund verzog sich zu einem Grinsen. Dies hier war köstlich, so viel besser als die Begegnung, die er sich immer ausgemalt hatte. Er ließ das Schwert über Valerians Seite gleiten, bis es an seinem Schenkel verharrte. Es hinterließ einen kleinen roten Kratzer. Valerian atmete hörbar ein. Das Schwert glitt auf die andere Seite, fuhr an seinen Lenden entlang.

Drummond besann sich. Seinen Bruder zu entmannen hätte einen gewissen Reiz, aber er verwarf den barbarischen Gedanken schnell wieder und bewegte sich stattdessen so um das Bett herum, dass die Waffe jetzt zwischen Valerians Rippen pikte. Mit Erheiterung stellte er fest, dass sich bei seinem Bruder wieder eine Erektion regte, und er beschloss, dem Spiel ein Ende zu bereiten, bevor er gezwungen wäre, ihn vollständig steif zu sehen.

Er setzte die Schwertspitze an Valerians Hals, beugte sich über ihn und legte seine Lippen so dicht an sein Ohr, dass er ihn beinahe schmecken konnte.

«Nein, lieber Bruder. Ich bin es.»

Es herrschte Schweigen.

Dann bäumte sich die Gestalt auf dem Bett auf, die Hüften erhoben sich von der Liegefläche, klauenartige Hände griffen in die Luft, während der große Mund sich zu einem besinnungslosen Fletschen verzerrte.

«Binde mich los! Binde mich los, du Bastard!» Valerian tobte, die Sehnen in seinen Armen spannten sich an und wurden zu knotigen Strängen.

«Vorsicht», warnte Drummond. «Lieg still, oder ich könnte dich versehentlich aufspießen.»

Valerian, an dessen Hals noch immer die Schwertspitze ruhte, ließ sich zurücksinken. Sein Körper lag schlaff da, nur seine Brust hob und senkte sich.

«Du Feigling. Traust du dich nicht mal, mich loszumachen und gegen mich anzutreten wie ein Mann?», versuchte er ihn zu reizen.

Die Spitze drückte sich stärker in seinen Hals und ließ die Haut ringsherum weiß werden.

«Wie ein Mann? Würdest du dich als Mann bezeichnen? Du hast auch nicht wie ein Mann gekämpft, als du mir die Narbe verpasst hast, die meine Wange bis heute verunziert», zischte Drummond. Seine Erheiterung war verflogen und hatte einer Entschlossenheit Platz gemacht, die sein Gesicht blass und seine Augen als schmale Schlitze erscheinen ließ. «Aber hab keine Angst. Ich werde dich nicht töten. Ich genieße viel lieber deinen Anblick, wie du hier gefesselt liegst, zusammengebunden wie ein Hähnchen, das gleich in den Ofen soll. Könnte Vater dich so sehen, er würde sich im Grabe umdrehen.»

«Vater mag in der Hölle schmoren. Und du auch. Jetzt binde mich los, sonst werde ich dich auch noch auspeitschen lassen, bevor ich dich umbringen lasse.»

Drummond warf den Kopf in den Nacken und lachte. Das Echo hallte unheimlich von den Wänden wider.

«Mich umbringen lassen?», spottete er. «Du siehst es immer noch nicht ein, oder? Ach, ich habe vergessen, dass du ja gar nichts sehen kannst, oder? Deine reizende Geliebte hat dir ja die Augen verbunden. Allerliebster Bruder, lass mich also deine Augenbinde entfernen, damit du die Ernsthaftigkeit deiner Lage erkennst.» Drummond bewegte das Schwert und schlitzte mit einer raschen Handbewegung so die Seite seiner Augenbinde auf, dass der schwarze Stoffstreifen sich öffnete und nun auf dem leuchtend roten Kissen lag. «Du hast keinerlei Befugnisse, irgendjemanden auspeitschen oder umbringen zu lassen. Am wenigsten mich.»

Drummond ließ das Schwert wieder abwärtsgleiten, bis es in der Mitte von Valerians Brustkorb lag, die Spitze sich ein bisschen in die Haut bohrte und die Schneide sich unter dem wildklopfenden Herzen hob und senkte.

«Wo ist das Testament?», fragte Drummond fordernd, sein Gesichtsausdruck war hart und unnachgiebig.

«Ich habe es nicht», höhnte Valerian. «Und selbst wenn ich es hätte, so würdest du es gar nicht haben wollen. Es würde dir nämlich überhaupt nichts nützen.»

«Ich frage noch einmal. Wo ist Vaters Testament?»

Er hörte ein heftiges Einatmen hinter sich. Drummond drehte sich halb um und sah, wie Madame mit ausgestreckten Armen durch den Raum gelaufen kam. Ihr weiter roter Morgenmantel hatte sich hinter ihr aufgebauscht. Ihr Gesicht glich einer weißen Maske des Hasses, und sie hatte ihre Zähne gefletscht, als sie gegen Drummond rannte und sich mit dem ganzen Gewicht ihres zierlichen Körpers auf ihn werfen wollte. Er riss einen Arm hoch, um sie abzuwehren, aber sie sprang auf seinen Rücken, schlug ihre Fingernägel in sein Gesicht und ihre Zähne in seinen Nacken, wie ein Geier, der seine Beute in Stücke reißt.

«Lass ihn los!», schrie sie.

Drummond hörte einen Schrei von unten, als ihr Gewicht seinen Körper vornüberkippen ließ und seine Brust gegen den Griff des Schwertes drückte. Kurz spürte er einen Widerstand, dann gab das prachtvolle Schwert nach. Er dachte, es war gebrochen, wäre unter ihrer beider Gewicht abgeknickt, aber als er seinen Kopf drehte, sah er entsetzt, dass die Klinge in die Brust seines Bruders eingedrungen war. Eine blutrote Spur zog sich langsam über Valerians milchig weiße Haut. Er riss sich zusammen, packte die Verrückte, die an seinen Haaren zerrte, und ließ sie zu Boden fallen.

«Valerian!», schrie er, und seine Hände zitterten, als er sie auf das Gesicht seines Bruders legte. Valerians dunkle, qualvolle Blicke richteten sich auf ihn, und tief in seinen verengten Pupillen gewahrte Drummond einen unüberwindlichen Hass.

«Dafür wirst du hängen.» Scharlachroter Schaum, Blut vermischt mit Luft, trat langsam auf Valerians Lippen, und er keuchte, während er seine Augen schloss, als sei er unendlich müde.

Drummond griff nach der Schulter seines Bruders.

«O Gott! O Herr! Schnell, schickt nach einem Arzt. Ein Arzt, Weib!»

Er wirbelte herum, fiel dabei fast hin. Madame stand hinter ihm, die Augen aufgerissen. Als er sich auf sie zubewegte, streckte sie ihre Hände in die Luft, als wolle sie ihn abwehren. Dann begann sie laut zu schreien.

Der Raum war hell erleuchtet, als Lydia die Tür aufstieß. Einen Moment lang war die Szenerie wie eingefroren, und sie erfasste augenblicklich die Bedeutung, die das Schwert hatte, und den stocksteifen Körper von Madame, die erstarrt wie Lots Weib am Fuße des Bettes stand. Die Luft wurde von ihren Schreien zerrissen.

Ohne zu zögern, drehte sich Lydia um und rannte die Treppe hinunter, zurück zu den Ställen, das Herz wie aus Eis und der Körper betäubt.

«Schnell! Sam, nimm eines der Pferde. Reite hinüber zum Arzt und bitte ihn zu kommen. Beeil dich! Mein Cousin wird sonst sterben. Und du, Jem, hol Mister Lavendale. Verlier keine Zeit!» Noch während sie sprach, begann sie die niedrigen Türen der Verschläge aufzureißen und zerrte an Dandy Beaus Sattel. Die Stallburschen, von der Panik in ihrer Stimme auf Trab gebracht, schwangen sich auf die Pferde und waren bereits auf dem Weg, als sie noch kaum die letzte Schnalle geschlossen hatte. Sie nahm sich kaum Zeit, ihnen hinterherzuschauen, bis sie in der Dunkelheit verschwunden waren, sondern rannte sofort zurück zum Haus und nahm dabei zwei Stufen auf einmal.

Madame drehte sich um und warf sich auf sie, als sie

an ihr vorbeieilen wollte. Ihre langen Fingernägel kratzten über Lydias Unterarm, die sich aber sofort wieder befreite und auf das Bett zustürzte. Als sie Valerian einen würgenden, kehligen Laut ausstoßen hörte, zauderte sie. Erstarrt, unfähig, sich zu bewegen, sah sie, dass Drummond die Fesseln aufgeschnitten und das Schwert herausgezogen hatte; mit Bettlaken versuchte er das Blut zu stillen. Valerians Gesicht war eingefallen, sein Atem ging flach und schnell.

Das Schreien hörte so schnell auf, wie es begonnen hatte, und im Raum war es für einen Moment herrlich still. Madame huschte auf die andere Seite des Bettes, ihr Haar fiel über Valerians Gesicht und Brustkorb, als sie sich über ihn beugte und seine Hand in die ihre nahm.

«Oh, mein Geliebter. *Mon pauvre petit.* Rede mit mir, *mon amour.* Valerian, sag doch etwas.»

«Ist er tot?» Lydia fiel vor Drummond auf die Knie, und ihre Hände flatterten über Valerians Gesicht. Er öffnete die Augen. Sein Blick traf kurz auf den ihren und riss sich dann los, um das Gesicht von Madame zu suchen.

«Hol mich hier raus, Claudine. Bring mich weg von diesen … Leuten», murmelte er, und in seiner Stimme schwang Schmerz. «Kümmere dich um mich.»

«Der Arzt, Gott sei Dank!» Lydia eilte zur Tür und zog den untersetzten, kleinen Mann in die Halle. «Schnell, oben ist jemand, der verwundet ist. Kommen Sie sofort! Bringen Sie Ihre Tasche mit.»

Als sie dem Doktor Valerians Zimmer gezeigt hatte, eilte Lydia wieder die Treppen hinunter. Drummond saß auf der untersten Stufe, hatte seine Knie angezogen und hielt den Kopf gesenkt. Lydia legte ihm sanft eine Hand in den Nacken, voller Zärtlichkeit und Besorgnis.

«Drummond, was ist geschehen?», flüsterte sie. «Wie ist das Schwert in ihn hineingekommen?»

«Es war ein Unfall. Ein Unfall. Es wird mir allerdings niemand glauben. Wenn er stirbt, werde ich am Galgen hängen – noch morgen vor Sonnenuntergang.» Er hob den Kopf, und sie sah, dass seine gebräunte Haut plötzlich blass war und er erschöpft aussah. Sie zog ihn an sich und wiegte ihn wie ein Kind in ihren Armen.

«Ssssch. Man wird dich nicht hängen. Sie werden dich nicht hängen, du bist doch jetzt Lord Hawkesworth.»

«Niemals», erwiderte er, stand auf und riss sich von ihr los. «Ich habe hier nichts mehr verloren. Dieses Haus hat mich vergessen. Es ist nicht mehr mein Zuhause.»

«Was sagst du da? Es ist immer dein Zuhause gewesen. Und das wird es immer sein.»

«Nein.» Er schüttelte den Kopf, biss sich gedankenvoll auf die Unterlippe. «Ich kann hier nicht leben. Jetzt nicht mehr. Ich werde wieder zur See fahren. Dort bin ich wirklich glücklich.»

«Drummond, bitte. Überstürz doch nichts. Wir brauchen dich hier. Du kannst doch nicht zulassen, dass dieser … dieser *Unfall* all das zerstört.»

«Unfall. Siehst du, selbst du bist dir nicht sicher. Selbst wenn der Doktor ihn retten könnte, kann ich doch nicht hier leben, wo jeder mich von der Seite ansieht und ‹Brudermörder› flüstert, wenn ich erscheine. Ich werde gehen. Mein Bruder kann das Haus und den Titel haben.»

«Geh nicht.» Lydia stand fassungslos da, während er aufstand und sich von ihr fortbewegte. «Drummond, das ist ein Fehler. Jeder weiß, wie sehr er dich bedroht hat. Sie werden dir glauben, dass du in Notwehr gehandelt hast.»

Er wandte sich ihr zu, mit müden, aber sanften Augen, und ein winziges Lächeln hob einen seiner Mundwinkel an.

«Meine Liebste, ich wünschte, es wäre wahr», sagte er. «Aber ich muss gehen, noch bevor der Anwalt kommt. Ich hätte mit dir glücklich werden können, aber ich kann nicht bleiben und warten, bis sie mich hängen. Gib auf dich acht.» Seine Arme umschlossen sie, und sie spürte, wie seine Lippen die ihren fast schmerzhaft verzehrten, als er sie leidenschaftlich auf den Mund küsste. Dann war er fort, und die schwere, eisenbeschlagene Tür fiel hinter ihm ins Schloss.

Der Arzt kam auf sie zu und seufzte ungehalten.

«Madam, da kann ich leider gar nichts tun. Ich bin Arzt und kein Totengräber. Der Herr dort oben ist tot.»

«Das Testament ist immer in meinem Besitz gewesen, Miss Lydia. Es tut mir leid, Euch mitteilen zu müssen, dass ich auf Anweisung von Valerian Hawkesworth gehandelt habe, äh, des verstorbenen Valerian Hawkesworth, sollte ich wohl besser sagen.» Mister Lavendale stand vor dem Kamin in der Bibliothek, den Mantel ein wenig angehoben, um dem Feuer zu gestatten, seine Beine zu wärmen. Lydia, deren Hand einen Moment auf der Brandy-Karaffe verweilte, sah ihn mit einigem Erstaunen an.

«Gehe ich recht in der Annahme, dass Valerian Euch finanzielle Vergünstigungen für diese Gefälligkeit angeboten hat? Ich muss Euch doch sicherlich nicht daran erinnern, dass es sich bei ihm nicht um den wahren Lord Hawkesworth gehandelt hat.»

«In der Tat nicht, Madam. Und damit habt Ihr noch mehr recht, als Ihr ahnt. Es gibt gar keinen Lord Hawkesworth. Mit dem Tode Eures Onkels hat es keinen männlichen Erbnachfolger gegeben.»

«Was könnt Ihr damit meinen?»

«Oje, Miss Lydia. Das alles ist so schwierig.» Lavendale seufzte und rieb sich das Kinn. Er zog seine breiten Augenbrauen so zusammen, dass eine tiefe Falte entstand. «Euer Cousin Drummond, er ... nun ja, er zog sich Lord Williams Zorn zu, als er fortging. Sein Vater hat das als Abtrünnigkeit, als Verrat angesehen, versteht Ihr? Und als die Zeit dann fortschritt, wurde es Lord William allmählich klar, dass auch Valerian weder die Neigung noch die nötige Vernunft hatte, ein Anwesen von dieser Größe und Bedeutung zu bewirtschaften. Etwa vier Monate vor seinem Tod hat er sein Testament geändert und seine beiden Söhne enterbt. Seinem neuen Testament zufolge sollten beide absolut nichts bekommen.» Wieder seufzte er. «Das ist der Grund, warum Master Valerian sich entschieden hat, so zu handeln, wie er es getan hat. Er war der Meinung, Hawkesworth gehörte rechtmäßig ihm. Er wollte nicht, dass der neue Erbe die Nachfolge antritt. Unter keinen Umständen.»

«Und Ihr habt mit ihm unter einer Decke gesteckt?» Lydia starrte ihn an, und ihm war unbehaglich zumute.

«Das habe ich. Denn ich war mit ihm einer Meinung, dass er fähiger wäre als der neuerkorene Erbe. Ich hatte unrecht.»

«Und wer ist nun dieser Nachfolger, den ihr alle für so

unfähig gehalten habt?» Lydia nahm sich ein Glas vom Tablett.

«Ihr selbst.»

Das Glas fiel zu Boden und zersprang zu ihren Füßen. Benommen starrte sie darauf und dachte unsinnigerweise darüber nach, wie hübsch die Scherben des Kristallglases aussahen, wenn sie das Sonnenlicht einfingen und lauter kleine Regenbögen auf dem gewachsten Boden entstehen ließen.

«Ich?»

«Ihr, Miss Lydia. All das ist in der Tat ein riesengroßes Durcheinander. Trotzdem hoffe ich natürlich, dass Ihr über meinen vorübergehenden Mangel an Professionalität hinwegsehen werdet und mich weiter als Euren Ratgeber betrachtet? Euer werter Onkel würde es gewiss so gewollt haben.»

«Wir werden sehen, Mister Lavendale. Wir werden sehen.» Lydia nahm sich ein neues Glas und goss sich langsam einen großen Schluck Brandy ein. Ohne Lavendale ebenfalls einen anzubieten, leerte sie es in einem Zug.

Lady Lydia von Hawkesworth, dachte sie. Das klang doch wirklich recht zufriedenstellend.

Sie ließ sich auf den Lehnstuhl sinken, legte langsam ein bestrumpftes Bein über das andere und faltete die Hände im Schoß. Sie holte tief Luft, um sich zu beruhigen, und hielt Mister Lavendales lüsternem Blick stand.

«Wie viel genau, sagtet Ihr, ist der Besitz wert?»

Ein Jahr später

Als der Bug des riesigen Schiffes eine große Welle durchpflügte, spritzte Gischt auf, eine Ladung Meereswasser schwappte über Deck und verdunkelte die hölzernen Planken. Lydia wartete einen Moment ab, bis sich die Dünung ein wenig gelegt hatte, und hielt sich mit der Hand an einem Berg aufgerollter Taue fest. Sie streckte ihr Gesicht in die Morgensonne, ließ ihre Kapuze auf die Schultern herabfallen und den frischen Wind in ihren Haaren spielen. Ein Gefühl von überwältigendem Glück und Wohlbefinden machte sich in ihrer Brust breit. Sie bewegte sich vorwärts und erklomm die Stufen, um sich neben die schlanke Gestalt zu stellen, deren wettergegerbte braune Hand locker das Ruder des Schiffes führte.

Seit fast einem Monat waren sie bereits auf See und hatten den halben Weg nach Amerika zurückgelegt. Lydia hatte ihr Erbe verkauft, und jetzt füllte ein gewaltiges Goldvermögen die verschlossenen Kisten, die sicher im Lagerraum des Schiffes verstaut waren. Sie hatte England mit einem leichten Gefühl der Wehmut verlassen, überlagert von der Erwartung, die Neue Welt zu sehen, von der Drummond ihr erzählt hatte. Sie war äußerst wohlhabend, sie war gesund, und mehr als das hatte sie ihre Jugend und Schönheit, die sie schon mit alldem fertig werden lassen würden, was sie dort erwartete.

Sie zog die Hände aus dem warmen Nerzmuff, spielte einen Moment mit dem glitzernden Ring an ihrer linken Hand: ein breiter Goldring, besetzt mit Rubinen und Smaragden, der sich an ihren Finger schmiegte und die zarte Blässe ihrer Hände betonte. Der Mann an ihrer Seite sah auf sie herab, und sein blondes Haar befreite sich mit jedem Windstoß mehr von dem scharlachroten Tuch, mit dem er es zu bändigen versuchte. Er war größer als sie und kräftig; seine Schultern ließen die Nähte seiner Jacke spannen, während sich im Ausschnitt seines offenen Hemdes ein V aus nackter Haut zeigte, das wie gehämmertes Kupfer in der Sonne erstrahlte.

«Denkt Ihr an Euren verstorbenen Mann, Mistress Hammond?», erkundigte er sich. Lydia sah zu ihm auf, und ihre gerunzelte Stirn glättete sich, als sie sich auf ihre angenommene Rolle als trauernde Witwe besann, die in Amerika die Familie ihres verstorbenen Mannes besuchen wollte.

«Mit jedem Tag wird es ein bisschen besser, Captain Jefferies», antwortete sie, lächelte und steckte die Hände zurück in den Muff. Sie hielt inne, um seine schlanken Hände zu bewundern und fasziniert zuzusehen, wie leicht sie das Schiff mit Hilfe des polierten Holzrades steuerten. Kluge Hände, starke Hände. Sie ertappte sich dabei, sich vorzustellen, wie sich diese Hände wohl auf ihren Schenkeln ausnehmen würden, dann riss sie sich zusammen, um beiläufig nachzufragen: «Wie viele Tage wird es noch dauern, bis Land in Sicht ist?»

Zur Mittagszeit kehrte Lydia in ihre Kabine zurück. Sie lag seewärts und war ganz neu mit Samt ausgestattet worden, um den Bedürfnissen weiblicher Passagiere entgegenzukommen. Nachdem sie die Tür hinter sich geschlossen hatte, lehnte sie sich gegen die holzgetäfelte Wand.

«Wann endlich werde ich seefest sein?», seufzte sie.

«Wahrscheinlich dann, wenn wir von Bord gehen», kam die zögernde Antwort. Angel, hübsch anzusehen in einem schwarzen Taftkleid, lächelte und klopfte auf den Platz neben sich. «Komm her. Ich glaube wirklich, er lächelt. Die Amme sagt zwar, es läge am Wind, aber sieh doch! Schau dir das an!»

Der Säugling auf ihrem Schoß brabbelte und gurrte, dann verzog sich sein pausbäckiges Gesichtchen zu einem zahnlosen Grinsen. Eine Tolle braunen Haars stand von seinem Köpfchen ab, und er kniff die goldbraunen Augen fröhlich zusammen.

«Oh, Angel. Er ist so süß. Und das ist auf jeden Fall ein Lächeln, egal, was Gertrude sagt.» Lydia streichelte die Wange des Säuglings mit dem Zeigefinger, und ihr Herz ging auf vor Liebe zu ihrem kleinen Jungen. In diesem Moment ertönte aus der geschnitzten Holzwiege neben ihnen ein durchdringendes Jammern.

«Mein Gott», rief Angel. «Hier, nimm ihn. Seine Majestät ist aufgewacht, und das wurde ja auch Zeit. Ich dachte schon, er würde den ganzen Tag schlafen.»

Sie setzte vorsichtig den lächelnden Säugling auf Lydias Schoß und griff in die Wiege, um noch einen zweiten, fast gleich aussehenden kleinen Jungen herauszuheben. Die Zwillinge unterschieden sich lediglich in der Farbe ihrer Augen und Haare: Das jetzt erst munter gewordene Engelchen hatte rabenschwarze Haare und Augen so dunkel wie Schlehen, die gebieterisch in die Welt blickten.

Lydia winkte Angel, ihn ihr zu bringen, und lehnte sich mit ihren beiden Söhnen in die Kissen zurück. Sie schnupperte an ihren köstlich duftenden Haaren und schloss die Augen, versuchte Bilder heraufzubeschwören, die eigentlich in ihrem Unterbewusstsein verschwunden sein sollten: Drummond, wie er mit seinem weiten, wehenden Umhang und seinen im Wind flatternden, widerspenstigen Haaren durch die Wälder auf Hawkesworth streifte. Valerian in seinen hohen Lederstiefeln und tadellos weißem Zwirn, wie er auf seinem wundervollen Hengst saß.

Würde sie jemals wissen, welcher von diesen beiden starken, aber fehlbaren Männern ihre Kinder gezeugt hatte, fragte sie sich. Aber als die Säuglinge sich glücklich an die Seide ihres Mieders kuschelten, ließ sie die Bilder verblassen und seufzte zufrieden. Sie hatte sich entschieden, dass ihr das eigentlich vollkommen egal war: Vielleicht waren es ja auch beide gewesen.

Gefährliches Verlangen

Ruth Fox
Die Schule des Gehorsams

Cassie erlebt im Zug eine aufregende Begegnung mit einem Fremden. Danach weiß sie, dass es Seiten an ihr gibt, die sie selbst nicht kennt – die sie aber ergründen möchte. Auf eine Anzeige melden sich zwei Menschen, von denen sie in die Welt der Dominanz und Unterwerfung eingewiesen wird: Becky und der geheimnisvolle Mr. King. rororo 24426

Deanna Ashford
Die Sklavin

Prinzessin Sirona und ihr Geliebter, der Krieger Taranis, werden getrennt und als Sklaven verkauft. Der attraktive Taranis muss seiner Herrin auch im Bett zu Diensten sein. Sirona schwelgt schon bald im Luxus der Villa von General Lucius und der dort gebotenen Sinnesfreuden. rororo 24508

Laura Hamilton
Die Schamlose

Keine noch so riskante Variante sexuellen Vergnügens ist der Businessfrau Nina fremd. Ihr einziges Problem dabei ist, dass sie ihre heißen Spiele bislang allein mit sich selbst treibt. Ihre Erlebnisse mit Männern sind eher ernüchternd – bis sie Andrew kennenlernt. rororo 24423

BW 149/1

Weitere Informationen in der Rowohlt Revue *oder unter* www.rororo.de